Mit einer Szene, die an Döblin erinnert, läßt Peter Kurzeck seinen Roman beginnen: ratlos wie Franz Biberkopf steht der gerade aus dem Gefängnis entlassene Alexander auf der Straße in Hamburg. Es ist der 24. Dezember 1971, und er fragt sich: »Wer bin ich doch gleich?«
Auf der Suche nach seiner angeschlagenen Identität rettet sich Alexander in die schäbigen Eckkneipen und Lokale abgelegener Seitenstraßen, um hier in dumpfer Lethargie vor dem Schnapsglas zu hocken und trügerische Erinnerungen heraufziehen zu lassen: Momentaufnahmen seiner tristen Kindheit und Jugend in den 50er Jahren, die Erinnerung an einstige künstlerische Ambitionen und an das Ritual der endlosen Heimwege durch die Vorhöllen der Kneipen. Kurzeck zeichnet ein eindrucksvoll trostloses Bild eines verpfuschten Lebens in der BRD-Nachkriegszeit, eine Welt, der die Idylle des ›Nußbaums gegenüber vom Laden, in dem du dein Brot kaufst‹ abhanden gekommen ist.
Mit einer Sprache, die nicht mehr die Dialoge kennt, die bewußt reduziert und sperrig ist, gelingen Kurzeck Einblicke in die Seele des kleinen Mannes und die Fadenscheinigkeit unseres Lebens von ungewöhnlicher Schärfe.

Peter Kurzeck, der 1943 in Tachau im Böhmerwald geboren ist, wuchs im hessischen Staufenberg auf. Seit den 70er Jahren lebt er in Frankfurt am Main. Er hat bisher vier umfangreiche Romane, eine längere Prosaskizze und ein Hörspiel veröffentlicht. Kurzeck hat mehrere Literaturpreise bekommen, darunter 1991 den Alfred-Döblin-Preis.
Als *Fischer Taschenbuch* erschien außerdem der Roman ›Keiner stirbt‹ (Bd. 11084).

Peter Kurzeck

Der Nußbaum gegenüber vom Laden in dem du dein Brot kaufst

Die Idylle wird bald ein Ende haben!

Roman

Fischer
Taschenbuch
Verlag

Ungekürzte Ausgabe
Veröffentlicht im Fischer Taschenbuch Verlag GmbH,
Frankfurt am Main, September 1992

Lizenzausgabe mit freundlicher Genehmigung
des Verlags Stroemfeld/Roter Stern, Basel, Frankfurt am Main

Umschlaggestaltung: Buchholz/Hinsch/Hensinger
unter Verwendung eines Fotos von Ute Schendel
Satz: Fotosatz Otto Gutfreund GmbH, Darmstadt
Druck und Bindung: Clausen & Bosse, Leck
Printed in Germany
ISBN 3-596-11085-8

1

»Hätte man seinen Verstand nicht beisammen, so könnte man an ein Fatum glauben!«
(Blanqui, bevor ihm sein gehässiges Schicksal endgültig aufs Haupt fiel, 1861)

Woher, wohin? Eine lange Reise, Tag oder Nacht, die ewige fahle Dämmerung meiner Träume, in jedem Fall ist es die Vergangenheit, wenn ich mich wiederfinde: Namen vergessen! (schon jahrelang auf der Flucht – wer bin ich doch gleich?)
Es ist Hamburg (Hamburg ohne Dich: kalter Wind und die Möwen schreien), Tag oder Traum? Noch einmal der 24. 12. nachmittags, spät – ich bin vor einer Stunde aus dem Gefängnis entlassen worden, 1971: fing schon an dunkelzuwerden, zähl dein Geld: achtzehn-zwanzig-einundzwanzig – nachher weitersehn! Zigaretten, Kaffee und Cognac am überkonfessionellen Dammtorbahnhof, bis er mit all seinen vorweihnachtlichen Lichtern und Stimmen langsam-nachdrücklich um mich zu kreisen begann, Vorhölle, Sinnestäuschungen und – wohin jetzt? (fast verschüttet!) auf meinem Weg in die Innenstadt* – alle Läden längst zu; die wenigen Passanten wie Schatten, Ertrunkene, geistesabwesende Gespenster, ihrer Bestimmung enthoben, stumm (sie können mich nicht hören). Es wird anfangen zu schneien, bald, im Lampenschein, sacht und lautlos, immer mehr, immer dichter schneien die Flocken zur Erde, blind taumelnd: Nacht sinkt herab, Schnee fällt und deckt alles zu. Sag doch! Wer waren, wer sind sie, die umständlichen schwarzgekleideten Begräbnisgestalten in meinem (verstörten) Gedächtnis? wie sie da übern gestrigen Schnee hilflos und unwiderruflich davonwankten, untröstlich! und die Nacht sank herab – wie für immer.
Wiederholungen! In Frankfurt und in Gießen/Lahn ist es immer der gleiche leere stille Tag Vorweihnachtszeit, wenn sie (ewig-gestern) sachkundig fluchend (220 Volt) ihre lächerlich-prunkvolle Festbeleuchtung an den ausgemessenen, trüben, städtischen Him-

* Frohes Fest! – (auch der Einzelhandel ist gegen steigende Preise!)

mel nageln, jedesmal – woher komme, wohin gehe ich? (eine große Stille! Zimmermannsnägel! und bald wird der erste Schnee fallen!) – jedesmal hab ich schicksalhaft verschlafen, meinen Namen vergessen, finde den Weg nicht, hätte schon seit fünf Stunden wenigstens gottweißwo sein müssen, vor Gericht, auf dem Friedhof, jemand ganz anders: längst abgereist und (– wohin jetzt? wohin?) Dämmerung, eine große Stille zieht befangen die Straßen entlang, während ich am äußersten Rand des Tages (direkt überm Abgrund) panisch mein ganzes vergebliches Gedächtnis durchsuche (in meiner schlimmsten irdischen Katastrophenstimmung), verzweifelt, wieder und wieder, nach einer ruhigen abgelegenen Gruft oder Kneipe, wo ich schon mal war, wo mich keiner kennt und ich in Ruhe (wie zum letzten Mal) meinen stundenlangen Morgenkaffee mit Rum – obwohls inzwischen schon stundenlang vier Uhr nachmittags (verschlafen: Zeit hat ein Loch! Keine Erlösung in Sicht und nichts wird je wieder so sein, wie es war).
Ewigkeiten! Zum Aufwärmen eine ruhige stille Zwischenstation ohne Namen, mit bunten Glasfenstern (außerhalb der Zeit) und alle Dezember zeitlebens sind mir immer vielzulang geworden, Winter, Zeit-zu-fahren: eine lange Reise! und nächstens (bald!) werden wir – seit Jahren verschollen, wie jetzt noch den Weg – Alles wiederfinden in der riesigen leeren ausgebreiteten Zeit, Schneewüsten: die transsibirische Eisenbahn (neun Tage, um die Zeit wiederzufinden): Stationen, eine lange Reise!
»Sich wiederfinden!« Sehr sonderbar (von einer zur andern Minute plötzlichst so konfus, daß ich nichtmal meinen Namen noch wußte), wie Einer der (haltmichfest!) soeben im 20. Stock ausm Fenster fiel und diesen Absturz, wie es scheint, völlig unverletzt überlebt hat! Und kann das vorerst kaum oder gar nicht fassen, denn da ist Keiner da, dem er davon erzählen könnte –: Mensch! eben aus dem zwanzigsten Stock aus dem Fenster – ganz unbeabsichtigt, Herrgott, ging blitzschnell und »hier steh ich«, beschwörend, »scheints völlig unverletzt!«
Scheißfahrstuhl war ja sowieso schon seit Oktober defekt! Nie mehr zurückkehren! usw. hier ließen sich meisterhaft aktuelle Dialoge über Zeiten, Mieten und Hausbesitzer..., aber da schleicht sich das taube Fußvolk (lauter ungewollte Kinder!) feucht und grau in fadenscheiniger Dämmerung und Keiner hat hingehört: »Tau-

sendfüßler! Heuchler! Ameisenpack!« Alle tun, als wüßten sie ganz genau, was jetzt und jederzeit überall vorgeht, Kaspar Hauser, lautlos die blutleeren Lippen bewegend (kalt war es auch, mich friert, mir ist kalt, wohin gehen?) – kann es nicht kapieren, solang ich-du-er es nicht formuliert (»Hier steh ich, wahrhaftig!« und insgeheim: auch scheints die *falsche* Stadt!), denn Sprache ist Leben-Wirklichkeit-Gegenwart, die du unentwegt manisch halluzinierst: »Schon jahrelang Einzelhaft: Ich will nicht verrückt werden!«
Steht da und hat seine abgetragene Identität verloren, seinen Namen vergessen – WER bin ich doch gleich? – und kanns nicht begreifen. Und die Nacht sinkt herab: es wird Zeit!
(Ich ging weiter, Jahre. Ich gehe noch immer.)

2

Schäbiges Seitenstraßenlokal, klass. dt. Eckkneipe, spätes 19. Jahrhundert, ganz leer jetzt am Morgen, Bierhahn tropft, ganz leer jetzt im fahlen gealterten Spülwasserlicht hinter trüben Scheiben: »Zum Grünen Kranz!« Eine alltägliche Eckkneipe, drei Treppen davor und irgendwie *paralytisch*, am Rande des Abends, in Bahnhofsnähe oder wo es sonst ist, wenn du dich wiederfindest (was fürn Tag ist denn heut?). Eins dieser zahlreichen bescheidenen Seitenstraßenlokale, die Jeder kennt, die noch aus der Kaiserzeit stammen und die letzten fünfzig Jahre, beide Weltkriege einschl. sämtl. zugehör. Vor- und Nachkriegs- und Friedenszeiten – bestenfalls Waffenstillstand, Ersatz und wohlfeile amtl. Lügen – und sogar den Fortschritt mit allem Zubehör nahezu unverändert überlebt haben, soundsoviele Generationen vom Dienst am lfd. Band, Alle nickten – und jetzt (wir schreiben so das Jahr sechzig, so ungefähr, wir erinnern uns) alle nach und nach umgestaltet, renoviert oder zugemacht werden.

Eckkneipen seinerzeit, sie hießen: Zur Linde, Deutsches Eck, Lorelei, schon ganz verblichen, Beim Louis, Walhalla-Bierstuben (nebendran eine ungeheuerliche Zementfabrik – wie ein gestrandetes Riesenschiff: Sirene heult, März, sechs Uhr abends und es regnet, regnet in Strömen), Zum Löwen meinetwegen oder wie sie sonst hießen. Nur nicht pedantisch werden!
Z. B. in Aachen/Nordrhein-Westfalen, Kaiserstadt, Heilbad, Hauptstadt des gleichnam. Reg.bez.s, ehemalige Reichsstadt, einst uralt: Kaiserdom, Gruft, Beinhaus Karls des Großen und Wasnichtalles, angestammter Hauptsitz der soliden deutschsprachigen Tuchweberei usw. (»Wir wollen uns nicht verzetteln!«): da war ich mal Sonntagmorgen (noch früh: Zeit unvermessen, leicht, hellblau und leer) rein zufällig in erstbester Eckkneipe und die hieß wahrhaftig und ernstgemeint: »Wirtshaus Zum Friedhof« (zwei Straßen weiter). Drei steile Stufen davor, kein einziges Fremdenzimmer, zieml. bürgerl. Küche m. fließ. Wasser! Sonntagmorgen in aller Frühe, Sonne scheint! Mein Glück, ich bin fremd hier, kam erst gestern

spätabends aus dem Ausland zurück, in Gedanken noch nicht ganz da, Juni, lauter Umwege: nach vier Stunden trunkenem Schlaf (kaum, daß ich mich wiedererkannte), wie in einer tiefen Gruft, sodaß ich gleich nach dem ersten halluzinatorischen Erwachen, wie betäubt noch, unverzüglich zwanghaft »das Weite« suchte (wo suchen?):
Also gut: eine sonntägliche Eckkneipe, die grad erst aufgemacht hat. »Cognac!« Wirt (letzte Nacht gings hier hoch her bis drei Uhr früh!) todmüde, unrasiert, blinzelt, reibt sich fäustlings die triefenden Augen, blinzelt mit aller Kraft, blickt drein, als hätt er – zwischen trüben Spiegeln – zwei (scheint draußen schon wieder die Sonne?) Glasaugen, oder wie ein Ertrunkener. Kein Napoleon, kein Remy Martin, nur Asbach Uralt. Bierhahn tropft. Schon seit Jahren zuwenig Schlaf und keinen klaren Gedanken. Er lallte auch mehr, als er sprach. (Morgenvögel lärmten!) Er hat grad erst aufgemacht und zwar aus Versehen, grad erst aufgewacht und kam eigentlich bloß runter, um für sich selbst Zigaretten zu holen: naturmilde Filterzigaretten. Gedachte zu rauchen, zu husten, zu rauchen und anschließend – Tag vorbei: Tag wartet – unverzüglich weiterzuschlafen, wies (zum Beweis) gleich die abgelatschten scharlachroten Nachtpantoffeln an seinen grausigen nackten Füßen vor (bzw. selbige in denselben: alle vier auf die gleiche abgeschmackte Art abgelatscht).
Schön: trinken wir also seinen Cognac zusammen, er nickt, gähnt, seufzt, stellt für sich und mich Gläser zurecht (ich vergaß, nach dem Preis zu fragen. Seine Frau im ersten Stock schläft noch!) und sucht – »Herrgott!« fluchend, pedantisch, sich überall hartnäckig anstoßend, wie blind (lauter fühllose Ecken und Kanten, die in mein-dein-sein unverständliches Leben eisenhart, fremd und gehässig hineinragen) – und findet und schwenkt triumphierend, na endlich: hier, sie ist echt, riesengroß, eine neue Flasche!
Sonntagmorgen! Letzte Nacht haben die Säufer mir wiedermal fast Alles weggesoffen, sagt er trübsinnig hinterdrein (und wird nachher gleich weiterschlafen). Hier im Viertel gibts massig Säufer, wogegen ja nix zu sagen sei, im Prinzip, lauter ehrliche Arbeiter, Samstagabend, und dann ist es wieder vielzuspät geworden! (Wir nickten bescheidwisserisch, Jeder für sich.)
Beim Öffnen der Flasche (zwischendurch zünden wir uns erwar-

tungsvoll neue Zigaretten an; Mensch bin ich mühüd, sagt er gähnend, schon jahrelang) bricht ihm unversehens der Kunststoffdekkel mit rotgoldrotem Wappenlöwen ab und der Korken natürlich noch drin, nein ich hab auch keinen Korkenzieher mit, Anfang Juni, bin fremd hier, mein Hotel zwei Straßen weiter: sonnige Morgenstraßen. Scheiße, passiert ganz selten, sagt er trübsinnig zu seinem unsichtbaren Schutzengel, kopfschüttelnd, höchstens so zirka jede hundertste Flasche mal, versichert er, wie für sich selbst (als vermöchte Statistik je Trost zu bieten).
Dann, nachdem wir – in endlose separate Selbstgespräche vertieft (muß-doch-hier: ir-gend-wo) – alle Schränke und Schubladen hinter der Theke nochmal erfolglos abgesucht (kein Korkenzieher! auch in der Kasse: ist auch keiner drin! sagten wir enttäuscht zueinander, mehrfach, und: könnten Scheißkorken zur Not natürlich auch reindrücken, klar! jedoch widerstrebte uns das), gehen wir, machen uns hoffnungsvoll auf den Weg, mit der vollen Flasche, die immer noch zu (schließlich hat er doch noch seufzend seine eselfarbene Wirtshose zugeknöpft, Jammertal hier!), begaben uns über den leeren sonnigen Sonntagmorgenbürgersteig vor bis zur nächsten Ecke, wo ein Taxistand –: klopften nachdrücklich an die geschlossenen gläsernen Seitenfenster der (wartenden) Taxis und fragten von hinten nach vorn, die ganze Reihe entlang, jeden einzelnen (manche mit künstlichem Buckel) dösenden Taxifahrer höflich nach leihweisem Korkenzieher, ging grad auf zehn! Jeder begriffsstutzige Taxifahrer hat eine neue Bild-am-Sonntag, aber erst beim vierten fand sich einer im Handschuhfach, neben Handschellen, Revolver, Gaspistole, Knebel, Stilett, Familienfotos, Totschläger, Doppeltotschläger, Hansaplast, Jerry-Cotton-Heftchen (mit fürstlichem Lesezeichen) und Munitionslager, bitte-danke! Was den gefährlichen Korkenzieher betraf, war er selbst ganz verblüfft, abstinenter Familienvater und Fuhrunternehmer, das Land ist still, doch stellte ihn bereitwilligst zur Verfügung.
Auf dem Rückweg, so kurz er auch war, tranken wir (um den Himmel nicht aus den Augen zu verlieren) mehrfach ausgiebig aus der Flasche, Prost, Cognac, Sonntagmorgen! Halbzehn oder zehn, Himmel wolkenlos, paar spärliche Uhrwerkbürger mit Renommierhunden, die ihnen ähnlich sehen, oder (mindestens jeder dritte ist ein Agent, auch wenn er es nicht weiß!) gutwillig unterwegs in

ihre verhalten bimmelnden Stammkirchen, gotisch oder nicht – Aachen ist eine fromme alte Stadt, die meiste Zeit Sonntagmorgen. Hier im Viertel, sagt er, gibts viele Säufer, weißgott, aber natürlich, die schlafen jetzt alle noch! Sonntags, da macht er nie vor drei Uhr nachmittags auf, für gewöhnlich: meistens wirds vier. Das Geschäft geht gut, naja, aber vor lauter Zahlungsverpflichtungen und nächstes Frühjahr mit Gott (was das kostet!) will er alles nagelneu streichen lassen, wenn nicht gar radikal renovieren auf neudeutsche Art, wir nickten uns tiefsinnig zu, weitergehen! (Ergiebige Fünf-Liter-»Familien«-Flasche, die wir abwechselnd achtsam trugen.)
– bleibt stehn, klopft seine zahlreichen konvexen Taschen ab, sagt: hoffentlich hab ich eben beim Rausgehn nicht abgeschlossen, weil: hab scheints keinen Schlüssel nich einstecken! Wir sind schon ganz nah, er sagt Alles doppelt (sagt er Alles). Seine Frau im ersten Stock schläft noch. Er auch, er wird nachher gleich weiterschlafen, oder wir trinken die Flasche aus und er erzählt mir sein ganzes Leben (obwohl ich nicht zuständig bin). Seine kleine blonde Frau im ersten Stock heißt Elisabeth. Klar liebt sie ihn, aber klar! »Kaum haste mal bißchen Kohlen, hast kaum deine paar Kröten im trockenen, schon hält dir gleich Jeder die Klauen auf oder drauf!« Hat er abgeschlossen oder nicht? Keiner von uns (Erde sachtschwankend, Sonnenschein, Glastüren unbewegt) konnte sich dran erinnern, doch gottlob war die Kneipe offen. Er ist bei der Legion gewesen, mehr als vier Jahre lang Tag und Nacht, Kamerad, kannst Louis zu mir sagen! Licht grell und allgegenwärtig, ein Fiebertraum, noch ein Schluck: »Vergessen? kann ich das nie, Kam-rad!«
Sonntagfrüh, Juni 58, Aachen, »Wirtshaus Zum Friedhof«. Da war ich fünfzehn, vorher wochenlang unterwegs und grad aus der Schule geflogen. Notizen, Skizzenbücher und Alles was ich mithatte. Der Sommer und Alles fing eben erst an!

...Eckkneipen, wo das hiesige Volk, ziemlich vollzählig: all die vielen kleinen Leute aus Nachbarschaft und nächster Umgebung (Kleinbürger, die ihrerseits lang schon tot sind, nie gelebt haben, eine Generation nach der andern, jetzt auch langsam aussterben, zieht sich aber doch ziemlich hin, ihr Sterben, ein Vorgang der

andauert, ihr Sterben verzettelt sich: Alltag), aus den paar umliegenden Straßen, aus Eigenheimen, Asylen und Mietskasernen, die harmlosen Leutchen nach Feierabend eben mal immer so hingehn Inallenehren, in Hemdsärmeln, fünfzig Jahre lang jeden Tag, jeden Abend, ganz *vergilbt* schon: »Hier ist jetzt die meiste Zeit Abend!« (Montag Ruhetag!)
Einwohner, Seßhafte (der dritte oder vierte Stand, »wo leben wir denn?«), zeitlebens – Jeder hat, um die Wirklichkeit zu erschlagen, seine eigenen handfesten Wahrheiten, wie aus Gußeisen –, alle Abende: »Grüßgott!« Jeder brachte seinen eigenen unabänderlichen unveräußerlichen stummen Schatten mit (Tür knarrt, die Zeit ein verwaschener Flickenteppich. Nächstens wird hier renoviert); brach der Abend herein, fanden Alle sich ein... oder in aller Eile auchmal kurz an ihrem freien leeren geräumigen Samstagmorgen, wenn er grad erst hat angefangen: ihr freier Samstag (der so verheißungsvoll vor ihnen liegt, wie ein frisches Blatt Papier, so rein, so weiß, wie eine neue leere Leinwand, wenn du dir ganz erfüllt von Bildern und Licht deine Farben zurechtlegst), zwanzig Minuten bevor sie endlich anfangen – Hoffnungen, alle guten Vorsätze, ein ganz heller Moment, neues Leben – anfangen und sich dareinschicken:
Wasweißich? Z. B. noch ein Kind, Zukunft, Suff, Garten, Wochenende-wie-gehabt, Schwarzarbeit, Überstunden, Berufsleben, Alter, Einkäufe, Umzüge, Alles nochmal, neue Tapeten, Sparvertrag, Fliegentod, Gastarif, Morgenzeitung, Zaunstreichen, wie-die-Zeit-vergeht, Alter und Tod – »wir werden Alle sterben!« – auf ihren Gesichtern der spukhafte Glaube an das was sie tun!
Z. B. ausschweifende Wochenendeinkäufe, wahre Einkaufsorgien, damit sie die ganze lange leere freudlose Woche lang nicht ganz umsonst oder wenigstens wissen, wofür sie gearbeitet haben (die ganze Woche lang Fremde in ihrem eigenen Leben, das ihnen nicht gehört), z. B. Autowaschen, ihr heiliges Auto, mit dem sie jeden Tag wie ferngelenkt an die Arbeit fahren-schweben, ganz dösig, wie besoffen, die ganze Strecke im zwoten Gang und abends retour. Horizontblau, rubinrot, saharabeige, gift-gras-gallen-bergsee-beryllgrün, nebelfarben, neuer Gebrauchtwagen, halbbezahlt, Gelegenheitskauf, steht grinsend im Hof (Zeit stockt, bläht sich! Bequeme Teilzahlung!)

Der Tag wartet, der leere hoffnungsvolle, einstweilen unbesudelte Samstagmorgen! Bevor er sich trübt (eine Weile): eh sie endlich mal anfangen, Großergott – was denn, WAS? Ihr ganzes vertanes, verwirktes Leben fiel für immer verloren in Scherben, lauter Scherben aufm Pflaster und sie wagten nicht, sich zu bücken – »Keiner hats gesehn, weitergehn! Vergiß Deinen Namen und fang endlich an!«

Verhexten Thermostatboiler im Bad reparieren, gutwillig: na endlich! Einige gutgemeinte (wenigstens in Gedanken) pädagogische Fußtritte für den aufgeblasenen stv. Hausbesitzer, husten, rauchen, den Keller mal aufräumen, baldmöglichst, den staubigen, womit sie nie fertigwerden werden – nicht in diesem Leben! (Keller voll unterirdischem Vergangenheitsgerümpel, das Beste wäre: »Schließ die Tür ab, zweimal! Und verlier den Schlüssel für immer!«)*

... Tapetenwechsel, ihr Sterben, ihr Tod-im-Leben! Ihre Festtage, Familienfeiern, Beerdigungen, ihr (den hatten wir schon!) hoffnungslos-verzettelter Alltag, lauter Schubladen und sie können alle geöffnet werden. Oder wenn sie offen sind, vergeblich überquellend – stoß dich dran! Ausführlich fluchen! Mach sie der Reihe nach zu! Morgen wieder – »Alles hat seine Ordnung!« (Wir wollen uns nicht verzetteln!)

Feierabend, Wochenende, Pfingsten usw., sie haben die ganze unwirkliche Zeit, von Montag bis Freitag, Herbst-Winter-Vorfrühling, Regentage, ihr ganzes leidiges Leben lang drauf gewartet. In letzter Minute hastig hektische Einkäufe, Bahnhof, Markt, Ladenstraßen, Haufen Volks (Jeder in seinem eigenen Traum gefangen, wie betäubt. Zwei gewiefte Karstadt-Dekorateure in modischen Dekorateurskitteln schleppen hastig ein hellblaues Planquadrat Hintergrund durch den hellblauen Hintergrund: »Frisch gestrichen!« Licht blitzt, Himmel hängt voller Geigen, lauter Sonderangebote! Jeder hat noch lang nicht genug und die Läden werden gleich zugemacht): Haufen Volks überall! Und kaum zehn Minuten nach Ladenschluß war die Innenstadt: wie ausgestorben! Und Tag, Freizeit, Leben, all deine Träume oder was davon übrig blieb, Alles fiel gleich für immer in Scherben, in zahllose prismatisch-

* Verluste, der silberne Schlüssel! Und in deinem Gedächtnis, sehr fern und doch wirklicher als jegliche Gegenwart, ein ganz heller Tag Anfang März: Vergangenheit, Vogelstimmen!

disperse Spiegelbilder – und jetzt? Was weiter? (»Sei bloß froh, daß du kein Dekorateur bist!«)
Die Zeit oder was du davon im Gedächtnis behältst, unzählige Feierabende (multipliziert mit Quadratmetern und Einwohnerzahlen etc.), viele hellblaue Samstagmorgen, oder am Sonntag, spät am Nachmittag, gegen Abend, wenn alle Stadtstraßen hierherum leer sind, verlassen, wie ausgestorben im späten gealterten Nachmittagslicht. Mit ihren, wie *blind*, zahllosen leeren Fenstern, Abendfelsen, Licht golden. »Wohin soll ich denn noch gehen?« Du siehst Alles wie zum ersten-, zum letztenmal und kein Ausweg, außer: die Flucht in den Himmel! »Von hier fliegen wir heim!« (Seltsame Straßen im Äther kennzeichnen unsre Flugbahn.)
Leben, die Straße wie du sie kennst! Hast dein ganzes Leben im Gedächtnis, Licht golden, schräge Schatten über Jedermanns bescheidenem Küchenbalkon und über die leere-leere Sonntagnachmittagsstraße, gestern oder zehn Jahre danach, falls Sommer ist, wieder: Nachmittag, Sonnenschein, Zeit geht langsam (schon jahrelang reisefertig – wer bin ich doch gleich?). Oder eine andere Zeitrechnung – ob du kommst oder gehst, hier ist jetzt die meiste Zeit Abend!... März, April, endloser trauriger Vorfrühling, während (falsche Lottozahlen! Lauter leere Tage, wie Schubladen voller vielfarbig-förmigem Krimskrams in einem muffigen alten Schrank auf dem unverständlichen Speicher. Ganze Stadtviertel von Mietskasernen die, in rauchblauer Dämmerung schwimmend, unwiderruflich versanken) der Sonntag, kaum begonnen, schon wieder still und sinnlos zuende geht, wie für immer. Unter endlosem, gleichmäßig strömenden Regen, wie die Zeit vergeht, Redensarten. Abendregen, in den Straßen verschwammen die Lichter. »Wohin soll ich denn noch gehen?« Ganzes Leben wie Pausen und dumpfer betäubender Tagschlaf, leere Seitenstraßen, November, März, Regentage, grauer Abendregen, lauter unverständliche Gleichnisse und kein Ausweg! Und die Abende hierzulande beginnen jetzt immer eher und dauern immer länger.
Ein Traum: es wird Sommer sein und du wirst Alles verstehn!
Im Herbst, im Winter, zum stundenlangen (hoffnungslosen) Verdämmern des geflickten, verwaschenen, vielfach gewendeten Nachmittags, blaugrau und still, in Seitenstraßen und Hinterhöfen. Schon um zwei Uhr mittags: »Wir sinken!« Nacht sinkt herab, alle

Lampen brennen (während die Erde – sie hat ihre Bahn verlassen – sich jetzt immer weiter von der Sonne entfernt).
Nachts um zehn: »Traum verloren!« Dann fährt jaulend ein einzelnes letztes Auto durch die Straße, das letzte, und Wind erhebt sich, Wind rüttelt an Dachziegeln und Fensterläden, unaufhörlich und heftig in langer Nacht, Herbst: »viele Verluste sind zu beklagen und die Zeit geht dahin!«
Viele Jahre des Lebens, lauter leere Tage und sie gleichen einander wie Grabkammern: ein öder Traum, Gleichnisse! »Hast nicht Jugend noch Alter, sondern nur gleichsam den Nachmittagsschlaf der beides träumt!« Und bald wird der erste Schnee fallen...
»Geh jetzt gleich einen zeitlosen Schnaps trinken und die gegenwärtige Situation bedenken, die Lage! Vielleicht kommt morgen schon Geld mit der Post!« Altmodische Eckkneipen, die sich alle gleichen, die jetzt auch nach und nach... oder ganz von allein verwittern, der Vergangenheit anheimfallen, in Vergessenheit geraten, verfallen – verlierst sie unbemerkt aus Augen und Gedächtnis oder findest sie einfach nicht wieder. Und eines Abends, nach Jahren (wenn du dich erinnerst): kamst vorbei und – Stille! Alle Fenster und Türen blind-leer-vernagelt. Eine Ruine in der allgemeinen Dämmerung. Der Himmel gleicht einem *trüben* Spiegel. Und du fragst dich vergeblich, wo die Jahre, die Zeit, wo? Und die Stille wächst und – woher? wohin? – du weißt selbst nicht, ob du kommst oder gehst, glaubst zu träumen, vielmehr ist dir, als seist du soeben erwacht (als Kind mal verlorengegangen) und all die Jahre Vergangenheit, Leben, abgetragener menschlicher Zeit in deinem Gedächtnis wie ein öder unverständlicher Traum, dessen befristete Leihgebühr (gebührenpflichtige Frist, siehe Geschäftsbedingungen) in zwei Tagen abläuft. Also: siehst ihn dir wieder und nochmals und abermals an, wie betäubt. Unfähig, irgendeinen Sinn darin...

»Die Eckkneipe« Drei Treppen davor, Fenster, Gesims und Türen wie aufgemalt – brach der Abend herein, fanden Alle sich ein, immer. Montag Ruhetag. Die ganze Woche hindurch, dienstags bis freitags, kommen die Herren Männer, wenn sie kommen, allein, Sonnabendmorgen mit triftigem Vorwand, aber Samstagabend bringen sie ihre Frauen mit, lauter vorbildliche Ehen, Samstag-

abend ist die Eckkneipe eine Familienkneipe (zum Wohl): Kleinbürger, der vierte Stand (der nie existierte), »Jeder weiß ganz genau, wer er ist!« (Na, das macht auch nix!) Lauter Nachbarn, lauter nette Leute, solang sie dir nicht zu nah kommen. Sie kennen sich Alle, auch Einer den Andern usw., lauter (und wie leicht sie sich finden) Gleichgesinnte, die allesamt haargenau wissen, was sich gehört und (Gott behüte!) von Kind auf nicht das Geringste, von dem was sich nicht – oder höchstens vom Hörensagen gerade soviel, daß sie sich Samstagabend maßvoll drüber entrüsten können, vielstimmig-einstimmig in trautem geselligem Abendkreis, sehr ersprießlich, Ellbogen an Ellbogen, also gemeinsam atmend, Gott sieht zu. Und nach dreistündigem dreist-giftigem Rundgesang (Jeder jetzt mit einem schmerzhaften kleinen nadelspitzen Fieberbläschen ganz vorn, ganz genau auf der Zungenspitze, brennend-eiskalt) buß- und zungenfertig murmelnd: wie rasch die Zeit vergeht, hachja! In Gedanken: wie lang der letzte und jeder frühere Frühling jetzt schon vorbei, so lang her, sind die Lottozahlen schon durch?
Samstagabend vorbei. Jede junge Braut oder liebliche Ehefrau hat sperberäugig ihre diesjährige Sonntagshandtasche an sich gerafft – nix vergessen? Alles bezahlt, ausgetrunken! Und dicht bei der Tür schon, halt-die-Luft-an! (Patentverschluß) Mit geübten Händen beflissen die zahlreichen zähen Krümel aus den Falten der Seelen ihrer Nachbarn gewischt, daß es stundenlang nur so staubte, begründete Hustenanfälle. Mit Anstrengung den gewaltigen Felsblock in der eigenen versteinerten Seele millimeterweise-zentimeterweit ein Stück weit weiterverrückt – vorwärts, ächzend, die aussterbende Gefühls- und Gesteinsschlucht entlang (und sie trägt deinen Namen, Liebling, für immer), achtungsvoll ächzend, doch ohne Gram. Samstagabend: »Alle haben sich gut amüsiert, aber es ist wieder spätgeworden!« Nachbarn, Höhlenbewohner. (Vergnügen muß auch sein!) Auf ihrem nächtlichen Heimweg bellen sie geläufig den Mond an, da droben. Schluß für heut, Klappe zu, gute Nacht!

Fünf-Tage-Woche (besonders solang sie noch neu war und ungewohnt): Samstagmorgen braucht fast Jeder einen erstbesten Vorwand zum Saufen – gestern Lottospielen verpaßt! Ein Bier und-n Korn! Korn zum anwärmen: damits Bier hinterher umso besser

dreinflutscht, Prost! Auch gut für die Magenschleimhaut – Pfui Deibel (und schüttelt sich wie so-n nasser Hund): nochmal dasselbige! Wer Kräuterschnäpse liebt, ist um Magenverstimmungen nie verlegen, appetitanregend und verdauungsfördernd m.b.H. 38 %.
Vorwände: angebliche Hitze oder Kälte, so ein Sauwetter, bloß zehn Minuten oder (noch früh, laß den Tag mit Gleichmut...) wollten ja eigentlich bloß schnell Zigaretten, Streichhölzer auch, bzw. fragen: war der Emil mal wieder hier? Wer schon glücklich seinen Platz an der Morgentheke hat inne – die derzeitigen Herren Strohwitwer, gestrige Nachtschichtler, unverhohlene Morgensäufer (schon ganz gelb), grundsatzloses Nebengesindel, großmäulige Junggesellen und so (regnets noch?) –, liefert gern entsprechenden Vorwand, indem er sich (weit und breit kein Emil!) bereitwillig in jegliches Ersatzgeschwätz reinziehen läßt. Manche (bloß schnell Zigaretten geholt) reden solang sachlich irgendeinen Scheiß mit dir (und treten dabei geduldig-ungeduldig immer von einem aufs andre Bein), bis du ihnen endlich einräumst: »Mensch, wie lang willst-n hier noch trocken stehn?« Dann strahlen sie aber, Gemütsmenschen und haben sich malwieder breitschlagen lassen.
Manche, die kommen Samstagmorgen in eigenen authentischen Arbeitsklamotten, Zollstock hinterm Ohr, und fragen ganz ernsthaft den Wirt: wie heißt nochmal das Türofix-Zeug, das was du immer zum Anstreichen für deine Türen nimmst, Türofix oder wie? Dacht ich mirs doch! Taugts was? Wirt nickt, Bierhahn tropft. Und dann trinken sie eben anstandshalber noch Einen (Samstagmorgen, schon seit Stunden: sieht nach nix als Regen aus). Oder: keine Zeit, grad beim Kelleraufräumen, Mensch. Muß gleich wieder weg, nur schnell-n Schoppen, weil: ganzes Maul noch voll uraltem Kohlenstaub, eben fast erstickt, Mensch. (Na denn, zum Wohle! Standbein wechselnd: auf einem Bein steht sichs schlecht!) Was ein kluger Wirt ist, der verleiht an seine Samstagvormittagkunden bereitwillig die schönsten Vierzehner-Schraubenschlüssel, rostfreie Ratschläge, vollautomatische Rattenfallen (Marke Endsieg DRP) oder gibt Samstagmorgen irgendein wichtiges Wochenblättchen raus für die werten Gästeschaften, Lottozettel sowieso.
So ein veralteter glückloser Klempner aus der proletarischen Nachbarschaft, der Samstagmorgen immer ernsthaft sagte (Brille auf der

Nase, mehr zu sich selbst): Wenn ich nit glei Samstagfrieh mein Zettl ausschreib, vergiß dann dodsicha de ganze Woch! Jahrelang, jeden Samstag »Stonsdorfer«: hat immer seine hoffnungsvollen vier Kästchen gemacht, war aus dem Hultschiner Ländchen, ganz verschrumpelt und bucklicht zuletzt, immer kleiner. Immer die gleichen sex Glückszahlen, aber gewonnen nie was! Höchstens mal (wie zum Hohne) dreifuffzich, bestensfalls! Tja, jetzt ist er ja auch schon drei Jahre bald tot, der Willem! Wie er noch hieß, Familiennamen hab ich vergessen. Weißt du noch, wie er noch hieß, der Willem? (Welcher Willem? Ach der!) Jeder weiß, wer gemeint ist, Jeder hats vergessen. Trübsinnig: Alle nickten. Bierhahn tropft; Samstagvormittag, draußen regnet es ohne Ende.
Oder er kassiert (als kluger Wirt) für die gummierten Beitragsmärkchen vom Gesangverein oder Vaudeka (an der Wand hängt ein Barometer).

Paar Jahre später endlich – mit allgemeiner Fünf-Tage-Woche und massenhafter Individualmotorisierung; die Löhne steigen – da kamen, ein echtes oder unerläßliches Scheinbedürfnis hienieden prompt zu befriedigen*, in der ganzen BRD die (Boxer-)Hundeclubs, Minigolf, vereinigte Modellflugzeugvereine (Funkfernsteuerung) usw. in Mode, Niemandsland, weiße und graue Flecken in Jedermanns Zwangskalender, genehmigte Freizeitparadiese, wo Alle die guten Willens und sofern sie zahlungskräftig und keinen besseren Vorwand zurhand haben (Garten, Schwarzarbeit, Ehrenämter, Beerdigungen), sämtliche Bastler, Sport- und Hundefreunde, jeden gesegneten Samstagmorgen ausgeschlafen (saumäßig gutgelaunt) sich einfinden und am Stadtrand, in Gottes ausgemessener Wochenendnatur in aller Ruhe jede Menge preiswertes Flaschenbier ausm leistungsfähigen Supermarkt oder direkt vom vollfetten Großhändler saufen können, nach Herzenslust (neuerdings auch in praktischen Wegschmeißdosen, hygienisch und bleihaltig), weitgehendst unbeaufsichtigt und demokratisch, auch rülpsen und so, sehr menschlich, sich ausgiebig ausschleimen unter lauter glücklichen Gleichgesinnten (Großhandelspreise! Irgendeiner hat immer

* Die Fremdenlegion ist jetzt auch passé, dafür mehr und mehr (gewinnbringender) Ziviltourismus!

Beziehungen, Prost!), meistenteils Zeitgenossen; Suff zwecks Kommunikation oder zwecks Verbesserung selbiger. Bei schlechtem Wetter in gemütlichen kleinen Holzkisten, altdeutsch und wasserdicht, Vereinslokal (Weißblechhimmel).
Und was die Penner und Arbeitsscheuen im Lande: haben selbstredend längst ihre eigenen trinkfesten Würstchenbuden am verrotteten Stadtrand. Damals fingen die irdischen Schutthalden an, in den Himmel zu wachsen.

Eckkneipen am Weg: nachher wenn du rauskommst, regnets schon stundenlang. Lauter – das sollen »Passanten« sein? geisteskranke Abendspione und Geheimpolizisten auf der Straße, im Regen: Jeder hat eine (wasserdichte) Agentenaktentasche, Alle tun als hätten sies eilig und (Heuchler, Idioten! Aber die Stadt muß doch einen Namen haben!) Keiner weiß, wos zum Bahnhof geht. Tag merklich gealtert, so trüb-grau-diffus, daß du – wer bin ich doch gleich? – denkst unwillkürlich, du siehst schlecht. Scheißregen; mich friert! »Als Atheist flucht man nicht!« Trübe Lichter und wie diese klamme lausige Gegenwart eben beschaffen – auf Abbruch: dort drüben hantieren sie schon besessen mit Spitzhacken, Bagger und Preßlufthämmern, sachkundige Unterirdische in erdfarbenen Fleißoveralls; lauter Löcher, Menschenfallen. Horizont mit Brettern vernagelt; Plakatfetzen: »Kauft!« (Plakate Ankleben Verboten!) »Vorsicht Baustelle!«
(Damals die Taxifahrer am Stand, Sonntagmorgen: Jeder hat seine eigene nahrhafte Nummer und Lizenz, Namen, Papiere, sein wohltemperiertes Auskommen, aktuelle belegte Brote, tägliche Thermosflasche zum Auf- und Zuschrauben, schmackhafte Bild am Sonntag, stets frisch, haltbare fixe Ideen, Faustwaffe, Rückspiegel, Autoradio, Privatleben, Himmel und Hölle und Alles drum und dran, Einer hinterm Andern, geduldig dösend am Steuer – wie von je her, wie das Leben so spielt: eines Tages wachst du auf und bist schon jahrelang Taxifahrer – was noch? Was denn sonst? Alles übrige sekundär, weit weg oder nie gewesen. Alles was dir sonst noch einfällt, hast du bloß geträumt, bestenfalls, geduldig dösend am Steuer.)

3

Samstagmorgengeschichten. Flieder blüht; Ort und Zeit – ehemalige Gegenwart, Mai, noch früh, unser Viertel, hier entlang, Sonne scheint, Palmsonntag steht vor der Tür oder Pfingsten. Der Kastanienbaum blüht. Tatsachen! Wir schreiben so das Jahr 58, Mitteleuropa, dieses Jahrhundert. An solchen Tagen fangen alle möglichen Leute hoffnungsvoll neue Leben an!
Seifenblasen!* Tag noch neu! Trixie (deine liebe kleine Stiefschwester Beatrix heißt das), das vorbildliche Violalein, unser braves Renatchen und viele weitere ernsthafte kleine Mädchen, schon sechs – »Du Liebe Sonne! Wie fröhlich bin ich aufgewacht!« (Erst neulich Geburtstagskind und seither noch keine einzige Träne geweint) –, ganze Scharen heut gehn für ihre jeweiligen Liebmütterlein brav und stolz einkaufen, klipp-klapp: neue Ostersandalen, weiße Elfensöckchen und zukurzgewordene vorjährige Sonntagskleidchen – zum erstenmal ganz allein.
Täschchen, Zettel und das Portemonnaie mit dem Geld (»Verliers nicht!«). Und der Herr Kaufmann Rewe an der Ecke, auch so ein Zeitgenosse, sagt händereibend: Mein kleines Frollein! zu ihnen und fragt saudumm und kindisch: Wie alt biste denn schon? Bist du nicht die kleine Renate? Und verteilt kauend: hier hastn Bombong! Ach, was fürn hübsches Spitzenhöschen! Ganz atemlos, kopflos, keuchend, er gab ihr zwei, drei, ganze Handvoll: hier, nimm doch, halt die Hand auf! Altmodische Himbeerbonbons, ganz klebrig-rot-süß, mein kleines Prinzeßchen! (Atem und Hände gingen ihm durch und galoppierten lauthals-zitternd davon. Scheißbrille total beschlagen!) Kannst du denn auch schon einen artigen Knicks machen? Bitte-danke! (Glöckchen bimmelt!) Und er steht da, wie aufgeblasen, atmet vielzulaut (Nichtraucher!) und hat einen dicken runden Reklamebleistift hinterm Ohr, hat Gallensteine, hat das Wechselgeld, heiße schnöde Münzen, die schmelzen, und die feuchten zittrigen Rabattmärkchen, ganz klebrig, mit vielen geil-unzulänglichen Wurstfingern sorgsam tief in den geschmei-

* Keiner wußte woher. An diesem Tag blieb die Zeitung aus.

digen Falten des kleinen weichen Damenledertäschchens verwahrt, weiß, mit Goldrand und rundem Bügel. »Verliers nicht! Weißt du den Heimweg?«
Himmel wolkenlos, hüpf doch! Bunte Kreidestriche auf dem leeren sonnigen Samstagmorgengehsteig, magische Felder, Tagundnacht, Himmelundhölle von gestern, Kinderspiel das du kennst, ein mehrfarbiger geometrischer Traum; Heimwege! Tag noch neu, hellblau, wolkenlos, unbesudelt! Alle Türen und Fenster offen, Morgenvögel in den Bäumen.
Noch ganz außer Atem: erstmal Brille putzen! (»Wie mein Herz klopft!«) Und steht da, in seinem frischen weißen Samstagmorgenkittel mit vier Knöpfen, steht da wie ein Reklamemännchen auf einem Reklameplakat: ÜBERlebensgroß! Steht da und grinst einfältig-dauerhaft: ein Menschenfreund! (Keiner hats gesehn!) Vorm Laden Obstkisten, Plakate, Fahrradständer, eine prächtige tomatenrote Markise: »Sonnensegel«. Jeden Werktagmorgen, wenn die Sonne scheint (schon in aller Frühe und es wird wieder ein schöner Tag werden), kommt er mit zugehöriger Kurbel raus, stolpert, und stellt sich – nachdem er zuvor mit wichtiger Miene sachkundig den ganzen Himmel gemustert hat, blinzelnd – vorm Laden auf, senkrecht und leiert tief atmend geduldig diese seine prächtige Markise raus, die ist noch neu und war weißgott teuer genug, tomatenmohnblütenrot. Den ganzen langen Sommer lang ein vertrauter freundlich-leuchtender Farbfleck vor dem (in deiner Erinnerung) lebendigen Grün der Bäume, Ahorn, Kastanien, jedesmal wenn du (in Gedanken woanders, aufblickend: wer bin ich doch gleich?) da um die Ecke, wie immer, die Straße langkamst; Heimwege.
»Zeitgenosse!« Aber sie, seine hakennasige Frau mit den vorstehenden roten Augen, sitzt den ganzen Tag böse, stumm, unfehlbar und allgegenwärtig hinter der unfehlbaren Prunkregistrierkasse. Mund wie ein Bleistiftstrich, Zitronenmund. Elektrische Knopfaugen. Ein Kapitel für sich.
Das arme kleine Lehrmädchen Magdalena Flüchtlingskind, wirres Nachthaar, dunkel, bessarabische Traumaugen groß und leer, bald wird sie fünfzehn; ach, wie traurig sie immerfort lächelt. Wie ein zartes Maiblütenblatt rosa ihr vielgewaschener einziger kurzer Kittel, halb durchsichtig, paar Knöpfe zum ganz außer Atem hastig aufknöpfen, drunter immer nur billige bunte Unterwäsche, mal

rosa, mal himmelblau, lila an Feiertagen, gelegentlich gelb oder grün (ausm Versandhauskatalog) und seit sie im Berufsleben und sozusagen erwachsen jetzt: alle Tage billige dunkelbraune Damenseidenstrümpfe mit Naht. Sie wird hier dressiert, sie soll lernen aufs Wort parieren! Sie kniet gern, liebliche kleine Sklavin! (Ihre wunderlichen armen kleinen Elterchen sind arm, alt und wunderlich, du heilige Einfalt, wie bescheidene Stoffpuppen! In ihrer wunderlichen Ersatzsprache, die kein Mensch versteht.) Samstag: schon ihre elfte Lehrwoche. IHK-Vertrag und Folterkeller vorhanden.
Im Laden, der Herr Kaufmann – egal ob du lächelnde Qualitätsäpfel oder naturreine Markenbriketts bei ihm erstehst – tut immer so, als ob er umständlich und gewissenhaft (egalwas!) die besten und schönsten raussucht, erwählet: für dich, für Jeden, für alle Kunden, jedesmal! Andächtiger Umstandskrämer, machts vielleicht wirklich: ein Menschenfreund! (»Keiner hats gesehn!« Und er steht da und lächelt wie ein Blinder!)
Auch (selbstredend) jederzeit zu einem beschaulichen kleinen Geschwätz aufgelegt, was gibts Neues? Wetter, Krankheiten, Vermischtes und allgemeine Lebensweisheiten, aber ja, er führt auch Zeitschriften! Imponderabilien: daß man den alten Herrn Kommerzienrat Grebinius (der zu den Renommier-Einwohnern des Viertels gehört, aber lang macht ders auch nicht mehr), jetzt im diesjährigen Frühling schon lang nicht gesehn hat.
Meingott, also da hätte die Frau Ellwanger doch um Himmelswillen beinah den dringenden Zimt vergessen: auch noch grad vor die Feiertage! Noch ein Tütchen erstklassigen Qualitätszimt also! Sachkundig: der kommt von weit her. Und anschließend die NEUE Hörzu für Frau Friederich. So erweist sich, daß diese tiefen Gespräche durchaus auch ihren prompten praktischen Sinn haben: Umsatzsteigerung, Kontakt, Kundenpflege. Jemand müßte das mal seiner Frau eintrichtern, aber so, daß sie es auch wirklich kapiert!
»Keine Zigarren heut fürn Herrn Gemahl?« (Wo der Friederich bloß seine täglichen Stumpen herbezieht? Sonst kauft sie doch Alles bei mir.) Was die echten Einwohner sind, hier im Viertel, die kennt er Alle von Kind auf, schon ewig, für immer – da macht ihm Keiner nix vor!
Wenn er im Laden ist (anwesend), dauerts jedesmal gleich gut

doppelt so lang (mindestens): »Gu-ten Tag!« (Pause!) Unwillkürlich sagst du (die Pausen ausfüllen, unverzüglich!) Alles zwodreimal: »Dankedankedanke!« Na endlich: Ladentür bimmelt. (Heimwege)

Jenes Jahr, paar Häuser weiter, vor dem abendlichen Trümmergrundstück, Hausnummer 19, wo einst der gezierte Vorgarten (Luftangriff 44), wie über Nacht: ein ganzes Feld roter Mohn! Niemand hat ihn gesät, Keiner wußte woher und wieso, Ende Mai, und steht da und blüht, stetig-leuchtend, andächtig, makellos. Jede einzelne Blüte wie mit einem kleinen Lämpchen bestückt, transparenthell, solang auch nur ein Schimmer Licht noch am Himmel – jetzt im Juni, wos kaum je richtig dunkel, höchstens zwei Stunden jede Nacht.

Abends spät, ganz zum Schluß jedesmal (Himmel leuchtend und leer) leiert er immer bedächtig und müde seine neue rote Markise hoch, ächzend: knarrt ein bißchen! (»Morgen umständlich ölen!«)

Samstagmorgen: Eben siehst du da den Herrn Oberzugführer Friederich, 49, von einer dienstlichen Doppeltour Basel-Westerland-Basel –: hier kommt er heim! Schreitet, soundsoviel muntere Friedenskilo (der Schwerkraft verpflichtet), Dienstmiene aufgeknöpft, -joppe offen, Schritt für Schritt, steife doch leutselige Dienstmütze und ein dauerhaftes Privatlächeln trägt er getrost in der Hand vor sich her, waagrecht, wie auf einem Tablett. Er ist müd, aber gutgelaunt. (Damals noch mittels Dampf, doch seine Elektrifizierung mit Oberleitung schon voll ingang.) Er hat (das bleibt unter uns!) alle Taschen voll zollfreier Schweizer Stumpen! Zwotens: er hat volle vier freie Tage vor sich, Festtage! Ist (drittens usw.) nicht dreißigjährig im zwoten Weltkrieg gefallen, nein! Sondern, siehe, Er lebt! Weißgott: wir schreiben mit Adenauer bereits monatelang das helle Jahr 58 oder 59; vorgestern Abend hat er sich (Abendstraßen, Licht golden! »Ein Überlebender!« Sonne stand tief im Westen und kein dritter Weltkrieg ist nicht in Sicht!) planmäßig zum Dienst begeben und eben jetzt – Schritt für Schritt – kehrt er siegreich heim: Er ist es selbst! (Nein, er hats jetzt nicht eilig!)

Grigorij, der ausländische oder gar staatenlose alte Flickschuster, »ein gefährlicher Anarchist« (näher kennt ihn Keiner): erst neulich mittags beim Teeren ganz überraschend von seinem eigenen schrägen Vordach abgekippt, vier Meter hoch-tief: unverletzt! »Teufel auch!« (Ging blitzschnell, ein Wunder! Dabei ist er mindestens achtzig!) Und begab sich anschließend kopfschüttelnd, ausländisch fluchend, nachdem er oberflächlich gespenstischen Staub von sich abgeklopft hat, proforma, ein heißer Tag, gleich-n Schnaps trinken, während seine unscheinbare liebe Frau (über die wir womöglich noch weniger wissen) noch zu Tode erschrocken eine Etage höher, stumm, oben am quadratischen Küchenfenster wie ausgestopft – Stoffpuppe – ganz und gar reg- und fassungslos – »Wink ihr zu!« (Selbst ganz verblüfft noch: ich lebe!) Hob die Hand wie zu Gruß und Beschwichtigung, magische Gebärde, sie aus ihrer Statuenhaftigkeit zu erlösen: daß gar nichts passiert sei und ich komm gleich zurück. Hitze, leere Mittagsstraßen! War ein heißer Tag in der vorigen Woche!

Der alte Grigorij: ja träum ich denn? Die Steppen der Skythen, das Kaspische Meer, wieviel hundertmal geh ich heim und weiß nichtmal mehr, was ich vergessen hab und immer ist Mittag, die Ewigkeit! Ja, was soll ich euch sagen? Vorhin ein Flugzeug dröhnte da übers Haus, heute Morgen – ach, fragt mich nicht nach der Zeit! Wo ich herkomme, da ist jeder Gedanke so alt wie ein Berg wie Bernstein zitternde Stille blau und gold! Und hoch im Mittag endlos ein Adler kreist – ach, ihr armen unterirdischen Stadtkinder hier (große Geste, weit und breit kein Mensch), für euch sind meine neun Leben! Für euch des Adlers Flug in meinem Gedächtnis, hoch und fern, der Berg Ewigkeit und (verwundert) hier steh ich! Waschpulver hab ich solln mitbringen und denke lange Stunden an Samarkand! Hier steh ich mit leeren Händen! Und meiner Erdentage jeder (hob beide Hände, mitten in der Sonne, ließ die Zeit durch die Finger tropfen, geduldig) zu lang selbst zum nacherzählen, kopfschüttelnd: 365 × 76 × 9, seufzend: achja...

Heimwege, die ganze vorige Woche, jeden Tag: er sprach zu den Bäumen, gestikulierend auf allen Wegen, gerührt, redete mit Vieh und Vögeln und uralten Steinen, momentan bloß ein kleines Kätzchen, atmend, kobaltblau schwöre ich, sonnt sich da in der Sonne auf dem niedrigen warmen Sandsteinmäuerchen hinter der Shell-Tankstelle gegenüber von Ellwangers (die verreist sind, in Urlaub) einfältig gaffendem frischverputzten Haus, kurz vor eins.

Heimwege, »ich bin fremd hier!« Zwei Straßen weiter (wie vorbestimmt, doch ich hatte meinen Namen vergessen; wie mein Herz *klopft*) findest du unversehens eine rotweißgrüngestreifte italienische Eckkneipe (als ob du sie von je her gekannt hättest – nachher weiterfahren!), wo du bei offener Tür kannst sitzen in zeitlosem Frieden und guten Espresso trinken. Kaum Gäste, Zeit im Spiegel: Morgensonne zu Füßen. Der Wirt, ein Römer, berechnet langwierig seinen Gewinn pro Minute-Stunde-Tag-Jahr usw., lautlos, die Lippen gespitzt (wenn ich jetzt einen Cynar bestelle, lieber noch Grappa, dann muß er nochmal wieder ganz von vorn anfangen: sein Leben neu ordnen). Ein kleines frühreifes Tigerkätzchen streicht schattenhaft, ganz verwundert, tapsig-behend um viele verlassene Tischbeine. »Hier kennt mich Keiner!«* Und Espresso trinkend stundenlang uralte Platten spielen, ganz für dich: den ganzen leeren sonnigen Samstagmorgen, streck die Füße untern Tisch. »Blueberryhill«

»Zeit-zu-fahren!« Wie mit Kreide die ewige südliche Ausfallstraße, meine damalige fixe Idee, flimmernde weiße Linie, täglich, endlos: kaum einen Steinwurf weit. (Himmel wolkenlos, Zeitzufahren.)

»Alle künftigen Katastrophen meilenweit weg und ganz und gar unwahrscheinlich, undenkbar!« (Die Abdrift der Kontinente)

»Nobody knows!« (Immer noch zwei Groschen, die du in den diamantenbesäten Regenbogenautomat schmeißt, um die Vergangenheit wiederzufinden.) Kaum noch Schlaf. Schon wochenlang auf der Flucht: Was suchte ich denn? Urwald Wüste Steppe und Tundra, nachts mein Sternenschlaf, blau, der Berg Ewigkeit, südliche Häfen und Alles so wirklich, daß dir der Atem stockt – komm! Glaubst zu träumen: eine fremde Stadt, eine andere Zeit, Sonnenschein, leere Mittagsstraßen, und plötzlich, dort vorn, der kleine Junge der eben dort vorn um die Ecke lief und verschwand – dort im Licht – das war ich!

Jaques der Friseur, ehemaliger Franzose und Feindarbeiter, den das Leben vergessen hat – das hört sich ja gut an, wovon lebt er denn? Soll er dankbar sein, wem? »Die Kinder kommen gern zu mir!« Leben: sein Häuschen, sonnengelb, ist so klein. So bescheiden steht es da zwischen den Fliederbüschen: Exil! Da sitzt er bei offener Tür, schmalschultrig und verträumt (in Gedanken woan-

* Zwischendurch, im selbstvergessenen dösenden Spiegel sah ich wie ein besessener blauäugiger Araber aus, der sein Mekka sucht; Müdigkeitseuphorien!

ders), träumt sich in lauter Fortsetzungen vielerlei Vergangenheiten zurecht, falls er nicht ohnehin Jemand ganz anders ist. Träumt u. a. von einem unsinkbaren Barockschiff aus Kork oder von klangreinem Elfenbeinklavier auf einer Wolke im Mond, wie das schwa-han-ket: D-Moll! Lieber gleich eine haushohe Orgel mit Paternoster und Eternitdach, hochseetüchtig. (Hier regnet es viel zu oft.) Von jahrelanger Weltreise mittels mehrstöckigem altmodischem Fesselballon: Zeit genug!
Unterwegs: das trübe Wetter, die Reihenfolge der Erdteile, immer an der Peripherie: Küsten, Inseln (ungeheurer Abdrift unterworfen schwimmen sie immer weiter davon), alle alten Freunde dein-meinseines Lebens, auch die, die er bloß aus geliehenen Büchern kennt, auch Romanfiguren, fiktive: Esau, Odysseus (den kenne ich, seit ich lesen lernte, mit fünf), Nagel, Salome, Marco Polo, Bakunin und Dschingis Khan – »Ma Ucta!« – nochmal aufsuchen, wiederfinden, Rasputin, Rimbaud, Moravagin und Johannes den Täufer, auch Baudelaire, Kerouac, R. L. Stevenson, Palaschkorona, Besino, Pindar, Poe, Artmann, Aulbach, Kurzeck und die freundlichen Ausgeburten seiner eigenen Phantasie (Zauberwort) – an Bord nehmen, einladen: Alle! Auch die beiden betrunkenen finnischen Matrosen bei Herrn Gustafsson! Papiere sind nicht erforderlich. Alle die (»Wir sinken! So schmeißt Ballast ab!«) müde und beladen, doch guten Willens und wir wollen sie aus ihren (bis heute) barbarischen Zeitaltern und bodenlosen Fährnissen erlösen. Vergeßt nicht Villon! Weltreisen. Hör zu, Jeder wird dir (ja, auch Rurik, Ruskin und Robinson könnt ihr retten – alle Nothelfer!) hoch in der Luft, außerhalb der Zeit, wieder und wieder wortreich, freundlich und hilflos seine widrige Geschichte erzählen – immer die gleiche, jedesmal anders, d. h. in andrem Zusammenhang – Arche Noah Zwo (was hier gerettet wird, ist die Gattung Menschlichkeit).
Die Welt dreht sich, knarrend und schwankend. Und er sitzt da, ein Fremder, alle Tage und Abende höchstpersönlich in seinem großspurigen Friseurkundensessel geistesabwesend und bleich seinem müden traurigen Spiegelbild gegenüber – Jemand anders! (In der Nacht seine Lampe, Einsamkeit und flaschenweise algerischer Rotwein und billiger weißer Kaufhaus-Bordeaux – ganzes Leben im Gedächtnis –, nachts ist er immer noch König!)

Mai, Juni, Zeit genug! (Z. Zt. hat er als Depressiver seine fabelhafte manische Phase – Aufhängen kann ich mich auch noch im Winter!) Jeden Tag scheint jetzt wieder die Sonne und da sein blanker blitzender Zunftzinnteller überm Eingang (Tür offen: Tag wankt und gleicht einer Sinnestäuschung! Schon wochenlang kaum noch Schlaf!) fängt geduldig das Licht ein, kreisrund. Sowieso glaubt ihm keiner hier, daß er Friseur ist. Auch sonst nichts. Er heißt gar nicht Jaques, sondern Marcel und ist hier im Viertel unter diesem oder sonstigen Namen jahrelang ein völlig Unbekannter geblieben, von Amts wegen, Fremdling überall. Er hat einen Papagei, der sich nachträglich auch bloß als Wellensittich erweist, obendrein bloß geliehen, rechtmäßiger Besitzer verstarb gebührenpflichtig und schmachvoll im hiesigen Evangelischen Altersheim – wie die Zeit vergeht. Und hat mal: Jaques F. viele 100 Stdn. vergeblich auf seine amtl. Hinrichtung gewartet hienieden, wird nicht gelyncht werden, nein! jahrelang: Faschismus längst absolviert – hierzulande – nie – gewesen. (Sonne, Morgenvögel)
Das Licht *zittert*, ein Traum – wie aufwachen? Hier im Viertel (wenn du so die Straße langkommst mit deinen täglichen Frühstückseinkäufen: frische Morgenmilch für mein Kätzchen, keine Zeitung, kein Morgengebet, Krimsekt, zwei gebratene Tauben, bißchen Schnee für heut Abend, Wodka, Sahne und frische Brötchen), hier, siehst du: alle möglichen freundlichen Leute haben bei allen möglichen Anlässen (danke gut, danke gleichfalls) alle möglichen freundliche Worte füreinander, wirklich: Wörter, Worte und ganze Sätze, wahr und wahrhaftig* »GU-Ten MOR-Gen!« (Nickten uns tiefsinnig zu, übern Zaun.)
Überall in der Stadt: »Wo die Zeitung heut bleibt?« (Wie einstudiert: Jeder hat seine eigenen Sorgen, Gebrechen und Zerbrechlichkeiten. Weißgott, worauf sie Alle warten mit dumpfer Zuversicht und was uns noch bevorsteht!)
»Des Kaisers neue Kleider!« Herr Karl Wilhelm Heinrich Müller von der städtischen Müllabfuhr haben sich vermittelst brandneuer gewerkschaftlicher Fünf-Tage-Woche (vielerlei weißgottwelche Vorwände: sein Weib ist – will man ihm mal glauben – so saudumm und gierig, so schweinegierig! Kein Sinn für Höheres, aber kochen

* Der Verf. lügt nicht!

kann sie auch nicht!) heut schon in aller Frühe fluchend in die (Alles schwankt! Samstag. Gottlob gehts hier leidlich bergab, stolper nicht!) unbewegliche Eckkneipe hinbegeben. »Weil die Sonne scheint.« (Das läßt sich nicht leugnen!) Meinetwegen heißt er ja neuerdings (seinerseits) Obermüller, mit seinem frischverkrüppelten Daumen, links. Und es kann gut sein, daß wir uns nachher noch ausführlicher auf ihn einlassen – warum nicht? (Noch ein Schluck. Geduld auch. Alle nickten.) Hör zu, er ist nicht so ohne: er fließt. Er gleichfalls ist eitel und vergänglich. Und wie Alles Vergängliche ist auch er nur ein niederschmetterndes schiefes Gleichnis. Und das zumindest (Zeit genug) könnten wir versuchen, zu seinem Besten (hier: sauf, friß!) ihm stundenlang einzutrichtern. Im Suff immerhin, samstags, sonntags, ist er ja doch ziemlich menschlich noch, das ja! Auch Magengeschwüre! Demzufolge nicht unempfänglich für massive persönliche Vorwürfe. Des weiteren, was den alltäglichen republikanischen Müll betrifft, lobenswert unbestechlich (so soll das auch sein).
Gerechtigkeit. Erst neulich im sogenannten Vorfrühling, März, Regentage: Müller selbst beinah an einer dienstlichen Blutvergiftung krepiert. Mitten in der emsigen fahlen Morgenstadt (jeden Tag wird sie wieder neu aufgebaut, immer gleich großspurig und unzulänglich, Babylon), deutscher Fleiß, dritte Strophe. Für so-n Hungerlohn: der halbe Daumen ging glatt drauf dabei, links (wo das Herz ist; Schulterzucken). Und er hätte beinah dran glauben müssen, naja, aber dafür werden sie ihn nächstens bald (falls er nicht vorher das Pech hat, noch über sein Glück zu stolpern) zum Vorarbeiter ernennen – macht auf den schäbigen Stundenlohn lumpige zehn Prozent Zuschlag. Und die alltägliche Ehre noch obendrein.
Jahre später ein anderer Samstagmorgen (es regnet): da ist er schon jahrelang Vorarbeiter und kennt sich selbst kaum wieder. Nächstens, mal sehn, will er wo beitreten, SPD oder Skatverein, in allen Ehren. Aber was seine Frau ist: immer noch die gleiche triefäugige alte Schlampe, die in ihren ewigen schmuddligen Küchenkitteln alle Tage schrill und gehässig in sein (so hundemüde!) vergebliches Erwachen keift! Und dann wird sie über Nacht seine Witwe, kauft sich lauter neue feine Klamotten und (wird uralt werden) kriegt eine schöne Rente so lang sie lebt. »Kein Trost!« Manchmal geht er

und setzt sich paar Stündchen in den Keller, heimlich, atmend, allein. Wer bin ich? Mein Leben wo? Der Verlust der Zeit genauso heillos traumatisch, wie damals morgens: plötzlich ein Daumen ab! Das wächst nicht nach. Aber oft noch, besonders bei trübem Wetter, tut ihm der Knochen immer noch weh, den er gar nicht mehr hat.
Obiger Friederich, Vorname Ludwig, Glatze, Rand- und Berlokken, goldene Uhrkette die (via Vater) noch von seinem Großvater stammt. Die Fortsetzung seines Heimwegs: Morgensonne! Geht auf zehn. Wie heißt doch gleich meine liebe Frau? Uhr aufziehn! Er hats nicht eilig, weißgott. Samstag. Siehe sein dauerhaft-wohlwollendes Grinsen, unwillkürlich. Die ganze Zeit kurz nach neun – was weiter? (Ein Radfahrer der die leere Straße lang langsam, wie eine gemächliche Luftspiegelung – glaubst zu träumen – ganz langsam daherkommt geradelt, geduldig, quer durch die leere sonnige Leere, lautlos! Schien zu schweben. »Die Straße ist breit genug!«)
Morgensonne! Da sein trautes Heim, wie immer, hat geduldig gewartet am Ende des Wegs, neben der gewohnten Morgenbäckerei seiner Kindheit, wo es verlockend nach Backwerk, nach Nougat, Zimt und Vanille riecht-duftet; schmucke Osterhasen und anmutige Pfingstkätzchen, kleine, schmackhaft und niedlich, verschiedene Größen, verschiedenfarbige Halsschleifchen als einzige doch tertiäre Geschlechtsmerkmale, Lübecker Marzipan (mit Farbstoff) – sieh: da weiden sie! Ganze Vitrinen voll (friß sie gleich!). Und Friederich, glücklich-selbstvergessen, feiertags ein Genußmensch, Vorgeschmack frischen Morgenkaffees schon in der stolzen Nase (auf Schritt und Tritt: er erkennt Alles wieder): aufm Heimweg schnell noch gierig viel guten Kuchen kaufen fürs Frühstück, mit unersättlichen Fingern zeigend, froh: den, den! Nuß-Kirsch-Apfel und Mohn, jaja und auch noch zwei Stück da diesen prächtigen locker-gold-gelben Käsekuchen, janein: lieber drei! Begeistert, nickte mit Blutandrang, konnte gar nicht genug kriegen, wie fürn komplettes – mehrere vollzählig tagende Kuchenkränzchen, ganze vielköpfige Geburtstagsfeier, ganze Berge von Kuchen (Pfingstsamstag: seine Frau steht daheim und bäckt). Und die knusprige Bäckerin Lisbeth, blitzsauber, lacht-nickt-strahlt, Registrierkasse jubelt. (Haben wir nicht schon als unschuldige Kinder geil und

glücklich zusammen gespielt? Viele windige Holzschuppen hinter der Mauer und helle naßkalte Märztage, wenn die Luft frisch nach Wind und Regen und Gras riecht, nach Erde und nassem Holz, erst gestern.) Tür fiel zu – Kindheit: Bäckerladen! (Mülleimergroß die alten milchiggrünen Bonbongläser mit schweren Deckeln (obendrauf eine Kugel als Griff) und welch köstliche Schätze, von deinem Vater behütet, sie bargen auf ihrem Grund: wie eingefroren in ewiges Eis!)
Samstag: durch zwei Nächte durchgefahren rattatam: De-Züge! Hellwach-todmüde, ganzes Leben im Gedächtnis, sonnige Seitenstraßen, Tag wartet: »Gegenwart!« Hier sehen wir ihn, Friederich (Zeitgenosse), mit einem Riesenkuchenpaket strahlend aus der lieblichen Morgenbäckerei kommen, ganz atemlos, froh: ja, was soll ich euch sagen? Er strahlt! Drei Treppen, Glöckchen bimmelt, Samstag: ja, was denn? Die ganze Straße duftet nach frischem Kuchen, nach immerwährender Kindheit und baldigem Feiertag! Er ist voller Wohlwollen: gegen sich und Gott und die Welt. »Steck dein Wechselgeld ein!« Die Messingknöpfe an seiner dienstblauen Jacke glänzen wie pures Gold!
– Und später, nach all den Jahren, wird sein ungläubiges Gedächtnis stumpfsinnig staunend gerade diesen als den (wann denn, warum? Ach, gewesen!) glücklichsten Moment all der Jahre entziffern. Später: »Ja, damals!« (Ich ging weiter, Jahr um Jahr. Ich gehe immer noch!)
Und wie immer dort in der Morgensonne das niedrige schiefe Backsteinhaus mit dem leeren Abendgesicht Karmesin, mit den grasgrünen Läden und Blechgirlanden, wenn nicht echtem atmendem Efeu an der Wetterseite (dunkelgrün, endlos knarrend), oder kann sein, es ist (im Windschatten) rostiger wilder Wein. Lackierte Blumenkästen zum Gruß (mit seiner Mutter Segen: ja, bald zwanzig Jahre jetzt ist sie schon tot. Jedes Jahr eine Gärtnerrechnung, die reichst du der Steuer ein), blanke Morgenfenster weißbekreuzigt, im ersten Stock Dachgeschoß sind die Läden noch zu –
»Daheim!« Nachher gleich schlafen! Sieben Tassen Kaffee! Seine Augen sind kleine elektrische Lämpchen, die brennen! Aber nach so einer langen dienstlichen Doppeltour vom Meer bis zum Alpenschnee und retour (erstmal Hemd auf und Schuhe aus, weg damit (ächzend), Jacke auch, häng sie da auf den Stuhl (als ob sie buck-

licht, so subaltern), Ärmel hochkrempeln: Aufatmen, bald Sommer! »Wieder daheim!«) und besonders im Mai und mit Pfingsten oder jedenfalls vollen vier freien Tagen vor sich, die soeben begannen, da wirds mit Frühstück Baden Kontemplation Zigarrenrauchen, Radio spielt, Kätzchen auch, auch ein Garten gehört zum Haus (der Blick aus dem Fenster: Ich Obersekretär! Er erkennt Alles wieder. Alles da: Friedenszeiten, sonnige! Jeder Blick, jeder Augenblick lädt zum Verweilen ein!): wird immer erst Mittag-Nachmittag-Abend, bevor er endlich zur Ruhe kommt; Augen zu!

Windstille! Das alte Haus – wie er knarrend umhergeht: in alle Himmelsrichtungen kleine verschrobene Türmchen die ernst und gefaßt und nicht ohne Vorwurf stumm-beredt seines toten Vaters unvergeßliche Züge tragen, senkrecht-verwittert, gerunzelte spitze Giebel und Übergiebel mit Vorsatz und Helmdach, und bewegliche Wetterfähnchenattrappen aus haltbarem Grünspan und allerlei besinnliche Bleigirlanden in seines toten Vaters förmlicher Handschrift. Ohrfeigen konnte er nicht (zeitlebens Beamter)! Am Ende des Wegs und nicht zu verwechseln: da steht es, düster, doch gutmütig und vertraut. »Tritt ein!« Seine Heimkehr, er fand Alles wieder, erinnerte sich. Finsteren Blicks steht es da und sein Vater, in Gottes Namen, in Gottes geweihter Erde, schläft dauerhaft, schläft, wie schon die teuren Toten Rimbauds, zwei Meter tief, ganz gerade ausgestreckt, unter den prächtigen Osterglocken, die nicken im Takt. (Ein schönes Bild!)

Vaterhaus, Frühling, die Tradition usw., Samstagmorgen: er hat seine Pflicht erfüllt, er befindet sich auf dem Heimweg, gemächlich rülpsend: Alles hat seine Richtigkeit. Die Sonne scheint weiter, Morgensonne und heute Abend (ausgeschlafen) wird er sich mit seiner lieben kleinen Frau (die gleiche wie immer. Bloß ihr Name?) ins tröstliche Samstagabendkino begeben, Walhalla-Filmpalast. Deutscher Farbfilm aus dem Jahre 1956. Und mit Erfolg im Gesangverein ist er auch. Dort steht sein Haus und wartet, neun Uhr durch – »Wir sind durch Deutschland gefaha-ren!« (Sie ist eine fleißige kleine Maus, ganz grau isse auch!)

Friederich auf dem Heimweg (ob die Zeitung schon da? Er schwitzt ein bißchen, wird aber nachher gleich baden), auf Schritt und Tritt: Mohn, Rosen, Blumenkästen, Juni, Vorgärten, Linden,

Flieder, Jasmin, Kamillen, Kastanien, Litfaßsäule in allen Farben: Alles grünt-grüßt-blüht! Und da, ganz am Rand seines (gemächlich wandernden) Blickfelds, wie gewohnt, nahezu durchsichtig: der entmündigte alte Glaser Engel oder sein vertrautes bescheidenes Gespenst, barfuß, wie gewohnt, genauso wie du ihn kennst, bewegt sich schüchtern vorbei, in weitem Bogen, ungeschickt grüßend (mehrfach; ganz konfus und verlegen streicht er dicht an den Mauern entlang, Fassaden, tief in verworrene Selbstgespräche verstrickt. »Da hab ich ihn das letzte Mal gesehn, wie ich Samstagfrüh heimgeh!«), falls ihn an dieser Stelle dein manisches Gedächtnis nicht einfach vollautomatisch reproduzierte, unberufen, weil ich ihm schon so oft hier auf die gleiche Weise begegnet bin, abends, morgens, jahrelang auf dem Heimweg. »Wir kennen uns. Er lebt. Er ist seit Jahren verschollen.« (Bis weit in die sechziger Jahre hinein pflegte die hiesige Bevölkerung getrost mitten auf der Straße zu gehen.)
Im Laden: Registrierkasse, Ladentür, Glöckchen bimmelt. »Alles fließt. Guten Tag!« Seine Frau ist bloß ausgestopft. Die arme kleine Magdalena, gefangen in ihrem eigenen grellbunten Sklavinnentraum, entblößt, schon stundenlang selig kniend, faltet gehorsam Tüte um Tüte. Und er steht da und grinst verloren, immer er selbst, hoffnungslos, in den tiefen leeren Samstagmorgenhimmel: ein Traum! Was es sein dürfte? Stets zu Diensten! Eines Tages, bald: er wird stehend erwachen, acht Jahre alt; Glöckchen bimmelt. Da sein unbegreiflicher Riesenvater kommt eben großmächtig zur Tür reingestampft, keuchend, ganz außer Atem, Licht zittert: draußen leuchtet die Welt! Und Alles ist da und Alles wie nie gewesen!
Was noch? Daß er Scheitel und Glatze und ihm ist, als ob er sich selbst nie anders gekannt hätte. Auch sein Gebiß (erst neulich bezahlt) sitzt wie angeboren. Seine Gedanken behält er wohl besser für sich. Daß man als selbständiger Lebensmittelkaufmann im Laden immer einen sauberen weißen Ladenkittel anhat zu haben und beispielshalber nicht in der Nase bohrt (täglich), nicht in jedweder Öffentlichkeit jedenfalls – na: das ist doch sowieso klar, na klar!
Schon die dritte Führerscheinprüfung, die er letzte Woche aufgeregt schwitzend nicht hat bestanden; Inhaber Rudolf Krämer. (Seine Frau *will* ihn nicht verstehn!) Er hat den ganzen Laden hier

von seinen eigenen beiden Eltern geerbt und ist darin, weiß-nicht-wie (ignorieren kann er sich nicht!), großgeworden, langsam und weltfremd: ein blasser Erwachsener, geboren 1906. Aber die zugehörige teure rote Markise – Herr erbarme Dich! – hat er erst kürzlich selbst angeschafft; sie war teuer genug! Was Einer, wenn er mit sich allein ist (er wußte Bescheid), das muß er umständlich genug unter sich ausmachen, klar! Aber danach wäscht man sich als deutscher Lebensmittelkaufmann selbstverständlich jedesmal sorgfältig beide Hände! [Als selbständiger Ladenbesitzer (»Gemischtwaren!« Heute wieder kein Abendessen, aber sie scheffelt das Geld, als ob sie ihre Seele loskaufen müsste!) hat er selbstverständlich immer seine zahlreichen Gratisproben: umsonst!]
Samstagmorgen, noch früh, und ich weiß nicht, aus welchem dichtgrünen Sommerbaum oder hochgelegenen Dachfenster: überall im Viertel, den ganzen Morgen große schimmernde Seifenblasen, makellos, schwerelos, schwebten sachtzitternd im Licht – Ewigkeiten, bevor eine nahezu lautlos platzt.
(»Kommst du? Wir haben bunte Schulkreide, eine ganze Schachtel und-n neues Hüppseil aus Nilong, ein Nifeha-Wasserball, ein Federballspiel und den Dackel Leo ausgeliehn von die Wetterfelds und ein prima Musikding gefunden aus buntem Blech. Die Marion ist auch da. Das Wetter ist schön. Alle Kinder haben heut schulfrei und dürfen sich gleich morgens beim Rewe ein großes Eis kaufen! Viele wurden dann am nahen Stadtrand Ritter oder Indianer, manche auch Störtebeker und Robin Hood oder Fritz Walter Karl May Winnetou, kommste spielen?«)
Tja, der Herr Sportsfreund Oberbuchhalter Schlüter (der mit lauter steuerpflichtigen Überstunden erst kürzlich sein erstes Eigentumsauto auf Erden erstand, gebrauchten Opel-Gelegenheitskauf oder nagelneuen Vauweh) – Überlegungen, wo er wohl bliebe – schläft noch, macht Überstunden, hat (Nachbar zur Linken) nie existiert – dreimal klingeln! Wochenende: tätigt umsichtig überflüssige Einkäufe, zeugt ein Kind für die Steuer, absolviert fristgerecht Heuschnupfen oder erschöpfende Verwandtenbesuche, pflichtbewußt, wird punkt zwei heute Mittag pünktlich beerdigt: »Heinrich Oberbuchhalter Schlüter. Feuerbestattung 1959, Ein Erfülltes Leben!« Und anschließend endlich mal wieder seinen tiefen Keller aufräumen, hier unten, heute Nachmittag: *schwebte* als hei-

teres kleines Rauchwölkchen in graziöser Anmut (die, solang er lebte, Keiner der ihn kannte ihm je zugetraut hätte) hoch über seinem eigenen feierlichen Leichenbegängnis, Beerdigung gelungen und gutbesucht. Schläft noch, ist verschollen, ist vor gut anderthalb Stunden kurz mal in die (versinkende) Eckkneipe rüber, in Hemdsärmeln. Hat sich dorthinbegeben und widerspruchslos Platz genommen in den trüben Vormittagsspiegeln, ganz blaß, sein gewohnter Eckplatz; trank ein Glas, schweigsam, noch eins, ging pissen und ward nie mehr gesehn, wird jetzt auch gleich aufwachen und sich aufsetzen und am Ufer sitzen und (ein Anderer! Gedächtnis verlegt, Durchblutungsstörungen) seinerseits tatenlos zusehen mit leeren Händen. Wer bin ich doch gleich? Ganz dösig im Kopf! (So viel Licht! Fluß fließt langsam vorbei) Und sein Herz klopft im Takt! (»Kein Elan, Schlüter!«)
Samstagmorgen, Rentner Brinckmann oder Lingenbrinck (oder wie er sonst heißt mit seiner reaktionären Glatze die glänzt, dieser zähe alte Heuchler aus dem Keller – früher beim Einwohnermeldeamt, Jahrzehnte, das Auge des Gesetzes) im Hof sachkundig mit sinnvoller Fahrradpflege beschäftigt, schon stundenlang (plus AOK-Brille, männlich). Wollappen Werkzeug Wilhelmshammer Wassereimer und Was nicht alles (ganz bucklicht sein krummer Schatten), auch ein niedliches liliputanisches Ölkännchen (rostfrei, Jugendstil), Alles griffbereit unterm Kastanienbaum (Himmel wolkenlos, Vögel sangen). Das nämliche rüstige Qualitätsfahrrad, mit dem er früher alle dienstlichen Werktage pünktlich ins Amt ist geradelt! Heute eigens in aller Frühe schon aufgestanden ist er, mit unerbittlichem Kaufhauswecker. Glücklich: Ordnung muß sein! Es kann ja noch stundenlang dauern! Der Kastanienbaum gehört allen Mietern gemeinsam. Laß dir Zeit! Wie eine Eidechse hockt er da. Turnschuhe. Er schmunzelt ölig, hört dabei gutwillig Kofferradio, Samstagmorgen, ein jubelnder Werbefunk nach dem andern, zwischendurch Zeitansagen: die ganze Zeit neun Uhr!
Morgenvögel, nah-ferner Singsang spielender Kinder, vielerlei Wünsche die in sonniger Gegenwart hangen am Himmel (meine, die alten Götter) und in den Bäumen, geknüpft an Silberfäden und – fast in Reichweite – sieh: sacht sich drehn zur Musik, Luft vibriert, Erwartung, ein langsamer leichter Taumel.
L. ist ein großer Bewunderer von rostfreien Kugellagern, exakten

Zahnkränzen, luftdichten Ventilen etc. In der Morgensonne: lauter blanke blinkende Einzelheiten (die zu zählen), und all die Jahre, alle leeren glücklichen Samstagmorgen seines armen glücklichen leeren Lebens (vorhin erst hat er sie an allen seinen vielen zittrigen alten Gichtfingern abzuzählen versucht) haben sich schweigend eingefunden und ringsumher aufgestellt, himmelhoch, in sonniger Gegenwart, reglos (senkrecht): 1 Ex. langer glücklicher Lebensabend, das wärs! Kann gebucht werden! (Datum, Stempel und Aktenzeichen: Kugelschreiberschnörkel.)
Weiter: wir sind mitten im hellen Jahr 58 oder 59, Mitteleuropa schon sehr überlaufen, fraglos, Keiner wills zugeben, Jeder bereitet sich – Jeder für sich, Jeder so gut er kann (manche heimlich) – auf »Die Neue Epoche!« vor, aber Samstagmorgen um neun (fast verschlafen: heut hab ich frei!) ist die Welt, die du hier so vorfindest, noch »quasi« in Ordnung; gut und schön! Das siehst du auch den allzumenschlichen Herren Briefträgern an, obwohl sie im Dienst, sie sind staatlich, meistenteils männlich und untersetzt oder aufgeblasen, bzw. behäbig, redlich schwitzend und es wird wieder ein heißer Tag werden heute, Herrgott! Scheißversandhauskataloge was sich das verblendete Volk Steuerzahler in Stadt und Land immerzu gratis läßt zuschicken, unverbindlich, aber wir: wir schleppen uns (eselhaft nickend, bei jedem Schritt und in fast jedem gottgesegneten oder Scheißwetter) unser ganzes halbes niedriges Erdenleben lang mühselig damit rum! Und wie geduldig sie doch (verhalten atmend) des Wegs kriechen, alle Tage.
Und wie zutraulich doch die liebe alte Tram, mit jedem neuen Tag, wie da der hiesige Vorortbus, Stadtverkehr, Linie eins bis acht – wie ein Spielzeug und frischlackiert (und zwar von Amts wegen, jeden zweiten Frühling, hellblau, Zeit vergeht): Sonne scheint, Samstagmorgen! – hoffnungsvoll in die große Schleife einbiegt und geduldig um die Endstation quietschend kreist und kreist – jede hiesige Tram- oder Stadtbuslinie endet umständlich in einer umständlichen Schleife oder Doppelschleife mit Eckstein und pedantischen Steinbordüren, Laterne, Litfaßsäule und ein windschiefes Rentnerkiosk, das selig noch aus der Kaiserzeit: seither immer wieder frischgestrichen. »Zeitungen, Zigaretten, Obst, Süßigkeiten und Flaschenbier.« (Schnaps in halbwüchsigen Portionsfläschchen darf er nur unter der Hand, Prost!)

Mal wars hessisch rotweiß und der Schornstein (Rundblech mit spitzem rotwelschem Eisenhütchen) vom Vorjahr noch seligblau, dann wieder deutsch und gemütvoll maibuchengrasgrün, Ausflugsziel, oder gar gelb mit gelb (eine Farbkombination die Durst macht: Sauft Binding, ihr Hunde!) und jetzt, so die letzten zehn Jahre, da schmiert der alte Geizkragen Holzmüller jun. bloß jeden weiteren Frühling alle denkbaren übriggebliebenen Farbreste drauf, wies grad kommt, die er sich im ganzen Viertel geduldig zusammenbettelt. Statt höchstfälliger Renovierung tut er immer bloß neue Reklameschilder aus Blech draufnageln, gratis, unverzagt:
Underberg HB Pepsi
Langne Vivilhäger
Eiscreminzlich Bildle usw.
Und steht da im Schatten der Kastanien.
(Genauso, wie bei deiner ersten Ankunft einst, als – weißt du noch? Vögel quietschten – die gottesfürchtige Tram (Baujahr 1913; Dpf. sechzig das Ticket) blitzschnell einen Haken schlug und war schon und blieb verschwunden – gen Mittag: zum erstenmal hier! Hier also! Wohin? (Hast dein restliches Geld schon dreimal gezählt!) »Such dir eine Höhle, nicht weit von hier, aufm Dachboden, »möbliert«, und erzähl der mißtrauischen alten Hexe (64 Mark im Monat, im voraus, neun Quadratmeter, ein Achtel Fensterchen, keine Heizung; Wasser und Klo ein Stock tiefer, stolper nicht!), daß du am Montag inner Eisengießerei anfängst ze malochen, nein: uff die Prinsenwerft. Kommunist bin ich Keiner! Dreifache Witwe, hat Erscheinungen, sauft Steinhäger alle Tage, triefäugig, eine Schlampe! Und wird dir, mangels Bargeld und Scheckheft, deine zwo einzigen besten Hemden klauen; Jammertal! Und wie du es nach Jahren wirst wiederfinden in deinem abendmüden Gedächtnis, wie durch ein umgekehrtes Fernrohr: klein und fern und ganz deutlich! Gottes Segen, lizensierte Trinkhalle, erbaut 1905. »Ich und mein Haus wollen dem Herrn dienen!« Gut fünfzig Jahre seither, eine Generation nach der andern und es steht da, dauerhaft, ernst und verschroben, ernst, bieder und verrückt (ohne zu *blinzeln*), steht da im Abendschatten unter den Kastanien. Drei Mann freie Flaschenbiersäufer in Hemdsärmeln diskutieren freiweg die Demokratie. Feierahmd, Weißblechhimmel! Alle Abende die glei-

che heimsucherisch gleißende Stille, wenn alle Züge längst abgefahren, alle Vergangenheiten und Zukünfte. Himmel ganz rostig schon: ein Kind lief über die Straße und die Stille fing an zu vergilben. Und Abend, alle Abende, die du als (reihenweise nebeneinander) vielfarbig-getönte konka-vexe Spiegel- und Zerrspiegelbilder in vollen (braun, schattengrün, Bier, Wasser, Schnaps, heimwehfarben-gedämpft, lupengrell, buntes Glas, Limonadenfarben; ertrunken und eingesponnen), in all den halbvollen und leeren und neuen Flaschen da auf dem Brett – also Prost! Wiederholungen, zahllos, im späten Licht – wiederfindest in deinem Gedächtnis; wir sinken! Und Abend und viele Stimmen.
»So ist das Leben!« (kurznachneun!) Der altmodische kleine Hund von der Frau Kommerzienrat schnüffelt zaghaft am Eckstein (der ist wasserfest), und die Frau Kommerzienrat (gestern sind sie und ihr schüchternes Hündchen scheints beide beim gleichen geschickten Friseur gewesen, Heidengeld! Beide die gleichen kleinen kunstvollen Silberlöckchen: akkurat und einförmig) bückt sich mit ihrer alten steifen gutbürgerlichen Wirbelsäule – wie das knarrt und knirscht, ächzend hähuu – über ihren vornehmen Krückstock (Ebenholz, Silbergriff), um ihrem Liebschnauzerle (»Na, sträub dich nicht so!«) besonnen ein Bein zu heben, ein rückwärtiges, notfalls mit Gewalt, denn sonst, von allein kömmt das liebe Viech ja nich drauf oder geniert sich womöglich: ein sehr menschlicher Hund! Und sie führt ihn ja nicht umsonst hier lang und breit spazieren, Menschsein verpflichtet! Sie tut nix umsonst (Umsonst tut sie nix)! Tierliebe ist das Heiligste, wo der Mensch (sie schafft ihn sich täglich neu! Jedesmal nach einem anderen Bild!) zu instand ist! Sie ist sehr vornehm, siehste ja! Sie spinnt-n bißchen: persönlich! Aber ihr Krückstock, Ebenholz, hat selbstredend Silbergriff und Tradition. »Schon als ich drei war, sah sie genauso wie heute aus!«
Sie ist (toitoitoi) gottlob ziemlich taub ja hinnieden, schon lang. Aber fromm und gutwillig und gebüldet, sehr fromm und immer noch gut bei Fuß – wirklich: für ihre gut achtzig oder neunzig aufm Buckel ist sie ja immer noch ziemlich gut aufm Damm, Nichtraucherin, Patrizierin, eine vornehme alte Dame, der Stolz des gesamten Viertels – obzwar: »als Witwe ja würde sie sich doch wohl noch viel besser machen, aber erheblich!« Auch die schöne Rente! Und

ihren Alten (aber warum denn nicht abschaffen? Jetzt im Zeitalter der Vernunft!) hat wirklich Keiner schon lang nicht mehr zu Gesicht gekriegt, wer weiß!
»Die Wahrheit ist heilig!« Keiner weiß woher: riesige Seifenblasen in allen Farben, Astralaugen, schwerelos schwebend – Keiner weiß, wo sie herkommen; auf allen Wegen: Jeder bleibt stehen und gafft. (»Träum nicht rum, zähl dein Geld nach!«)

4

»Siehe, die Zeit!« Glaubst zu träumen: man muß methodisch vorgehen! Daß der Wasserhahn tropft, überm Küchenausguß, das ist eine Sache (dachte mir blitzschnell aus, ich sei im Besitz einer vollzähligen Personenliste: gleich ist Alles viel einfacher). Zweitens: in allen trauten Wohnküchen allüberall in Stadt und Land sind deutsche Frauen und Mütter heute dabei, mit Gottes Segen und Dr. Oetkers wohlfeilen Zutaten geschäftig viele gute Kuchen zu backen. Noch früh: Himmel wolkenlos, Vögel sangen und der Tag, hoffnungsvoll, fing alle Augenblick nochmal von vorn an. Samstag: Zeit stand die meiste Zeit still – das gilt es zu nützen! – die ganze Zeit neun Uhr. Wir wollen versuchen, in den Pausen (Musik spielt) so weit wie möglich zu kommen. Alle Türen und Fenster standen weit offen (Pfingsten, Müttertag oder sonst ein offizielles Frühlingsfest vor der Tür). Müttertag: jedes einzelne Kind weiß, daß harmlose Maiglöckchen schön aber giftig sind! Jedes einzelne brave Kind hat zuguterletzt (nach vielerlei abenteuerlichen Kreuz- und Quer-Erwägungen, Expeditionen und pfennigfuchserischen Rechenkampagnen) für echtes Geld, Bargeld mit dem du kaufen kannst, was du willst, für seine einzige liebe Mutter heimlich eine prächtige Riesenschachtel Pralinen gekauft; angeblich preiswertes Sonderangebot. Geschenkpackung. Riesige Teerosen, zartgelb, gar lieblich drauf blühn. Zweieinhalb Kilo brutto, aber das Schwerste ist die Verpackung, wasserfest, neongrell, kopfkissengroß: »Ein guter Kauf!« denkste, aber dann waren doch bloß elf Stück spärliche Ersatzpralinen drin, kümmerliche kleine klebrige Schokoladenhäufchen, schwitzend, ganz schief, schon mehrfach zerschmolzen und mit einer Art feuchten alkoholhaltigen Sägmehls gefüllt. Immerhin alkoholhaltig. Mit lauter schwitzenden Groschen bezahlt, teils ehrlich erspart, teils glatt geklaut: klopfenden Herzens heimlich heimgetragen und (»Überraschung!« Ganz außer Atem: heut schon den zweiten Tag extra die Schule geschwänzt!) schnell im geheimen Schuhschränkchen aufm Klo respektive im Bad versteckt, bis Sonntagfrüh – lauter langweilig-rührselige christliche Lesebuchgeschichten mit Inhalt und Moral, sehr bekömmlich!

Und ich sitze hier und habe noch lang nicht ausgeträumt! (»Man muß methodisch vorgehen!«) In sonniger Gegenwart: überall Seifenblasen! An diesem Tag blieb die Zeitung aus – wie für immer. Später werden wir »Ein Neues Zeitalter!« diese sture kleinliche Grammatik und dito Chronologie für immer abgeschafft haben und können dann beliebig auf Alles zurückkommen, jederzeit! Auch vorgreifen! Wanderungen. Ganz neue Dimensionen und Kategorien die uns blühen, die sich uns dann auf Schritt und Tritt gern eröffnen; und Alles, was du-ich-jeder (wenn wir dann endlich »Wir« sagen und sogar denken können! Und keine Angst, keine Lügen mehr!) zeitlebens hienieden so schmerzlich vermißt hat, doch vorerst (Zeit drängt) weiter so: eine Einzelheit nach der andern:
Der Herr Rewe-Kaufmann – den hatten wir schon, gottseidank! (Da siehst du ihn, wie er besitzerisch vor offener Ladentür Aufstellung hat genommen unter seiner neuen roten Markise. Und steht da mit Glatze und Brille, groß, blaß, kümmerlich, und grinst unbeholfen, lutscht Bonbons, gemessen, Arme verschränkt – nachher Brille putzen!)
Desgleichen Bundesbahn-Friederich auf seinem Morgenheimweg. Inzwischen längst glücklich angelangt sitzt er barfuß oder mit bequemen Traditions-Schlappen am heimischen Frühstückstisch, fröhlich, Ellbogen auf dem Tisch, blanke Augen, Kaffee und Kuchen. Keine Zeitung heut? Kann sein, daß er andeutungsweise ganz dezent schmatzt; Radio spielt. Hinter der Wand läuft, wie ein Wasserfall rauschend, sein heißes Bad ein, schon stundenlang. Sein eigenes eifriges kleines Frauchen holt derweil einen gelungenen Feiertagskuchen nach dem andern aus dem Backofen, brav – jeder einzelne so appetitlich, wie die prächtigen Farbfotografien in Dr. Oetkers Backbuch –, und baut sie da nebeneinander auf triumphierender Anrichte auf, namenlos, strahlend: wie das duftet!
Und Du, mein Kätzchen (sobald Du Dich endlich geputzt hättest, an diesem gleichen sonnigen Samstagmorgen), solltest der vierschrötig-krötenhaften Nachbarsfrau oben im Haus die heutige Zeitung bringen – sie liest immer unentgeltlich Eure Zeitung und sie hat sie immer gern vor halbzehn und wenn sie mal schlecht gelaunt oder die Zeitung mal ist verknittert ein bißchen, oder dünner als sonst, dann: Tss-tss-tss! zischt sie unmißverständlich – erschrick

nicht! Dreimal und steht da aufgeblasen an ihrer Wohnungstür und wackelt dazu mehrfach mißbilligend mit ihrem uneinnehmbaren Kopf.
Also gut, sie heißt Frau E. Blust und sie wohnt bei Euch im Haus obendrüber, im ersten oder zweiten Stock (Treppe knarrt; Morgensonne). Sie ist sehr krötenhaft, die fette Frau Blust (mal ganz objektiv) und sie ist Kriegerwitwe und hat ein Obristenkinn (genaugenommen drei! Ihren inoffiziellen Bart, den sengt sie sich immer mittels Tauchsieder ab, elektrisch, jeden Freitagabend). Sie wohnt oben im Haus. Sie wohnt von Allen am längsten hier und tut immer so, als ob es ihr eigenes Haus und sie (ausgerechnet!) ließe alle übrigen Mieter aus reiner Gnade und Barmherzigkeit, aber das kennt man ja. Bücher liest sie keine, andernfalls käme sie hier nicht vor. Wenn sie ein bißchen – aber wie soll man das nennen? – menschlicher wäre, könnte man ihr guten Gewissens wenigstens eine Katze zugestehn, dedizieren. So gibt es nur Nebenmenschen und Gegentiere. So bleiben bloß Topfpflanzen, ein Barometer, Sparbuch und chronische Verstopfung.
Heute ist Samstag: sie ordnet kramt räumt wischt und poliert und legt (morgen Pfingsten) all die vielen Vormittagsfächer, Schubladen und Vergangenheiten ihrer vornehm-vergilbten Witwenwohnung geduldig mit neuem Schrankpapier aus, feucht abwischbar, Blümchenmuster. Zuerst, wie sie anfängt, singt und summt sie noch inbrünstig schaurige Küchenlieder, auch »Grün ist die Heide«, aber dann: vor lauter Eifer und Hausfrauensinn hält sie stundenlang die Luft an so gut sie kann. Es ist ein ganz heller Tag im Mai, sie hat schon ganz früh am Morgen damit angefangen und brauchte (immer kürzer ihr christlicher Atem) diesen ganzen unwiederbringlichen Vormittag dazu: Ordnung muß sein! »An solchen Tagen fangen alle möglichen Leute hoffnungsvoll neue Leben an!«
Also hör zu, es begab sich soeben vorhin: ein adretter junger Prachtpolizist (wie aus dem schönsten Bilderbuch Gottes, motorisiert) hat ihr heute Morgen vor Aller Augen (gottlob, das gehört zum Glück dazu, hier im Viertel) Dutzende putziger Weidenkätzchenblütenzweige gebracht oder ganze Fluten duftenden Flieder, lila und weiß, taufrisch, ein spontanes Polizeigeschenk, Riesenstrauß! Wurde ihr erst oben auf dem Treppenabsatz vor ihrer Woh-

nungstür und dann nochmal in aller Form auf der kleinbürgerlichen Freitreppe vorm Haus überreicht, mit allem drum und dran: Salutieren, Katzbuckeln, Hacken zusammen und Sporengeklirr, hinterher eifriges Händeschütteln, zivil. Sonnenschein. Jeder bleibt stehn und gafft (es ging so feierlich zu, daß alle Anwesenden unwillkürlich ihre besten Fotografiergesichter aufsetzten). Die Frau Blust ist ihrerseits Kriegerwitwe, aber ihr Herr Schwager der ist von Amts wegen Polizeichef oder -stellvertreter oder -vorsteher oder etwas ganz Ähnliches (mindestens). So begab sich das.

Die Frau Blust: jetzt eben steht sie breit und gewaltig auf sonniger Morgentreppe und blinzelt tückisch. Ein schöner Tag. Sie hat Riesenhände. Sie hat einen endlosen erdfarbenen Kittel an, ärmellos (auf dem man staunenden Bauernkindern gut die veraltete Dreifelderwirtschaft demonstrieren könnte), mit lauter unvorteilhaften Quetsch- und Querfalten und häßlichen grauen und braunen Blumen und Nieren und Schneckenhäusern und Vogelnestern drauf, oder was diese vielen anmutlosen Kringel denn sonst bedeuten sollen, Baumwolldruckmuster, waschfest. Restposten aus unserem letzten Herbst-Winterkatalog, preiswert und strapazierfähig. Sie ist mehr als eine Furie und wird von der gesamten Nachbarschaft respektiert, wie ein einzelnes mächtiges Rhinozeros unter zahlreichen Zebras Gazellen Antilopen. Da steht sie und du kommst nicht so leicht um sie rum. Sie ist nicht zu knapp der Meinung, daß all diese hübschen jungen Dinger aus der Nachbarschaft und überhaupt diese neumodischen niedlichen kleinen Zierpüppchen, weiblich, Karin, Isabella und wie sie alle neumodisch heißen, verwöhnt wie sie sind, paarmal aber mehrfach die Woche und auch sonst gehörig was mit dem Teppichklopfer hintendrauf, das nennt sich nun Ehefrauen! Sie nickt grimmig und stampft mit (beidhändig) Teppichklopfer und Bettvorleger mehrfach dramatisch die Morgen-, dann Vormittagstreppe hinauf und hinab (Schuhgröße 46), daß das Licht nur so zittert!

Einwohner, Begebenheiten: der vergeßliche Glasermeister mit den großen Füßen (Jeder hier kennt ihn) geht barfuß einen Hut kaufen. Er kam erst, gegen Mittag zurück (viel später: ganz verstört!) und fragte, Jeden einzeln, eindringlich Alle, ob heute auch wirklich Samstag sei und ob sie das, Jeder für sich, auch ganz genau wüßten. Die Leute saßen und standen gruppenweise dösend und schwät-

zend auf dem leeren sonnigen Samstagmittaggehsteig rum, in ihren Höfen, auf Sitzbänken, Vortreppen und auf halbhohen Mäuerchen, im Schatten der Bäume und vor ihren (angestammten) offenen Haustüren: »Einwohner«.
Der Glasermeister (er heißt Engel, nicht ganz bei Trost, amtlich, und entmündigt ist er auch): ob denn Niemand Schuh! Verzweifelt fuchtelnd (als ob er ertrinkt. Kann sein, sein Gebiß klemmte): seine beiden Schschschuhe gesehen hätte? Um Himmelswillen! Hilflos gestikulierend; Himmel wolkenlos, leuchtend und leer. Oder, händeringend, wenigstens einen davon! Beide beinah nagelneu! Er stand barfuß da und lächelte hilflos; Schulterzucken. Schien ein bißchen verwirrt; »Sehet hier meine zwei leeren Hände!« Bißchen kopflos. Er hatte sich offenbar doch keinen Hut gekauft, obwohl er sich eigens zu diesem Zweck schon ganz früh am Morgen in die Innenstadt begeben hatte und – wer weiß, wie das zuging – dieserhalb stundenlang abwesend war. Und jetzt, kleine Weile danach, Alle haben ihn ausgelacht, aber er hat sich trotzdem noch nicht beruhigt, setzte er sich im Hof verzagt auf einen feldgrauen Mülleimer und (mit hängenden Schultern, müde, ganz erledigt) fing plötzlich zu weinen an. Mittag. Ringsum in den Bäumen lärmten die Vögel. Er saß barfuß da, alt und verzagt, und weinte wie ein Kind, ohne sein Gesicht mit den Händen zu bedecken, hilflos! Weinte und hat dabei weinend vor sich hin gestarrt, blicklos, wie blind, weinte und rief weinend nach seiner Frau. Und sie: nach einer abgemessenen Ewigkeit erschien sie mit vielen vormittäglichen Lockenwicklern und mit Plastikfrisierumhang drohend am offenen Fenster (Hochparterre, H. Engel, zweimal klingeln) und rief ihm zu: Na? Hast du, statt dir einen Hut zu kaufen, jetzt auch noch dein letztes paar Schuhe versoffen, du alter Lump du! (Er ist nicht von hier, sondern aus der Wachau. Sie bloß von Offenbach.) Elsa! Sagte er trübselig-fassungslos, Elsa! Elsa! Kopfschüttelnd, ohne aufzublicken, und sie lachte jäh und gehässig erzböse aus dem offenen Fenster herab: hahaha! Ihr Haar, sie ist blond, ihre geharnischt klirrenden Lockenwickler, 48 Stück, und der abstoßende, aber wasserdichte und praktische Plastikfrisierumhang fingen wie eine Ritterrüstung silbrig das Licht ein. Das war das letzte Mal. Krachend schmeißt sie den Flügel zu und lacht dann nochmal so ein richtiges pralles Bühnenlachen, daß trotz Sonnenschein, Licht

und Wärme Mark und Bein dir gefrieren und der helle Tag nur so zittert. Dann blieb sie verschwunden. Gegen Mittag: ein Greis ging vorbei, ein Fremder, staubig, müde, weitgewandert, kam langsam daher durch die leere sonnige Stille und trug seinen Strohhut in der Hand, kam und ging langsam vorbei, Schritt für Schritt, halbe Ewigkeit lang, bedächtig in Licht und Schatten und (»wir werden Alle sterben!«) sprach dabei die ganze Zeit leise, ganz leise, traurig-lächelnd mit sich selbst – sag, sahst du ihn nicht? Gegenwart, Sonnenschein, Zeit geht langsam.
Und er, Engel, er saß da mit ganz schiefen Staatsbürgerschultern, alt und müde, Er Selbst, und weinte. (So viele sonnige Sommermorgen Vergangenheit! In unserem Hofzimmer der Frisierkommodenspiegel, matt blinkend, reglos im waldigen Dämmerschatten, gleicht einem verzauberten Teich der senkrecht da an der Wand hängt; Hochzeitsgeschenk. Romantische Rosen ranken sich um und um, blühen dauerhaft an allen vier Wänden; Tapetenstille. Das großspurig-kitschige Ehebett das einer uneinnehmbaren Festung gleicht, Kirschbaum poliert. Aber längst weiß er nicht mehr, wieso und seit wann er schon in der Küche auf dem farblosen alten schmalen Klostersofa schläft, hoffnungslos, stumm sich verkriecht Nacht für Nacht: ganz verkrümmt. Jahrelang: alle Morgen nach krampfhaftem Schlaf und panischem Erwachen – die meiste Zeit Winter: Fenster gefroren, wenn nicht gar zugeschneit, womöglich auf ewig! – hat er schmerzmüde (frierend) angezündet ein Morgenfeuer, ein lebendiges Feuer! In dem gußeisernen alten Küchenofen (Buderus) der da permanent auf der Lauer liegt mit seinen eisernen schwarzen Krallenfüssen. Wer sich die wohl ausgedacht hat, vor gut vierzig Jahren? Berge erkalteter Asche alle Morgen in seinem tiefen Innern, in seinem ausgekühlten höhlenhaft finsteren Eisenloch Magen. »Mich friert!« Vergiß deinen Namen!) Er blieb einfach da sitzen auf dem zweiten Mülleimer, verzagt, barfuß, mittagsmüde, Hände in den löchrigen Taschen oder auf den alterssteifen Knien, hoffnungslos, alt und zittrig, Schultern ganz schief, und weinte immer weiter – Abend noch fern –: bis er später irgendwann (unbemerkt) wohl gegangen sein muß – ging barfuß, müde, auf und davon, mit seinen alten Füßen (blieb verschwunden). Was nachher noch lang und breit erörtert wurde, von allen Seiten: Nein, Niemand! Jeder sah ihn da sitzen, Keiner hat gesehn, wie er ging.

(Frau Blust, die sonst Alles sieht, ist zur Zeit scheints verreist. Das wollen wir festhalten!)

Weiter, der Herr Plaschko von gegenüber: anscheinend hatte er sich schon in aller Frühe grandios-unwiderstehlich betrunken und kam dann mit einem großen vollen Farbkübel – »Vorsicht!« – atemlos vors Haus getorkelt (das verzog keine Miene) und stellt ihn ab (fast kopfüber ins grundlose All gestürzt: haltmichfest!), verschwand wie er kam (murmelnd), kehrt wieder mit einem altmodischen Polsterstuhl, hoch, steif, förmliche Lehne, ein sehr senkrechter Speisezimmerstuhl den er da anschleppt, und stellt ihn auf und »bitte!« Die einladende Handbewegung mit der er sich einlud: »nimm Platz!« Nahm Platz, setzte sich in die Sonne, um (mit dem Rücken zur Straße; Welt dreht sich) in aller Ruhe besoffen den Zaun anzustreichen. »Der Tag, als der Glaser verschwand!« Er konnte kaum noch stehen (obwohl es erst kurz nach neun war, ein schöner Morgen), und er sprach die ganze Zeit mit sich selbst.
Er heißt Christoph A. Palaschkorona. Er sitzt da, ganz ernsthaft, als ob alle übrigen Personen und Requisiten sich zweifellos unverzüglich vollzählig einfinden werden, Beleuchter im Hintergrund (Flaschenbierpause) und der rasende Standfotograf vom Dienst, mit riesiger Florida-Sonnenbrille, Hawai-Hemd, Bermuda-Shorts, Golfstrom-Segelmütze, Marke Globetrotter, vier Atomic-Armbanduhren und eine ganze Kollektion japanischer Präzisionskameras plus Belichtungsmesser komplett um den Hals, ganz außer Atem, wird jetzt auch gleich überstürzt zu spät kommen. ZWANGSVORSTELLUNGEN! Er hat grad erst angefangen, Plaschko, in sonniger Einsamkeit, taucht den Pinsel viel zu oft ein einstweilen, mag mich nicht bücken, streicht vorerst nur die Spitzen der Zaunlatten an, soweit sie in Reichweite.
Der Briefträger kam vorbei, langsam, doch unbeirrbar (auf dem Dienstweg), und Herr Plaschko, nachdem er »sehr erfreut« vergeblich versucht hat, ihn quer über die Straße, mit einladender Handbewegung in ein einleitendes Fachgespräch über Zäune und daß diese verflixten Latten einfach nicht stillhalten können hineinzuverwickeln (und hätte ihm auch bereitwillig einen Stuhl, den er gleich geholt hätte, aber gern. Auch Teppich, Fußbad und Wasserpfeife, doch der Briefträger kennt ihn schon einschlägig, schlug

einen Haken), rief ihm enttäuscht und verärgert nach (eigens aufgestanden): Du wirst dich auch noch wundern, du Posträuber! Du Weinbergschnecken-Kürassier! (Kein Verlaß auf Briefträger! Schon jahrelang keine Post mehr!) Und drohte, nein, winkt mit triefendem Pinsel hinterher, fast vom Stuhl ge –

»Zaun streichen!« Er sitzt – ich bin unsichtbar –, der Schatten des Stuhls ein zierlicher Schnörkel, Sonne grell, Luft zittert vor Hitze. Gegen zehn: er hat erst die Spitzen von sechs bis acht (aber dann, wenn du ernsthaft nachzählst, insgesamt doch bloß drei oder vier) Zaunlatten angestrichen, ungefähr so ihr oberes Drittel oder was halt im Sitzen bequem erreichbar – aber gründlich! Holz ganz verwittert. Sinnestäuschungen! Später will er den Rest des Eimers, die Farbe ist weiß oder hellgrün, über die Füße der Zaunlatten ausschütten, Platsch! Richtige Füße, genau besehn – Erde bebt! Mir zu Füßen: wie das Licht zittert –, haben sie ja nicht. Mag der städtische Bürgersteig da auch ruhig seinen Teil mit bei abkriegen. Unser schäbiger Alltag hat sowieso viel zu wenig Farbe, schon ganz verwittert, Zäune an sich sind blöd und meistenteils überflüssig (den hier hab ich geerbt) und geizig – sogar wenn es mir sehr schlecht ging – geizig war ich noch nie!

Viele Jahre sind vergangen, jetzt sitzt er da, Plaschko, so müde: kennt sich selber kaum wieder, Kopf und Arme so schwer! Ewigkeiten. Sitzt auf ererbtem Speisezimmerstuhl mitten in der Morgensonne und fuchtelt wild mit triefendem Pinsel herum (Notwehr), sieht Gespenster! »Ich bin ein Anderer!« (Und später: wieder hast du dir alles bloß eingebildet, wird sich herausstellen. Doch laß mich erwachen ohne Erinnerung!)

Abend noch fern. Er fängt immer schon morgens zu saufen an. »Laß dich treiben!« Und arbeitet höchstens zum Spaß bzw. aus Überzeugung, also sozusagen spontan. Am hellichten Morgen den Zaun anstreichen oder vorerst (so ein Stumpfsinn) Teil desselben, weil sich die Farbe vorhin in ganz andrem Zusammenhang unverhofft auf dem Dachboden fand. Oder er ist (März, Regentage) dem verstörten alten Plakatankleber mal ungebeten behilflich. Der ergriff nachher auf seinem langsamen alten Firmenfahrrad mit Erwerbsanhänger, Baujahr 09, panisch die Flucht: im grauen Abendregen (»Wieder ein Jahr vorbei«). Litfaßsäule steht heut noch, Zement.

Oder er schreibt »Alles fließt« vor der Tankstelle lagernd (Experimente!) die Nummern aller Stadtbusse auf, wie sie im Lauf des Tages oben auf der Hauptstraße fahrplanmäßig vorbeikommen, die südliche Ausfallstraße. Trank dabei Unmengen süßen berauschenden Heidelbeerwein, den der schlaue geschwätzige Rewe-Kaufmann ihm an diesem Morgen wortreich empfohlen hatte, da hiervon größere Lagerbestände. (Vorm Laden eine rote Markise. Er hat sie, noch früh, eben rausgeleiert und hielt noch die Kurbel in der Hand. Stand da in seinem frischen weißen Samstagmorgenkittel und fing gleich geschäftig zu schwätzen an, schwätzt und wischt sich immerfort den Schweiß von der Stirn, strahlend, seine Glatze glänzt – wohin mit der Kurbel? –, als wir durch die offene Tür in den Laden reingingen der leer war, schattig und kühl, und zum soliden Weinregal hin, kurz nach neun.)
Gegenwart; glaubst zu träumen. Er erklärte den beiden verblüfften Tankwarten stundenlang und besessen, wie er so gewonnenes wertvolles Zahlenmaterial als dauerhafte Grundlage für (Prost! Sie tranken darauf) künftige jahrelange komplizierteste Berechnungen (soffen alle drei aus der Flasche) zu verwenden gedenke und solcherart (oder wie er das sonst formulierte, gestikulierend) nach irdischem Ende und anschließender Entmaterialisation (wenn ich verwest bin, versteht ihr, sagte er und sie nickten befangen, beide. Also nicht ich, sagte er, nur das hier: mein Körper, kapiert? Und sie nickten wieder wie hypnotisiert, fast gleichzeitig, beide), wie er dann, fuhr er fort, letztlich als – sagte er Beweis oder Orakel? – in Geschichte und Wissenschaft und ewiges Leben oder so unverzüglich und auf immer einzugehen gedenke, Handbewegung: ich bin ein makelloser Bestandteil der Wahrscheinlichkeitsrechnung, sagte er und saß wie ein Buddha da (unterm Vordach, am Rande des Lichts, noch ein Schluck, Gluthitze). Ich bin ein verkörperter Lehrsatz, sagte er, Ich! Ein mathematischer Beweis, ein ewiges Gesetz (saß da und soff aus der Flasche, schon die dritte).
Mitteleuropa sei unbestreitbar immer noch voller Merkwürdigkeiten. Ihr zum Beispiel, mit eurer bunten Tankstelle hier, die euch gar nicht gehört, klar. Und mit euren komischen kosmischen Raumfahreranzügen, gelbgrün, in denen ihr wie freundliche Wald- und Wieseninsekten ausseht, sagte er, kann ja sein, daß sie praktisch und (nahezu schattenlos der leere Tankstellenvorhof, geteert,

fing unvermittelt zu flimmern an): wann seid denn ihr hier gelandet? Hört zu, euch hat man doch von vornherein schon zu Kretins bestimmt! Ihr lebt noch im finstersten Mittelalter etc. Schulweisheiten zwischen Himmel und Erde etc. Versteinerungen: ein kretisches Labyrinth, ihr Kretins, quer durch alle Jahrtausende menschlicher Zeitrechnung, ein Gefälle. »Alle Kreter lügen!« und der das sagt ist gleichfalls ein Kreter. Ich aber werde die Wahrheit herausfinden und besitzen, bei allen Lügen, bei Gott, das schwöre ich euch! Die Wahrheit ist heilig. Er nickte, er war sehr bewegt. Es ging schon auf Mittag. Er schwätzte immer weiter, ein Labyrinth, fand weder Ausgang noch Ende – wie immer, wenn er besoffen ins Schwätzen geriet. (Windstille. Meistens ja säuft er in Einsamkeit.)
Gegenwart, Sonnenschein, sie saßen zu dritt unterm Vordach und die beiden Tankwarte guten Willens bekamen ihre Mäuler vor Verwunderung gar nicht mehr zu. Stundenlang: er raucht eine Zigarette nach der andern, ein langer Tag in der Sonne. Alle zirka zwanzig Minuten kam ein ungefähr pünktlicher hellblauer Vorortbus vorbei und er schrieb sich jedesmal dessen Nummer auf – nicht die der Linie natürlich (die wäre ja, sowieso bloß einstellig, immer die gleiche geblieben), auch selbstredend nicht staubiges amtliches Kfz.-Kennzeichen (selten klaut Einer einen Bus), sondern diese fünf- bis sieben-, neuerdings sogar neunstellige Registernummer beiderseits unter der amtlichen Aufschrift: »Stadtwerke Nahverkehr. Ordnung muß sein!« und kontrollierte sie nachher immer nochmal gemächlich, wenn jeder Bus später wieder pneumatisch seufzend, erleichtert, fast leer Richtung Stadt zurückfuhr, nach ungefähr zehn fünfzehn Minuten (Irrtum ausgeschlossen. Eine Art verzögerter Spiegeleffekt. So gleichzeitig überprüfend, daß kein Bus verloren ging, nicht ein Einziger, nicht an diesem Tag. Daß jeder Bus auf beiden Seiten die gleiche Nummer, verschiedene Modelle, alle gleich plump und hellblau (die Herren Stadtväter sind weder Fisch noch Fleisch), manche ganz scheeläugig, Nase platt, Chromlefzen, trollten sich schnaufend; Luftdruckbremsen).
Gegen Mittag: P. damals Kettenraucher, hat gewaltige Vorräte jener vornehm-teuren ägyptischen Zigaretten, die er damals rauchte, mitgebracht und griffbereit neben sich aufgestapelt; Himmel wolkenlos, leuchtend und leer. »Offenbarungen!« Sie soffen alle drei aus der Flasche. Heute regnet es keinesfalls. Er erzählte ihnen

begeistert, wer K. F. Gauß war (1777–1855, seinetwegen wollen wir das deutsche Sz noch eine Weile beibehalten. Geriet zwischendurch in Jean Pauls tiefsinnigen Lebenslauf und hätte mich fast drin verrannt), hatte sich Kompaß, Millimeterpapier, Notizbücher, Logarithmentafeln, Reißzeug, Rechenschieber und was nicht noch alles mitgebracht, unter anderem auch zwei solche magische Folientafeln, auf die man mit Fingerspitzen oder jedem beliebigen mäßig spitzen Körperteil oder Gegenstand egalwas, beliebigen Text, Ziffern, Schaltpläne, Planskizzen etc. jederzeit deutlich sichtbar notieren kann, falls ihm umständehalber und natürlich zur Unzeit jegliches Schreibgerät ausginge: im Dienste der Wissenschaft. Falls diese Tafeln, DRP Muster geschützt, je einen Namen ihr eigen nannten: ich kenne ihn nicht. Die reine Zauberei, gut für Wahlsprüche, Orakel, Landesverrat, Schuldscheine und schriftliche Prophezeiungen. Schrift verschwindet, indem man die Tafel langsam aus ihrem Rahmen herauszieht, vor Aller Augen, spurlos und unverzüglich. Heut nur noch selten siehst du sie, solche magische Tafeln. Jeder hat sie schon mal gesehen. Keiner kann sie erklären. Keiner weiß, wie sie heißen. Damals aber hatte oder begehrte jedes Schulkind mindestens vorübergehend mindestens eine, auch Spione, Lehrkörper, Landvermesser usw. – Plaschko hat vor vielen Jahren mal ein ganzes Dutzend (und zwei davon hab ich heute noch) auf einmal gekauft, vielmehr umständlich eingehandelt, verschiedene Größen, und zwar bei des Teufels verwirrter vergeßlicher Großmutter in einem altmodischen finsteren kleinen Papierkrämerstübchen aus dem achtzehnten Jahrhundert. Und schwerhörig scheints ist sie auch; laß dir Zeit. Ach wer weiß, was sie hundertjährig Alles erlebt hat. In Freiburg, Göttingen oder Heidelberg, auf der Durchreise, morgens. Ja, richtig, für unterwegs. Auf Wiedersehen, Glöckchen bimmelt. Da steht sie in der Vergangenheit. Kann sein, daß sie sich bekreuzigt oder zählt das Kleingeld in der Schublade. Damals war er nüchtern (Seither schien eine Ewigkeit vergangen oder es ist ein anderes Land). Weitere Geräte: vollständigkeitshalber auch ein überflüssiges, doch sehr detailfreudiges Präzisionsmikroskop, aber keine Waffen, weder Fernrohr, noch Filmkamera und auch kein Teleskop. Er hat alles sachgemäß griffbereit systematisch um sich her ausgebreitet, unterm Vordach, die ganze Zeit Sonnenschein. Sie saßen auf einer Art Randstein zu

Füßen der aufrechten gelbgrünen BP-Tanksäulen. (Kaum Kunden. Ein dreckiger Ölwechsel, dem sie da vorn, kaum zweihundert Meter weiter, die Shell-Tankstelle empfahlen. Da werden Sie bestens bedient werden. Nichts zu danken!)
Gegen Mittag: Himmel wolkenlos, Licht grell und allgegenwärtig. Hoch oben ein Habicht kreist. Mach die Augen zu, schnell, sonst gleich für immer ertrinkst du im Himmel! Ganz durchsichtig dicht vor Augen mein Zigarettenrauch, wie *flüssiges* Glas, Luft zittert vor Hitze.
Sie tranken aus der Flasche; sie saßen unterm Vordach und sie tranken, bis daß ihnen der Abend herabsank. Alle Augenblick mußte einer von ihnen gehn und paar neue Flaschen Heidelbeerwein (in immer kürzeren Abständen) aus dem nahen Rewe-Laden holen, Plaschko zahlte (er bestand darauf, Wiederholungen). Und als der Heidelbeerwein nach paar Stunden schließlich schon ausverkauft war – ging blitzschnell, ging grad auf Mittag, kein Hauch, ziemlich heiß in der Sonne und der Laden mit seiner freundlichen roten Markise würde jetzt gleich für zwei Stunden zumachen –, da stiegen sie auf Kirsch-, später Brombeerwein um (Gluthitze, grelles Licht, eine Fata Morgana nach der andern, kaum Kunden den ganzen Tag). »Lachhaft: Kirschwein fanden sich im ganzen Laden ja überhaupt nur zwei Flaschen insgesamt.«
Oder er half – da war seine Frau verreist – angeblichem Werkstudenten letzten Sommer mal Prospekte verteilen, gratis, sehr hilfsbereit und – ewig schon keine Post mehr – stopfte dabei seinen eigenen einäugig-entsetzt-erschrockenen Erbbriefkasten Palaschkorona – »das kann mir Keiner verbieten!« – selbstlos voll bis zum Rand (seine Frau ist verreist).
Fünf Uhr, es war drückend heiß, alle Leute wie betäubt! Plaschko auf dem Heimweg, war mittags im Kino, kam grad aus dem bekannten Rewe-Laden, als er – wohin jetzt? Du nicht daheim! – in leerer sonniger Nachmittagsstraße auf obigen Prospektverteiler stieß und bot ihm gleich lebhaft seine unentgeltliche Hilfe an: Farbprospekte, sehr idyllisch! Er hatte in jeder Hand zwei schmackhafte kleine Fläschchen Kirschwasser oder Birnenschnaps. Er hat gleich begeistert gut die bessere Hälfte der Prospekte ehrenamtlich übernommen: zwecks Verteilung. Und wenn die jeweiligen Anwohner auf sein emphatisches Klingeln endlich öffneten, saumselig-überstürzt,

stand er schwankend vor ihrer Haustür in Positur. »Guten Tag!« Fixiert sie wie ein Über-ich, sah ihnen streng ins Gesicht und: »hier bitte, unverbindlich!« drückt ihnen die Prospekte in die zögernde Hand, zwei pro Person und sagte (auf der Nachmittagsseite, Sonne stand hinter ihm und ihr Licht sprengte fast den Türrahmen. Alle blinzelten wie schuldbewußt, ganz benommen, knittrig und dösig standen sie in ihren Haustüren: ha? Ganz verwirrt. Wer weiß, was sie schon den ganzen Tag über drin getrieben. Keiner wagte, sie nicht zu nehmen!), sagte schwankend befehlshaberisch – variierte die beiden Sätze streng und gerecht von Tür zu Tür –: »Sie sollten sich das hier mal durchlesen! Lesen sich das jetzt gleich mal sorgfältig durch! Bitte-danke!« (Wirklich: Alle nickten erstmal verblüfft. Wie ihre Vorgärten einander nacheifern. Zwischendurch hab ich zwei von den Fläschchen ausgetrunken.) Wie die Sonne sticht, Gluthitze, nicht ein Luftzug den ganzen langen Tag. Du warst nicht da (wie soll ich je wissen, ob du zurückkommst und wann, da doch meine Zeit, wenn du nicht da bist, aus nichts als Katastrophen besteht. In einer Welt die nicht in Ordnung ist, es nie war. Und nächstens womöglich hätte ich mich damit abzufinden, daß du nie existiert hast). Alle Leute wie betäubt (»... schleppten sich hin und her wie Fliegen, die auf einer blanken Kupferscheibe kriechen«). Spät am Abend fand ein Gewitter mit anschließendem nächtlichen Wolkenbruch statt, bis gegen dreiundzwanzig Uhr. Nachher (wenn wir am Fenster stehn, Alles tropft, Junigärten) eine stille samtblaue Sommernacht. Niemand schlief!

5

»Zaun streichen!« Plaschko sitzt auf seinem altmodischen Polsterstuhl in der Morgensonne auf städtischem Bürgersteig; Keiner stört ihn, die ganze Zeit Samstagmorgen. Er ist (Rücken zur Straße – vor seinem eigenen Haus) schon paarmal jäh abgekippt mit Stuhl, Gedankengang, Pinsel und Farbeimer, aber das macht nichts. Er fuchtelt (in Gedanken: lauter Duelle und Selbstgespräche, statt Degen!) wild mit triefendem Pinsel herum: ich bin müd! Gleich wird er es satt haben und den Eimer und seine restliche Geduld einfach klatsch übern Zaun ausleeren-auskippen-ausschütten und die verblüfften Latten, ganz baff, hellgrün, dottergelb – Frisch gestrichen! –, nur so triefend von Farbe und Fröhlichkeit! Und ein Fußtritt für den Eimer, weil er schon leer ist! Und er wird gehn und die nächste Ladung holen, klatsch! Mußt dem Zaun die Farbe nur so reinschütten in die löchrige Fresse!
Vorerst noch sitzt er auf seinem Stuhl und fuchtelt gedankenvoll mit Pinsel und Plänen, aber wird jetzt gleich oder hat sich schon entschlossen: »Die Idylle wird bald ein Ende haben!« Eben kehrt die aufgetakelte Frau Kommerzienrat Grebinius samt verschüchtertem Gatten oder Pudel vom gemeinsamen Morgenspaziergang zurück und ihre Schritte plus Krückstock knirschen gehörig in meinem Seelenfrieden. Beide machen deutlich je einen mißbilligenden Bogen um ihn herum, ach: das ist mir ganz scheißegal! Zum Schluß, wenn noch Farbe übrigbleibt, werd ich euch auch vorteilhaft frischlackieren oder nicht, einerlei, ich bin müde, so müde, schon jahrelang, und mir ist das, die Farbe und eure manierliche Mißbilligung jetzt und jederzeit ganz egal!
Die Sonne scheint weiter, es geht schon auf elf allerseits. Nur keine fixen Ideen, er kennt sich. Man muß nicht gleich das ganze Weltall renovieren, bloß weil sich auf dem Dachboden ein alter Farbkübel fand und man hat damit angefangen. Zwischen elf und zwei oder zwölf und vier pflegt Herr Plaschko (der morgens säuft) immer paar Stunden zu pennen: damit er sich nachher am Nachmittag nochmal neu kann besaufen (jahrelang: eintöniges Doppelleben).
Wie mich der Zaun schon ankotzt, Scheißzaun! Spießbürgerrelikt!

Holz ganz verwittert schwarz rissig morsch und vertrocknet – Alles eins! Er läßt den Pinsel fallen, na also, steht auf, läßt seinen leeren Speisezimmerstuhl mit der hohen Lehne samt akkuratem Vormittagsschatten einstweilen in Stich, in der Sonne zurück, und schlurft, Er selbst (Doppelgänger habe ich keine!), gespreizte Finger voll Farbe wie fremde Gegenstände steif von sich abhaltend, durch sein offenes Hoftürchen, neuen ausgeschlafenen Nachmittagsgefilden zu. Verliert unterwegs nach und nach einen Schuh, Pinsel, Gedächtnis, zweiten Schuh, Alles für den großen besinnungslosen Tagschlaf in den er einfach so hineintaumelt-fällt-stürzt: bis ich aufwache, ist schon wieder Nachmittag und die Sonne steht auf der anderen Straßenseite. Dann will ich Kaffee mit Rum trinken!

Herr Palaschkorona hat das Haus (obwohl er insgeheim nicht dran glaubt) vor X Jahren richtiggehend geerbt. Damals wohnten darin alle möglichen Leute, die seither verschollen sind oder ausgetauscht wurden. Andere haben sich verdoppelt. Wie soll man sich da noch zurechtfinden? (Manche gibt es, die siehst du nie wieder. Eine Angelegenheit für Statistiker und Geheimdienste.) Er kann sie Alle nicht leiden, noch leugnen d. h. ignorieren. Oder höchstens zeitweilig. So hat er sich angewöhnt, sie zerstreut zu verwechseln. Guten Tag, Guten Abend. Immer mehr Schatten, die Treppe knarrt und wir grüßen uns gutwillig, fragend. Jedesmal so, als ob wir uns zum ersten Mal sehen. Auch ein Garten gehört dazu. Die alten Apfelbäume im Garten. Wie gut ließen sich Schaukeln anbringen an ihren knorrigen schwarzen Ästen, doch nicht ein einziges Kind wohnt im Haus.

Das Haus ist vierstöckig, so hat er seither sein Auskommen (»die Miete, ja richtig. Legen Sie das Geld bitte dort in die Schublade!«) und kann sich – hier sitze ich – in Ruhe besaufen, sooft er will: Jemand Anders.

Seine Frau heißt Ulla (liebe Ulla!) und wir haben uns damals im Sommer in München kennengelernt, wo sie – erinnerst du dich? Es war Sommer und heiß und sie hat im Büro einer Reifenfabrik gearbeitet. Sie hat zwei oder drei Semester Musik oder Medizin studiert, Ulla! Wo die Zeit blieb? Ihr alter Vater ist ein alter Zahnarzt und falls er noch lebt (eigentlich wollte er Komponist werden, ja) jetzt jedenfalls auch schon ziemlich alt.

Rosenheim: in einem verwilderten Garten, hinter einer verfallenen Mauer deren verschnörkeltes Tor ewig offensteht, von Gestrüpp umwuchert, am Ende eines schmalen sandigen Wegs der an Birken und Föhren vorbei in den Abend führt, sein Haus, ganz mit Efeu bewachsen. Gotische Bogenfenster, wie blind. Es scheint verwaist zu sein. Besonders am Abend, hinter seinen zwei einsam-fröstelnden Birken oder untröstlichen Trauerweiden steht es wie eine stillgelegte Friedhofskapelle da (alle Gräber verschüttet, Namen vergessen, dort ist die meiste Zeit Abend).
Der alte Zahnarzt lebt lang schon allein – lebt er noch? –, von großer Stille umgeben. Er gibt vor, taub zu sein, schon Jahrzehnte, aber abends manchmal hörst du Klavierspiel. Dort gibt es ein Bild, eine altmodische braungetönte Fotografie in einem schmalen Silberrahmen der mit Blütenranken verziert ist: eine fremde schöne Frau die dich wehmütig anlächelt, Ullas Mutter. Und du hast sie nicht gekannt.
Plaschko schläft; die Sonne steht hoch am Himmel und er träumt Kornfelder, Stille, Feldwege in den Abend.

»Der Ernst des Lebens!« Herr Christoph A. Palaschkorona, aber hier in der Straße die Leute, das ganze Viertel, Alle sagen immer nur Plaschko. Niemand hier weiß seinen vollen Namen oder sie haben es eilig, haben andere Sorgen; Keiner macht sich die Mühe, noch kann ihn auch nur Einer je richtig aussprechen. Fremd hier, halber Ausländer, sie tuscheln freundlich-gehässig hinter ihm drein. »Sowieso kennt mich Keiner!« Und er ist ja doch die meiste Zeit ziemlich blau, da kommts nicht weiter drauf an, hinter seinem Rücken. Hauptsache, man weiß, wer gemeint ist.
Er säuft, er ist neunundzwanzig. Als er noch klein war, da hat seine damalige alte Tante (von der er hier dieses nachträgliche häßliche Mietshaus mit allen zugehörigen Albträumen vor zirka zweieinhalb Jahren geerbt hat) mal zu ihm gesagt, allen Ernstes: morgen ist auch noch ein Tag! Wo das war? In Düsseldorf, ein Sommerfest, längst verjährt. Er und sie, wir hatten soeben Platz genommen in einer startbereiten Achterbahngondel (zwanzigtausend Meilen unter den Meeren) oder es war (die Reise zum Mittelpunkt der Erde) ein devoter hölzerner Karussellschwan, wenn nicht gar das Wiener Riesenrad in Wien. Sie zahlte; geht gleich los! Plaschko damals

sechs oder acht und sie – obwohl sie danach noch weitere fast zwei Jahrzehnte dahinlebte, eine weite Reise – sie hatte in seinen Augen bereits für immer ihr irdisches Höchstalter erreicht. Jetzt: das vorletzte Klingelzeichen! Unsere Gondel, wenigstens in Gedanken, schaukelt sacht aufwärts schon, knarrend und schwankend, oder (für mich allein träumte ich von einer glorreichen Ballonfahrt) wird sich jetzt gleich in Bewegung setzen –
Vorher: eine echte Wahrsagerin die wir aufsuchten, deren verbeulte nachtblaue Blechbude großspurig-stümperhaft mit Sonne, Mond und Sternen bemalt war. Ich wartete wie betäubt hinterm Vorhang, hielt die Luft an (ein Zwang!) und verstand angehaltenen Atems nicht ein einziges Wort von ihrem eindringlich-langatmigen Geflüster. Der muffige Vorhang. Es roch betäubend nach Wachs und indischen Räucherstäbchen. Ich hielt die Luft an und wäre beinah dran erstickt. Meine schmerzenden Füße! In weitem Bogen sind wir über den ganzen staubigen Jahrmarkt gewandert. (Dauernd ist mir, ich werde gleich merken, ich hab was verloren für immer!)
In der Gondel: saßen einander Knie an Knie gegenüber, stumm. Seine Tante (damals noch war sie gewaltig für mich, beinah steingötzengroß, meistenteils unverständlich und nahezu allmächtig. Doch wir hatten einander schon damals nichts mehr zu sagen), nachdem sie das Wechselgeld kundig verstaut hat, ließ sie ihre Hausbesitzerinnenhandtasche zipp auf dem mächtigen Schoß hörbar zuschnappen; ihr Parfüm. Sie sitzt, ohne sich anzulehnen, ganz kerzengerade, hat blitzschnell ihr Lächeln zurechtgerückt, Frisur, Status, Halskette, Brosche und Hintergrund, saß gelassen da in ihrem sommerlichen Mittvierziger Margrittenkostüm, Handtasche auf sicherem Schoß mit einer Hand kundig streichelnd, liebkosend, mit der anderen hielt sie sich fest: geht gleich los jetzt! Und sagte, ich weiß nicht in welchem – in keinem – Zusammenhang: morgen, sagte sie, morgen ist auch noch ein Tag! Und lachte unaufrichtig, aus vollem Hals, wobei ihr ganzer Körper samt Schmuck (daß ich dachte, wirklich, wir fahren schon) gleich heftig ins Schaukeln geriet: hahaha! Oder nickte in einigem Abstand (und da ging es wirklich los, jetzt: wir steigen!) nachdrücklich hinterdrein, zweimal, mit eingekniffenen Jungfernlippen, in sacht-aufwärtsschaukelnder Gondel (während ihr Blick sich trübt oder es ist das zuge-

hörige Bild in meinem Gedächtnis). Und er wußte nicht, was das heißen sollte und saß da, fassungslos (ich!), und lächelte starr, krampfhaft, angestrengt, ohne Ende: damit sie keine Angst bekäme, so hoch in der Luft! Und: Jahrmarktmusik! Gleich würde das Riesenrad anfangen sich zu drehn, himmelwärts. Alle winken. Und der ganze bunte staubige Jahrmarkt mit all seinem blinkenden klimpernden Zubehör, eine Staubwolke, fängt zu kreisen an (zwischen Himmel und Erde: mir tun die Füße weh!), dreht sich langsam vorbei und bleibt jetzt wie ein liegengelassenes Spielzeug auf der (versinkenden) Erde zurück, klein und fern; Alle winkten. (»Ach, ich habe mein Herz verloren. Es liegt da im Dreck und Alle treten mit ihren Füßen drauf und Keiner schaut hin.« Plaschko schläft.)
Seine Tante, abgesehen von diesem verschrobenen Mietshaus (das dasteht und keine Miene verzieht; nur abends manchmal schwankt es ein bißchen, aber daran gewöhnt man sich) hinterließ sie ihm auch noch ein renommiert-verschuldetes Provinzcafe in traditionsreich-scheeläugig-sauerländischem Mittelgebirgsstädtchen (sehr altmodisch): trat es gegen Übernahme der Hypotheken oder ähnliche Formalität ökonomischen Aberglaubens an den dortigen Dummkopf von Geschäftsführer ab (klar, daß der, Opfer seines Berufs, auch viel tief-innigere Beziehungen dazu hatte). Aber vorher hab ichs erst noch besichtigt, eigens hingefahren. Im selben Haus Erdgeschoß hatte sich die Zweigstelle einer Bausparkasse, vielleicht war das doch im Badischen, langfristig eingenistet. Ihr Geschäftsführer sah dem Geschäftsführer des Cafes verblüffend ähnlich. Außer mir schien das Keiner zu merken. Vielleicht doch eine optische Täuschung, ein gelungener Spiegeleffekt oder (wer weiß? Geheime Durchgänge hinter der Bühne, Verbindungstüren) der betreffende Darsteller übernahm freiwillig Doppelrolle. Beide haben sich insgeheim händereibend zusammengetan und (sowieso austauschbar) vertreten einander – »das merkt Keiner!« – zu ihrem eigenen Vorteil oder spaßhalber bei sämtlichen Anlässen und Gelegenheiten. Das Haus war ein Doppelhaus (kann sein in Westfalen). Plaschko ist nur einmal dort gewesen. Er erinnert sich ganz genau: fuhr mit dem Zug hin, Nachmittag, Spätherbst, vier Stunden Fahrt, einmal umsteigen, trank die ganze Fahrt vorzüglichen Portwein, war ziemlich blau, als ich endlich an Ort und Stelle richtig

ankam und eintraf und ausstieg: hier also. »Also hat seine Richtigkeit!« Er sah sich verstört um (in der dritten Person). Der Bahnhofsvorplatz. Soeben angekommen, unterwegs mehrfach fast eingeschlafen. Lichter, Menschen, der Bahnhof abfahrbereit; fing grad an dunkelzuwerden, was weiter? Blieb zwei Tage, zwei oder drei, so genau weiß ich das nachträglich nicht mehr (obwohl er sich ansonsten ganz deutlich an Alles erinnert), wohnte im Hotel, strich in der Stadt rum, als hätte er (wer bin ich doch gleich?) hier oder irgendwo was verloren, soff die meiste Zeit einsam und allein, leere Tage; ziemlich trübselig und verloren mitten in der Zeit; Herbst. Zum ersten und letzten Mal hier: eine traurige kleine deutsche Stadt im Gebirge. Spätherbst, Nachtfröste und bald wird der erste Schnee fallen. »Wir werden nicht wiederkehren!« Bin ich nicht als Kind schon mal hier gewesen? (Falls ja, erkannte er Alles wieder!)
»Die Farben des Herbstes.« Er fand ein Ahornblatt, traf mehrfach zuständigen Rechtsanwalt, der sich als freundlicher fetter alter Mann erwies, scheints ein Säufer. Er hinkte mit Spazierstock und erzählte beiläufig, er hätte ein Holzbein (rechts oder links?): US-Granate, Ardennen oder Eifel, Oktober oder November 44 (schon wieder Herbst). Besuchte ihn auch mindestens zweimal in seinem langweiligen alten Büro, Hauptgeschäftsstraße, erster Stock. Lauter leere Leitz-Ordner, gebraucht gekauft, und das Telefon ist zweifellos bloß eine Attrappe oder schon jahrelang defekt. Seine angebliche Sekretärin, dieses blonde Biest, sei seit drei Tagen krank. Aber ganze Stöße alter Zeitungen auf seinem Schreibtisch, Jahrzehnte, auf Aktenschränken und Stühlen und auf dem Fußboden, stapeln sich, modernd, verstauben (die Ewigkeit wartet). Er ist der Anwalt, er geht an der Wand entlang auf und ab, knarrend, riesengroß, ganz verknittert. Wir wollen zusammen abendessen. Vielleicht hat er geschlafen, bevor ich kam.
So ein trüber Tag! In der trübseligen Anwaltskanzlei (Zeit zu gehen. Auch der Geschäftsführer wird an dem Essen teilnehmen) lagen, standen und hingen allüberall unzählige Reklamekalender herum, alle längst verjährt, zeigten geduldig-unbewegt die verschiedensten Bilder Tage Monate Jahre vergilbter Vergangenheit. Während er mir seine abwesende Sekretärin nach dem Vorbild von Marilyn Monroe liebevoll wortreich beschrieb, schon zum zweiten-

mal – und ich wußte, er hat gar keine – bevor wir uns endlich auf den Weg machten (sie hat nie existiert und ist ihm unersetzlich).
Der Geschäftsführer: er war blaß und aufgeregt, hatte die übliche gepflegte Glatze und hinter seiner Buchhalterbrille aus Fensterglas sehr flinke furchtsam-kecke Mäuseaugen (»ja, sie ist wirklich tot!«). Wir werden uns nicht lang mit ihm aufhalten. Er nahm die Brille alle Augenblick ab und erzählte heuchlerisch blinzelnd, wie kurzsichtig er doch sei. In der Tat: völlig hülflos ohne Brille, jaja und ich nickte, doch wußte, das ist gelogen bzw. gehört zu seiner Rolle (sogar seine Glatze im Licht wie eine schnöde Imitation, wie aufgeklebt). Er gestikuliert ungeschickt und schwätzt immer weiter drauflos, wie Einer der nickend seine Verlegenheit zu verbergen trachtet oder dies demonstrieren will. Lauter mißglückte Gesten und kein Ende. Was will er denn wem beweisen? Seinen unmaßgeblichen Namen: den hab ich beizeiten vergessen.
Ich und der Rechtsanwalt Domberg mit seinem Holzbein, wie wir fürstlich mit ihm zu Abend speisen: Burgunder, feinherbes Wildragout mit würzigen Moospfifferlingen, hausgemachte Spätzle, pikantes Weinrotkraut und im Frühmorgentau eines sonnigen Spätherbstes ausgereifte Hochwaldpreiselbeeren, Wildwuchs, taufrisch, jede einzelne vor Tag von schweigsamen Fachleuten mit Sorgfalt und Sachkenntnis handgepflückt, Sonnenblut, Spätlese. Er (Jener) nippte nur einmal an seinem Wein, stocherte zwei Stunden lang pflichtbewußt und nervös in seinem Essen herum, wie Einer der seine Zähne vergessen, doch er hatte sie mit, dieser angebliche Berufsgastronom (mit seinen, wie Stand und Taufe überkommenen abendländischen Magengeschwüren), während Domberg und ich ausgiebig und genußvoll tafelten (inzwischen hab ich mir Essen ja so ziemlich abgewöhnt, wie du weißt. Aber damals soff ich erst seit drei Jahren). Ein Festmahl. Man kennt sich kaum. Er schwitzte und schwätzte die ganze Zeit (unter Kronleuchtern) und zerrte dabei dauernd verzweifelt an seinen störrischen Manschetten. Als ob seine sämtlichen Arme immer länger würden und das Wasser steht ihm schon bis zum Hals. Damals war ich noch kaltblütig, hatte gleich als ich ihn kennenlernte hellsichtig entschieden, daß er (unabänderlich) ein langweiliger Dummkopf sei und er, seinerseits, gab sich jedenfalls beständig die größte Mühe; Geschwätz. Kann sein, er erzählte in Pietät, er sei früher Diplompfaffe gewesen oder

beinah geworden oder etwas dergleichen, aber vielleicht bring ich das durcheinander, sagt Palaschkorona, ganz durcheinander. Ich will ihm nix anhängen, obwohl es ja wurscht, es kommt nicht drauf an. Und meine selige Tante in ihrer übergroßen geschäftlichen Güte hätte stets größte Stücke auf ihn gehalten (warum, sagte er nicht. Domberg nachher, mein Einverständnis vorwegpflückend: so ein gerissener Gummidackel!), obzwar sie ja leider unbelehrbar, naja (Domberg nickte gedankenvoll, mächtig kauend, mit seinem Riesenschädel).

Wir hatten vorher im Restaurant auf ihn gewartet, Domberg und ich. Wir tranken schon ein paar Gläser, bevor er überstürzt zu spät kam (wie ein abendlicher Fernsehgast, Dr. Ripple oder wie er heißt, auf der Flucht), stotternd und käsebleich und (ich sah ihn zum erstenmal) wir hatten uns zuerst wirklich die größte Mühe mit ihm gegeben, mit höflichen Redensarten und eisgekühlten Aperitifs, aber schon nach den ersten zehn Minuten, noch vor der Suppe, hatten wir beide genug von ihm und kümmerten uns nur noch ums Essen. Zweiter Gang Rebhuhn, wir speisten überschwänglich und bestellten alle Augenblick noch eine Flasche Burgunder, noch zwei! Und zusätzlich allerlei (gebührenpflichtige) exotische Beilagen, während er schwätzte und schwätzte, vier Stunden lang, lauter totalen Unsinn, meistenteils gelogen und obendrein sterbenslangweilig. Die Kneipe in der das stattfand, war das beste Restaurant der Stadt, wohlfeiler Futterplatz kleiner und mittlerer Provinzbonzen, Despoten & Companie – hier ruhn sie vom Herrschen aus! (und ne Quittung fürs Amt: Bewirtung!)

Beinah hätte ich die unvergeßlichen Wandgemälde vergessen, riesige konventionelle Jagdszenen, aber alle Figuren und Gegenstände eindeutig fehl am Platz, isoliert, beziehungslos, stocksteif. Wie anderswo ausgeschnitten. Hier in diesen leeren künstlichen Kulissenlandschaften konnten sie – das Werk eines ungeschickten Zauberers – nicht Fuß fassen noch Atem schöpfen und scheinen so, überlebensgroß, in absurden Gebärden erstarrt (der ruchlos-bärtige Wilddieb im drastischen Unterholz; die reuig-verzweifelte Vogelscheuche: händeringend, betend; der immerfort zielende Jäger mit den angenagelten Gliedern), vor dämmerndem Hintergrund steif und reglos dahinzuschweben, grausig! Erscheinungen, stumm, unerlöst, schlimmer als tot! Und auch paar Stück nahrhafte Stilleben

waren vorhanden, hingen emphatisch an der Wand und ließen sich nicht ignorieren. Details, die dir (von der Wand herab) jäh in die Augen springen, so dilletantisch naturgetreu, daß dir davor graut. Ich weiß – und das ist mir so geläufig, daß ich es zeitweilig sogar (dem Anschein nach ungestraft) zu vergessen vermag: ich weiß, daß ich sterben werde, aber was, sag doch, hat dieser aufgeblasene ungerupfte, angeblich tote Fasan oder Birkhahn da zwischen Leuchter, Weinglas und kupfern dröhnendem Stundenschlag, Stiefel oder Zigarrenkiste zu bedeuten? Alle Bilder in prächtigen Rahmen, Erbstücke. Ra. Domberg überm Essen beiläufig: hübsche Bilder, das. Kaut, nickt, kaut: interessant!
Ra. Dr. Domberg hatte einen DS 21, silbergrau, womöglich mit bequemer Versehrtenautomatik (hat ihn vielleicht immer noch; seine Geschäfte gingen nicht gut). Er fraß und soff unmäßig, schwätzte auch immer mehr, je öfter wir uns trafen (lauter neblige trübe Tage). »Alles selbsterlebt!« Lauter wüste wahre Geschichten vom Huren, Fressen und Saufen und was er früher für ein Kerl sei gewesen und wie er es ihnen gezeigt hätte (ich weiß nicht wem), solang er noch seine fünf gesunden Glieder, zwei Beine usw. Und sogar heute noch, klar! Er und seine lärmenden Kumpane haben ja immer Alles selbst erlebt. Vielleicht ist sein Holzbein gelogen, zumindest übertrieben, und er hat stattdessen (in meinem fahrigen verstörten Gedächtnis) heimliches Glasauge, geruchlose tropenfeste Plastiknase, dauersteifes Ersatzglied oder praktische biegsame Ohrenprothese, abwaschbar. Sein Kautschukmagen ist unverwüstlich.
Domberg: ich sehe ihn vor mir, wie er Zigarren raucht – wie hoffnungsvoll er sie anzündet, jedesmal. Wie er eigens dazu ein ergiebiges neues Gesprächsthema aus der Luft greift und paffend drauflos schwätzt, großspurig zuversichtlich (nahezu allwissend in der heiligen Unordnung seines »Büros«: ein dreckiger Trümmerhaufen, schon jahrelang. Überall standen angefangene Kerzen herum, sah ich erst auf den zweiten Blick, und die Zeitungsstapel haufenweise ließen mich gleich an Brandkatastrophen denken. Oder vielmehr an diesbezügliche Zeitungsberichte in Wort und Bild. Vielleicht pennt er hier, schnallt sein Holzbein ab: allabendlicher Vollrausch). Und wie er den Stumpen zum Schluß angeekelt ausmacht, zerdrückt, grimmig abschlachtet den gehässig qualmenden Rest

(Lebensfaden). Wiederholungen; da sitzt er und suckelt dran. Wunderschöne Rauchwolken umschweben ihn, wölken sich – er seinerseits sei Agnostiker; meinetwegen! Er hat eben die ganze Provinz verflucht. Nachdem er fast eine Stunde lang unmäßig geprahlt hatte, saß er wie ein unglückliches Ungeheuer groß und breit hinter seines toten Vaters staubbedecktem Diplomatenschreibtisch, alt, Arme aufgestützt, und schwieg verzagt (wenigstens bin ich kein Beamter, hatte er zwischendurch nobel gesagt).
Vielleicht mache ich ihn zu meinem Testamentvollstrecker. Dann mußt du später auch dorthin fahren, Ulla, hör zu! Als ob keinerlei Zeit vergangen, ihr werdet vier Stunden lang feierlich zu Abend speisen und nicht wissen, wovon ihr reden sollt. Essen vorzüglich, Wein grade richtig, aber ihr nippt bloß gelegentlich und auch das vergeßt ihr die meiste Zeit. Ja und es wird grad wieder Herbst sein dann oder du kommst an und am gleichen Tag ist dort in den Bergen der erste Schnee gefallen. Ulla, vielleicht verstehst du dann die Geschichte! (Noch ein Schluck. Er stand auf und ging pissen. Draußen der Abend, so ist das Leben.)
Dort: ich fand ein herbstliches Ahornblatt, abends. Ja und ich war auch mal in dem, damals meinem Cafe, hör zu: ein trauriges altes Provinzcafe, riesengroß, ziemlich abgestanden und verblichen mit seinen zahlreichen trüben Spiegeln und dito Kronleuchtern und mit (wie um Ewigkeiten hier abzusitzen) dauerhaften dunkelgrünen Ledersesseln und -bänken, alle mit den gleichen vielen blanken Messingnägeln beschlagen. Als ich hinkam, sowieso verspätet, fegte der Geschäftsführer schon auf Hochtouren eilfertig stotternd um sich selbst herum, ganz verwirrt von der Vielzahl seiner eigenen Anweisungen – ich glaube, er hatte sich am Morgen in aller Eile mit Nescafe-Cola besoffen! (Welches verschrobene heimliche Laster er seinerseits wohl haben mochte? Ich denke, er war nekrophil oder Schlimmeres. In alten russischen Märchen kommen immer Leute vor, die sich von Leichen ernähren: sie speisen nur nachts, unter sich und meist schweigend.)
Wolken abgestandenen Rauchs, sodaß der altmodische Saal mit all seinen Schatten, mit all seinen vielen verblichenen Erkern, Ecken, Nischen und Spiegelbildern einem fehlbelichteten fotografischen Negativ glich. Ein trüber Tag sowieso, und durch die hohen verhängten Fenster schien das ohnehin kranke Licht nur gedämpft,

mit äußerster Mühe und gleichsam um Jahre gealtert, tropfenweise hereinzusickern. Und eine zahnlose Alte am Büffet bewachte Kuchen und Telefon und zwei Mädchen in schwarzen Kleidern und mit albernen weißen Spitzenschürzchen denen ich blödsinnig förmlich die Hand geben mußte, verzauberte Prinzessinnen, unerlöst, mit dem wissenden Blick von Traumgestalten. Und wie wir uns unentwegt unverwandt anstarrten, stumm, sehnsüchtig, aus weiter Ferne – bis ich an diesem Tag ziemlich blau ins Getriebe geriet. Du wirst es nicht glauben, aber sie waren wohl Zwillinge, sie hießen Fräulein Schmidt und beide sahen dir ähnlich, Ulla!
Und alle Gäste zu dieser Stunde saßen so rum, geduldig, und sahen aus, als seien sie eigens für meinen Besuch herbestellt und hingesetzt und sorgsam verteilt worden (was vielleicht ja auch wirklich der Fall) oder saßen nur einfach so und gewissermaßen auf eigene Rechnung einen Teil ihres Lebens dort ab und es kam nicht drauf an. Sie saßen da, tranken schluckweise Kaffee und löffelten Kuchen dazu, wie in Zeitlupe, oder rauchten förmlich und ungeschickt (als sei das obligatorisch) und räusperten sich nur von Zeit zu Zeit nachdrücklich, in regelmäßigen Abständen (Portionen). Andere spielten Skat oder taten so, als ob sie Skat spielten, vielleicht Canasta, Bridge, Rommé, und hatten volle leere halbvolle Biergläser vor sich stehn; zwei Schachspieler, ein enthusiastischer Hundertjähriger und ein gelassener Jüngling mit biblischem Patriarchenbart (letzterer abgeklärt am Verlieren) und saßen in ihrer rauchigen Nische wie auf einem alten Bild. Wieder Andere hielten ausgebreitete Zeitungen reglos vor sich hin (als ob sie keinen Kopf hätten – ich wagte nicht nachzusehen! Ging mich auch nichts an; damals fing das an, daß immer mehr Sachen mich nichts mehr angingen). Oder taten so, als unterhielten sie sich – ich stelle mir vor, daß sie hilflos über imaginäre Vergangenheiten schwätzten, Vergangenheiten die in Wahrheit nie stattgefunden, und Jeder für sich mochte glauben, er sei hier der einzige Heuchler und alle übrigen Anwesenden wüßten Bescheid, seien selbst dabeigewesen, Akteure. Und Jeder gab auftragsgemäß vor, er wüßte, wovon die Rede und hätte seinerseits selbstredend auch allerhand dazu beizutragen, aber meistenteils Gesprächspausen und immer länger die Stille zwischen den Pausen; nickten dazu von Zeit zu Zeit wie vorgeschrieben trübsinnig mit ihren Köpfen. Es gab viele reglose

Topfpflanzen, die standen senkrecht aufgebahrt in allen Ecken herum und die Fensterbänke entlang, grün, staubig, künstlich oder echt; »hier ist die Stille aus Allem gemacht.«
Ich war noch reichlich nüchtern als ich hinkam; Domberg der Maulheld hatte am Vorabend in Nacht und Nebel zugesagt, mich zu begleiten, Tod und Teufel! Doch brach sein Gelübde, fernmündlich, Schmerzen im Holzbein (die provinziellen Ausschweifungen – ich glaube, daß er mindestens morphiumsüchtig). Der Geschäftsführer, käsebleich und aufgeregter denn je nach unsrem gestrigen Gelage, fegt immerfort aufgeregt summend hin und her, wespenhaft, immer lauter. Schnöde Einzelheiten die er mir aufdrängt, Geschäftsbücher, Zahlen und Zukunftspläne. Zwischendurch führt er mich am Arm herum, wie zu einer Initiation. Sowieso sah er wie ein rühriger Hilfspriester aus (und ich mußte wieder an meine verstorbene Tante denken: wie weltgewandt sie doch war und dabei so abergläubisch). Sein Bericht, die Besichtigung; ich hätte gleich zu Allem jaja sagen sollen, doch schwieg zerstreut (in Gedanken woanders). Und statt sich damit zufrieden zu geben – wir hätten beide unsere Ruhe gehabt –, steigerte er sich immer mehr hinein, verwickelte sich, fand kein Ende: wie bei einem unzulänglich vorbereiteten, schlampig inszenierten Schauprozeß und er ist Staatsanwalt, Richter und Angeklagter in einer Person. Wüßte ich nur, welche Rolle er mir zugedacht hat, wer bin ich? Meine Unterschrift steht noch aus – nachträglich: daß er mich nicht reingelegt, sondern sprach die Wahrheit und ich hätte ihm tatsächlich ein sinkendes Schiff übereignet: zu seinem Untergang. Sobald ich (doch das war erst später) unterschrieben hatte, drückte er mir begeistert die Hand, beide Hände: zweifellos ein Betrüger! (Wir dankten einander)
Immer noch der gleiche trübe Vormittag. Die zahnlose Winteralte im trüben Büffetlampenschein hat mit dem rationierten Käsekuchen und mit ihrer eigenen verworrenen Vergangenheit im Hintergrund, wie es scheint, gerade genug zu tun: sie hat mir nicht eine einzige wahre Geschichte aus ihrem langen und... Leben erzählt. (Da beim Eingang: wieder Einer, der sich mit letzter Kraft und den Armbewegungen eines zu Tode erschöpften Schwimmers aus den winterlichen Türvorhangfalten befreit hat und – in letzter Sekunde gerettet – hervorkriecht, ganz bleich und atemlos noch (Knie voll-

zählig zittern): schüttel die Panik aus dem Genick! Laß Hut-Schal-Mantel-Schirm-Aktentasche und alle guten Vorsätze fallen! Vergiß nicht, ins Leere zu grüßen, zweimal! Nimm Platz! (Alle Anwesenden haben gleichzeitig ungerührt aufgeblickt.) Vorm Fenster immer noch der gleiche trübsinnig-unverständliche Stadtvormittag, endlos; Straßen und Plätze in Nebel und Stille ertrinkend. »Heut bin ich über Rungholt gefahren!«)

Und die beiden lieblichen schlanken Zwillingstöchter der Alten, nachdem sie ihre hübschen identischen Köpfe zuerst hurtig zusammengesteckt, griffen sich – jede in einer anderen Ecke des Saales jetzt wieder, weit entfernt und mit dem wissenden Blick von Traumgestalten – mit beiden Händen vorn unter die gestärkten Spitzenschürzchen und kramten, je ein schönes schlankes seidenbestrumpftes Bein graziös vorgestellt, kurzes Röckchen geschürzt, mit beiden schlankgliedrig-zarten Händen verträumt und selbstvergessen in den verborgenen Wechselgeldtaschen vor ihrem heißen verborgenen Schoß – jede in einer anderen fernen Ecke des Saales und innigster Tagträumerei, weit entrückt, und noch ferner ihre vielen fernen verzauberten Spiegelbilder (in zahlreichen morganatischen Unendlichkeiten): wie verloren! Vielleicht waren sie wirklich Zwillinge, vielleicht sogar wirklich die unglaublichen Töchter der zahnlosen Alten. Ich hab sie nur einmal gesehen, beide, aber du kannst mir glauben, daß beide dir ähnlich sahen, glaubs mir doch, wirklich! Nein, ich sah sie nicht doppelt, es waren wirklich zwei. Was sich schlüssig daraus ergibt, daß zum Beispiel der Geschäftsführer und die zugehörige zahnlose Alte die ganze Zeit gottlob nur je einmal vorhanden. Desgleichen die Gäste, soweit überhaupt unterscheidbar. (In der allgegenwärtigen Vormittagsstille, hinter dem immerwährenden matten leeren Gemurmel, war die Vorstellung: vielleicht hab ich Fieber! fast tröstlich für mich.) Spiegelbilder. Das Haus ist ein Doppelhaus: zwei Eingänge, Alles doppelt und so symmetrisch, daß du – auf den ersten und zweiten Blick – deinen Augen nicht traust. (Vorher: wie im Traum bin ich eine trübselige leere Morgenstraße entlanggewandert, eine halbe Ewigkeit lang auf ihr – als ob du schlecht siehst – fernes *zerfließendes* Ende zu.)

Mein Erbcafe: Zeit und Stille, alles reichlich abgestanden, es war Vormittag und ich noch ziemlich nüchtern. Es war der Tag nach unserem Festessen: ich hatte soeben im Hotel gefrühstückt (in Einsamkeit, von meilenweiter Stille umgeben, kaum daß der Tag begann) und bißchen Cognac getrunken, bevor ich mich verzagt auf den Weg machte. Vor der Tür (oder war das am Abend vorher?) fand ich ein Ahornblatt: »heb es auf!« Plaschko, der das Blatt und die Szene wiedererkennt und in Gedanken stehenbleibt, sie zu betrachten. »Die Farben des Herbstes!« Jeder brave fleißige Schüler (andere gibt es nicht!) hat sein neues leeres Aufsatzheft besten Willens und ein echtes Blatt Herbstlaub eigener Wahl (mitgebracht) vor sich auf dem verwelkten Pult liegen, Generationen, und soll das Blatt und die Farben des Herbstes auf ungefähr zwei bis drei Seiten mit nicht mehr als eigenen Worten anschaulich beschreiben.

Herbst. Ferien soeben rum. Im Klassenzimmer (dessen Versetzung ernsthaft gefährdet) ist es zum Einschlafen heiß, ein vertrauter muffiger alter Schulgeruch aus Heizung, Staub, Mühsal, Kreide, verlorener Zeit, Fußbodenwachs usw.; noch früh: Atmen, Heizungswärme, glaubst zu träumen (»wir sinken!«). Schon kratzen die ersten eifrigen Federn übers gehorsame Papier. Draußen ein (wie von je her) stiller dunkler Herbstmorgen, der zu zögern scheint, schweigend verharrt – ich war acht. Für meinen täglichen Schulweg bevorzugte ich unbekannte Umwege, in der heimlichen Hoffnung, mich zu verlaufen ohne Wiederkehr.

Triste Morgenstraßen; Alles so fremd und unwirklich! Auf dem Weg in mein eigenes fremdes Cafe trank ich (in vorletzter Minute – und was, wenn es unauffindbar?) vergeblich noch zwei drei Cognac. Im Stehn, an unbekannter Morgentheke: zwei trübe Kneipen mit meinem verstörten Spiegelbild. Erst in der zweiten erkannte ich mich. Domberg rief im letzten Moment an, um abzusagen. Alle möglichen Umstandskrämer hatten mir überflüssigerweise ganz genau beschrieben, wie ich zu gehen hätte (meistenteils völlig unverständlich). Es war noch früh, doch schien die ganze Zeit eher dunkler statt heller zu werden.

Das Ende des Vormittags; draußen Nebel. Ich trank einen Hennessy (weil der Geschäftsführer glaubte, mir Martell empfehlen zu müssen) und entschied mich dann doch für Martell (weil er achselzuckend bemerkte, es sei eben letzten Endes Geschmacksache). Im Grund war mir jede Sorte recht, noch ein Glas! Laß dich treiben! Es war so ein stiller leerer niederträchtiger Tag und ich ließ mir die

Flasche bringen, damit das Geschwätz ein Ende hätte. Ich saß da und trank für mich allein und sah den beiden Mädchen zu, wie sie mit ihren vollen Tabletts zwischen den Spiegeln und Tischen einhergingen und – wie in einem langsamen traumverlorenen Tanz – achtsam ihre deklassierende Arbeit verrichteten, bereit jedem Ruf, Wink, Blick sogleich Folge zu leisten. Musik gab es keine. Warum kamen sie nicht, mich zu trösten? Ich hätte ein erstbestes endloses Kneipengeschwätz anfangen können, mit Fragen, Antworten, Gegenfragen, immer dreister und dümmer. Ein hoffnungsloser Versuch: je länger das Gespräch, umso fremder wird man einander. So beschränkte ich mich auf Blicke und es war, als verstünden wir uns. Ach, warum muß es denn immer ein Dialog sein? Laß mich hier mit meinem immerwährenden Schnaps sitzen; mein Zauberglas, das nie leer wird. Draußen ein trüber Tag und wir wollen uns – sowieso untröstlich – Zeit nehmen für deine Geschichte. Viele Wahrheiten. Der Winter ist lang und du kannst sie mir jeden Tag neu erzählen, immer anders und jedesmal wahrer. Zeit genug; ein leeres trauriges Weltall, gottverlassen. Die Tage gleichen sich. Wenn wir uns wirklich ernsthaft aufeinander einlassen wollen, einander erkennen, dann ist es für den Anfang genug, wenn ich dir zusehen kann, aus meiner Einzelhaft, so wie jetzt, Ewigkeiten. Das war es, was ich ihnen mit meinen Blicken zu sagen versuchte. Als ob sie, ohnehin ununterscheidbar für mich, nur eine Person seien und wir die einzigen Menschen, die übriggeblieben sind. Du kannst mir glauben, daß beide dir ähnlich waren, so sehr, wie dir überhaupt nur je Jemand ähnlich sein kann. Auch in meiner Erinnerung, die nicht weniger wirklich ist. Jetzt steht die Zeit wieder still. Ich sag das doch nicht, um dich zu irritieren. Wie spät ist es denn? Damals war das eine einfache Tatsache für mich, die mich eher traurig stimmte und immer noch traurig stimmt, sooft ich dran denke. Hier stehe ich, du sitzt da. Jetzt siehst du mich an, bald Abend. Soll ich immerfort weiter traurig lächeln, als ob ich mich selbst parodiere? Hast du noch nicht genug? Aber es ist ja so, daß du mich retten willst. Du siehst mich andächtig an und deine Augen werden wie Tollkirschen groß und rund, wie wenn du einen Kometen betrachtest – das ist aus einem Stück von Tschechow. Iwanow, den hab ich gern gespielt, sogar nüchtern. Aber meistens mit Aprikosenschnaps aus Bulgarien. Ulla, München, die Zeit,

weißt du noch? Wir kannten uns ja damals schon, du und ich, und als ich dort in der Stadt herumging, weißt du, wenn ich nicht – die meiste Zeit – zu besoffen war, dann las ich wieder Andersens Märchen. Damals: wir hatten kein Geld und du hast bei deinem Vater, der zwei Wochen lang nicht ein einziges Wort sprach, in seinem alten Haus, verzweifelt auf mich gewartet. Dort lag noch Schnee – war das damals? Draußen der Abend, du stehst da beim Fenster und mir ist, als ob wir uns von je her gekannt hätten. Du bist mir ganz nah. Kennst du das Märchen von der Seejungfrau?
Hör zu, Ulla, dort, damals: das Hotel hieß Kurhotel Friedrichsruh (natürlich schlief ich schlecht) und da gab es eine fette Frau mit gebleichtem, nahezu hellgrün verfärbtem Haar und vielen goldenen Armreifen, die beständig sacht klirrten. Vielleicht war es aber auch eine irre Fehlfarbenperücke, künstlich, vieleviele getrocknete Maisfäden, Phosphor, Nylon, Engelshaar. Mit allem drum und dran saß sie wie ihr eigenes frappantes fotografisches Negativ da. Ob du kamst oder gingst: Tag und Nacht saß sie unbeweglich hinter ihrem Pult, unermüdliches Gespenst, »eine vierundzwanzig-Stunden-Erscheinung!« (Die meiste Zeit Abend.) Wohl die Inhaberin, sie war unglaublich fett, und ihr Schmuck klirrte leise bei jedem Atemzug. Vielleicht hat sie keine Beine. Sie saß in einer Art Loge bzw. Empfangsschalter: ein Glaskasten auf einem Sockel, wie eigens um sie herumgebaut. Kann sein, sie soff spritzte schnupfte, was weiß ich – wer kennt sich schon in diesen entlegenen Provinznestern aus! (Morgen spätestens reise ich ab!) Ich bin ganz sicher, sie als Kind bei andrer Gelegenheit schonmal fassungslos gaffend angestaunt zu haben. Wenn ich nur wüßte, wo.
Und es stand da, fand sich am Ende einer leeren stillen traurigen Abendseitenstraße, das Hotel, am Rand eines herbstlichen Parks, dessen gewundene Wege sich früher oder später alle in Nebel und dämmriger Stille verloren, hügelan, dort wo er (jedenfalls in vorliegender Textfassung und menschenleere Ansichtskarten scheinen das zu beweisen) in eine Art gemäßigten Bergwald für kurzatmige Kurgäste überging. Kurhotel Friedrichsruh, ehemals erstes Haus am Platze, es befand sich (und hätte insofern gut zu meiner mißlichen Erbschaft gehören können) ganz offenkundig im letzten Stadium irdischen Verfalls, eine prunkvolle Ruine. Nur noch ein einziger (der letzte) Seitenflügel geöffnet: ich glaube, ich war der

letzte, der einzige Gast. Jener geheimnisvolle blasse rothaarige Engländer im karierten Anzug (mit Knickerbockern, das ist Alles, was ich von ihm weiß, seine Schuhe knarrten), dem ich am Morgen nach meinem Einzug begegnet war – wir hatten einander am Fuß der teppichbelegten Nebentreppe (die beiden Haupttreppen und die Dienst- oder Dachbod(t)enstiege schon seit Jahren gesperrt: Einsturzgefahr! Aufzug gab es keinen, obwohl mehrere Schilder und eine gedruckte Hausordnung prahlerisch auf ihn hinwiesen) stumm und betreten gegrüßt, überrascht und kleinlaut, wie zwei insgeheime Würdenträger, wenn sie sich unvermittelt an unpassendem Ort ertappt sehen, ertappen. Die erloschene Shagpfeife in seiner Rechten, fast hätte ich sie für eine schußbereite Pistole gehalten, frühmorgens im fahlen dämmrigen Licht, Herbst – auch er schien inzwischen überstürzt abgereist zu sein, hat sich britisch aus dem Staub gemacht. (Angeblich sollte das ganze Hotel im sagenhaften nächsten Frühling (sie warten dort heut noch drauf, eine Wintergegend, ein Märchen) vom Dachboden bis zum Keller radikal neudeutsch renoviert werden. Und die örtliche Legende, daß ein gewisser Friedrich Kaiser, zu Gast dort, sanft entschlief, bleibt doch wohl Legende bloß. Zumindest nicht nachprüfbar. Auch keine diesbezügliche Grabstätte vorhanden, jedoch F.-Brunnen/ -Park/ -Straße/ -Platz/ -Denkmal/ -Kaserne/ -Apotheke, zwei Kneipen (Zum Alten und Eisernen), viele Vornamen, Kindstaufen, Taufpaten, sowie gleichnamige Getreidemühle und dito Diätkonservenfabrik. Beide arbeiten mit Gewinn und Steuerhinterziehung. Eine Finsternis wie im Mittelalter. Viele abschüssige Wege, die ich dort ging in der Finsternis; Glatteis nachts.) Und es gab ein liebes braunhaariges Mädchen dort im Hotel, alle Tage, mit dickem Pferdeschwanz und lebhaften frohen Kastanienaugen. Dunkelgrauer Pullover, hellgrauer Faltenrock (Baumwollflanell) und leichtfüßigschlanke schwarze Ballettstrümpfe, es war 1956. Sie war höchstens achtzehn, bißchen auch wie eine Schülerin noch oder die liebliche kleine Stiefschwester von einem, der mal mit mir in die Schule ging, Komplice und Saufkumpan. Und die erfahrene fette alte Frau Friedrichsruh (ohne Unterleib, auf ihren unaussprechlichen Geheimnissen sitzend, mächtig und unbeweglich wie ein Berg oder Buddha) rief immer nur und lockte (ungeduldig jammernd vorwurfsvoll drohend bettelnd klagend usw.): Monika! Monika!

(Außer ihr gab es nur noch einen idiotischen Hausdiener, schizophren-schiefschultriger Blödian, uralt, gestiefelt, mit deutscher Gepäckträgermütze, feldgrau, ohne Rangabzeichen, ohne Gebiß. Er sprach so undeutlich, als hätte er einen doppelten Wolfsrachen, ein Waldmensch! (Keiner weiß, wie alt er ist; Keiner kennt seinen Namen!) Nur Monika verstand, was er bellte und knurrte. Sein Winseln, meingott! An meinem ersten Abend dort: sahen uns an, er und ich, bei der Tür, sahen einander tief in die Augen und werden von da an einander zunicken, eindringlich, stumm, jedesmal, wenn wir uns begegnen und wiederbegegnen. Obwohl er sich ansonsten um nichts je schert und (außer ihr) Keinen auch nur zur Kenntnis nimmt, weder Mensch noch Gespenst, höchstens Gegenstände (die stumm sind). Keiner weiß, in welchem Loch, Keller, Schuppen er wohnt.
Und sie, Monika, hübsch, flink, lächelnd, kam tanzte flog, kümmerte sich und erledigte (oder hat schon im voraus, im Handumdrehn): immer gleich weiß sie Bescheid, hatte schon vorher ganz von allein dran gedacht und Alles vorbereitet, gerichtet, geregelt, vollendet mit leichter Hand: »hier bin ich!« So war sie und hat uns jetzt aus Berlin geschrieben, sie studiert jetzt. Ich habe gerade ein paar überzählige ruhige Nach-Ostertage und lese Toller und Tucholsky, schrieb sie. Leider wird das Haus jetzt bald abgerissen, ein Gedanke wie zarte erste Zahnschmerzen für mich. Alle Morgen geh ich einkaufen in der Sonne. Statt Barrikaden nur überall Kaufhausrolltreppen steil aufwärts. Damals schmeißt sie dort den ganzen Laden für hundertneunzig Mark im Monat, hats schwer genug gehabt, muß dazu noch die gesamte gesetzliche Buchhaltung fälschen, gewissenhaft, in mühseliger Heimarbeit, und ging noch jahrelang todmüde-hellwach aufs Abendgymnasium. Ihre Eltern tot, ihre einzige Tante eine redselige taube Pastorenwitwe in Bonn oder Bingen, die alle Tage von morgens bis abends weint, Bindehautentzündung. Sie hieß Monika, sie hatte helle Augen wie du, einen geduldigen Lächelmund immer und sehr schöne schlanke Hände.
Ulla, wenn du doch einmal nur mit mir trinken wolltest, sagt Plaschko schlau, dann vielleicht würdest du alle meine Geschichten wirklich verstehen, sagt er traurig und gerissen, und meine Verzweiflung ohne Ende und warum ich jetzt, heute und nie mehr was tun kann. Ulla, stumm, wendet den Blick nicht von ihm, streichelt

ihn weiter mit beiden Händen, endlos – vorm Fenster der Abend. Heute nicht, doch sie hat schon oft mit ihm getrunken.
Wiederholungen (ewig der gleiche Moment, eh der Tag gegen Abend zum zweitenmal mühsam ingang kommt). Ein andermal steht sie am Fenster, vertraut, sie lächelt und schweigt. Ulla, hör doch, jeder halbe Traum, jedes elende Stück Vergangenheit – nichts als Scherben! –, jede erbärmliche wahre Geschichte ist mir ja recht, um meine arme Seele vor dir auszubreiten, wie einen Fetzen Papier. Ulla, ich kann nicht mehr von der Vergangenheit reden, ich ersticke, ich finde den Weg nicht mehr in meinen Geschichten. In jedem Augenblick, in jeder Gestalt, in jedem Bild, jeder Episode, wenn ich drandenke, scheint mir Alles enthalten, das gültige Muster meines und jeglichen Lebens, die Zeit, die Summe aller Erfahrungen, der silberne Schlüssel, Zeit und Ewigkeit, Suff, Euphorien und Verzweiflungen – Alles Selbst Erlebt (genau wie Domberg und seine großmäuligen Kumpane) und nachträglich graut mir davor. Meingott Frieden – da draußen der Abend, Sommer, so grün mein Baum da vorm Fenster, in der Straße spielen Kinder, die Sonne scheint schon den ganzen Tag, gleich sechs. Und du stehst am Fenster und schweigst: du bist da!
Zigaretten. Gleich sechs, seit er sich vor einer halben Stunde betäubt aus dumpfem bleiernem Tagschlaf erhob (wie aus einer Ohnmacht*), raucht er ununterbrochen und trinkt Schluck für Schluck Unmengen süßen heißen Kaffee mit Rum. Er zündet eine Zigarette an der andern an und schüttet zwischendurch immer wieder Rum nach. Wie alle echten Säufer bringt auch er es nicht fertig, ein Glas, eine Tasse ganz auszutrinken, bevor er sich nachschenkt, und die nächste Flasche muß immer schon offen sein. Er schläft nie anders als total besoffen ein (zweimal täglich) – das ist, als ob du dich furchtlos fallenläßt in ein jähes schwarzes Loch: jedesmal ein kleiner Tod für sich.
Auferstehungen. Er trinkt, zu heiß! Er schenkt Rum nach und rührt wieder um, noch mehr Zucker, rührt verzweifelt um. Morgen kauf ich mir zwei Flaschen Pastis! Kaffee mit Rum trinkt man mit dem Löffel in der Tasse.
Jetzt nicht, sagt er (der Tag vor dem Fenster kommt soeben zum

* Nach jedem Erwachen: die Welt neu ordnen!

zweitenmal zögernd wieder ingang), aber oft im voraus und immer nachträglich graut mir vor meinem Suff und der Welt. Szenen, die ich wie Alpträume im Gedächtnis behalte – Alles quält mich. Früher hab ich aus Freude getrunken. Der einzige gute Moment der mir geblieben ist, zweimal am Tag, das ist der Übergang – ich hab dir davon schon erzählt: wenn man anfängt, betrunken genug – wie jetzt ich! Ekstase, Linderung, eine sanfte Betäubung, ein Schaltvorgang im Gehirn: etwas setzt ein, etwas läßt nach, und plötzlich Alles am rechten Platz! Manchmal gelingt es mir, diesen Moment dann beliebig zu verlängern oder mehrfach von vorn anzufangen: glückliche kleine Ewigkeiten! Aber manchmal, oft genug, immer öfter bleibt sogar dieser Moment aus und ich bin einfach übergangslos so grauenhaft besoffen oder (noch schlimmer) gar nicht da, verloren! Und kann – jedenfalls im Moment – gar nichts dagegen tun.
Hoffnungen, Jedem Alles sein wollen! Alle seine verschiedenen Drogenexperimente ließen sich anfangs jedesmal sehr gut an, beinah alle. Aber inzwischen sind sie ausnahmslos gescheitert. Trotzdem, von Zeit zu Zeit bringt er genügend Glauben und Zuversicht auf und versucht es mal wieder. Manchmal, vorübergehend vermag er sich und sein Leben (dich nie, sagt er, du bist die einzige Ausnahme in meinem Leben!) wie ein Fremder zu sehen, von außen. Wie du nachts aufwachst – Namen vergessen –: meilenweit weg, und weißt nicht, wer du bist oder vorher warst: hast deinen Körper verlassen und sogar die Erinnerung daran und an deine diesseitige Existenz und Identität – so weit weg – hast du verloren, vergessen. Nachts aufzuwachen in gegenwärtigem Dunkel, im Mutterleib atmend oder in ringsum unabsehbar feindlicher Nacht; Verbannung und Rückkehr. Ungeheure Weltenabdrift: ein leeres All, Lichtjahre Nacht und Stille. Spürst du, wie die Erde bebt? Es ist – er sah sich suchend um – ein eher zeitlicher Abstand, wie zwischen gestern und heute, Gegenwart und Vergangenheit... oder Zukunft? Kennst du den Vorgang, wie Zukunft zur Zeit, wie Zeit – oft erst nachträglich – Wirklichkeit, wie eine Zeit, ein Ort, ein Ereignis endgültig zu Erinnerung werden? (Dein Zug ist abgefahren!) Wie wir uns später an einen Anfang erinnern, an einen ehemaligen Traum, das Muster der Zeit, an eine erste Begegnung (und es ist nie mehr der gleiche Fluß).

Da steht die Flasche. Ich glaube, daß es für jeden echten Säufer einst damit anfing, daß er sich an der ganzen Welt berauscht hat, aus Freude trank, später um seiner Imagination auf die Sprünge zu helfen: zwecks Aufbesserung der Wirklichkeit Gegenwart. Magst du? Nicht? Das was ich hier trinke, ist Kaffee mit Rum, gut für die Nerven. Aber wie, sag doch, soll ich je wieder arbeiten, etwas tun, wann denn? Alle Vergangenheiten und Zukünfte sind mir ungeheuer gegenwärtig. Aber wie anfangen, wie den Verlust und Gewinn all der Jahre berechnen? Und: to paint, to write is to love again! Fiel mir neulich abends da am Fenster wie eine Antwort ein, nachdem ich wieder Black Spring las. Vielmehr erfuhr ich es folgendermaßen:
Als du fort warst, Ulla und ich kam aus dem Kino (East of Eden, eigentlich wollte ich Denn sie wissen nicht, was sie tun sehen oder hatte geglaubt, daß sie das spielen würden, ein weiteres Mißverständnis im Suff – und es werden jetzt immer mehr. Aber Giganten wär mir noch lieber gewesen), da, nachmittags – wohin jetzt? –, soff ich einsam ein bißchen, weil du fort warst und so leer der Tag, ein angebrochener Rest. Allein mag ich nicht essen! Zu früh noch zum Arbeiten oder schon zu spät. Höchstens hätte ich nach dem Kino nochmal ins Kino gehen können. Für die Bibliothek hatte ich keinen Ausweis mit, der ist ja immer in deiner Jackentasche, und ginge ich ohne hin, nur so zum Zeitvertreib Lesen, gleich natürlich fänden sich ganze Berge von Büchern die ich unbedingt unverzüglich und hier wird jetzt gleich zugemacht – das ersparen wir uns lieber (Bergungsversuche). Nachmittag, Sonnenschein, mein zögernder Heimweg Schritt für Schritt, lauter Umwege. Hier und da trink ich zaghaft ein Glas, nachher zwei. Bei der BP-Tankstelle ein nachmittäglicher Blechschadenunfall: alle unverletzten Beteiligten lautstark im Recht, aber ja! Aber gottseidank leben wir ja in einem Polizeistaat, da könnte ja Jeder oder Keiner und umgekehrt; Jeder sagt hoffnungsvoll seinen Spruch auf. Und Sirene und Blaulicht lassen mich paniklos weiterschlendern, in sonniger Stille. Mich meinen sie nicht. Ich erstand beim R. Krämer (der mir, wie immer, seinen gesamten Warenbestand anempfahl) Zigaretten und Birnenschnaps in tropfenkleinen wasserklaren Rationsfläschchen für meinen Heimweg, rostfreier Schaubverschluß: zwei, lieber vier! Bittedanke! Und ließ mich dann, es ging schon auf fünf, aus Überdruß

und Einsamkeit mit einem – der mir unverhofft übern Weg lief, auch ein Mensch. Ich hätte es besser wissen müssen! – üblen Schwätzer ein (»So ein Schwätzer!« Beinah schlimmstes Schimpfwort, das ich kenne. Und wie mir nachträglich wieder vor meinem eigenen Geschwätz graut), und fand mich erst später wieder; lauter gute Vorsätze: nie wieder!
»Daheim!« Tag vorbei; Blitz und Donner, ein Gewitter hat mich geweckt und draußen ists dunkel. Allein, ganz benommen noch, aber halbwegs nüchtern wieder – hab vergessen, was vorher und jetzt geht blitzschnell ein mächtig rauschender Regen, ein Wolkenbruch nieder ums Haus. Danach, in allseitig-neuer Stille, während ich barfuß, tief atmend, wandere von Zimmer zu Zimmer und (wie gut es nach nasser Erde jetzt riecht) andächtig alle Fenster öffne – hörst du die Stille? Und wie es immerfort tropft und tropft, da ringsum in allen verzaubert schweigenden Nachtgärten, Juni. Nachts, kurz vor elf, barfuß. Ach hier, die ich finde, deine Sandalen, Ulla, und passen mir, die will ich anziehn! Und geh vor in die Eckkneipe, rauchend (Hemd offen, ganz verdrückt meine letzten zwei Zigaretten, schmutzige weiße Jeans), trink einen Schnaps, noch einen! Wie freundlich das Licht jetzt schimmert. Kaufte mir, denn die Nacht wird lang, noch mehr Zigaretten, Streichhölzer, komm jetzt! Mitternacht, als ich zurückging, tief atmend die reine Luft, Nacht, Stille. Zurück: ich hatte, um mir die Heimkehr in Einsamkeit zu erleichtern, das Hoftürchen offenstehn und alle Lichter brennen lassen, doch – jetzt – wußte sofort: du bist da, bist zurück, heimgekehrt. Wie ein Schmerz, wenn er nachläßt; erst jetzt wird mir klar, daß ich (genau wie damals in Rom, als ich hungrig an dich dachte und weite Wege ging, jeden Tag, und konnte mit Keinem reden. Wir hatten uns eben erst kennengelernt und gleich wieder getrennt, du und ich, wie für immer!) Angst gehabt hatte, dich vielleicht nie mehr zu sehen. Doch wie hätte ich dir sagen können, wie wichtig du für mich bist – wie hab ich das so lang versäumen können? Nichts als Worte; eine Sprache – wie finden? ja, wie könnte ich mich je wieder jemandem mitteilen, wem, wenn nicht dir? Aber da bist du zurück, Nacht und in unsren Fenstern ist Licht. Da ist die Tür. Und du wartest und weißt, ich komm jetzt gleich! Wie im voraus: schon glaube ich den Akkord unsrer Stimmen und zugehöriger Stille zu hören und erkannte

gleich Alles wieder. Und wie wir gleich da im Licht (alle Türen und Fenster offen, Nacht) wieder zueinander finden werden, du mir Alles erzählst, Liebste, und dann, wenn wir – ist dir kalt? Bald schlafen jetzt, ja – aneinandergelehnt am offenen Fenster stehen (nachtschwarzes Baumgewisper): diese Stille in deinem Garten!
Ja, ein Gewitter, da warst du noch im Zug der erleuchtet durch die Nacht raste – ich hab vorher geschlafen, dann Selbstgespräche, dann bist du gekommen. Zeit genug; Mitternacht längst vorbei; Juni. Wird es da nicht schon wieder hell, da im Garten, hinter den reglosen alten Apfelbäumen? Und später, sooft ich – in der Zeit sich wiederfinden – zuversichtlich drandenke: als hätte ich Alles schon hundertmal erlebt, ja von je her gewußt, du und ich. Nacht jetzt, diese Stille in deinem Garten.

6

Am Morgen, als ich ging, mein Cafehaus besichtigen, hatte ich vorm Hotel ein Ahornblatt aufgehoben und jetzt am Abend (nachträglich) erwies sich der Tag insgesamt als schnöde Täuschung. Ich wollte mich schon verzagt ins Bett legen wieder, doch schien mir, es sei viel zu früh dunkel geworden (eine Intrige! Sie denken, ich merke es nicht. Sie denken, ich lasse Alles mit mir machen). Ich badete und beschloß, zum Essen in das Restaurant von gestern zu gehen. (Ich wollte Domberg anrufen, tat es aber nicht.)
Trübe Lichter. Die fette alte Frau Friedrichsruh saß besitzerisch aufgeblasen und reglos in ihrem Glaskasten, als ich hinunterkam (gräßlich geschminkt und über und über mit Schmuck behängt wie ein grausiges Götzenbild). Kann sein, daß sie mir wortlos und bedeutsam zunickte, leise klirrend, als ich ihr den Schlüssel hinlegte – beschwören kann ich das nicht, glaube mich aber noch heute deutlich ihrer leichtgeblähten syrischen Nasenflügel zu erinnern – als ob sie beständig nicht genug Luft bekäme. Der Engländer von vorgestern, falls er nicht überhaupt meiner Einbildung angehört, schien inzwischen abgereist zu sein. Ich glaube, ich war der einzige Gast.
Und Monika tanzte sogleich flink aus dem Nichts herbei, leichtfüssig, kam, grüßte, lächelte – ich weiß nicht, ob sie da etwas zu mir sagte und was. Auch wenn sie ganz konventionell grüßte, Guten Abend, klang das bei ihr jedesmal wie etwas besonderes (was es in Wahrheit ja auch ist oder sein sollte, Versprechen, Verheißung, Teilnahme). Sie nahm meinen Schlüssel, Nr. 1004, wie einen Talisman den sie für mich aufheben wird, lief-tanzte-schwebte um den Glaskasten herum und hängte ihn hinter der reglosen alten Frau, die dasaß wie ein Berg oder Buddha, an das hochstaplerische Schlüsselbrett, wobei sie sich gleichzeitig auf Zehenspitzen zu mir umwandte, lächelnd, wie um sich oder mich zu vergewissern, daß Alles hier seine Ordnung und Richtigkeit habe. Als ob wir Verbündete seien! Ein einfaches und umfassendes Einverständnis – das ist die eigentliche Art, in der Menschen miteinander zu tun haben sollten!

So betrat ich gleich darauf mit einiger Vorfreude die leere, wartende Nacht, tief atmend. Ich habe mir soeben eine neue Zigarette angezündet, das Restaurant ist ganz in der Nähe, und ich weiß den Weg. (Eine Art Vorgefühl. Ich hätte nicht sagen können, warum ich Domberg nicht anrief.)
Zeit genug. Ganz so, als ginge es darum, ein Bild für meine Freude zu finden (um sie besser im Gedächtnis behalten zu können vielleicht), sehe ich gleich darauf am Ende meines kurzen Wegs den festlich erleuchteten Restauranteingang vor mir. Bei meinem Eintritt stockten die Gespräche ringsum an den Tischen und Alle hoben die Köpfe, als ob sie seit einer Ewigkeit hilflos auf mich gewartet hätten – wie Eingeschlossene, hier im Licht. Innen erkannte ich gleich Alles wieder, als sei es immer noch der gleiche Abend gestern oder seine unmittelbare, folgerichtige Fortsetzung. Die Unterbrechung nur scheinbar, und in Wahrheit ist hier keinerlei Zeit vergangen.
Wie im Theater, wenn der letzte Akt »Zwanzig Jahre später« lautet, aber die Personen und ihre Darsteller haben immer noch nicht ausgeschlafen, gehn wie im Traum zwischen den gleichen Möbeln herum und haben – nach aller vorgeblichen Vergangenheit und trotz aller deutlichen Hinweise auf wirkliche Ereignisse, die angeblich in der Zwischenzeit stattfanden (gleich werde ich den Faden verloren haben, sagt Plaschko, der eben eine Zigarette an der andern angezündet hat, und Ulla, die jetzt vor ihm kauert, dort beim Sofa, streichelt-drückt-küßt ihm die Hand, sieht ihn nach wie vor unverwandt an) – immer noch die gleichen Rollen, das heißt: sind immer noch in das gleiche abgeschmackte, unverständliche Drama ihres vorgeblichen Alltags verstrickt, das heißt: Keiner von ihnen wird je über seinen (er erschrak) Schatten springen – sie reproduzieren immer nur sich selbst oder was sie einmal dafür erkannt haben, unentwegt, Jeder von ihnen, und so steht das Ende längst fest – war es das, was ich sagen wollte?
Plaschko, der zwischendurch aufstand und im gelassen schweigenden Abendzimmer umherging, barfuß im Licht, wie im Traum zwischen den gleichen Möbeln, hat aus dem Fenster geschaut und – Abend; Zeit steht vorübergehend still; golden das Licht und die Stille – wendet sich wieder dem unveränderten Zimmer zu. Sprich weiter, sagt Ulla vom Sofa aus, komm doch, sagt sie mit glänzenden

Augen (sie glich einer Nymphe), du hast eben das Restaurant betreten und dir einen Platz gesucht, sagt sie, war es der gleiche Tisch wie am Abend vorher?
Meingott Ulla, du mußt mir helfen! Und Plaschko kehrt durch Licht und Stille zum Sofa zurück, neben den niedrigen Tisch. Kaffee, Zucker, die Rumflasche noch mehr als halbvoll. (Ein Parterrezimmer, ziemlich groß: vor dem Fenster der Abend.) Plaschko, Kettenraucher seit Jahren, schafft eine Zigarette in drei vier Minuten. Meingott Ulla, du mußt mir helfen, mit dieser Geschichte zuende zu kommen, hat er vorher gesagt (Handbewegung), je länger ich davon rede, umso unwirklicher wird Alles!
Im Grunde ist gar nichts passiert, sagt er. Weißt du, nichts hat sich verändert, aber ich habe die Stadt wie einen Trümmerhaufen im Gedächtnis, wie eine Brandstätte. Würdest du mit mir hinfahren? Wäre ich doch schon bei der Rückreise angelangt – in meinem Gedächtnis gleicht sie einer Flucht, überstürzt und verspätet, und ich könnte sie atemlos mit drei Sätzen erzählen. Erst als ich abfuhr, sobald sich der Zug mit einem nachdrücklichen Ruck überstürzt und verspätet in Bewegung setzte (Spätnachmittag), kam die Zeit endlich wieder ingang. Jetzt im Moment steht sie auch still, aber das ist wenigstens nicht unerträglich. Plaschko, ehemaliger Schauspieler, als klassischer Romanheld – Abend, die Ewigkeit, Alles reglos (Handbewegung) – bereit abzuschwimmen... Jeden Abend für Augenblicke nimmt die Zeit so wie jetzt den Anschein der Ewigkeit an, sobald der Abend beginnt – so als würde man sich (du-ich-Jeder) im nächsten Moment auf eine lange Reise begeben, zu Schiff vielleicht und die Sonne ist eben untergegangen oder steht tief im Westen – warst du mal in Venedig? Nicht mit mir jedenfalls. Beinah hätte ich mich wieder verirrt. Hör zu: jede Flucht besteht letztlich darin, daß es zu spät ist, daß man vor sich selbst davonzulaufen versucht, und insofern hat Fliehen gar keinen Sinn. Natürlich ist das eine Allerweltweisheit, aber man fällt immer wieder drauf rein. Vielleicht deshalb müßte man sich das doch mal aufschreiben. Vielleicht wäre es doch angebracht, daß du mir ein Notizbuch schenkst. Es soll wie ein altes Gebetbuch aussehen, aber die Seiten müssen natürlich leer sein und seidenglatt, am liebsten matt zwiebelschalenfarben, Goldschnitt usw. (Ein Schloß braucht nicht dran zu sein.)

Kaffee, Zucker, die Rumflasche. Umrühren! Zigaretten. Abend, golden das Licht und die allgegenwärtige Stille. Plaschko hat sich wieder aufs Sofa gesetzt, er hat nebenbei, in Gedanken, ihren Rock beiseitegestreift und sie kauert an ihn geschmiegt, die nackten Beine angezogen, ganz dicht neben ihm: liebe Ulla!

Nein, unser Tisch war besetzt, ein Gesellschaftstisch. Es war überhaupt der beste Tisch in der ganzen Kneipe. Hör zu, sagte er, du mußt dir das richtig vorstellen: ich bin grad eben erst reingekommen, mit meiner ganzen unsinnigen Vorfreude, die – den Weg lang – ein Werk von ein paar Minuten war, eine Fiktion. Und jetzt, an Ort und Stelle, wußte ich nicht wohin damit. Unser Tisch war besetzt, doch ansonsten schien es immer noch der gleiche Abend zu sein bzw. seine unmittelbare Fortsetzung – als hätte zwischendurch keinerlei Zeit oder Unterbrechung stattgefunden: eine Welt für sich. Ein halluzinatorischer Eindruck, der sich mir dann noch mehrfach wiederholte, immer eindringlicher: jedesmal, wenn ich im Lauf des Abends vom Pissen an meinen heutigen Tisch zurückkehrte, ein blöder Nebentisch. (Dauernd mußte ich mühsam drauf achten, mich nicht aus den Augen zu verlieren!...) Was denn? Ich hatte, soweit ich mich erinnere, undeutlich an eine einsame Wiederholung des Festmahls von gestern gedacht, wenigstens das. Und wer weiß, was noch Alles sein wird! Aber aus irgendeinem Grund wurde es nichts mit dem Essen. Du weißt, wie das ist, wenn ich allein bin. Ich saß nur einfach so da und trank einstweilen Cognac für mich allein, als ob ich noch Jemand erwarte (mal sehn, wer es sein wird) – während es jedenfalls immer später wurde, wie ich mir alle Augenblick versichern zu müssen glaubte.

Am Nebentisch eine ganze Gruppe von Leuten, machte sich breit: vier, fünf Männer und drei Frauen. (Lieber nicht zählen, sagt mir mein Aberglauben.) Eine davon, eine ältliche Königin mit rückwärtigem Haarknoten, zog gleich darauf einsam ab, so widerstrebend, als zöge sie eine schwere unsichtbare Schleppe hinter sich her; gegen ihren Willen angeblich, unter vielen Beteuerungen und gleichsam mit rückwärts gewandtem Kopf, wie eine Ertrunkene. Sie wollte bleiben, obwohl sie sich vorgenommen hatte, zu gehen oder umgekehrt, und jetzt – ganz egal, wozu sie sich, immer gegen ihren Willen, letztlich entschließen würde – war es auf jeden Fall das Verkehrte. Nur Menschen und die Tiere, denen sie gegen Kost und Logis den Sinn ihres Lebens abgekauft haben, vermögen auf diese hilflose blöde Art lebenslang unglücklich zu sein, zu ihrem eigenen Untrost und Mißvergnügen. Deshalb auch sehen Haustiere immer so deplaciert, mißvergnügt und beschämt aus, wenn sie sich beobachtet fühlen. Liegt das nicht auf der Hand? Lock ein Reh in den Garten. Gib ihm, was es braucht, pünktlich in Portionen. Am besten immer ein bißchen zuviel – was bleibt dann noch übrig von seinem Leben? Vielleicht kaufe ich mir eine perfekte Filmkamera, bald, federleicht, idiotensicher, vollautomatisch und unzerbrechlich, und betreibe ein bißchen Verhaltensforschung. Machst du mit? Ulla ist für Plaschko der einzige Mensch, zu dem man jederzeit Machst-du-mit sagen kann, ja. Ihre Hände, ihr Haar, sie ist wirklich, du kannst sie berühren, ihr schlanker Nacken, ich liebe Alles an dir! Sie hat ein hellgrünes Höschen an, es ist heute und Abend. Er berührt ihre weichen fühlsamen Lippen mit seinem Zeigefinger – eine magische Geste. In diesem weichen goldenen Zwielicht sind ihre Augen groß und dunkel, Kirschenaugen. Liebe Ulla!

Stichwort Verhaltensforschung: man müßte, sagte er hingerissen – ein neues Thema, bevor es sich gleichfalls als Sackgasse erweist, wie ein mißglückter Sonntagsspaziergang – selbstredend ganz von vorn anfangen. Vielleicht mit alltäglichen Gebrauchsgegenständen, deren verschiedene (spezifische) Reglosigkeiten man filmt, jede mit gebührender Dauer und Aufmerksamkeit; damit könnten wir hoffnungsvoll anfangen. Morgen schon. Tisch, Stuhl, Stein, deine weitgewanderten müden Schuhe, die da in der Ecke stehen, ein Zimmer, wenn es sich unbeobachtet fühlt (ist dir das schon mal aufgefallen? Manchmal gelingt es Einem, ein Zimmer dabei zu überraschen), dann die Gesten der Pflanzen; Sand, wieviel Sand es doch gibt auf der Welt. Wie klein sie doch sind, die bewohnten Zonen. Die Welt neu entdecken – nein: zum ersten Mal! Zuallererst vielleicht geologische Formationen, Materie, Alles was nicht von Menschenhand ist und älter als die Menschheit, die menschliche Zeit, eine Rechenaufgabe. Schon morgen könnten wir anfangen. Schließlich: schließlich gelänge es uns, die Zeit aufzunehmen, Strukturen, Bewegungsabläufe, die man auf diese Art (gleichsam beiläufig) völlig neu entdeckt, Denkvorgänge die sichtbar werden, Entwicklung, Erkenntnisprozesse zum Nachvollziehn und Nachhausetragen, Metamorphosen. Ganz nebenbei eine ganz neue Phänomenologie, zum Beispiel die unerhörten Farben der Töne, ihre Lust, ihre Qual, ihre makellosen Formen und Bewegungen – Kontemplation! Sehen lernen als abendfüllender Spielfilm! Und das wäre erst der Anfang...

Hilf mir, nicht den Faden verlieren! Immer noch der gleiche Abend. Eine der unglücklichen Frauen ist soeben gegangen, vielmehr verkehrtrum hinausgeschwebt an unsichtbaren Stricken: als zöge sie eine schwere Schleppe hinter sich her. Sie glich einer Wasserleiche, so endgültig. Es war unser Tisch von gestern, die Männer schienen verirrte herbstliche Jäger zu sein, und sie wurden immer lauter. Hols der Teufel, scheints eine Art fröhliches Beisammensein, sagte ich mir, gutwillig, laß dich nicht stören. Trank weiterhin Cognac für mich allein und erforschte zwischendurch ernsthaft und geduldig das bescheidene örtliche Telefonbuch. Schlug darin gegen das Alphabet alle Namen nach, die ich kannte: Domberg Kanzlei und privat, mein eigenes Erbcafe, das leere traurige Nachthotel zwei Straßen weiter (wenigstens das hab ich nicht geerbt) und natürlich auch hier dieses Restaurant von gestern in dem ich, mich wiederfindend, jetzt müde sitze. Gedruckt sieht Alles ganz anders aus. Trotzdem siehst du ja nicht nur die Buchstaben, sondern gleichzeitig halbtransparente magische Bilder und Bildfolgen vor dir – wie Momentaufnahmen. Zitat: winzige lautlose Lichtexplosionen, für Bruchteile von Sekunden nur auf die heiße Innenseite deines Lids projiziert, aber in Wahrheit ist dieser wie jeder Vorgang selbstredend wesentlich komplizierter. Alles ist anders und du hast dabei jedesmal die ganze Vergangenheit im Gedächtnis: du gehst zum hundertsten Mal aus dem Haus und es ist anders.

Herbst, eine andere Stadt, eine neue Liebe – du denkst, du hast dich längst eingelebt, bis tief in den Schlaf, bis in deine Träume hinein (immer der gleiche Moment und eine Tür, die immerfort endgültig hinter dir zufällt, ein Traum) –, aber dann: blickst auf und merkst, daß du immer noch unterwegs bist, lebenslang, eine lange Reise. Wie soll ich dir das erklären? Heimwege. Sommer. Dort am Fenster, auch wenn es wochenlang offensteht, ist immer eine Fliege, die den Ausgang nicht findet. Am Abend ist es immer die gleiche ewigkeitsgoldene Stille, wie jetzt, oder nachher die Nacht, Motten im Licht, die Laterne vorm Fenster – und das ist jedesmal anders. Du kannst gehn und nachsehn. Es ist Abend, vor dem Fenster der Kastanienbaum, Sommer, es ist wieder ein langer Tag gewesen und Alles ist wie immer, aber gleichzeitig ist es anders. So ist es immer. Vielleicht findet so Jedermanns schließlicher Tod statt, den sich Keiner recht vorstellen kann: es ist anders und plötzlich hat Jeder es immer gewußt, aber es ist anders. »Deine Stimme zittert; vor dem Fenster geht der Tag zuende.«

Abend. Was war es denn? Alle dort schienen auf etwas zu warten, wie Eingeschlossene, und ich vertrieb mir einstweilen die Zeit mit Cognac und numerierten Erwägungen – zwischendurch hörte ich einen Zug fahren (draußen Nacht). Und dann, in der nachfolgenden Stille (worauf warten wir hier?), während die Stimmen ringsum in mein Bewußtsein zurückkehrten – ein Vorgang der sich soebengerade-jetzt nahezu unverändert in meinem Gedächtnis wiederholt hat –, da schien mir, aufblickend, seit eben-jetzt müsse eine Ewigkeit vergangen sein, und eine weitere, seit ich am Anfang des Abends hierher kam – so fern in meinem Gedächtnis, daß es mir schwerfiel, mich zu erinnern. Die übrigen Gäste in einigem Abstand, wie auf einer Bühne. Alle schienen auf etwas zu warten. (Worauf warten wir denn?) Aber viel später, als ich (erstmalig wieder) auf die Uhr sah, da war es unbegreiflicherweise erst fünf nach halbneun.

Ich hatte schon zahlen wollen und nur auf eine entsprechende Gelegenheit gewartet (was geht mich die Uhrzeit an?), doch bestellte mir jetzt nochmal Cognac stattdessen und ließ mir neue Zigaretten bringen. Plötzlich hatte ich ganz deutlich die Vorstellung, daß wirklich ein Ereignis bevorstünde. Jedenfalls wollte ich vorerst hierbleiben, ja: könnte vielleicht herausfinden, was es ist, worauf Alle warten! Cognac, ich trank ziemlich viel. Zwischendurch ging ich öfter pissen. Jedesmal wenn ich zurückkam – ewig der gleiche Moment –, war das fröhliche Beisammensein am Nebentisch wieder weiter fortgeschritten. Sie soffen und prahlten und hatten dauernd noch was zu bekommen.* Als ob sie Raum und Zeit ununterbrochen für sich allein beanspruchten. Gleichzeitig aber produzierten sie sich und ihren expansiven Frohsinn (dem eine typische Unaufrichtigkeit zugrundelag: das Schielen auf Zuschauer, das heißt deren Unerläß-

* Und ihre dumpfe Zuversicht – woher nehmen sie die?

lichkeit) auf fremde Kosten, nämlich mit dem unbedingten, ungerechtfertigten Anspruch auf Aufmerksamkeit und Bewunderung, ohnehin unignorierbar an diesem Tisch, mitten im Licht. Weißt du, was ich meine? Daß es ihnen gut geht, genügt nicht. Sie wissen das erst zu schätzen, wenn es den meisten Leuten nicht so gut geht. Im Paradies würde ihnen die Not der Anderen fehlen. Und sie gingen mir mit ihrer widerwärtigen Prahlerei, ihrem Dasein und Lärm immer mehr auf die Nerven, geradezu quälend. So geriet ich gegen meinen Willen und ohne daß ich im Moment was dagegen hätte tun können, mehr und mehr in einen Zustand krankhafter Empfindsamkeit und Depression, physisch spürbar, wie vergiftet, und es wird mit jeder Minute noch schlimmer. Das war mir ganz deutlich bewußt, mir graute davor, doch ich wußte mich nicht dagegen zu wehren. Ich bin völlig hilflos: Alles quält mich. Einfach zu gehen vermochte ich aber auch nicht. (Herbst: schwer lastet der vergangene Tag auf mir) Ich bin unglücklich und fange eben an, betrunken zu werden – ein Zwang; sie saßen mir die ganze Zeit direkt vor der Nase. Ich fühlte mich förmlich bedrängt von ihrer erheblichen Anwesenheit und ihrem so deutlich zur Schau getragenen falschen Frohsinn (nicht genug Luft!), und ich wußte mir nicht zu helfen.
Ich hätte ihnen einen Spiegel vorhalten mögen: hier, seht euch an! So abstoßend seid ihr in euren besten Stunden! (Dort gab es genug Spiegel.) Und als ich das nächste Mal vom Pissen zurückkam – worauf warten wir denn? Es war genau zehn vor neun –, und zwangsläufig an ihrem Tisch vorbei im Bogen zu meinem Platz zurückkehrte (wo mich schon wieder die Notwendigkeit erwartete, neuen Cognac nachzubestellen – Karaffen hatten sie keine), da fing ich im Vorbeigehn oder sobald ich mich erst wieder gesetzt hatte (»Nimm Platz!« Als ich meinen Stuhl sinnlos zurechtrückte, verhedderte er sich zwischen Tischtuch, Schatten, Teppich und Tischbein, und ich und mein Schatten wären fast aus dem Gleichgewicht...) ganz bewußt Streit an mit ihnen – vielmehr eine Eingebung, es ergab sich im rechten Moment wie von selbst, irgendwelche vorsätzlichen und, wie ich hoffe, geistvollen Beleidigungen, auf die sie seit geraumer Zeit nur gewartet zu haben schienen –, ein Beitrag zu ihrem bunten Abend (was beweist, daß sie mit mir als Publikum die ganze Zeit gerechnet hatten). Aber obwohl sie zuerst

zum Schein empört reagierten (wie es sich scheints gehört – meingott, ich sehe schon, es wird wieder so eine öde Kneipengeschichte) und überdies in betrunkener Überzahl und ortsansässig und womöglich im Recht waren, endete es schließlich damit, daß ich mit meinem Cognac und meiner Verzweiflung umzog und an ihrem Tisch Platz nahm, in geselliger Runde (unser Tisch von gestern) und mitten im Licht, mitten zwischen ihnen und ihrem unentwegten Geschwätz mit ihnen weitersoff, obwohl sie mir noch genauso widerlich waren wie vorher, jetzt aber aus größerer Nähe, gleichsam überlebensgroß und insofern deutlicher für meine Antipathie. Sie hatten mich sozusagen übertölpelt. Ich falle immer auf mich selbst herein, immer wieder.

»Ein gelungener Abend!« Sie waren wirklich Jäger, wie sich gleich rausstellte (sobald ich erst bei ihnen saß, vermochten sie es keine Minute länger für sich zu behalten. Im übrigen hatte ich es im voraus gewußt) und zwar Jäger aus Passion, d. h. im Zivilberuf wasweißich Ärzte, Anwälte, Kaufleute (typische Sonntagsjägerberufe, will mir scheinen), doch darauf erst in zweiter Linie stolz. Jetzt hier am Tisch passionierte Jäger zu sein, schien ihnen in ihren eigenen Augen – ihr Selbstverständnis, die Umwelt in ihrer einfältig-gerissenen Vorstellung, lauter bunte Bauklötze – einen einschlägigeren sozialen Status zu verleihen, Nimbus, Charisma, Projektionen, lauter imaginäre Spiegelbilder, Halluzinationen, optische Täuschungen, Scheinwelten. Wer weiß, ob ich in Wahrheit nicht immer noch mit Domberg beim Essen sitze, am gleichen Tisch, doch in einer anderen Gegenwart Wirklichkeit, die genausowenig zu leugnen ist, gleichzeitig anderswo auf den (der vielleicht ein verhinderter Massenmörder ist, wenigstens in seinen Träumen) frommen geistesgestörten Geschäftsführer warte, schon vor zwei Stunden schlafen ging (Tag vorbei) oder immer noch unterwegs und meine Ankunft – glücklich oder nicht – steht noch aus bzw. in Wahrheit bin ich längst wieder abgereist (seit Jahren verschollen), habe die Wirklichkeit verpaßt und auf der Beerdigung meiner Tante bin ich auch nicht gewesen. (Der Sterndeutervorhang. Wir wandern in weitem Bogen selbstvergessen über den Jahrmarkt, der wie eine Sternenwolke um uns zu kreisen beginnt; Musik, Betäubung, Alles dreht sich und Alles fängt an zu leuchten.) Selbst Domberg, so schien mir in meiner Verzweiflung, sei glücklich zu

nennen, wahrhaftig: ein wahrhaft glücklicher Mann! (Er hat ein Holzbein. Sein Citroen ist silbergrau.)
An ihrem Tisch: ich war zuerst ganz verwirrt und gottlob schon ziemlich blau und sie auch, und in ihrer Runde und (Prost!) mit ihnen saufend und anstoßend und saufend, konnte ich nicht umhin, sie immer weiter zu beleidigen. Zwischendurch tranken wir mehrfach Brüderschaft. Alles ist grauenhaft, aber ich bin eben dabei, mich zu akklimatisieren. Brachte natürlich, gleich nachdem wir uns zwanghaft-zwanglos duzten, ihre sämtlichen christlichen Vornamen bezeichnenderweise beziehungsreich durcheinander, doch leider: sie nahmen keinerlei Anstoß daran, sondern fanden das eher lustig, mal ne Abwechslung! Sie hatten beschlossen, sich zu amüsieren und fanden Alles lustig und hahaha waren sogar bereit, mir großmütig eine Art Jägerehre oder entsprechenden vollwertigen Ersatz zuzugestehen. Oder aber meine Nichtjägerschaft (wie falsche Papiere, die ich auf den Tisch lege, oder sie sind echt vielleicht, aber die falschen und unzureichend warum auch immer) ja also ausnahmsweise zu akzeptieren. Wie echte Christen – ihrer eigenen garantierten Seligkeit einfürallemal gewiß – einem irgendunwissenden erstbesten Heiden sein Heidentum vorsätzlich gütig nachsehen – das tun sie doch manches Mal, oder nicht? Beides in einem Atemzug, jedenfalls diesen einen Abend. Ach ja, sie sind so schrecklich nett allesamt, so Entsetzlich-Fürchterlich-Grauenhaft Nett, sagte ich mir, panisch. Sie sind-wie-sie-sind, diese makabren Jäger. (Natürlich ist es leicht, sich drüber lustig zu machen – Notwehr.) Ihr seid wie die Ungeheuer in Märchen, sagte ich, ohne Seele.
Mein armes Herz! Wie spät es sei? Doch sie wollen meine Seele! Ich sagte: ich brauche keinen Gott, um an die Hölle zu glauben, die kenne ich. Und ich oder Einer von uns warf dabei ein Glas um (versehentlich, aber wir hatten schon eine neue Runde bestellt) und mir lief es (ganz deutlich) eiskalt übern Rücken, als ich gleich darauf zwischen all dem Gelächter mein eigenes Lachen erkannte, ganz verstört. Ich wies sie auf die Bilder an den Wänden hin (seht doch) und fragte sie blödsinnig ernsthaft und eindringlich, ob diese Bilder bzw. deren offenkundiges Manko – dort, was da falsch ist und fehlt! Ob ihnen das denn nichts sage, doch ihre einzige Entgegnung bestand in blinder besoffener Fachsimpelei Flüchen Schwü-

ren Gelächter und allseits geschätztem Jägerlatein – sie sind wie sie sind. (Warum wird immer behauptet, daß offenkundige Schwächen liebenswert seien? Das ist doch gar nicht wahr.) Mehr Cognac! Und auf ihre lärmenden Prahlereien erwiderte ich, ich hätte erst gestern – war das wirklich erst gestern? – hier am Tisch mit Appetit Wildbret gespeist, die Wahrheit, doch ihre Bekanntschaft, ihr Anblick und Jägergeschwätz, wie ihr dasitzt und gröhlt allesamt, das genügt mir, um für den Rest meines Lebens Vegetarier zu werden oder etwas dergleichen (Lieber kein Mensch sein! Du kennst das, wenn ich im Suff nicht mehr weiß, was ich rede), worauf sie im Chor mit brüllendem Gelächter antworteten und mir von allen Seiten voller Wohlwollen auf die Schultern klopften, widerlich, und ich saß da und lachte, wie im Fieber. Dann tranken wir wieder. Zwischendurch tranken wir mehrfach Brüderschaft. Mein Ekel, mein Elend und meine Trunkenheit – ich bin todkrank –, lauter Vorwände und Symptome die einander bedingten, verstärkten und ergänzten, ein wechselseitiges Hochschaukeln – Alles quält mich. Während wir immer wieder auf Gesundheit und langes Leben tranken – oder was sie Glück nennen, eine Art Superknallbonbon –, und alle Augenblick wurde eine neue Runde gebracht. Und später, meingott, ich erschrak, wird das ein Teil meines Lebens gewesen sein, künftige Erinnerungen auf die du dich einläßt. Ich wünschte, ich hätte kotzen können. Aber wie du weißt, vermag Suff mir nie zum Kotzen zu verhelfen, so sehr und wie berechtigterweise mir auch danach sein mag, Prost!
Alle Augenblick eine neue Runde. Der oder die Kellner, den Umgang mit Honoratioren gewöhnt, kamen und gingen wie vorbildliche Gespenster. Toasts, Trinksprüche, die ganze Zeit ging die Rede darum, wem die Ehre der nächsten Runde, obwohl das schon lang keine Rolle mehr spielte und (lauthals Gefasel) längst nicht mehr registriert wurde; alle Augenblick wurden neue Gläser gebracht und Keiner kam mit seinem Trinkspruch zurande. Suff, Paranoia, Zwangsvorstellungen. »Sie wollen meine Seele!« Sie hockten überlebensgroß vor mir, mitten im Licht, wie ein einziges vielköpfiges Ungeheuer – ich hatte von Anfang an und sozusagen vorsätzlich darauf verzichtet, sie auseinanderzuhalten –, als seien sie eigens zu meinem Überdruß erschaffen worden. Wie eine fixe Idee! Jeder sucht sich seine Ungeheuer und fixen Ideen zeitlebens

selbst aus bzw. schafft sie nach seinem Bild und Bedarf. Und vielleicht war das der Grund, weshalb ich mich auf sie einließ. In diesem Stadium vorgeschrittenen Suffs gerät Alles mir leicht zu Symbol und Metapher, der Lauf der Welt, eine fixe Idee. Obendrein war ich todmüde. Mitten in meinem eigenen fieberhaften hilflosen Gelächter spürte ich, wie mir plötzlich eiskalt der Schweiß ausbrach, November, die Last der Zeit, mein Geschwätz. Mir kam sofort der Gedanke, ich sei vielleicht krank. Ein unheilbares Leiden, namenlos, das ich in meiner Verstörtheit – so entsteht Krebs – unverzüglich als schicksalhaftes Verhängnis anzuerkennen bereit war, als hätt ichs tief innen von je her gewußt: verloren! Herbst, Nacht, ich habe jegliche Perspektive verloren. Eine Vorstellung, die mich sogleich total überwältigte, aber zwischendurch vergaß ich sie wieder: ein Akt der Notwehr vermutlich.
Das Licht, Gespräche, ein ganz heller Moment der Erwartung, als Alle aufblickten, ringsum und an allen Tischen. Die Stimmen alle stockten sekundenlang und (hörst du den Wind? Hörst du von fern den morgigen Sturm?) fingen dann zögernd wieder von vorn an und klangen erneut zusammen, und der Abend nahm seinen Fortgang. Suff, Zoten, Geschwätz, Reden werden gehalten, Verbrüderungen – wie der Albtraum eines Theaterstücks »Ein Bankett im Jenseits« – grauenhaft!
»Hier sitzen wir.« Und in einem wachen Moment sagte ich mir hellsichtig: Domberg, der arme Domberg, »wie glücklich er allzeit ist«, hätte sicher seine helle Freude daran oder würde gehabt haben. Hat er mir nicht erst gestern bekümmert erzählt, daß er nach des Tages Staub und Mühe und der unauslotbaren Bewußtlosigkeit eines ersten pharmazeutischen Dreistundenschlafs Nacht für Nacht wachliege, von Mitternacht bis zum Morgen wachliege, Holzbein abgeschnallt, eine Qual, denkend, denkend. (An den Felsen geschmiedet, schon dreizehn Jahre; hilfloser Tatmensch, als der er sich selbstredend verstand.)

7

»Wo der Tag?« Am Morgen fand ich ein Ahornblatt, doch dann erwies sich der Tag insgesamt als schnöde Täuschung, und jetzt: es ist immer noch der gleiche gestrige Abend, das gleiche Licht, in dem wir hier sitzen, wenn ich mich wiederfinde, die gleichen Gespräche ringsum; Domberg (»der glückliche Domberg«) wird gleich hereinhunken, knarrend, Mund ganz schief (Großmaul, stumm), krampfhaft lächelnd und sobald er sich erst mühsam gesetzt hat, mit seinem alten Holzbein (ächzend): wird uns gleich lang und breit erzählen und erklären, was für ein Mordskerl er doch ist und wie gottverdammt glücklich alle Tage, und wie er sich im letzten Krieg amüsiert hat, und wie er es immer Allen gezeigt hat, Er Selbst, Teufel auch, und was nicht noch Alles! Im Bett, prahlt er (wenn die Fotzen nur heiß genug sind. Und aufs Einheizen da versteht er sich drauf usw.), im Bett, da stört sein Holzbein ihn gar nicht, im Gegenteil! Und er will auf der Stelle will er verrecken, wenn das nicht die reine Wahrheit. Und morgen, das schwört er, wenn mir nicht der Atem ausgeht, steigt er mit mir hinauf auf den Teufelsfels, bei Gott! Er schmeißt sein Glas um und schlägt mit der Faust auf den Tisch, daß es nur so klirrt. Er führt immer wildere Reden, er renommiert wie ein Raubritter. Seine staubige alte Kanzlei – paar Häuser weiter im ersten Stock (Hauptgeschäftsstraße) – hat er von seinem Vater geerbt, der ist tot, er ist zweiundneunzig geworden. Diese Provinzdeppen hier, schäumt er, könn mir nichmal de Stiebel putzen, nicht Einer!
Ich versuchte vergeblich, ihn anzurufen, mehrfach: lauter falsche Nummern oder besetzt oder meldet sich Niemand. Zwischendurch immer wieder verwählte ich mich – alle möglichen fremden Nachtstimmen, die mir ernsthaft und eindringlich versicherten, unsichtbar, sie seien nicht Domberg und – warum nicht? – könnten ihm auch nichts ausrichten, noch ihn an den Apparat holen. Komplikationen. Auch der Kellner und seine Herren Kollegen, sowie der erste und zwote Geschäftsführer (obzwar perfekte Gespenster allesamt), vermochten die Verbindung nicht herzustellen. Jeder gibt sich die größte Mühe, aber alle Leitungen verhext, das Telefon-

buch voller Fallen und Druckfehler; es gab noch einen Domberg, Hans und einen Domberg, H. W., Brauereibesitzer, aber nichtmal Einen von ihnen (obwohl ohnehin die falschen) vermochte ich zu erreichen. Er wohnt, wie es heißt, am Stadtrand, doch ich glaubte nicht dran. Boten werden ausgesandt, Einer nach dem Andern – Keiner kam je zurück. Vermutlich fanden sie den Weg nicht, in dieser riesigen leeren Herbstnacht: welche Finsternis! Der Winter stand vor der Tür und ich wage mir gar nicht auszumalen, was aus ihnen geworden ist, wie sie sich, Jeder einzeln, verirrten und elend zugrunde gingen; Schicksale.

»Die wilde Jagd!« Alles wurde zusehends verwirrender, ich war ziemlich blau und es schien immer noch der Abend meiner Ankunft zu sein (aber bin ich denn erst seit gestern da? Paar Stunden nach meiner geglückten Ankunft hatte ich mich in einer wüsten Pennerkneipe hinterm Bahnhof besoffen, im Stehn; ein ehemaliger Geräteschuppen zwischen Lagerhallen und Schrebergärten aus dem finsteren neunzehnten Jahrhundert, meistenteils Brennesseln, Schutt und Ruinen), und obwohl wir ihn doch gar nicht erreicht hatten, noch nicht, erwartete ich die ganze Zeit, er, Domberg wie er leibt und lebt (und pennt sowieso schon jahrelang allein in seinem staubigen Büro), werde gleich siegreich hereinkommen (wenn ich mich elend fühle, läßt mich mein sechster Sinn gleich völlig in Stich). Zwischendurch – ohne Trost – sagte ich mir: wenigstens der unglückliche Geschäftsführer des Cafes (egal, wie er heißt; sein Name fiel mir damals so wenig wie heute ein) (ob er mich nun betrogen hat oder ist selbst der Dumme?), wenigstens er vielleicht könnte als Jäger unter Jägern hier womöglich sein promptes Glück finden – das käme auf einen Versuch an. (»Ich rieche Menschenfleisch!«) Und ich versuchte meine ganze (so müde!) Willenskraft darauf zu richten, daß wenigstens Er gleich überstürzt, käsebleich und aufgeregt gestikulierend (stolpEr nicht!) hereingestürzt käme – wie von einem Windstoß dahergeweht –, aber jedesmal wenn ich aufblickte (der Wind hatte zugenommen), war er es nicht; wieder nicht.

Was weiter? Suff, Trinksprüche, immer noch eine Runde. Wir sind jetzt bei einem ausgiebigen Jägerimbiß angelangt. Schon der dritte oder vierte, seit wir hier sitzen, und es wird immer später. Sogar ich (sehe ich) bin dabei, feste Nahrung zu mir zu nehmen. Wahr-

scheinlich fressen wir wie die Schweine. »Das Gelage!« Wenigstens jetzt, dachte ich, könnte Domberg endlich kommen (es wird Zeit), aber als ich – diesmal fast sicher – wieder hoffnungsvoll aufblickte, kam er immer noch nicht. Immer noch der gleiche Abend: der Imbiß zog sich hin, Alles fand kein Ende und wir tranken zwischendurch und bestellten uns bei jeder Runde immer noch mehr zu essen, mit vollem Maul, rülpsend vermutlich, obwohl schon gar kein Platz mehr war auf dem Tisch, doch wir ließen immer weiter auftragen, immer mehr Speisen und die Hochachtung der Kellner, als könnten wir in alle Ewigkeit nicht genug kriegen. Zwischendurch tranken wir immer wieder. Prost, mein Sohn, sollst leben! Schreit mir Einer ins Ohr, sollst noch viele Böcke abknallen! Wir schrien Alle und verschluckten uns beim Trinken und mußten deshalb immer lauter brüllen, grauenhaft! Und du, sage ich, Mensch, was soll aus dir altem Schwein bloß werden? Brüllendes Gelächter. Wie viehisch wir sind! (Er ist von Ulla abgerückt, als müsse seine Berührung jetzt ihr zwangsläufig widerlich sein. Er hält Tasse und Zigarette in einer, der gleichen Hand. Wider Willen fasziniert, wie in Trance spricht er weiter. Er sitzt aufrecht und blickt beim Sprechen starr vor sich hin: Vergangenheit! Abend; golden das Licht im Zimmer.)
»Die wilde Jagd!« Von da an nahm auch der Imbiß kein Ende mehr: Alle brüllen und lachen und Jeder klopft mir alle Augenblick kauend auf die Schulter, gröhlend, mit vollem Maul kauend. Alles ist grauenhaft und zwischendurch (aber wo bleibt Domberg? Alles wird jetzt immer schlimmer) dachte ich mir, wie der Kronleuchter gleich herunterfallen und uns Alle erschlagen würde. Er ist mir schon gestern aufgefallen, gleich zu Beginn, eine Zwangsvorstellung. Ich glaubte wirklich daran. Jetzt gleich, dachte ich, in diesem, im nächsten Moment! Doch dann (jedesmal) ereignet sich gar nichts, und ich sitze wieder da, immer noch, und fühle mich leer und elend. Ich dachte, daß Alles gleich aus sei, allen Ernstes: »Weltuntergang!« Aber dann hat sich gar nichts ereignet. Nichts! Und ich sitze da wie in einem fahrenden Zug und spüre eiskalt den Schweiß auf meiner Stirn, auf meinem ganzen Körper. So elend! Mein Herz klopft! Gerade eben verklang unser wüstes frevelhaftes Gelächter oder zog scheppernd in die Ferne, fiel in Scherben zu Boden, kehrte verstört als Echo zurück, und ich sitze hier und habe

mich in meinem ganzen Leben noch nie so hilflos und krank und elend gefühlt.
Nacht-Etappen: eine kurze atemlose gluttrunkene Rast, hingelagert, zwei Jahrhunderte weiter – und schon rasen wir wieder besinnungslos dahin, Ewigkeiten; finsterstes Mittelalter. Ich: gestern der fliegende Holländer, heute Nimrod in Amt und Würden – solang das Herz euch noch bebt, Fürsten! – und morgen: morgen vielleicht ein lied- und lichttrunkener Sternensammler, ganz allein, taumelnd auf allhimmlischen Bahnen und Höhenwegen, with a permanent duty travel order, oh yes, und dem huldvoll satanischen Blick. Und weiter (immer weiter): himmelhoch, im gellenden Wind (eine riesige leere Herbstnacht der nördlichen Hemisphäre); dort unten die Gräber, Ruinen, verlassene Heimstätten; welche Finsternis! Und dann: Entsetzen! Das grausige Bild, aufgenommen in Schrecksekunden auslösender Momentaufnahme unausweichlicher Besinnung, im jähen Sturz des Sichfindens – verloren! Hört nur, seht: Alle schreckerstarrt entseelten Blicks Münder geöffnet zu einem SCHREI! Gruppenbild, aneinandergedrängt-taumelnd: Mein Gott-der-du-nicht-bist, was hab ich getan? Was haben wir Alle getan? Sterne, die jäh aus ihrer Bahn geraten, die Idole stürzen ab, gellender Wind, rachsuchttrunken –
Fand mich wieder, sitze am Tisch, müde und betrunken im Lampenlicht, immer noch der gleiche Abend. Wir tranken und Alles fängt wieder von vorn an, von neuem. Der Kronleuchter, Nacht (Wind war aufgekommen), ringsum an den Wänden dunkelt die Zeit. Ziemlich blau, ich rühmte mich (hatte mich soeben gerühmt), Parallelen zeichnen oder ziehen zu können – aus freier Hand: Parallelen, die sich NICHT in der Unendlichkeit begegnen. Ich kann, mit freier Hand kann ich, etc. (Ihr wißt das gar nicht zu schätzen, wißt nicht, was das bedeutet. Keiner von ihnen hatte eine Ahnung von Geometrie und Unendlichkeit. Sie wundern sich nicht einmal!) Sah mich am Tisch sitzen, blau, in der Mitte des Aufruhrs, in Licht und Lärm, und wirr und prahlerisch gestikulierend und (hörst du von fern den morgigen Sturm?) schwieg betreten, ich oder wer – wir sind Alle verloren! Wir tranken und dann trank ich nochmal für mich allein und ging wieder pissen. Die Toilette: Spiegel, strahlendes Neonlicht (der ganze Raum, Alles schien zu vibrieren vor Sauberkeit, Licht und Intensität), alle schwarzen und weißen Kacheln

blitzsauber, ganz genau quadratisch und spiegelblank-funkelnagelneu, Alles sehr feudal, in jedem sauberen Porzellanpißbecken – sie rauschen wie riesige Tiefseemuscheln – ein kompakter blauroter Klumpen, der intensiv nach künstlichen Himbeeren riecht, oder grün und nach Kiefern. Ganze Stapel frischer weicher Handtücher, vorgewärmt, drei Sorten Luxusseife, alle unberührt. Trance, eine milde Betäubung, ganze Ströme warmes und kaltes Wasser auf Abruf aus schlanken silbernen Präzisionshähnen, jeder wie ein silberner Miniaturschwanenhals, Kontrollämpchen, magische Augen. Wie blank und kristallklar alle Spiegel sind, obwohl ich besoffen bin. Wir treffen uns auch beim Pissen oder – taumelnd, ungeheurer Abdrift unterworfen – auf den abschüssigen Hin- und Rückwegen. Ich brauche keinen Gott, um an die Hölle zu glauben! (Fluchtversuche. Viel zu besoffen, um mich in meinem Spiegelbild wiederzufinden – vielleicht hätte das mich retten können. Doch kippte mir nur so entgegen, bevor es unterging, ging unter –)
Wiederholungen. Gar kein Ende mit all dem Fressen und Saufen (die Kellner kamen und gingen immerfort und walteten ihres Amtes wie perfekte Gespenster). »Ein langes glückliches Leben!« Kein Kronleuchter fiel von der Decke. Wir tranken uns immer wieder zu, soffen, brüllten und lachten. Ich sagte: Was für erbärmliche Schweine ihr doch Alle seid! Ihr seid wie die Ungeheuer in Märchen, ohne Seele. Und wie ihr das Leben versaut habt! Alles war lebendig und gut und richtig, so andächtig still der Himmel, so grün das Gras, so friedlich mein Tal, so nah und vertraut jede Einzelheit und die freundliche lichte Ferne! So sanft Licht und Nacht, so viel liebevolles Vertrauen in jedem Baum und in jedem Schatten. So viel Frieden und Sonnenuntergänge, Abende ohne Abgrund und die ruhige Stille, wenn Alles zur Nacht sich richtet. Der Wind schläft; die Vögel schlafen, ohne Angst. Ja, es gab eine Zeit, da konnten wir Alle ohne Angst einschlafen und der lichten sieghaften Herrlichkeiten aller kommenden Morgen und ihrer Nähe gewiß sein. Und jetzt? (Kann sein, ich war so besoffen, daß ich weinte.) Und jetzt? Seht doch, was ihr gemacht habt! Seht nur die Bilder da an den Wänden. Kann sein, daß ich weinte. Egal was war, ich konnte nie weinen, Ulla, sagt Plaschko und sieht sie verzweifelt an (er steht mitten im Zimmer) und schüttelt langsam den Kopf: P. als Romanheld. Ullas Hand die ihn streichelt, sie lehnen sich aneinander.

Jaja, ein langes glückliches Leben, wiederholt Plaschko (Romanheld) und nickt in Gedanken den gröhlenden Jägern zu, hör zu: Der Jüngste von ihnen war Architekt, nur ein paar Jahre älter als ich, farblos und arriviert – ich kann mir schon vorstellen, welche Häuser er baut. Brauchst dich ja nur umzusehn: Alles ist ein Problem der Statik, eine Aufgabe, die er (soweit es ihn betrifft) längst und für immer gelöst hat, das ist der Fortschritt. Jedesmal wenn er vom Pissen zurückkommt, hat er den Schlips zurechtgerückt und sich wieder die Haare gekämmt, Wasserleitungsscheitel. Und ein blasses spärliches Grinsen, wie einstudiert. Eben setzt er sich wieder mit seinem ergiebigen Grundwortschatz, Trend, Konjunktur, sogar einige originelle Eigenarten hat er sich wohlbedacht angewöhnt, das sind die Schnörkel in seinen Blaupausen, und er hat genau den Erfolg der ihm zukommt. Wenn er heute hier sitzt und säuft, dann tut er das als Passionsjäger, der es zu etwas gebracht hat, der es sich leisten kann und selbstredend in allen Ehren und im besten Restaurant der Stadt. Er ist hier bekannt. Er weiß, was er tut. Und der Bausparkassenheini von heute Mittag war mir nicht umsonst widerlich, sondern erweist sich gleich als sein Partner, Jagdgenosse, Geschäftsfreund, Bruder-Schwager-Teilhaber, und ich sagte und verkündete: Wenn die Menschheit überleben will, wird sie die Häuser, die ihr für sie gebaut habt, noch in diesem Jahrhundert in die Luft sprengen müssen! Er wies darauf hin, daß seine Häuser brauchbar seien. Was ist dagegen zu sagen? Ich geriet gleich so in Zorn, daß ich kaum noch wußte, was ich redete – brauchbar? Selbst lebenslange Obdachlosigkeit, behauptete ich, sei ein besseres Los. Eher gehe ein Kamel durch ein Nadelöhr usw. Vielleicht, sagte ich, werden wir für Jahrhunderte zum Nomadentum zurückkehren müssen, um uns von all den schweren Albträumen zu befreien und wieder zurückzufinden zu uns selbst. Ihr habt eure Rollbahnen und Betonpisten weit hinein ins vermeintliche nächste Jahrhundert gebaut, aber wahrlich ich sage Euch: noch eh unsre Zeit um ist, wird Klee darauf wachsen, Löwenzahn, Brennnesseln, Steppengras. Ursprünglich hatte ich recht, aber er kapierte gar nichts und so übertrieb ich natürlich, geriet ins Schwätzen, geriet immer mehr in Rage, und machte mich schließlich selbst zum Idioten. Ich hätte es besser wissen müssen. Plötzlich verstand ich, warum man sich duelliert! Wenn ich wenigstens nicht so besoffen gewesen wäre! Hier kam mir der Gedanke, es sei vielleicht Samstagabend. Wenn ich kein Geld gehabt hätte, oder nicht genug Hochmut und Manieren, um hier zu sitzen und seinesgleichen zu sein – er hätte gar nicht mit mir gesprochen (sagte ich mir, wie zum Trost). Irgendwann (baldmöglichst) fing ich mit ihm auch einen Streit über Unkraut und Schädlinge an. Schon in der Schule war es mir stets zuwider, daß sie nichtmal die Tiere und Pflanzen in Ruhe lassen, sondern einteilen-klassifizieren-bewerten müssen, Schwachköpfe, Vernunftmenschen! Er war natürlich auch für die Todesstrafe, klar! Wenigstens zeitweilig durchaus angebracht, auch und gerade in einer parlamentarischen Demokratie, zu ihrem Schutz, Nutz und Frommen, und wußte das sehr ausführlich zu begründen.

Während ich mich noch völlig unsinnig erregte, setzten wir unsren Imbiß fort (mit seinen Urfeinden zu tafeln, ist das Schlimmste, was man tun kann, ein Sakrileg). Zwischendurch ging ich und ließ mir in dem blitzenden Waschraum (war er mit seinem grellen Licht und all dem Spiegelglas, Chrom, Porzellan, der Stille und dem gedämpften unablässigen Wasserrauschen nicht auch wie ein verwunschenes (»das Gegenlabyrinth«) Laboratorium auf einsamer Felsklippe hoch überm rauschenden Nachtmeer – einfache kindliche Gedanken, Bilder, mit denen ich mich zu trösten versuchte, doch fand keine Ruhe, konnte mich nicht wiederfinden; es ist Nacht und sie haben meine Seele gestohlen!) eiskaltes Wasser über Kopf und Hände laufen, eine Ewigkeit lang. Nachher, zurück am Tisch, wieder nüchterner, wie mir schien, finde ich endlich Gelegenheit, auf die beiden verbliebenen Frauen einzugehen; die anderen zwei drei Jäger sind ihrerseits allseits geachtete alte Esel, Familienväter, Sonntagsjäger, Ungeheuer, Honoratioren, monströs und ernsthaft, vielleicht Ratsherren und so gottverflucht glücklich – vielleicht sind sie mit Domberg zur Schule gegangen (kann sein, daß ich sie danach fragte – wo er nur bleibt?) oder gehören bereits der nächsten glücklichen Generation an, ganz egal. Wie spät ist es denn? Der Abend hat längst den Anschein der Ewigkeit angenommen, und ich weiß nicht, worauf sie Alle noch warten. (Ach, könnt ich doch heimgehn!)

Natürlich tranken die Frauen nicht so viel. (Wenn man selbst säuft, verliert man das leicht aus den Augen.) Die ältere war so unschein-

bar wie eine Maus, ganz und gar reizlos, aber sehr comme il faut. Sie nippte in Abständen damenhaft an ihrem Likörchen. Bißchen blau war sie wohl auch, aber selbstredend in allen Ehren. Sie hat ein feierliches dunkelgrünes Samtkleid an. Sie saß da und zierte sich, mit vorsätzlich heiterer Miene, mit der Lethargie und Geduld einer vernünftigen Geisteskranken, die weiß, was sich gehört. Manchmal glaubte sie so tun zu müssen, als hielte sie sich die Ohren zu (»Alles hat seine Grenzen«) und von Zeit zu Zeit (»also nein«) brach sie zum Schein in ein frivol gemeintes vollautomatisches Sturzflutgekicher aus und darüber schien sie dann jedesmal selbst zuerst zu erschrecken – jedesmal, wenn sie lachte, hielt sie sich hastig die Hand vor den Mund: eine Geste, die Sie sich sparen können! Ihre schlechten Zähne interessieren hier nicht! Überhaupt haben Sie doch längst ein Gebiß! Ich weiß nicht, ob ich das wirklich zu ihr sagte. Sie hatte eine häßliche Halskette um – lauter große künstliche Ersatzzähne, die alle ein bißchen zu groß und ein bißchen zu blank und zu weiß sind geraten. Ihre Haut so leblos und welk, als ob sie sich tagaus-tagein von Leichen ernährt, ihr Haar wie ein Büschel Putzwolle. (Sie geht jeden zweiten Tag zum Friseur!) Ich hätte Mitleid mit ihr haben müssen, und auch das quälte mich, Alles wurde immer schlimmer. Prost! Ich hatte eine ganze Weile lang ziemlich viel Aufmerksamkeit an sie verschwendet, doch sie blieb wirklich so nichtssagend und unscheinbar wie eine Maus. Sie ißt in Etappen, unauffällig, hastig und geschickt wie nur irgendein Nagetier. Dann sitzt sie wieder wie hypnotisiert da und macht fromm-gute Miene zum frivol-bösen Spiel. Ich hatte vergeblich versucht, sie zum Reden zu bringen – vielleicht war sie wirklich nicht ganz bei Trost. (Die Dunkelziffer geistesgestörter Hausfrauen muß enorm sein!)
Die andere Frau war hübsch, doch hatte kalte Augen. Vielleicht hieß sie Birgit oder Brigitte, das hab ich vergessen. Es war, als hätte sie eine vollkommene Maske auf oder käme eben von einer geglückten Schönheitsoperation. Sie war blond und hatte ein extravagantes Wildlederkostüm an, mit Fransen, sicher nicht billig; ich glaube, sie war die Frau oder Braut des fahlen betrunkenen Architekten. Ich trank mit ihr und sie konnte sich wohl zu keiner endgültigen Meinung über mich entschließen (wohl, weil sie nicht herauszufinden vermochte, was ich von ihr hielt), und so quälte sie sich die

ganze Zeit damit ab, ihre Vornehmheit (oder was sie darunter verstand) zu beweisen, diesen saublöden Snobismus vielmehr, der damals gerade in Mode kam und in ihren Kreisen immer weitere Kreise zog: Heuchelei, Langeweile, affektiertes Pseudogeschwätz, der gute Ton, keine Gefühle, aber ein Leben wie auf Werbeplakaten, Alles wie einstudiert. (Die fröhlichsten und gesündesten Menschen in Deutschland West, das sind die auf den Zigarettenreklamen!) Ich trank schon die ganze Zeit Rotwein und Cognac und irgendwann zwischendurch (zwischen zwei Bewußtlosigkeiten) ließ ich mich auf ein großes Geschwätz mit ihr ein, doch verstummte dann unvermittelt, um mich weiterhin ungestört meinen Zwangsvorstellungen hinzugeben. Sie hat kalte Augen. Sag doch Britta zu mir! Mein Schweigen schien sie zuerst ein bißchen aus der Fassung zu bringen (was ich gar nicht beabsichtigt hatte), doch sie fing sich gleich wieder, vermutlich indem sie sich endlich sagte, ich sei eben doch nur ein Strolch, ein unzurechnungsfähiger Säufer unbekannter Herkunft (oder was sie sich sonst sagte) und ihrer Huld und Beachtung nicht wert. Ich zähle nicht. Ohnehin würde ich nie hier ansässig werden. Gleich darauf schnauzt sie ihren Architekten an, und er grinst bleich und gefaßt (als ob gar nix) und bestellt sich beim Kellner weltmännisch-barsch Brasilzigarren, die besten! Alles ist ganz logisch. Ein bißchen mehr Mühe meinerseits, das richtige Geschwätz und irgend geschickt einstudierte Pose um einer der durchschaubaren Klischeevorstellungen in ihrem dummen kleinen Kopf entgegenzukommen, sagt Plaschko, der mal Schauspieler war – ich bin ich, ich kann jeden Charakter tragen –, dann hätte sie vielleicht mit mir geschlafen, ziemlich sicher sogar. Eigentlich ist das traurig. Eigentlich hatte mein Streit mit dem Architekten mich darauf gebracht: »Mein Schwanz ist meine Waffe!« Im übrigen hätte es ihm nur zum Vorteil gereichen können. Wenigstens wäre ihm sein dummes Grinsen einfürallemal oder jedenfalls für eine Weile vergangen! Aber vielleicht hätte er auch hierfür gleich eine passende Redensart parat gehabt: Frau und Auto soll man nicht verleihen! Oder was diese herzlosen Narren eben so daherschwätzen. Das Geheimnis einer guten Ehe: ab und zu mal fremdgehn etc. Ich war auch viel zu besoffen und sagte mir zwischendurch hellsichtig: Es hat ja gar keinen Sinn, mit einer Frau zu schlafen, die Einen völlig kalt läßt. (Wenn ich wenigstens nicht so deprimiert gewesen wäre!)

Wie lang mir der Abend nachträglich wird. Der geschulte Kellner bringt die bestellten besten Zigarren. Er heuchelt Andacht – Brasil – und tut so, als hätte er sich eigens beeilt. Zuerst hatten wir Alle noch darauf gewartet, daß die dritte Frau vom Anfang des Abends zurückkäme – aber in Wahrheit ist sie schon vor vielen Jahren ertrunken. Ich versuchte ihnen auch das zu erklären, doch sie kapierten es genausowenig. Sie kapieren ja nie etwas. Sie haben nie gelebt. Der Architekt macht sich mit seiner Phalluszigarre wichtig: sobald er sie feierlich angezündet hat, wird sein Gesicht sogleich zu einem blassen verwischten Fleck mitten im Rauch, kaum mehr als ein Lichtreflex, während ich müde und besoffen wieder ins Dösen geriet.

»Den Bann lösen!« Total besoffen und unfähig, Schluß zu machen, bin ich in meine schlimmste irdische Katastrophenstimmung geraten – sie haben sich meiner Seele bemächtigt und ich bin verloren! Kein Ausweg, keine Erlösung in Sicht, keine Hoffnung auf Rettung und Wiederkehr, und ich saß da mitten im Licht (Alle gröhlten. Der Kronleuchter klirrte sachtgläsern in seiner Höhe. Ein geisterhafter Wind, der die Spiegel bläht) und mir war, als hätte ich immer gewußt, daß es einmal so kommen würde – gestern, heute, die Reise, alle Straßen die ich ging, alle Abende meines Lebens, meine ganze ferne Kindheit – in der Erinnerung schien Alles nur aus dieser einen einzigen Ahnung zu bestehen, und jetzt ist es endgültig aus! Voller Reue (gleichsam versinkend) gedachte ich sehnsüchtig liebevoll jedes Details, jedes einzelnen Augenblicks der Vergangenheit, der mir einfiel: mein ganzes Leben! Vielleicht damals, vielleicht hätte es da noch einen Weg geben können, gestern noch, heute Nachmittag. Warum nur, weshalb bin ich nicht rechtzeitig abgereist? Was habe ich denn getan? Staunend entsann ich mich meiner gutgläubig-harmlosen Vorfreude vorhin zu Beginn des Abends auf dem Weg hierher und daß ich sie wie einen Gegenstand mit mir trug. Und wie leicht und froh mir doch dabei zumute war – seither schien eine Ewigkeit vergangen. Ich verweilte bei dieser Erinnerung, kehrte immer wieder zum Ausgangspunkt, an den Anfang meines Wegs zurück (den ich jedesmal weiter zurückverlegte) und versuchte in Gedanken jeden einzelnen Schritt, jeden Atemzug geduldig zu rekonstruieren, wieder und wieder: die Nacht, die Glastür, die hinter mir zufiel, und wie ich ein Stück weiter (im Licht noch, zu Füßen der hohen Nacht) stehenblieb, um mir eine Zigarette anzuzünden – nicht weit von dem Fleck, wo am Morgen das Ahornblatt lag. Die Nacht, das Licht, und wie ich ein Stück weiter (im Gehn noch) mit der linken Hand in die Tasche greife: Zigaretten, Streichhölzer mit der rechten usw. Kleine Flamme in der Nacht. Luft kühl und klar. So still die Nacht. Man bleibt ja grad solang nur stehn, bis die Zigarette in Brand. Vorher im Hotel: die fette Frau Friedrichsruh hat mir deutlich zugenickt, als ich den Schlüssel mit Holzklotz (Nr. 4 oder 1004) vor sie hin auf ihr leeres Pult legte, ehe Monika, die noch gar nicht zu sehn war, die erst im nächsten Moment... Nacht. Die Tür fiel hinter mir zu. Eine Tür, die immerfort zufällt in deinem Gedächtnis. Und die Nacht, die Nacht, die zu atmen schien (gleich darauf hörte ich einen Zug fahren, ganz deutlich in der Stille). Die hohen Bäume des Parks haben im Lampenlicht ihre verzweigten Schatten wie dichte schwarze Netze über die leere Straße gebreitet. Monika, und wie sie (genau im rechten Moment) aus irgendeinem seitlichen Nichts herzutanzte, ganz leicht, wie auf einer Bühne – in deinem Gedächtnis. Die trüben Lampen, die erwartungsvolle Stille, als ich mit dem Schlüssel in der Hand den leeren mattbeleuchteten Flur entlang langsam daherkam, auf mein (näherkommendes) Spiegelbild zu (durch die Stille, zögernd), ehe ich mich anschickte, geistesabwesend oder beschwingt – nach dem Baden – die Treppe zur Halle Stufe um Stufe hinabzusteigen, in großer Stille, trüber Lampenschein, ein abgelatschter Teppich, ehemals scharlachrot – welchen Grund, wenn nicht den, sag doch, hätte ich da haben sollen, auf dem ersten Treppenabsatz stehenzubleiben, tief atmend, und tat es doch (ein Anhaltspunkt für mein Gedächtnis). Vorher, wie zur Bekräftigung meines Entschlußes, zum Essen auszugehen, hatte ich gebadet – während das Wasser einläuft, zündet man sich eine Zigarette an, Hemd aufknöpfen, woran denkst du? Hin- und hergehn. Dann barfuß hin- und hergehn. Woran denkst du? Immer noch die gleiche, die nächste, noch eine Zigarette, die gleiche Stille und Abend. Draußen ist es schon seit einer Ewigkeit dunkel.

8

Ich weiß nicht mehr, wann ich sie an diesem Abend zum ersten Mal sah, unter den übrigen Gästen (die nicht zählten, Verlorene. Sie kamen und gingen und schienen doch immer die gleichen, wie Eingeschlossene, tote Seelen. Alle scheinen auf etwas zu warten. Keiner weiß, worauf er hier wartet!): ein Paar, Mann und Frau, die für sich allein, ganz am Rande des Saals (doch in Wahrheit wohl nicht allzu weit weg), an einem separaten Tisch saßen, die Liebenden. Ich weiß nicht, wann ich sie bemerkte, nur daß sie da waren, daß sie mir sogleich vertraut waren, vom ersten Moment an. Als ob ich sie freudig wiedererkannte in diesem milden gedämpften Licht. So vertraut, wie ein Bild, das meiner eigenen verlorenen Vergangenheit angehört, sehr fern und ganz deutlich. (Vielleicht waren auch sie schon gestern hier.) Nein, ich könnte sie nicht beschreiben, sagt er und trinkt. Ich glaube, daß sie noch jung waren, zwischen zwanzig und dreißig. Beruf, Haarfarbe, Kleidung usw. – frag mich nicht! Ich weiß gar nichts von ihnen – ich würde sie jederzeit überall sofort freudig wiedererkennen. (Ich bin ganz sicher, daß ich ihnen nochmal begegnen werde!) Sie saßen ganz am Rande des Saals (dessen eigentlicher Mittelpunkt sie waren) an einem Tisch für sich allein. Und sie schienen – in meinem Suff – von ihrem eigenen Licht, von einer besonderen Aura umgeben, ein goldener Lichtschimmer, in dessen Mittelpunkt sie reglos dahintrieben, ein dauerhaftes beständiges Leuchten nur für sie, warm und lebendig; Liebende. Vielleicht haben sie sich nichtmal berührt; vielleicht auch reichten sie einander übern Tisch zeitweilig die Hände zu ihrem Gespräch oder Schweigen; zwischen beidem bestand kein Unterschied. (Plaschko ist – selbstredend – sehr gut im Bett; Ausdauer, Phantasie, Zärtlichkeit, im Suff oder nüchtern ein großer Liebhaber. Abendsonne; Ulla auf dem Sofa, Plaschko barfuß mitten im Zimmer, das seit einer Ewigkeit lautlos am Rande des Abends dahintreibt.) Liebende; ich war tief bewegt, sooft ich zu ihnen hinsah. Zwischendurch geriet ich mehrfach ins Dösen, Suff, Somnambulismen, eine Art Trance, während mein Bewußtsein sich unbemerkt auf unterirdische Wanderschaft begab; Reisen im

Dämmerzustand. Nachher, sooft ich mich wiederfinde, bin ich weit fort gewesen und kann mich an nichts erinnern. Hörst du den Wind? Zeitweilig schien der Saal sich der Nacht geöffnet zu haben, eine leere schwarze Herbstnacht. Ja, vielleicht haben sie mich gerettet. So, wie Einen zuzeiten manchmal eine Erinnerung retten kann, zu wissen, daß etwas existiert oder auch nur wirklich möglich ist.

Ulla, erinnerst du dich an unseren ersten Abend? Wie ich vor dem Tor auf dich gewartet habe, wie du (zuerst sogar ohne mich zu sehen) froh und leuchtend auf mich zukamst, zwischen all den Leuten die in die gleiche Richtung gingen – ich hab dir das nie erzählt: Ich bin eben erst angekommen, ich war den ganzen Tag unterwegs zu dir. (Wir hatten vorher nur ein einziges Mal miteinander gesprochen, du und ich, aber diesen ganzen langen hellen Sommertag unterwegs zu dir hab ich dir in Gedanken mein ganzes Leben erzählt.) Aber dann bist du wirklich gekommen und wir gingen zusammen durch die ganze Innenstadt, es war Sommer, nach Schwabing und – ob wir redeten oder schwiegen – die ganze Zeit dieses helle dauerhafte Leuchten das uns und Alles umgab. Ich war zum erstenmal wirklich glücklich in Frieden da und anwesend in der Gegenwart. So sind wir Seite an Seite lang durch die ganze endlose prächtig erstellte Sommerstadt gewandert: du wußtest, ich wußte, daß ich glücklich bin, daß du glücklich bist und wir das nie vergessen werden. Nachher, als alle Lichter schon brannten, hast du einen Nachtfalter gerettet, ganz sicher und schnell und geschickt: du hast dich im Sitzen vorgebeugt und ihn (ohne zu zögern) mit zwei Fingern dem Leben zurückgegeben und dann gleich weitergesprochen, während er (gerettet) davonflog. Mir war ganz leicht zumute. Es war der längste Tag, hast du gesagt, die Sonne starb und kommt morgen wieder. Immer ist es die Liebe, die den Tod besiegt. (Dabei warst du Medizinstudentin.) Ich weiß nicht, ob du das damals wirklich gesagt hast. Vorher haben wir uns erst einmal gesehen. Den ganzen Tag, unterwegs zu dir, hatte ich mir hoffnungsvoll ausgemalt, wie ich dich schlimmstenfalls wenigstens über deine Saisonreifen ausfragen könnte, beharrlich, während wir womöglich in einer mürrischen Freßkneipe verdrossen (hilflos und stumm) auf unser mißglücktes Abendessen warten, Wände betrachtend. Die Reifen eine ganze Herde schwarzer Vollgummi-

schafe für die du diesen ganzen Sommer lang (unfaßbarerweise) zuständig bist, große und kleine, und alle sehen ganz genau gleich aus und alle sind bucklig; der Sommer ist eine saftige grüne Wiese. Genau wie auf der, durch ganz Oberitalien, ausdauernd allgegenwärtigen italienischen Prachtreifenreklame – unterwegs zu dir, ein Wettlauf: sooft wir sie unterwegs auch passierten (mit singenden Reifen) und – kleinerwerdend – zurückließen am Straßenrand: sie war immer wieder schon da, wenn wir irgendwo ankamen.
Wie im Flug durch ganz Oberitalien (gleißende Morgenstraßen, ein Traum, ein langer Vormittag in der Sonne). Unser bevorstehender erster Abend: vielleicht würde vom ersten bis zum letzten Moment Alles trostlos und falsch sein, aber doch jedenfalls würde ich dich sehen-treffen-sprechen, und wenn es nur dieses eine Mal wäre – aber dann sind wir, bevor es dunkel wurde, zusammen durch die ganze Stadt gewandert: du hast mir deine Kindheit erzählt, der Sommer hat gerade erst angefangen und es ist unser Sommer. Ich kam aus Mailand, nein aus Ravenna (von wo ich dir den Brief schrieb). Achim – du hast ihn damals nicht gekannt – nahm mich in seinem Porsche mit, er hats selbst eilig. Wir fuhren offen (kein Reifen platzte). Der Tag war heiß und hell und die Straßen flimmerten grell in der Ferne: wie Wasser zerfließend. Achim fuhr, schnell und gut, nach irgendeinem exakten Zeitplan, fehlerlos und ohne zu ermüden. Alle achtzig oder hundert Kilometer hält er an bunten Tankstellenkneipen, wo wir dann in der Sonne sitzen: jäh zum Stillstand gekommen, unvermittelt in Zeitlupe, wie auf einem Schiffsdeck bei Windstille. Rauchen, reden, Kaffee trinken, zwanzig Minuten lang: Stationen, freundliche Sommerinseln. Ich rief dich ein paarmal an. Wie froh ich den ganzen Tag war! Es gab überall fertige kleine Fläschchen Campari-Soda zu kaufen, so rot (200 Lire). Himmel wolkenlos, überall bunte Ferienfähnchen und der Sommer fängt grad erst an.
Kurz nach Mittag, als wir den Brenner erreichten (in meiner Erinnerung bin ich immer noch auf dem Weg zu dir, immer noch dabei, die Alpen zu überqueren: ein langer leuchtender Sommertag, ein sonniger Nachmittag Ende Mai, Anfang Juni, und die Schatten wachsen gemächlich). Achim will nach Berlin. In München hielt er (mit laufendem Motor) gerade lang genug, um mich an der falschen Straßenecke überstürzt aussteigen zu lassen, mitten in der Sonne.

Ich vergaß Buch, Jacke, Sonnenbrille und Zigaretten im Auto, Alles so schnell wie möglich. Doch die Straßenecke kam mir bekannt vor, obwohl ich gleich wußte, daß es die falsche war. Hast du Alles? schreit er. Ich nickte; ich merkte noch, wie ich die Hälfte liegenließ, aber daß ich wenigstens das mitteleuropäische Existenzminimum Paß und Geld einstecken hatte, und nickte: gut. Er rief, daß ich noch mehr als eine Stunde Zeit hätte und nur ein Stück da die Straße lang, diese Rich- (oder jedenfalls beschloß ich, seine zeitrafferischen Mund- und Armbewegungen so zu deuten, wie taub: viel Glück usw. Er ist den ganzen Tag nach der Uhr gefahren! Er hat mal in München gewohnt.) und winkte, gab Gas, kundig-groß-zügig-wohldosiert, und fuhr schon wieder an: weg ist er! (Viel Glück! ließ ich ihn nachträglich noch hinzufügen, und nickte dankbar: ja, danke! Wie Autofahrer so sind: er wollte auf die Nord-Autobahn, eh der sagenhafte Feierabendverkehr –)
Und ich blieb zurück, fand mich wieder, stand da mit meiner Reisetasche am Rand des (Glücks?) Bürgersteigs – glücklich gestrandet, noch ganz durcheinander (nicht ein einziger Reifen geplatzt), in Gedanken immer noch unterwegs zu dir, immer noch dabei, die Alpen zu überqueren: ein langer Tag in der Sonne. Sah ihm nach, bückte mich: meine Tasche! Und (Alles dreht sich. Dort drüben ein Zigarettengeschäft, mein Feuerzeug auch im Auto. Wenn man bereit ist, glücklich zu sein, zahlt man gern Tribut!) überquerte die Straße – ohne überfahren zu werden. Zeit genug. Ich wußte nicht, wo ich bin und erkannte doch Alles gleich wieder. In einer Stunde kommst du aus der Reifenfabrik! Das war unser erster Abend.
Plaschko, der barfuß auf dem Teppich umherging, redend (das Licht steht ihm gut), hat aus dem Fenster geschaut – das Abendfenster – und wendet sich wieder dem Zimmer zu: unser Abendzimmer. »Deine Stimme zittert, vor dem Fenster geht der Tag zuende.« Er kehrt an den Tisch zurück: Kaffee, Zucker, die Rumflasche. Vorm Fenster der Abend. Manchmal minutenlang in solchen Momenten hörst du die ausgeleierte Stille wie auf einem Plattenteller kreisen. Ulla auf dem Sofa, stumm, lauschend.
»Die Liebenden.« Nein, ich kann sie dir nicht beschreiben, eher noch das Licht um sie her, eher die Stille. Und doch waren sie mir so vertraut, so nah, wie ich da zwischen den saufenden, gröhlenden

Jägern und ihren frustrierten Frauen (sie sind Alle längst tot) verloren am Tisch saß, betrunken und verzweifelt, und sehnsüchtig zu ihnen hinüberstarrte wie in ein fernes verlorenes Paradies. (Er trinkt, ohne den Blick zu wenden. Abend, das Licht steht ihm gut. Er war mal Schauspieler: auch im Suff lallt er nicht, beziehungsweise immer erst ganz zuletzt. Er zündet immer eine Zigarette an der anderen an, schon seit Jahren, eine lange Reise, und jetzt ist wieder Abend.)

Die Liebenden; aber ich habe meine Seele verloren. Ich war nicht einfach besoffen oder scharf auf die Frau oder beides – Meingott, vielleicht waren sie ja Geschwister! Das fällt mir zum ersten Mal ein. Warum nicht? Warum erst jetzt? Dann aber Orest und Elektra, die nach vielen öden Jahren Anstand Irrtum Ehe Gefängnis Verzweiflung zu ihrem Inzest-in-Liebe zurückfinden, Liebende jedenfalls. Der Gedanke des Inzests hat mich immer begeistert, vielleicht gerade weil er jetzt so verteufelt wird (man hat die ganze Welt gegen sich und die Liebe erweist sich dennoch als stärker). Vielleicht auch nur, weil ich mangels Mutter und Schwester (und schwul bin ich auch nicht, obwohl ich vielleicht so aussehe. Als Mathematiker ist er an systematisches Denken gewöhnt) nie Gelegenheit dazu haben werde (höchstens im Alter mit Töchtern. Sich zu sagen, daß man etwas nie oder nie mehr tun wird-kann, heißt den Tod akzeptieren), und du mich immer an Elektra erinnert hast, du meine wiedergefundene Schwester in dem verwaisten Palast.

Mathematik ist absolut, ist Wahrheit, Klarheit, Sehnsucht nach der Unendlichkeit. Solang er Schauspieler war, hat Plaschko in sämtlichen Haupt- und Nebenrollen seiner Laufbahn immer alle übrigen Rollen des Stücks im Geist mitgespielt, aber auch Beleuchter, Publikum, einsame dunkle Gestalten, die in altmodischen langen Regenmänteln mit hochgeschlagenen Kragen verloren vor dem golden-erleuchteten Theatereingang fröstelnd auf die letzte Straßenbahn warten, auf nassem Asphalt, und genauso den unterirdischen (dem vielköpfigen Publikum unsichtbaren) Souffleur.

Zigaretten, Kaffee mit Rum, die Zeit schien (einstweilen) stillzustehn, während ich immer weitersprach. Vorm Fenster der Abend. Ulla raucht, sie sitzt-kniet-kauert mit angezogenen Beinen auf dem Sofa. Sie beugte sich vor, um zu trinken. Sie hat ihren Rock nicht zurechtgezogen. Sie trank, vorgeneigt, nahezu andächtig: ohne die

Tasse, die er ihr reichte, anders als mit den Lippen nur zu berühren, ihre Hände an seinen Hüften – es war wie ein Versprechen, Königskinder. Plaschko, der redend zwischen Fenster und Sofa im Licht umherging, ganz zu trinken vergaß, während (Abend) die ewige Zigarette zwischen seinen Fingern verbrannte. Ihre Augen hingen an ihm. Aber vielleicht willst du schon die ganze Zeit in die Stadt, sagt er zwischendurch fahrig-unvermittelt und bemerkt (beide zugleich bemerkten), daß die Zigarette mit der er gestikuliert, schon geraume Zeit bloß noch eine Kippe ist, blieb stehn mitten im Zimmer, sah sich um, ganz konfus, und ich halte dich hier mit meinem heutigen großen Abendmonolog auf, statt mich mit Anstand allein zu betrinken, beziehungsweise in der Eckkneipe, wie sich das gehört. Sag, lalle ich schon?
Sie schüttelt gleich stumm den Kopf, ohne den Blick zu wenden. Du, sprich doch weiter, sagt sie und küßt ihn mit Augen und Lippen (fernmündlich) über den Tisch hinweg und durchs halbe Zimmer. Ich glaube, man säuft, um endlich von seinen Problemen reden zu können, sagt Plaschko (das ist auch so ein Geschwätz), und dann ist es so, daß man nicht mehr weiß, was man redet, sagt er. Meingott, Ulla, du mußt mir helfen, mit dieser Geschichte zuende zu kommen – der besudelte Tag. Es waren ja nicht nur die Jäger, weißt du, auf solche Leute trifft man überall – ihretwegen hätte ich mich schon als Kind umbringen müssen – oder einzig mein Suff diesen einen Abend oder daß die Stadt mir von irgendwo an verleidet war. Er steht mitten im Zimmer und schüttelt den Kopf, als hätte er Wasser im Ohr; Abendsonne auf dem Fußboden. Was ist denn geschehen, Ulla? Warum ist alles so grauenhaft? Vergeblich rufe ich mir wieder und wieder Anlässe, Hergang, Namen, Einzelheiten und chronologische Reihenfolge ins Gedächtnis, vergeblich versichere ich mir unentwegt, daß doch gar nichts passiert sei, doch das hilft nichts. Hoffnungslos. Früher, bevor ich dich kannte, weißt du, da war es immer eine Reise oder der Gedanke daran, womit ich mich jederzeit retten zu können glaubte. Jetzt: jetzt kann ich nirgends mehr hinfahren. Was ist denn passiert? Daß ich im Suff zu mir kam und wußte, ich sei verloren? Daß ich vorher drei Tage lang verzweifelt in einer fremden Kleinstadt herumlief, mich betrank und ein paar Züge verpaßte, auf die es nicht ankam, und keinen Weg fand – was suchte ich denn? Warum hab ich den

Ort wie eine Brandstätte im Gedächtnis, wie einen Trümmerhaufen?
Meine Ankunft, die am Spätnachmittag stattfand (fahrplanmäßig), und dann bin ich zwei drei Stunden in der Stadt rumgelaufen. Herbst. Eine fremde deutsche Kleinstadt im Gebirge (bald wird der erste Schnee fallen). Was suchte ich denn? Es hätte der Ort meiner Kindheit sein können, weißt du, und in diesem Fall hätte ich Alles wiedererkannt. Meine arme verlorene Vergangenheit, die Farben des Herbstes, die Berge, die Häuser, die steilen Straßen. »Die kleine Stadt und gedrückte Seelen!« Wie es anfing, dunkelzuwerden von Ecke zu Ecke und alle Häuser mich düster und verstört anstarrten, reglos, als seien sie (mit der Zeit, die verging) ein Stück in die Erde hineingesunken. Mein Atem stockt, ein jähes Schluchzen blockiert mir die Kehle, ein schmerzhafter Griff ans Herz – mir ist, als hätte mich Jemand gerufen! Alle sind auf dem Heimweg. Kleinstadtstraßen, Herbst, es wird rasch dunkel. Menschen, wie sie im Lampenlicht Ertrunkenen gleichen! In der Dämmerung eilen sie stumm als vermummte Schatten vorüber, vorbei. Du kannst ihnen nachlaufen und sie an der nächsten Ecke einholen, atemlos, und berühren: komm! Abend, Nacht, Alle sind auf dem Heimweg. Alle wissen den Weg. Sie sind Alle verloren.
Ich ging weiter (wie im Traum ging ich weiter) und am Ende der Straße fand ich das Kurhotel Friedrichsruh, ehemals erstes Haus am Platze. Es stand wie eine Ruine da, wie ein verzaubertes nächtliches Bühnenbild: Vergangenheit, das verlassene Haus. Hauptportal vernagelt, nur ein Seitenflügel erleuchtet, alle übrigen Fenster und Türen blind. Und es dauerte eine Weile, bevor ich Glasschild und erleuchteten Nebeneingang am Rand des Bildes bemerkte. In der Tür (gleich darauf) stieß ich erstmalig mit Quasimodo zusammen, dem Waldschrat. Er schleppte eine riesige leere Kiste auf dem Buckel, hadert mit Unsichtbaren, und obwohl wir uns gehörig anrempelten, schien er mich gar nicht zu bemerken. (Erst später diagnostizierte ich verstört seinen Wolfsrachen: daß er keine menschliche Stimme hatte und konnte nicht sprechen, nur knurren-bellen-winseln, meingott!) Innen, in hastig drapierter Ersatzhalle sitzt die fette alte Frau Friedrichsruh schon bereit mit Schmuck und Perücke, thront unbeweglich und unfaßbar wie ein Götzenbild in ihrem Glaskasten – wie eine Souffleuse die man ver-

größert ins Licht gerückt und ausnahmsweise zum Mittelpunkt eines unverständlichen Theaterstücks gemacht hat – als ob sie mich schon erwartet hätte. Sie hört sich meine Frage nach Einzelzimmer mit oder ohne Bad und Balkon wie eine Statue an (doch konnte ich deutlich sehen, wie sie atmet), sie läßt mich geduldig zuende sprechen, vielleicht sagte ich Alles doppelt, bevor sie vergeblich den Kopf zu wenden versucht und (mit ganz falscher Stimme) Monika, Monika! ruft – Monika wird gleich kommen, ihr erster Auftritt. Und nach drei Tagen (als ich mühsam zurückzurechnen versuchte), schien es immer noch der Abend meiner Ankunft zu sein. Später an diesem ersten Abend hab ich mich in einer elenden Pennerkneipe hinterm Güterbahnhof vorsätzlich betrunken, vielzuviel Fusel, und da war mir, im Lärm, zwischen lauter Fremden (Ich ist ein Anderer), als sei ich schonmal hier gewesen, oder schon seit gestern da.
Eine Vorahnung, aber was soll das bedeuten? (Meingott, was hab ich getan?) Während ich noch lärmend und verzweifelt mit den herbstlichen Jägern soff (mein stigmatisiertes Spiegelbild) und die Zeit kein Ende nahm – Nacht, alle Züge längst abgefahren; der Kronleuchter hat uns nicht erschlagen. Ich habe meine Seele verloren und es ist die Ewigkeit, in der ich mich wiederfinde, verloren –, war ich zwischendurch zeitweilig völlig weg. Ich hab dir das schon beschrieben: Finsternis, Entsetzen, jäh ein Loch im Gedächtnis, bis schließlich Alles zusammenstürzt, ein Chaos aus Licht und Nacht. Mitternacht längst vorbei; Zeit und Stille weit vorgerückt. Wir finden kein Ende bei der Vorbereitung unseres Aufbruchs. Die übrigen Gäste alle schon gegangen, Saal verdunkelt, nur noch zwei Lampen brennen. Wir stehn an der Theke und die Kellner, soweit noch vorhanden, sind uns bei unserem Aufbruch behilflich. Zahllose Abschiedsreden und -runden; immer noch ein Glas, lauter letzte Worte. Alle können kaum noch stehn. Die Maus hat den Schluckauf, schon im Pelzmantel. Zwischendurch kichert sie hysterisch, wie eine Leiche, die sich an bekömmlichen kleinen Elektroschocks delektiert. Die volltrunkenen Jäger, Ungeheuer, lebende Bilder, haben immer noch nicht genug – als sollte die Hölle des Abends gleich nochmal wiederholt werden, ein immerwährendes grausiges Fest. Die restlichen Kellner sind beflissen mit unsrem aufwendigen Aufbruch, mit Abschiedsgläsern, Mänteln und

Taxis beschäftigt; Rechnung schon bezahlt, aber immer noch ein Glas. Nur noch zwei Lampen brennen (ringsum an den Wänden dunkelt die Zeit), und irgendwann zwischendrin unvermittelt fange ich den starren (irgendwie entseelten) Blick eines müden Büffetweibs auf, gelassen, müde, fette Arme verschränkt, sie muß eben gegähnt haben. (Ein geisterhafter Wind, der lautlos die Spiegel bläht.) Ihr Gesicht ist ganz ausdruckslos, leer, gedunsen; ihre Haut glänzt und im Licht kann ich deutlich jede einzelne Pore erkennen.

Trinken im Stehn, ewig das vorletzte Glas. Wie ich den (respektvolles Lauschen heuchelnden) Kellnern – sie haben jetzt auch Jeder ein Glas in der Hand, aber nur pro forma – zu erklären versuchte, daß sie Gespenster seien, Gespenster, weil ihr eure Individualität verkauft habt. Und eure Gäste auch, weil sie sie Tag für Tag kaufen. Aber diese herbstlichen Jäger hier, die selbst längst tot sind (nachher wollen wir Alle zusammen noch auf eine komfortable Jagdhütte in den Bergen fahren), die haben mir meine Seele gestohlen und ich bin verloren!

Irgendwann später, ehe ich übergangslos in das nächste tiefe Loch fiel, unmittelbar vorher, im letzten (allerletzten) Moment, ermannte ich mich blitzschnell und umsichtig zu einer plötzlichen kleinen Panik und ergriff augenblicklich die Flucht: floh, flüchtete, ging-lief-stolperte – Taxi brauch ich keins. Oder es kann nachkommen –, atemlos, total besoffen, vor-hinter-neben mir her, taumelte, fiel, unentwegt besessen mit mir selbst redend und gestikulierend im Suff, im Halbschlaf, auf der Flucht, ohnmächtig, fallend, fallend, ein endloser Absturz. (Halt mich fest!)

Wie ich ins Hotel-Zimmer-Bett kam, weiß ich nicht mehr, obwohl irgendwann unterwegs (ein plötzlicher Stillstand mitten im Fall) wie eine Vision die Erinnerung an eine leere nächtliche Straße grell in meinem verstörten Gedächtnis aufblitzt. Nachtlichter oder ihr starres Spiegelbild wie ertrunken in einem unbeleuchteten Schaufenster, vielleicht vom Vorabend her. Heimwege. Es ist der ertrunkene Jahrmarkt meiner Tante, klein und fern und ganz deutlich. Jetzt in der Nacht – bevor sie gleich wieder versinken – blitzen und funkeln seine vielen Lichter wie schräge trunkene Sternbilder, wie Diamanten. (Wie durch ein umgekehrtes Fernrohr betrachtet: Bild, das in meinem Gedächtnis brennt.)

Am nächsten Nachmittag fuhr ich endgültig ab: nein, ich bin nie mehr dortgewesen. Ulla, warum ist Alles so grauenhaft? Meingott, was hab ich denn getan? Im Suff oder nüchtern: ich kann nichts je vergessen. Du weißt doch, im Suff manchmal hab ich Zeiten, wo ich völlig wegbin, ohne Übergang meistenteils – einfach so: Bewußtsein abgetreten, Loch im Gedächtnis: »Ein kleiner Tod für sich.« Du hast das schon miterlebt und ich hab dir oft davon erzählt. Ganz egal was passiert, meistenteils nichts Besonderes, und nachträglich kann ich mich an nichts erinnern. Ich weiß nicht, was war und was ich getan habe, aber nachträglich graut mir davor. Szenen im Suff, Gespräche, Gesichter, Einzelheiten die ich mir wieder und wieder ins Gedächtnis rufe, Gesten, ein einzelnes Wort, Gegenstände sogar – Alles hat den Anschein größter Wichtigkeit und existenzieller Bedeutung – wie im Traum, weißt du, oder auf einem surrealistischen Bild, wo die Tür eben nicht nur eine Tür ist, sondern Symbol, Gefühlsausdruck, Drohung oder Verheißung, Jeder weiß das – aber ich kann nicht mehr malen und mir graut auch vor meinen Träumen, mir graut vor dem Schlaf. Du weißt das ja: ich kann nur noch schlafen, wenn ich total besoffen bin und zum Schluß einfach umkippe. Ich hab dir davon erzählt, früher waren es Episoden, Etappen, Stationen, wie Nacht Hunger Müdigkeit Kälte und sie werden ein Ende haben. Aber mittlerweile besteht meine ganze Zeit nur noch daraus, die ganze Strecke, und kein Ende in Sicht. Ich kann mich nicht einmal umbringen. Ich wünschte, ich wäre tot. Als Kind dachte ich, ich bin der Sohn Gottes. Ich werde die Welt erlösen. Und jetzt? Meine Verzweiflung ist so grenzenlos, daß meine Gesten dafür nicht mehr ausreichen, obwohl ich Schauspieler war oder dachte, ich sei es, oder bin es noch. (Er schüttelt langsam den Kopf.) Ulla, hilf mir, du mußt mir helfen! sagt Plaschko (er betont jedes Wort). Ich will nicht verrückt werden! sagt er und, jäh, tonlos schluchzend: oh Gott, was ist denn geschehen? Früher (fuhr er fort), früher hab ich nie Angst gehabt, nicht um mich jedenfalls. Zigaretten, die Rumflasche, Glas, Tasse, Löffel, aber plötzlich steht er hilflos wie ein Schauspieler, der erkennen muß, daß er dabei ist, auf offener Bühne den Verstand zu verlieren und im gleichen Moment nicht mehr weiß, ob das noch zu seiner Rolle gehört oder schon sein Privatschicksal ist: steht mit leeren Händen da, barfuß, mitten im Zimmer – gestrandet – mitten im

Licht, von goldener Stille umgeben. Juni, vor dem Fenster der Abend.
Ulla, geh nicht fort, sagt er, und Tränen in seinen Augen. Ulla, die seinen Namen sagt, sogleich um den niedrigen Tisch herum zu ihm kommt (während außer ihr Alles in seinen Tränen verschwimmt – das ist mir noch nie passiert); Ulla umarmt ihn, wärmt, streichelt ihn, hält ihn fest, sagt viele Male seinen Namen und daß sie ihn nie, nie verlassen wird. Daß sie ihn liebt, daß sie bei ihm bleiben und (wie man ein Kind tröstet) daß Alles gut werden wird, wirklich: Alles wird gut. Sie liebt ihn. Abendsonne auf dem Teppich und da in der Ecke, beim Schrank, wo das Parkett noch genauso glatt und poliert ist wie vor gut vierzig Jahren, *blindgleißend* ein Lichtreflex. Juni, es ist ein langer Tag gewesen. Alle Kinder sind heimgegangen und die Straße, wie du sie kennst, die Straße liegt leer in Licht und Schatten – wie immer, wenn du um diese Zeit heimkommst. Seitenstraßen. Vögel quietschten, oder ein Radio, zwei Häuser weiter, der gleiche Abend. Die jahrealte Stille in deinem Gedächtnis, oder wie es knarrt, wenn vor einem Obstgeschäft eine rote Markise eingeholt wird; Windstille. Der Abglanz des Abends über den Spiegeln. Vor vielen Jahren deines Vaters Garten.
Plaschkos Rückfahrt, an die er sich erinnert, die am nächsten Tag stattfand und schnell erzählt ist – seine Abreise glich einer Flucht. Die letzten vier Stunden vor seiner Abfahrt hatte er sich mit neuem Spiegel und harmlos-gemütvollem Merian-Heft (Nr. 11/54, Celle und die Südheide) in einem muffigen kleinen Cafe verschanzt – fünf Minuten vom Bahnhof. Alle fünfundzwanzig Minuten ein kleiner Sherry, mich schaudert. Abend, als er nach zwei, drei Tagen wieder abfuhr, halb sechs, Ende Oktober. Zug pfiff, *ruckte*, fuhr an und Bahnsteig, Lichter, Menschen, die letzten drei Tage, Bahnhof, Hintergrund, Abendstadt, Licht, Himmel – nachdem sie im letzten Moment einen zeitlosen Augenblick lang wie erstarrt schienen; Bahnhof abfahrbereit – wankten, setzten sich nachdrücklich in Bewegung und schwankten langsam (und gleichsam verspätet) und ein bißchen verstört vor dem schmutzigen Fenster vorbei und vorbei (hinter der Scheibe) und blieben zurück und versanken. Er war allein im Abteil, eine Lampe brannte. Er hatte sich im letzten Moment eine Flasche Cognac für unterwegs gekauft und saß da (in Fahrtrichtung; das leere Abteil, in dem es entmutigend nach

abgestandener Kälte roch, nach Eisen und kaltem Rauch. Mach die Flasche auf! Nur eine einzige trübe Lampe brannte) und sah zu, wie die sogenannte Aussicht mit zunehmender Geschwindigkeit heftig scheppernd vorbeizog-glitt-flog, immer schneller; Herbstlandschaften, Rauch, Abendschatten und es wurde rasch dunkel. (Wie eine gut funktionierende allgemeine Verschwörung, von der ich als Einziger gar nichts weiß!) Damals war er sechs- oder siebenundzwanzig und wir kannten uns damals schon.
Er hat zwei oder drei Semester Volkswirtschaft und Jura studiert, gleichzeitig, oder Politik oder Psychologie, und anschließend – um Bescheid zu wissen – noch je anderthalb Semester Mathematik und Philosophie (»sie wissen es nicht«). Er ist Schauspieler gewesen und hat im Gleisbau und auf einer Werft gearbeitet. 1953 ist er – »Das soll mein Frieden sein!« – zum erstenmal durch Europa getrampt, von Norden nach Süden. Wie lang ist es her, seit er sein letztes Gedicht schrieb? Drei bis vier Jahre, eher fünf. Jetzt ist er neunundzwanzig. Um diese Zeit schläft er immer. Sobald er seinen großen Morgenrausch ausgeschlafen hat (und die Sonne steht auf der anderen Straßenseite), besäuft er sich wieder: immer noch ein Tag. 1967 wird Plaschko achtunddreißig Jahre alt sein.
Seine Frau heißt Ulla. Ist sie blond oder brünett? Sie hat, außer in der Gruft ihres Vaters, in London und München gelebt, geboren in Hannover. Plaschko war als Kind mal bei seiner Tante in Hannover zu Besuch, in den Sommerferien, drei Wochen, und bildet sich ein, Ulla damals gesehen zu haben – auf einem Spielplatz im Park. Du warst vier oder fünf, hattest ein blauweißgeblümtes Kinderkleidchen an (die man damals, glaub ich, Hängerchen nannte). Du hast einen kleinen roten Eimer gehabt, mit einer freundlichen gelben Ente drauf. Wie die hieß, weiß ich nicht. Und eine rote Schaufel dazu und viele viele verschiedenfarbige verschiedenförmige kleine Förmchen zum Kuchenbacken; Sand weiß und trocken, ganz feiner weißer Dünensand. Welcher Park weiß ich nicht. Ich war schon neun, 1938 im Juli. Meine Tante hat mir gerade eben einen funkelnagelneuen fabelhaften blauen Wipproller gekauft, sehr protzig. Der beste den sie hatten. Mit blitzenden Silberspeichen, mit Fahrradklingel, Hand- und Fußbremse und dicken lautlosen gelben Vollgummireifen (wie aus Speck) – am gleichen Tag. Du hattest ein kurzes Kinderkleidchen an, Liebste, weiß mit Laven-

delblüten und mit kurzen Puffärmeln. Deine lustigen Knie. Verrutschte weiße Söckchen, und du bist noch ganz klein. Und weinrote Schnallenschuhe. Ich sah dich zum erstenmal, die Sonne schien und ich wußte schon damals, daß ich dich später heiraten würde. Wirklich, ich wußte das vom ersten Moment an, sofort. (Er nickt.) Und ich seh dich noch heute: allein mitten im leeren Sandkasten, mittags, offen dein einer Schuh, und da stehst du, Sonne im Auge, und wirst gleich zu weinen anfangen – ich weiß nicht warum. Es war ein ganz heller Tag. Ich war der Junge im Stralsunder Matrosenanzug der mit seinem neuen blaugelben Prunkroller unentwegt klingelnd die Parkwege hinauf- und hinabsauste: lauter offenkundige geheime magische Schleifen um dich herum!

Alles ziemlich lang her, aber sobald du dich darauf einläßt, wenn du erst anfängst nachzurechnen, kommen Ort, Alter, Sandkasten, Sonnenschein ganz genau hin: Alles geht auf. Alle Daten stimmen. Auch der Park in deinem Gedächtnis. Plaschko sitzt da und raucht, eine Pause. Wie immer um diese Tageszeit fängt er (ausgeschlafen?) grad eben an, zum zweitenmal heute besoffen zu werden. Ich war neun, sagt er und zieht wie ein Süchtiger an seiner Zigarette, und Sonnenschein und Alles genauso wie ich gesagt habe. Und ich weiß ganz genau, daß du es warst. Ein kleines Mädchen, den Tränen nahe, mit seiner rotblaugelben Kollektion Sandspielzeug mitten im weißen Sand, 1938 in Hannover. Juli oder August, es muß im Juli oder August gewesen sein (wiederholte er monomanisch). Warum, glaubst du, sollte ich so etwas wohl erfinden?

Plaschko *schläft*; Nachmittag, sein Haus ist verschroben und vierstöckig. Sommer, die Straße liegt leer im Licht und es steht da, ohne zu blinzeln! (Steigt ein großer Mann mit einem Sack auf dem Buckel beschwerlich treppauf-treppab, nickt über jeder Stufe, ist ganz blaß, ist der Sandmann, aber so vierschrötig, daß er mühelos Jan oder Hendrik heißt. Seltsames Dämmerlicht, wie auf dem Meeresgrund. Überall Netze hängen herum und die staubigen Topfpflanzen stehen ganz starr – na, das hab ich wohl auch wieder bloß geträumt. »Der Sandmann zur See.« Jetzt hat er endlich eine alte Schiffskiste voll Sand angeschleppt, die steht da, Alles schwankt und im Zimmer knarren die Dielen.)

9

Was noch? Ich bin müde – wo verweilen? Der Glaser also verschwand und ward nie mehr gesehn. Oder doch: das alte Fräulein Zocklosa, Jeder hier kennt sie, behauptete ein halbes Jahr später, emphatisch nickend, ganz ernsthaft, ihn nochmal gesehen – erblickt – zu haben: im nächsten November, frühmorgens um fünf (sie steht im Winter immer schon so früh auf, um – Auferstehungen – auf dem kalten Steinfußboden in ihrer kleinen Wohnküche vor unserem gekreuzigten Erlöser mit Lendentuch, zu seinen Füßen, bevor sie ihr Öfchen anheizt, paar Stunden schluchzend zu beten, auf den Knien).
Fünf Uhr früh im November; gestern Nachmittag fing es zu schneien an und schneite und schneite die ganze Nacht, hat eben erst aufgehört: draußen – hörst du die Stille? – ist es noch dunkel, nur die Straßenlampe von gegenüber und ihr Licht, wie es *friert* auf dem Neuschnee.
Wie sie ihn zuerst gar nicht erkannt hat, nicht gleich jedenfalls – sah ihn vom Fenster aus, erster Stock: ein früher Bettler im Hof! Mitleid, deck mich zu! Er schluchzt und krächzt. Er trug eine Art Kutte, behauptete sie, wie ein mittelalterlicher Mönch. Er sei sehr mager gewesen, weshalb er im Schneelicht viel größer wirkte, geradezu gespenstisch, mit seinem bucklig-verrenkten Schatten, bevor sie ihn von oben endlich erkannte. Auferstehungen! Er schluchzt, krächzt, flattert mit weiten Ärmeln und hüpft mittels Krücke (die er früher nicht hatte) grotesk im Neuschnee umher, im Hof, durchstöberte zweimal sämtliche Mülltonnen, bevor sie ihn endlich erkannt hat. Doch im gleichen Moment entdeckte er sie (oder jedenfalls das Licht in ihrem Fenster, dessen Widerschein auf dem Schnee), und als sie gleich darauf – Haustür noch zu! – aufgeregt und barmherzig hinunterkam und heraus in den Hof: Weg ist er, verschwunden! Nur noch seine und seiner neuen Krücke deutliche Spuren im Neuschnee!
November, fünf Uhr früh, in der Nacht hat es geschneit, hat eben erst aufgehört; Schneeluft, Nacht, Stille. Und sie, ganz aufgeregt, ging oder lief – im Licht der Laternen seinen frischen Fußspuren

folgend – ein Stück weit die leere schweigende Straße hinab, so früh. Wie mein Herz klopft! Und rief in die (unabsehbare) Finsternis: Herr Engel! Herr Engel! (so hieß er.) Doch es war aussichtslos! Er wollte wohl nicht gesehen-entdeckt-erkannt werden, war geflohen oder hatte sich versteckt, doch obwohl sie ihn zuerst gar nicht gleich erkannt hatte, war sie jetzt nachträglich *ganz* sicher, daß er es war!

»Heute Morgen, in aller Frühe –.« Fast ein Gleichnis (sie gab sich viel Mühe damit). Sie erzählte die Geschichte noch am gleichen Tag mehrfach (jedesmal schöner, immer ausführlicher) in der bereitwillig staunenden Öffentlichkeit Kaufladen. Es war ein eiskalter Tag Ende November, es hatte geschneit und im Lauf des Tages (Himmel wie aus Stahl) wurde es kälter und kälter.

Das fromme alte Fräulein Zocklosa: nach dem Krieg war sie Hilfslehrerin, erteilte hungrig, ungeschickt und ekstatisch gemischten Religionsunterricht. Sie galt für ein wenig verschroben und wurde als komische Heilige – nicht verehrt, noch verfolgt, sondern alleingelassen, doch ohne daß die örtlichen Gemüter sich deswegen je groß erregt hätten (wir leben im zwanzigsten Jahrhundert). Sie hat was sie braucht, sie lebt für sich, von einer ganz kleinen Unterstützung, und verlangt von Niemandem etwas. »Ich bin der Engel des Herrn!« Gut und schön, Jeder im Viertel hier kennt sie. Sie gilt Allen als ein bißchen bescheuert, verrückt aber harmlos, beziehungsweise unwichtig, überfromm, gebüldet und ziemlich verschroben. Manchmal fällt sie dir ein, und dann (beiläufig) wunderst du dich ein bißchen, daß sie noch lebt.

Wenn Einer krank ist, kommt sie und pflegt ihn. Sobald es dir besser geht, ist sie wieder verschwunden. »Ich bringe Euch frohe Botschaft!« Ihr Heimweg, es ging auf Mittag (die meisten Einwohner grad beim Schneeschippen, Seßhafte, Jeder vor seiner Haustür oder Hofeinfahrt); hoher Schnee. Selbst ganz mager und verfroren hüpft sie unentwegt zaghaft lächelnd und nickend in ihrem dürftigen alten Waisenmäntelchen ihre geraden Wege durch die kalten Winterstraßen, wie ein scheuer seltsamer Vogel. (Fußspuren!)

Vielleicht war der Glasermeister Engel mit Mönchskutte doch bloß eine Z.sche Erscheinung, ein sogenanntes Wunder oder zumindest Jemand ganz anders, ein fremder Strolch, den außer ihr Keiner sah (dachten viele sich gleich, als sie die Geschichte zum erstenmal hörten). Das auch noch: er hätte Schuhe angehabt, hellenische Sandalen im Neuschnee, und zusätzlich zu früher noch Krücke oder Pilgrimstab! Auch die angeblichen Spuren im Schnee hat außer ihr Keiner gesehn. Auch die Kutte nachträglich doch ziemlich unwahrscheinlich! So erweist sich die Angelegenheit, nachdem sie allseits ausführlich besprochen wurde, gegen Abend schließlich als hoffnungslos mysteriös und uninteressant. Die Frau des Glasers, Elfriede Engel, geb. Dohl, war damals schon weggezogen, auf und davon für immer, niemand wußte wohin.

Plaschko, der die ganze Zeit keinen Schlaf fand, hatte sich mit Zeit, Nüssen, Datteln, Fruchtlikör, Stille, Schlaflosigkeit, Stehlampe und Elektro-Ofen und mit ganzen Stapeln von Büchern in einem der hochgelegenen winzigen Ostdachzimmer verschanzt (drei ehemalige Dienstmädchenkammern, die er im letzten Frühling himmelblau ausgemalt hat), las diesen ganzen leeren eiskalten Wintertag (Wind fing sich im Dachstuhl, Dachgebälk knarrte vor Frost – »Bratäpfel müßte man machen!«) Nietzsches Briefe, die alte Leipziger Inselausgabe seiner verstorbenen Tante – aber von wessen Hand sind diese zahlreichen aufgeregten Anmerkungen auf jeder Seite? Ganze Ströme beryllgrüner Tinte!

Plaschko gab sich viel Mühe damit, doch vermochte immer nur jedes zehnte Wort höchstens zu entziffern, lauter einzelne Wörter, gar Silben, die aus unergründlichem Kontext gelöst nicht etwa nichtssagend oder einfach unverständlich, sondern über ihren geläufigen Sinn hinaus sogleich an Bedeutung gewannen, quälend zugleich. Seite für Seite, sooft er umblättert, springen ihm einzelne Wörter suggestiv wie Lichtsignale ins Auge, triumphierende Ausrufe, Funken im Dickicht, Botschaften! Obwohl er sich sagen mußte, daß es sinnlos sei, versuchte er doch immer wieder, die anonyme Schrift zu entziffern, konnte nicht damit aufhören. Nietzsches Briefe, Winter, Datteln, Stehlampe und rotglühender Elektro-Ofen, den er abwechselnd auf Wandbrett, Fenster, Fußboden und Bücherstapeln stationierte, wandern ließ: drei rote glühende Röhren, die leise sangen! Er drückt eine Taste und gleich darauf sind es vier! Zeit, Bücher, Schlaflosigkeit, die winzige Dachkammer, still und blau – draußen ein arktischer Tag. Plaschko fühlte sich insgeheim wie auf einem Schiff, eingeschlossen in ewigem Eis.

Meine Lampe! Das Buch ist gut fünfzig Jahre alt, vermutlich aus der Bibliothek von seines Vaters Vater, den er nie gekannt hat. Aber von wem sind diese vielen frohlockenden grünen Anmerkungen?
Winter, Einöden, unvermessene Tage. Seit Tagen lag hoher Schnee. In der Abenddämmerung hockte auf der Dachrinne des Nachbarhauses stumm und reglos eine große erschöpfte Eule. Und es wurde schon wieder Nacht. Ein paar Nächte später war Vollmond, der Schnee frostblau schon am Nachmittag; lange Winternächte.
Plaschko, nachdem er den ganzen Tag in Einsamkeit, von großer Stille umgeben, Nietzsches Briefe gelesen hatte (in chronologischer Reihenfolge), ging gegen Abend allein in die Stadt. Es war kalt; es fing gerade an, dunkelzuwerden. Vorher war er seit Tagen nicht mehr draußen, als sei er krank gewesen oder hätte vorsätzlich Schule Zeit Leben geschwänzt (Tag- und Nachtwachen), lag die ganze Zeit im Bett. Kein Schlaf, ganze Stapel von Büchern: Bonaventura (nicht der Heilige gleichen Namens), Spinoza, Novalis, Dostojewski, Strindberg, Nietzsche – richtig lesen kannst du nur im Liegen! Und inzwischen hat es geschneit!
Abendstraßen. Plötzlich begriff er wieder, daß es die Zeit gab und was das heißt, Zeit Leben Vergangenheit, die Zeit vergeht – ein Vorgang mit dem er sich jahrelang intensiv befaßt hatte, geradezu besessen, und es wird schon wieder Nacht, siehst du! Leere stille Seitenstraßen; der Schnee leuchtet im Lampenschein. Er blickte auf und sah, daß bald wieder Vollmond sein würde. Plaschko gehört zu den Leuten, die (zu Fuß unterwegs) aufmerksam den Himmel betrachten, ehe sie eine Kreuzung verkehrswidrig überqueren. Er ist noch nie überfahren worden. (Liebe Ulla!)
In der Innenstadt: »Wie die Zeit vergeht!« Die Geschäftsstraßen der Innenstadt sind jetzt schon wieder für Weihnachten geschmückt, überall Festbeleuchtung und dichtes Gedränge, eine Stunde vor Ladenschluß, Abendgetümmel, Haufen Volks; Plaschko sah eine kleine Weile zu, wie ein Mann in Reithosen, mit Skipullover und Schal, vor einem Kaufhauseingang lauthals Nußknacker feilbot. Dauerhafte Schweizer Qualitätsnußknacker, weltberühmt! Abend. Er sah selbst wie ein zuverlässiger haltbarer Nußknacker aus, groß und breit und angriffslustig (und sein schäbiger Koffer *schmilzt* dort drüben im Schneematsch). Er hat Reithosen und Stiefel an, stampft mit großen Schritten mitten im Licht vorm Kaufhausein-

gang auf und ab, hin und her, rasselt mit den Nußknackern, wirft jäh den mächtigen Kopf zurück wie ein Pferd, wenn es wiehert, und ruft laut: Denkt daran, liebe Leute, Weihnachten steht vor der Tür! Er hat keine Mütze auf. Die Passanten, lauter ungewollte Kinder, zogen ihre Köpfe ein und hasteten stumm vorbei. (Angesichts ihres dampfenden Atems rief Plaschko (ohne Kopfbedekkung, in Gedanken woanders) sich ins Gedächtnis, daß es kalt sei: es ist kalt!) Jedesmal wenn der Rittmeister wieder einen Nußknakker verkauft hat, drei Stück in acht Minuten, rechten Handschuh auszieht, großspurig in die Tasche greift, klimpert, und – kann sein, zu wenig – Wechselgeld rausgibt und vorzählt, sagt er: kalt ists, Leute! Haar fiel ihm übers Gesicht, er warf den Kopf empor wie ein Pferd – bestimmt ist er aus Ostpreußen! Doch gerade als Plaschko darauf kam, ihn zu einem Cognac einzuladen, da nahm er – zwei große Schritte, ein Griff – seinen schäbigen kleinen Koffer, der triefte, und ging: da im Abendgetümmel geht er mit großen Schritten eilig davon, ohne Kopfbedeckung, zwei Köpfe größer als die Menge.

Zwanzig nach fünf. (Siehe: die Zeit!) Plaschko kauft sich Zigaretten und geht Kaffee trinken. In der Konditorei: er war so erfüllt von Gedanken, daß er die Serviererin, ein blondes Riesenweib, anlächelt wie ein Kind, ganz arglos; sie kann ihn schon von früher her gut leiden. Wärme, Stimmen, wie hell das Licht schimmert! »Die Ungeheuer hinter der Glasscheibe!« (Schon wird mir der nächste Cognac gebracht!) Die Witwen, die Ehefrauen, der Heiratsschwindler, das schöne Paar, die Sklavin, die Schlangendame, der Spion, die alternde Diva, die artige Tochter, Dschingis Khan II, die Dame mit dem Hündchen, die Frau des Taxifahrers mit Verwandtenbesuch aus der Zone (sie kennt die Welt), das gutsituierte gepflegte Paar das gerade vom Scheidungsanwalt kommt, das kleine Mädchen mit der lieben Omi, der manierliche Greis der mit zitternden Händen verhohlen seine eigene Todesanzeige in der Zeitung sucht, papierraschelnd, trocken hüstelnd: kche-kchee!

Wie unangefochten Jeder in seiner Existenz und Identität! Und wie fraglos sie Alle bereit sind, diese Wirklichkeit hier als »die Wirklichkeit« zu akzeptieren. Dies ist Herr Meier. Herr Meier ist Bankkassierer. Undsoweiter, als würde man die gedrechselten Übungssätze eines altmodischen Sprachlehrbuchs für Tatsachen nehmen und Tatsachen für die Wahrheit, und Herr Meier, der zwei Kinder hat, mit denen er sonntags Tennis zu spielen pflegt, macht ein Zitronengesicht, trinkt schluckweise Tee mit Milch (vor-sich-tig: nochzuheiß!) und ißt zwei Stück trockenen englischen Kuchen dazu – so ist das Leben. Er schaut auf die Uhr und ist ganz sicher, daß er (jener) Herr Meier ist, Gast Nichtraucher, Teetrinker Vater Ehemann Bankkassierer usw. Sie atmen. Wie sie Alle dahocken und nicht zu bezweifeln sind und Zeit, Licht, Winter, Abend, Tee, englischen Kuchen, Spitzendeckchen, Lichtreflexe und die Vergänglichkeit hinnehmen und in sich hineinfressen, mit zierlichen Silberlöffeln.

Halb sechs: draußen ist es schon länger als eine Stunde dunkel. Noch einen Cognac! Wo er wohl hinging, mit seinen Reitstiefeln und dem (ein ganzer Reigen gedrungener kleiner Gebirgsbauern auf seinem Norwegerpullover, gelb und braun, sie standen im Rund, platt und symmetrisch, und hielten sich an den Händen) Koffer voll ausländischer Nußknacker, mit Riesenschritten? Registrierkasse jubelt. Erst bei seinem Abgang (grüßend, mehrfach grüßend) bemerkt Plaschko, daß er scheints die ganze Zeit seinem (schweigsamen) Spiegelbild gegenübersaß, mein Name ist Palaschkorona! Er nickte und ging.

Auf seinem Heimweg durch Nacht und Kälte geht er noch am Bahnhof vorbei, als ob er dort was zu erledigen hätte. Lautsprecherstimmen, zahlreiche Ankünfte und Abfahrten. Aber die Leute, die ich abholen wollte, sind nicht da, unauffindbar, sind nicht gekommen (Verrat!) oder es ist der falsche Tag, sein Herz stockte – wer bin ich? Die falsche Stadt! Oder wir haben uns, weil die Zeit drängt, in aller Freundschaft verpaßt, für immer verfehlt, nicht erkannt. Vielleicht ist er sogar – wie in letzter Minute – in aller Eile mit einem erstbesten Taxi zum Bahnhof gekommen!

Nacht; Züge fahren. Plaschko, nachdem er (worauf wartest du noch?) – längst zu mutlos und erschöpft, um noch an persönliche Erlösung, Aufbruch und Abreise glauben zu können – wenigstens so lang wie möglich so getan hat, als hätte er Jemand abzuholen, hätte sich fast eine Zeitung gekauft, aber vor dem Zeitungskiosk fängt er Streit mit einem bewaffneten Bahnpolizisten an, der eben einen friedlichen Penner anpöbelt und scheints als Stärkerer Streit mit ihm anfangen will.

Lassen Sie diesen Herrn los! Sagt Plaschko, der jahrelang Jedem Alles sein wollte, der mal Schauspieler war (und bewaffnete Bahnpolizisten nicht leiden kann) mit Offiziersstimme zu dem Bahnpolizisten (eiskalt vor Erregung), augenblicklich! Und, akademisch erläuternd: die einzig-erlaubten Gründe für die Berührung von Lebewesen untereinander sind Mitleid, Hilfe und Liebe. Der Bahnpolizist war so verblüfft, daß er den Penner wirklich gleich losließ und der Penner zog seine Klamotten zurecht, sagte: Ich wollt mir ja wirklich ne Fahrkarte kaufen, na klar! Aber jetzt hab ich scheints meine zwo Mark verlorn. Wie ich ehm da bin reinkomm, da hab ich sie noch gehabt, sagt er, kopfschüttelnd: muß mir doch direkt Einer weggeklaut...! Und scharrt mit dem Fuß und zwinkert Plaschko triefäugig zu und reibt sich den Bauch und kratzt sich am Kopf, hatte zwei (fadenscheinige) Jacken übereinander an. Bahnpolizist im Dienst steht mit leeren Händen drohend daneben, Lebensgröße.
Plaschko, dem der Penner schon vorher aufgefallen war, nickt und sagt ernsthaft (geläufig, aus dem Stegreif): Jaja, dergleichen könne schon vorkommen, ja, besonders auf Bahnhöfen, wo es von Menschen und Beamten (er legt ihm den Arm um die Schulter: mich friert!) bekanntlich ja nur so wimmelt, da weiß man ja nie, beziehungsweise jedes Kind weiß undsoweiter. Redensarten. Es ist kalt, hier steh ich mit leeren Händen! Er gibt ihm fünf Mark. Und zu dem Bahnpolizisten, sobald er sich seiner erinnert und bemerkt, daß der immer noch dasteht (die ganze Zeit, drohend, in Lebensgröße): Sie können gehen! Sie werden hier nicht mehr gebraucht! Außer Sie wollen sich mal nützlich machen, weil Sie grad nichts zu tun haben, und diesem Herrn hier beim Fahrkartenkauf freundlichst behülflich... – Bahnpolizist zieht nicht seine gepflegte Schußwaffe, murmelt was und zieht ab.
Plaschko geht mit dem Penner einen Magenbitter trinken. Der hat doch glatt behauptet, ich hätt hier gebettelt, sagt der Penner entrüstet, so ein Aas, und bietet Plaschko eine von seinen vier kostbaren Bali-Zigaretten an, augenzwinkernd: Dabei bin ich doch grad erst reinkomm, bestn Dank auch! Is ja saukalt hier und überall! Plaschko fragt ihn, wie es steht, wohin? Es ist Abend, Winter undsoweiter, aber der Penner erklärt, das Einzige was ihm gefehlt hat, warn ein Schnaps und zwei Mark für ne Karte nach Offen-

bach. Er klopft sich auf die Taschen und sie gehen und holen sich noch zwei dunkelgrüne Magenbitter, die wie Arznei schmecken. In Offenbach, sagt der Penner, da hat er ein Kumpel, bei dem wo er jederzeit pennen kann. In einem Behelfsheim mit städtischem Ölofen, kein Problem! Is ja üwer Nacht saukalt wohrn, sagt er und nickt und reibt sich die Hände und hat vielleicht eine Geschichte zu erzählen, Abend, Jeder hat eine Geschichte zu erzählen. Plötzlich war Plaschko müde, hundemüde. Er fror, hilflose Sehnsucht befiel ihn. Das Echo der Stimmen! Alles schlug über ihm zusammen, er hat Alles schon hundertmal erlebt und (Züge fahren, die Nacht wartet) sein ganzes Leben wie einen vollautomatischen Albtraum im Gedächtnis – Zeit zu gehen! Er verabschiedet sich von dem Penner, der Alles hat, was er braucht (und schönen Dank auch nochmal, mittels Handschlag). Zeitzugehn! Schnaps schon bezahlt.
Plaschko geht, Schneematsch, Skiplakate, der Bahnhofsvorplatz ein Ort des Grauens: eisiger Lampenschein, Nacht, Kälte, Tod. Plaschko, frierend auf dem Heimweg, sagt sich beständig, daß er auf dem Heimweg ist, es ist sieben, halbacht, Winter, Schnee-Nacht-Kälte, in einer halben Stunde, in zwanzig Minuten bin ich daheim! Ulla wird mir die Tür aufmachen, Abend, sie hat schon auf ihn gewartet, sie lächelt, das Licht im Zimmer, es ist warm! (Er friert; er geht immer schneller.) Ich werde ihr sagen, daß ich in der Stadt war. Ich werde von den Lichtern und Menschen sprechen; die Nacht in den Straßen. Winter, Schlaflosigkeit, ich werde ihr von den Büchern erzählen, von der Zeit und Alles, was ich sah, und Alles, was ich gedacht habe, und es wird nicht zu spät sein. Ganz sicher ist sie zu Hause und in zehn Minuten bin ich daheim! Er wiederholte sich das die ganze Zeit, er ging immer schneller. Es gibt gar keinen Grund, warum sie nicht da sein sollte, obwohl wir uns in den letzten Tagen fast nur beim Frühstück gesehen haben und nicht einmal daran kann ich mich erinnern – vorhin bin ich in die Stadt gegangen, ohne vorher mit ihr zu sprechen. Das war vor zwei Stunden, und warum sollte sie inzwischen verreist sein? Aber was ist, wenn (vertraute Zwangsvorstellung, Gedanke, den er von früher her kannte und weder loswerden konnte, noch je zuende zu denken vermochte) wir uns nie mehr sehn? Alles, was sein könnte, hätte sie mir schon am Nachmittag gesagt! Aber sie wußte nicht,

daß ich wegging. Sie hat das erst später bemerkt oder noch gar nicht. Sie weiß, daß ich immer ohne Schlüssel weggehe. (Er fand den Schlüssel in seiner Tasche.) Im Sommer vielleicht, wenn Sommer wäre, dann vielleicht könnte ich mir vorstellen, daß sie gerade nicht da ist: im Sommer ist Alles ganz anders! Doch wie konnte ich vorhin fortgehn, ohne mit ihr zu sprechen?
Mein Heimweg: er friert! Er beeilt sich, die Kälte nahm ihm den Atem. Ein Albtraum: er geht so schnell er nur kann und scheint trotzdem kaum von der Stelle zu kommen, ein Ertrinkender – doch sobald du zu laufen anfängst, bist du verloren. Die Straßen haben sich in Bewegung gesetzt, sind ins Fließen geraten. Einander ablösend taumeln sie unablässig trunken an ihm vorbei, um hinter ihm – Fließband ruckt, die Lichter beginnen zu *flackern* – kopfüber in einen Abgrund zu stürzen, der ihm auf den Fuß folgt und Alles auslöscht.
Aber auch wenn sie nur schlafen würde, Ulla, das wäre schon schlimm genug! Das leere Haus. Zuerst läßt man sich täuschen: ich würde denken, Ulla ist fort! Aber es ist eine andere Dunkelheit, eine andere Art von Stille (sie scheint zu atmen). Ulla, ich würde dich so wecken, wie du mich manchmal geweckt hast. Licht gedämpft, damit ich dich atmen höre, und ganz zart, ganz behutsam will ich dich streicheln und küssen, dir geduldig Atem einhauchen und dabei immer wieder leise deinen Namen sagen: Ulla, mein Liebling, liebe Ulla etc. und dich so ins Leben zurückrufen. Es ist doch so wichtig, wie man aufwacht! Und du würdest sogleich verstehn, warum ich dich unbedingt wecken mußte! Wie du immer Alles, was wichtig war, sogleich wortlos verstanden hast, immer!
Mein Heimweg: die eisige Nacht! Er war ganz außer Atem vor Kälte! »Ich habe aufgehört, zu frieren!« Nachdem er in Gedanken zu der tröstlichen Vorstellung seiner bevorstehenden Ankunft zurückgekehrt ist, hat die Nacht ihren Schrecken verloren. Sein Haus am Ende des Wegs: das Licht, die Lampe im Nachtgeäst, ein warmer zaubrischer Schimmer hinter den Läden im Erdgeschoß und sein Widerschein auf dem Schnee – aber auch ohne das Licht würde ich sofort gewußt haben, daß du da bist und wach bist, man sieht das den Häusern an. Und dieses Haus (ein mehrstöckiges bewohnbares Mißverständnis, das ich geerbt habe, steingrau) pflegt stets heuchlerisch beiseitezublicken, jedesmal wenn ich heim-

komme und weiß schon im voraus: du bist nicht da! Es steht da und gafft gleichmütig (als sei es im allerletzten Moment hastig zurechtgerückt worden). In Wahrheit aber belauert es mich! Gehässig: was er wohl tun wird usw. Einflüsterungen: ob ich mir nicht die Pulsadern aufschneide? Das geht ganz leicht. Oder so tue, als hätte ich den Verstand verloren, nur mal probeweise, verstehst du, zum Spaß. Kreide fressen! Vor dem Spiegel Grimassen einüben! Eine Flasche am Flaschenhals zwischen den Zähnen halten, ohne Hände. Das geht nur mit guten Zähnen und leeren Flaschen, sagt er, volle sind auf die Dauer zu schwer. Und mit diesem monströsen verschlossenen Glasschnabel auf einem Bein mitten im Zimmer stehn, reglos, ganz ernsthaft, Hände leer auf dem Rücken, wie eine Vogelscheuche im Dienst, wie ein verschrobener alter Mann der in milder Nachsommernachmittagssonne so tut, als ob er Kontemplation betreibt, nachdenkt und sich erinnert, ein alter Landstreicher Lehrer Leierkastenmann wasweißich.
So mit einfachsten Mitteln, fast ohne Zubehör, einen Storch mit gestutzten Flügeln darstellend, ganz reglos vor Ernst, schweigend natürlich – und siehst dir zu dabei; Kehlkopfglucksen –, gravitätisch, ganz ernsthaft vor lauter angestrengter Reglosigkeit. Ich bin der verzauberte Kalif! Schnabel versiegelt, gestutzte Flügel sorgsam gefaltet. Oder sein mitverzauberter Großwesir. »Ich habe das Fliegen verlernt und den Zauberspruch verloren und jetzt kann ich mich nicht in mein wahres Leben zurückzaubern. Ich habe das Wort vergessen!« (Weißt du, was ein Pantograph ist? In den entlegenen Dörfern Anatoliens haben sie geschnitzte Vögel, blaue Holzschwalben, die dort seit Homers Zeiten als Boten des Frühlings gelten. Kinder tragen diese blinden blauen Holzschwalben an langen Stangen durch die dämmrigen Abendgassen ihrer weltfernen Heimatdörfer, ganze Scharen von Kindern, und sie sind froh, ihre Augen ganz groß, und sie singen in der Dämmerung vor allen Haustüren; Frühlingsboten.)
Es ist noch früh: wie wäre es, wenn du vorerst eine Weile auf allen Vieren herumkriechst? Oder warum nicht ein bißchen plaudern? Sprich mit dem Stuhl, dem Zucker, dem Schirmständer. Ihm darfst du nicht glauben, er ist ein Aufschneider, ein Prahlhans, ein Lügenmaul, doch gelegentlich ganz ergötzlich. Hab Geduld, und hör dir auch an, was der eigensinnige alte Schrank und der erfah-

rene würdige Kachelofen zu erzählen haben. Oder noch besser: friß die Geranien! Nimm Handtücher und ein großes weißes Bettuch aus dem Schrank und mach dir ein täuschend-echtes weißes Bündel daraus. Es wird so echt aussehen, daß du deinen eigenen Augen nicht traust und dich einfältig-hoffnungsvoll fragst, was da wohl drin sein mag. In Wahrheit, sagt Plaschko, soll diese Redensart ja doch gerade das Gegenteil ausdrücken: daß man bereit ist, wider besseres Wissen seinen Augen zu trauen! Welche Geranien denn? fragt Ulla. Was Geranien? Ja richtig: es muß hier wohl vor unsrer Zeit mal Geranien am Küchenfenster gegeben haben. Unsere Zeit, verstehst du. Wenn ich heimkomme und du nicht da bist, scheinen Haus und Stille mich unentwegt heimtückisch zu belauern: Belagerungszustand. Oder sie ignorieren mich vorsätzlich böswillig, das Haus verzieht keine Miene. Gehässig schweigt die Stille mich an. Es ist unerträglich! Unerträglichkeit ist ein Zustand der wächst, der mit jeder Sekunde zunimmt, sagt er. Ich könnte mich wie ein fremder Besuch (Guten Tag) mitten ins Zimmer setzen, mit meinem Hut, Stock, Handgepäck (fiktiv), und regelmäßig atmend warten bis du kommst. Eben noch dachte ich, daß ich das könnte – doch plötzlich schlagen überall Flammen hervor, das Haus brennt! Rasende rote Feuer aus jedem Möbelstück und von allen Seiten, in Sekunden ein Flammenmeer. Ich bilde mir das Alles nur ein, ich weiß, daß ich mir das Alles nur einbilde – doch ich brenne! Und in der nächsten Sekunde werde ich – eine lebendige Fackel – schreiend auf die leere Nachmittagsstraße hinausstürzen und Feuer! FEUER! schreien, bis man mich einfängt und ins Irrenhaus schafft! (Du kamst im gleichen Moment zurück, als der Transportwagen für tobsüchtige Irre mit mir um die Ecke bog und davonfuhr. Du hast deinen schwarzen Mantel an und trägst einen Brief in der Hand: du warst auf der Post. Himmel amtlich bedeckt.)
Oder geh und hol dreitausend Blatt Durchschlagpapier, DIN A 4, weiß, 30g/qm aus dem Regal, das sind drei Pakete (Plaschko besitzt jederzeit riesige Papiervorräte). Zähl nicht nach! Knüll die Blätter mit beiden Händen – jedes einzeln – zusammen, mach rasendschnell vieleviele Schneebälle draus (atemlos kichernd: wie das knis-tert), dreitausend, und wirf sie aus zirka zwei Meter Entfernung da auf dieses bekannte Sofa auf dem Niemand sitzt oder liegt! Dann gieß Benzin drüber, andächtig, wie man in der Morgensonne

Blumen gießt. Und (kichernd, eindringlich flüsternd) zünd ein Streichholz an! (Sachlich, rasch, normale Lautstärke:) Benzin findest du im Kleiderschrank zu Füßen der Wintermäntel, zwei Kanister. Streichhölzer liegen da auf dem Tisch. (Aber natürlich war kein Benzin im Kleiderschrank, sagt er, kein Tropfen!) Wie das dünne Durchschlagpapier besessen knisterte zwischen meinen fahrigen Händen, als ich eilig unzählige Schneebälle daraus formte. Was meinst du, vielleicht sollten wir Ölöfen anschaffen, für die drei blauen Dachkammern? Wir könnten das Heizöl im Keller lagern. Was passiert eigentlich, wenn man immer seine Stromrechnung bezahlt hat: wenn man ganz genau zielt und ganz aus der Nähe in eine intakte Steckdose pißt? Haus und Stille, die mich belagern: sie wollen mich aushungern oder zu einem selbstmörderischen Ausfallversuch verleiten. Die umstehenden Häuser größtenteils neutral (alle Spielarten der Neutralität). Die Bäume sind stets auf meiner Seite, die Sonne ist auf meiner Seite, Musik und Schmetterlinge natürlich auch. Der Garten gewährt mir Exil, die Straße bietet mir heimlich Fluchthilfe an, und der Himmel, ja mit dem Himmel ist das so eine Sache. An trüben Tagen zum Beispiel, hilflos sah er sich um. Das ist eine alte Geschichte. Irrfahrten, der Trojanische Krieg (den es zu verhüten gilt) und die Odyssee, Suche nach Liebe und Identität, wann hat das denn angefangen? Grundformen der Angst, mondalte Mythen, die auf Schritt und Tritt unsren Alltag bestimmen – so hat er Ulla einst zu erklären versucht, warum er meistens gleich wieder weggeht, wenn er heimkommt und sie ist nicht da. »Wenn du nicht da bist, sind Haus und Zeit nicht bewohnbar!«
Jetzt aber, am Ende des Wegs, sah ich und wußte sofort, daß du da bist und wach bist. Freude, Licht, Wärme, Verheißung, ein warmes belebendes Vorgefühl, und vielleicht deshalb und im Bewußtsein seiner bevorstehenden glücklichen Ankunft kehrt er ganz bewußt nochmal um und geht kurz nochmal in die Eckkneipe ganz in der Nähe. Ich wußte, daß du da bist und ich gleich heimkommen und bei dir sein würde und daß mir gar nichts passieren kann. Alles ist gut.

Die Eckkneipe: Guten Abend! Drei Minuten vor acht auf der Wanduhr, Tag vorbei. Wirt hat gerade gewaltig gegähnt (im Lampenlicht), ließ zuvor (Nacht und Winter ums Haus) Fenster für Fenster enttäuscht und gelassen, mit trauriger Genugtuung, einen nach dem andern, sämtliche Rolläden runterrasseln, Tag vorbei: Läden zu. Es sind nur drei alte Männer da – ich weiß nicht, worauf sie warten. Mit ihren Gläsern und ernsthaften Mienen sitzen sie verzagt und geduldig um den Tisch, der der Theke am nächsten steht, ihr Abendtisch – nur zwei Lampen brennen.* Alle blickten hoffnungsvoll auf, als ich reinkam und grüßte, Alle grüßten – und dann war es einen Moment ganz still. Als hätte Jeder für sich insgeheim mit einem Ereignis gerechnet, das ausblieb – stattdessen kam ich zur Tür rein – wie in einem Theaterstück. Gleich darauf, die nächsten paar Augenblicke lang war es so, als wüßte Niemand, wie es jetzt weitergehn soll.

Der Bierhahn tropft, ich habe mich soeben laut und deutlich geräuspert und mir einen Cognac bestellt. Der Wirt hinter der Theke hat meine Bestellung ernsthaft wiederholt und sich gleichfalls betreten geräuspert, stellt ein Schnapsglas zurecht und nimmt professionell die Flasche zur Hand. Die alten Männer an ihrem Abendtisch räuspern sich – ganz befangen: Einer trinkt, Einer schaut auf die Uhr, Einer hantiert umständlich genug mit seiner Zigarre, und sie werden (der Bierhahn tropft) ihr Gespräch oder beiläufiges Schweigen von vorhin oder letztem Sonntag gleich verzagt wieder aufnehmen, hoffnungslos nochmal von vorn anfangen oder gutwillig fortsetzen undsoweiter. Wirt hat eingeschenkt, mir das Glas hingerückt, Flasche weggestellt. Ich koste, ich zünde mir (immer noch die gleiche Stille) eine Zigarette an, Wirt schaut abergläubisch auf die Uhr und schaltet (sozusagen beschwörend, beschwichtigend) das Radio ein: Gong. Es sei zwanzig Uhr. Abendnachrichten. Ich rauche, ich trinke in ganz kleinen Schlückchen, die Nachrichten funktionieren wie immer – nämlich so, daß man nach neunzig Sekunden nur noch denkt, man hört zu – ich bin sicher, das ist beabsichtigt, wohlberechnet. Auch die geschulten Stimmen der Sprecher sind ganz danach. Aber kaum Einer scheint das zu merken. Jeder denkt (und wäre bereit, zu beschwören), er hört jeden Tag Nachrichten.

* Wie es nach menschlicher Zeit hier riecht, nach langem Leben und abgestandener Stille – tickt die Uhr?

Bierhahn tropft; der Wirt hat das Radio wieder ausgeschaltet und putzt geduldig weiter sein dauerhaftes gewölbtes Kupferschild, in dem sich *trübgolden* das Licht spiegelt, der ganze Raum, gleichsam eingeschlossen. (Eine Höhle, tief in der Zeit eine Höhle, lichtbewohnt.) Sechs oder sieben Minuten nach acht jetzt, kann sein Dienstag, ich hab mir eben die zweite Zigarette angezündet (und sagte mir, daß ich gleich gehen würde), und dann hörte man draußen ganz deutlich die äußere Tür zufallen, und ein Kind kam herein, ein kleines Mädchen, ganz aufmerksame Augen, sieben vielleicht oder acht, große karierte Einkaufstasche, ein rotes Mützchen (draußen ists kalt) – schien gelaufen zu sein, war ganz außer Atem, stolpert beim Grüßen – Alle hatten hoffnungsvoll aufgeblickt, Tür fiel zu (Abend: draußen lag hoher Schnee). Guten Abend! Wirt hat die Einkaufstasche, nachdem er genickt hat, ernst entgegengenommen. Bedächtig nimmt er (weiß schon Bescheid; Licht trübte sich wieder) eine nach der andern die leeren Bierflaschen raus, zählt sie (sechs? Das kleine Mädchen nickt ernst: sechs neue!), und dann, während er die vollen Flaschen (gerade so umständlich, wie man Hieroglyphen entziffert, Schriftsätze formuliert) dem Kühlfach entnimmt, jede einzeln und bedächtig mitzählend leise, jede einzeln sorgsam in der Tasche verstaut, eine halbe Ewigkeit lang: währenddessen steht das kleine Mädchen vor der Theke auf Zehenspitzen: ohne sich zu rühren! Blickt ernst, aufmerksam, stumm und reglos auf einen imaginären Punkt an der Wand – ich war sicher, sie hielt die ganze Zeit angestrengt den Atem an! (Irgend-geheimes Gelübde, von dem die Seligkeit abhängt.)

Ich hatte das Mädchen noch nie gesehn – sie muß neu sein hier oder zu Besuch. (Plaschko, der die meiste Zeit Keinen grüßt, sich sogar oft genug selbst aus den Augen verliert und alle Nachbarn und Nebenmenschen verwechselt, umdichtet, nacherzählt, neu erfindet, addiert subtrahiert multipliziert dividiert undsoweiter, wie Zahlen in Rechenaufgaben, Märchengestalten – Plaschko kennt von Anfang an jedes Kind in der Straße.)

Der Wirt, sechs volle Flaschen sachkundig und geduldig in der Tasche verstaut, will den Reißverschluß schließen, und das kleine Mädchen (Zauber beendet!) hat die ganze Zeit angehaltenen Atems auf genau diesen Moment gewartet und sagt jetzt, auf Zehenspitzen, reckt sich noch höher dabei: und zweimal HaBe! Die er widerspruchslos dazu packt, Reißverschluß schließen, Zwanzigmarkschein, Wechselgeld rausgeben-vorzählen. Das kleine Mädchen hat eine kleine rote Kindergeldbörse mit Druckknopf, er reicht ihr die große volle verschlossene Tasche über die Theke, er nickt. Und zwei Lottozettel für meinen Vater! Die nahm sie so in die Hand, die Tasche ist schwer, Lottozettel sind gratis, Aufwiedersehn-Wiedersehn!

Sie geht, ging, ist gegangen: Tür fiel zu, Pause, Haustür fiel zu, Bierhahn tropft, elf Minuten nach acht, ich nahm die ganze Zeit jede einzelne Einzelheit wahr und die Zeit. Nachdem das kleine Mädchen gegangen ist, warte ich geduldig, bis des Wirtes Aufmerksamkeit zurückkehrt und alle Anwesenden sich wieder gefaßt haben, und (diesmal ohne Räuspern) bestelle noch einen Cognac. Plaschkos dritte Zigarette, Bierhahn tropft, er trinkt, zahlt, steckt Wechselgeld und Zigaretten ein; Gehen! Er geht, Gute Nacht! Plaschko geht. Alle hoben ihre Köpfe und sagten ernsthaft – fast feierlich – Gute Nacht hinter ihm her. Als er ging, war es zwanzig Uhr siebzehn.

Abend. Draußen lag hoher Schnee. Bald Vollmond. Eine klare kalte Nacht. Er warf die Zigarette weg, Haustür fiel nachdrücklich hinter ihm zu, er atmete tief. Ein Hund bellt, meilenweit weg, und Nacht-Schnee-Einsamkeit lassen dich unverzüglich an Wölfe denken. Er blieb auf der Treppe stehen, um seinen Mantel zuzuknöpfen, tiefatmend. Sieben Stufen und dreihundertachtzehn Schritte von hier bis ans Ende des Wegs! Der Schnee knirscht bei jedem Schritt, Frost ließ die Äste krachen. In der klaren eisigen Luft klang jedes einzelne Geräusch meilenweit und ganz deutlich und unverfärbt in die helle nächtliche Ferne!

Licht, Stimmen, Ulla die mir die Tür aufhält, im Hintergrund fröhliche Stimmen, meine jähe Freude! Ich erkannte gleich Alles wieder! Und Ulla die mich hineinführt ins Licht, in die Wärme, in unser warmes belebtes Abendzimmer – eure Stimmen! Ich war gleich sicher, daß ihr es seid, sagt er nachher voll Freude, schon bevor ich ins Zimmer kam, ja eigentlich sogar eh ich es selbst richtig wußte. Vielleicht weil ich es wollte. Wieso habt ihr nicht geschrieben? So, sagt er, ist es natürlich noch schöner! Seine endliche Heimkehr und im gleichen Moment ersten Erkennens klangen

die Stimmen zusammen und das Licht, das sogleich heller zu leuchten begann. Alles geriet in Bewegung, klang zusammen und floß ineinander – erst jetzt verstand ich meine Verzweiflung, warum ich mir tagelang selbst ganz fremd war, nur gelesen hatte (gleichsam außerhalb der Zeit: in der dritten Person), keinen Schlaf fand und schließlich am dritten Tag (wie in einem unverständlichen Gleichnis) gegen Abend wortlos in die Stadt ging, ganz entrückt, ein Fremder – erst jetzt vermochte ich den einzigrichtigen Bezug zu Zeit und Wirklichkeit herzustellen und (sobald ich mich wiederfand) Alles nahm sogleich die richtigen Dimensionen an und wie vorbestimmt seinen Platz ein. Erst jetzt, nachträglich, wurde die Vergangenheit wirklich – meine Zeit. (Er nickt, er erkennt Alles wieder.)
Nachher stand er angenehm verwirrt mitten im Zimmer, im Licht, vor dem summenden Kachelofen. Alle sehen ihn an. Bewegt versucht er, seine Freude in Worte zu fassen. Jahrelang haben wir aneinander geglaubt und jetzt? Die Summe der Zeit, alle Vergangenheiten allgegenwärtig! Ulla, die ihn im Vorbeigehn mit zärtlichen Händen streift – dieser Moment war es. Mehr als drei Jahre schon, seit wir zusammen sind: unsere Zeit! Und im gleichen Moment wußte ich, daß ich diesen Moment und meine Freude nie verlieren würde. (Wie gut es hier riecht: Glühwein, Arrak und Bratäpfel. Habt ihr schon lang gewartet? Du hast das Zimmer mit Tannenzweigen geschmückt. Es ist, vertraut und geheimnisvoll, die Verheißung, der alte Weihnachtsduft meiner Kindheit.)
Du hast ein Feuer angezündet! Wir lagerten Alle vor dem großmächtigen Ofen und tranken Schluck für Schluck duftenden Glühwein, der schimmernd das Licht einfing. Jetzt ist mir ganz warm: wie mein Blut singt! Freunde, sie sind auf der Durchreise. Sie kamen an, als ich vorhin auf dem Bahnhof war (und beinah ertrunken wäre im Abend). Sie haben ein Haus in Schottland gemietet, sagt Ulla, die sich über mich neigt, nein Irland, natürlich in Irland, ein Haus für den ganzen Winter! Es soll ja kein Urlaub sein, habt ihr beinah schuldbewußt erklärt, wir fahren ja hin, um zu arbeiten. Fahrt doch mit, sagten sie, wir haben uns ja vielzulang nicht gesehn. Zusammen, wir könnten uns Zeit nehmen und endlich anfangen, endlich erstmalig Alles tun, woran wir nie wagten zu denken, außer fürs Jenseits ein ferner Traum: das wahre Leben!

Irland, er sah sich am Strand. Und er sah – vom Meer her – einen Frühlingssturm, der drei Tage und Nächte getobt hat, und jetzt: die Luft ist ganz klar – die letzten nachnächtlichen Wolken hastig landeinwärts ziehn über einsames grünes Land (hier hat jeder Stein ein Gesicht): es klart auf! – Fahrt doch mit! Und wir sahen uns Alle an, im Licht.
Plaschko, als er sich mit Zeit, Büchern, Schlaflosigkeit, Stehlampe, Elektro-Ofen, Datteln, Fruchtlikör und ganzen Stapeln von Stille (Zeitgebirge) in einer der winzigen blauen Dachkammern verschanzt hatte und tagelang nichts als las, hatte sich (allmählich, halb-unbewußt, anfangs eher gegen seinen Willen) seiner alten Arbeiten erinnert: mein ganzes Leben! Das war, bevor er in die Stadt ging. Das ist jetzt Alles beiseitegeräumt, schon lang. So viel Hoffnung darin verpackt-begraben-verschüttet, eine ganze Kiste voll (die kann Keiner heben), die ein Stockwerk tiefer in seinem Gedächtnis mitten in einem großen, seit Jahren ungeheizten Zimmer steht* – Stille in Kisten verpackt. Überall Raureif. Dein Atem wölkt sich, und deine Stimme (wie von weit her) klingt dir fremd. Hier zwischen kahlen Wänden. Schneewehen. Weit und breit keine Spur mehr, kein Weg zu finden. Die Kiste steht mitten im Zimmer. Besser die Kiste vernageln. Expreßgut. Manches darin, ganz in der Tiefe, ist jetzt schon zehn zwölf Jahre alt, das letzte (auf gelbem Papier) aus dem ersten Jahr mit Ulla. Inzwischen hat er so viel erfahren, daß er Wort für Wort Alles umschreiben müßte, mühsam und wie im Flug (eine Vorstellung, die ihn zugleich lähmt und inspiriert), aber was da war, würde jedenfalls eine gute Grundlage sein. Aber wo in aller Welt soll ich je wieder so viel Zuversicht, Atem und Zeit hernehmen, um mich nochmal drauf einzulassen? Sein erster Impuls: die Kiste vernageln! Fliehen! Warum hab ich nicht schon vor Jahren Alles verbrannt? (Ich hätte eine gute Ausrede für den Rest meines Lebens und würde es ewig bereuen – Death is so permanent.) Jetzt ist Alles feuerfest und fängt schon zu schimmeln an – es wird Zeit!
Winter. Plaschkos Hoffnung, seine Heimkehr, seine bevorstehende verzögerte endliche Ankunft und wie er sich später immer daran

* Das hatte doch ursprünglich sein Arbeitszimmer werden sollen, der lebendigste Raum im ganzen Haus.

erinnern würde. Grün ist die Farbe der Hoffnung! Der Abend (Winter, draußen lag hoher Schnee). Du hast ein Feuer angezündet, in unsrem Abendzimmer. »Kein Grab im ewigen Eis: kein Kreuz auf Tristan da Cunha!«

Fragment, ein vergessener Brief: »... nachträglich: der vergangene Sommer, jeder Tag eine leuchtende Ewigkeit! Ich hab mir, hör zu, eine intakte zweitausendjährige Sanduhr gekauft, um über die Zeit nachzudenken. Ganz ernsthaft gedachte ich mich in mein und Jedermanns weitläufiges Leben zu versenken. Natürlich war es eine besondere Sanduhr, eine ganz kleine, für unterwegs, mit – statt Goldstaub – fahlem Sand aus der Wüste Gobi drin. In stetem lautlosem Fall, durchsichtig wie ein-viele Schleier zerfließend, schien er einen uralten rötlich-goldenen, gleichsam abendlichen *Schimmer* anzunehmen, wie die verlassenen Wüsten meiner fernen Kindheit, Karawanen, Heimweh, Abende, Alles fließt, die Ewigkeit, eine lange Reise –
Wie das zuging? Ein alter Armenier gab mir diese Uhr, wie einen Auftrag (wir stehn an der Tankstelle, es ist Abend, wir haben einen Schluck zusammen getrunken und schütteln uns jetzt schon zum viertenmal ernsthaft die Hand. Dabei muß man sich in die Augen sehn. Da liegt sein Bündel, es ist Abend, doch er will heut noch weiter), und ich wußte, was das bedeutet. Ich hatte sie zwei Tage und dann verlor ich sie wieder, im Suff (Birnenschnaps). Und jetzt: Ahnungen. Wieder weiß ich nicht, wie spät es ist.« (Steck das restliche Geld ein und geh auf die Post!)
Samstagmorgen: der Tag, als der Glaser verschwand. Du hast die defekte alte Spieldose eben endlich aus dem Fenster geschmissen. Juni, auf dem nachbarlichen Trümmergrundstück Nr. 19 blühen Kamillen. An solchen Tagen fangen alle möglichen Leute hoffnungsvoll neue Leben an, wenigstens in Gedanken. Auch der Tag selbst, zu erklären gibt es da gar nichts, begann alle Augenblick nochmal wieder von vorn, Spiegelbilder!
Die ganze Zeit Mai, Juni. Deines Vaters Garten! *Sonnenstäubchen*, Netze aus Licht und Nacht, und irgendeine wahre großbritannische Piraten-, Löwen- oder Mäusegeschichte auf Glanzpapier, die ich als Kind einst staunend (mühsam) in einem englischen Buch las (das nach Ingwer und japanischem Lack roch, ganz anders als deutsche Bücher), auf dem schweigenden Dachboden, eine halbe Erin-

nerung, wie ein Traum der zwar da – er ist da –, doch zu dem du den Eingang nie mehr wirst finden. Komm! Steig da die Stiege rauf, die kaum Einer je noch betritt, mit angehaltenem Atem: die Luke stöhnt, Dielen knarren bei jedem Schritt. Nimm dir eine Handvoll da dieser alten Sonnenblumenkerne, schon ganz vertrocknet: sie werden reichen bis ans Ende der Zeit. Stell dich da auf die Kiste! Leg deinen Kopf in das kleine hohe Dachfenster, blick zurück: die alten Götter des Lebens, selbstverfertigte Ungeheuer aus archaischer Vorzeit, steinerne Götzenbilder, überlebensgroß, die du (bewußt oder nicht) fliehst, suchst, in dein Spiel einbeziehst; ernst, blind und einsam, stumm, halb schon begraben im Sand, reglos bevölkern sie den gleißenden Abendhorizont.
Dort drüben steht noch Plaschkos gepolsterter alter Erbspeisezimmerstuhl mit förmlicher hoher Lehne und akkuratem Vormittagsschatten verlassen auf dem leeren Samstagvormittaggehsteig, mitten in der Sonne, Rücken zur Straße (wie für ein anspruchsvolles Gespenst, unsichtbar). Sein umgekippter Farbkübel liegt ausgeronnen daneben, der Pinsel paar Schritte weiter, noch ein Farbklecks (der dann noch jahrelang unter all den Wintern, Regen, Blicken und Schuhsohlen unzählige mühsame Metamorphosen durchmachte, bis nichts von ihm übrigblieb). Und dort am Zaun, zwischen all den andern die wenigen Latten die frischgestrichen sind, stehn wie erstarrt und sehen genau wie Plaschkos Haus ganz verstört aus.
Weiter vorn in der Straße spielen Kinder ein Spiel, das du kennst. Es heißt Tag und Nacht (zwei Straßen weiter heißt es Himmel und Hölle). Ein deutlicher Kreidestrich quer über die leere Straße und eine antike griechische Münze oder zweifarbige Tonscherbe, zweitausend Jahre alt, gehören dazu (oder ein Splitter von einer sommerlichen Sternschnuppe), sowie in jede Richtung ein verbindlich vereinbartes Ende der Welt. Zwei Parteien, wer anfängt, wer werfen darf, und im gleichen Moment da der fallende Stern die Erde berührt: mußt ganz genau hinsehn (und darfst dir – vor Spannung atemlos – insgeheim blitzschnell was wünschen) und dann gleich wegrennen, so schnell du nur kannst, Flucht oder Verfolgung, denn es gilt fast dein Leben und Sieg oder Tod und die richtige Richtung bis ans Ende der Welt. Ein hellblauer Vormittag. Sie stoben immer wieder schreiend davon, ganz mit bunter Kreide

beschmiert, Schamanen, und kehrten gleich darauf singend zurück, paarweise, jeder seinen Gefangenen im Arm vor sich herdrängend-stoßend, Siege! Ihre siegreiche Rückkehr: imaginäre Ketten, Tanz und Gesang. Jeder helläugige Sieger lebenslang seines finsteren Gefangenen geschmeidiger Lieblingssklave!
Ein Stückchen weiter noch mehr Kinder, die blaß und ärmlich – unbefugt – auf sonniger Vortreppe hocken (die Frau Blust ist verreist) oder frühverwaist auf einer herrenlosen Mauer mitten in der Sonne, haben sich gefunden und sitzen da und spielen abwechselnd und gemeinsam mit Kreidefingern auf einem *silbernen* Xylophon: dingding-dong! Laß mich auchmal! Wer ist als Nächster dran? Oder sie haben eine alte buntlackierte Spieldose vorhin auf dem Trümmergrundstück Nr. 19 durch Zufall gefunden. Ziemlich ramponiert, naja, aber hör doch, war es nicht so, als ob du in den Scherben ihrer zerbrochenen Melodie deren unvergängliches Muster (stets von neuem) halbwegs noch wiedererkannt hast? Massenhaft entlaufene Briefträger, die da an der Imbißstube Franz Heimstatt großspurig Flaschenbier trinken, seit Jahren verschollen! Pils und Export. Und gen Abend verschwinden sie Alle hinterm Bahndamm, in den Wiesen (Überschwemmungsgebiet), entstrebende Punkte, dem Fluß zu, immer weiter weg, im *verdämmernden* Niemandsland.
Oben an der Tankstelle, schon um neun dreißig Grad, machte die Mannschaft es sich bequem, streckt alle Viere von sich. Sie haben Liegestühle mitgebracht, spritzen die ganze Zeit mit einem schlangenhaft-schwarzgelb-geringelten Gartenschlauch gegen die hohe Hitze an und haben ihren Separatfrieden mit Gott dem Herrn oder brauchen keinen (nein danke); erzeugten sich so ihren eigenen dauerhaften kleinen Privatregenbogen over all, gelbgrüne Benzinfeudalisten. Kaum Kunden den ganzen Tag; der Chef ist in Urlaub. Sie hatten die Einfahrt mit angemaßten Baustellenschildern verbarrikadiert und saßen barfuß da und mit Sonnenbrillen, wie Kurgäste, mit großen Mengen Limonade, Branntwein und Nescafe; Samstagsdienst. Als Plaschko gegen elf bei ihnen vorbeikam – wie solls denn weitergehn? Alle grinsten, Alle zeigten grinsend ihre leeren Hände vor, in sonniger Gegenwart. »Mach dir bloß keine Sorgen!«
Dein Stiefvater Soundso (zum Glück kenn ich ihn kaum und kann ihn daher manchmal ganz gut leiden) schlurft ohne Unterlaß mur-

melnd hin und her in seinen neuen Saffianpantoffeln. Er hat sie heut zum erstenmal an, ein verjährtes Weihnachtsgeschenk, vorerst beunruhigen sie ihn noch erheblich. Zu Unrecht hat er schlecht geschlafen, hat heute frei, raucht jetzt auf nüchternen Magen bereits seine dritte bittere Morgenzigarette, sitzt am gewohnten Küchentisch (Wachstuch, Blumenmuster), bastelt zwecks Ablenkung an seinem komplizierten Sonntagsgebiß herum oder starrt geistesabwesend beiseite, steht seufzend auf, läßt seinen gesamten Morgenkaffee stehn, hat das Frühstück, hat Ort und Zeit, hat seinen Namen vergessen, wandert zerstreut durch die Wohnung und zieht sachkundig und bedächtig alle Uhren auf. Murmelte unterdessen zeitweilig allerlei unverständliche Überspanntheiten vor sich hin oder behielt sie einstweilen geduldig für sich, wie sie ihm der Reihe nach einfielen, Innenleben. Zog sich im Gehn immer wieder von neuem die neuen Pantoffeln über die (gewohnten) Fersen. Sitzen noch nicht! Hält einen Socken in der Hand, den er zuvor anscheinend in seiner Hosentasche – äußerst merkwürdig – und betrachtete ihn philosophisch, eine ganze Weile lang. Hatte plötzlich einen Socken zuviel oder einen Fuß zuwenig (zwischen Himmel und Erde). Wußte es selbst nicht oder nicht genau und wußte nicht wie-woher-warum. Magere bleiche Ziffern und ungerade arithmetische Morgenflüsse, es geht so und so nicht auf.
Immerhin hat er sie jetzt endlich zum erstenmal glücklich an, die neuen Pantoffeln, hat sich dareingeschickt, seufzend, doch wird sich nie damit abfinden können. Er seufzt, gähnt, reibt sich geistesabwesend sein elektrisch knisterndes Samstagvormittagkinn, wird sich nachher auch noch feierlich rasieren in aller Ruhe und gesammelter Ernsthaftigkeit. Fünf-Tage-Woche. Hat auch fast seinen gesamten Morgenkaffee noch zu trinken. »Ich habe nachgedacht: ich will über Alles nachdenken!« Gleich darauf blieben alle soeben aufgezogenen Uhren gleichzeitig seufzend stehn. Ein Komplott!
Er fand sich auf einem Bein im Flur vor offener Küchentür wieder und (wer weiß, wie lang schon) betrachtet begriffsstutzig das aufgebrauchte (gestrige) Kalenderblatt in seiner linken Hand. Rückseite:

1. Wie die kluge Hausfrau gebührenfrei Qualitätsflecken!
2. Proletarische Krautrouladen mit reichlich Steinhäger
(ein polnisches Rezept aus dem Ruhrgebiet).

3. »Laßt uns zusammennehmen, was geblieben und geworden und eh daß der Abend usw.« Johann Wolfgang Von.
(Ganz *mürbes* Papier.)

Trixie will eine Schildkröte haben! »Alle Kinder in meiner Klasse, sogar die doofsten, haben längst eine Schildkröte! Oder einen Wellensittich, mindestens! Oder ein paar putzige Goldhamster! Viele Alles zusammen! Manche sogar ein süßes Hündchen! Und meine beste Freundin Gabi hat sogar ein Pony, das ihr ganz allein gehört. Es heißt Bernstein! Aber Goldhamster will ich keinen! Goldhamster sind ja saublöd und sterbenslangweilig!« (Schildkröten gleichfalls langweilig, doch bescheiden, dauerhaft und exotisch. Sobald sie älter sind, auch als Fußschemel.) Falls Wellensittich, so soll er himmelblau sein und König Hänschen heißen! Die Frau Kommerzienrat Grebinius hat ihr für diesen Fall bereits tadellosen gebrauchten Barockvogelkäfig versprochen, beziehungsweise verbindlich zugesagt oder umständlich (wortreich) in Aussicht gestellt: komplett, sehr komfortabel, mit Sitzstangen, Spiegel, Trinknapf, Sitzbadewanne und Allem drum und dran. Die Frau Kommerzienrat G. hält immer ihr Wort. Und der Herr Plaschko hat ihr versprochen, diesen Käfig dann mit Silberbronze gar prächtig anzustreichen. »Und das Scheißgeld, die paar Kröten fürs Vogelfutter vadien ich mir selber! In meiner eigenen Freizeit!« König Hänschen wird die nahrhaften Körner zutraulich und geschickt von Trixies andächtigen Lippen picken, zart-rasch-behend, jedes einzeln – so ein kluges gefräßiges hellblaues kleines Lebewesen. Tüte Vogelfutter 65 Dpf. (Karstadtpreise!)
Trixie ist lieb, war vorhin heut Morgen kaum sechsjährig zum erstenmal ganz allein einkaufen für deine liebe Mutter, hat brav beim Hausputz geholfen und sortiert da auf der Fensterbank (im Sonnenlicht) nichtsnützige Knöpfe mit kundiger Hand und ist jetzt (immer noch der gleiche Vormittag, ging auf elf) schon beinah neun Jahre alt und summt Tutti Frutti. Im Radio die ganze Zeit (Keiner hört hin) feierliche Orgelmusik, Schulfunk, Werbefunk, Staatsbegräbnis oder Generalprobe der morgigen Sonntagmorgenmesse: Johann Sebastian Bach. Jetzt bist du schon so groß und sitzt da auf der sonnenwarmen Fensterbank und zappelst mit deinen losen Ballettbeinen. Alle sollen mich sehn! Pfingsten steht vor der Tür.

Wie Plaschko den Käfig anstreicht, Experimente: an einem anderen wunderschönen sonnigen Samstagmorgen im Mai wird er im Hof begeistert eine ganze Wanne voll erstklassiger Silberbronze anrühren und den barocken G.schen Filigrangitterkäfig einfach halsüberkopf hineintauchen, zwanzig Sekunden (natürlich ohne Vogel), und kaum hast du deine nächste Zigarette zuende geraucht in der Sonne, schon ist der ganze Käfig samt allen zugehörigen Verzierungen und mikroskopischen Einzelheiten (die auf konventionelle Art zu lackieren Eines Sterblichen irdisches Leben, Zeit, guter Wille und Geduld, mein Kind, sowie die feinsten Prinzessinnenschamhaare der Welt hienieden nicht ausreichen würden, nie und nimmer) makellos frischgestrichen! Oh, du Kleinod in der Morgensonne! Wie sie dastehn und gaffen! Betr. fremde Angelegenheiten ist Plaschko immer sehr erfolgreich. Übrige Silberbronze – wohin damit? –, wasserfest, würde direkt noch für altmodischen Kopf, Krückstock und Hündchen der Frau Kommerzienrat reichen, für ihre orthopädischen Knopfstiefel und für ihr rostfreies Herz. Oder (über Nacht, heimlich) für alle Briefkästen in der Straße, für jegliche Schulden, Schuhe, Nasen und Türklinken ihrer sämtlichen Normalbewohner.
Plaschko, der neunundzwanzig ist und die Welt noch nicht verändert hat, geht in den nachgelassenen Garten seiner verstorbenen Tante (wie das Heu riecht, Juni. Bald sind auch die Kirschen reif. Hier mein handliches kleines Fläschchen Tokajer hab ich zurhand), legt sich in die Sonne und denkt drüber nach, was man noch Alles silbern anstreichen könnte, beziehungsweise müßte, das heißt, vorerst denkt er noch nicht drüber nach, sondern stellt sich nur vor, wie er nachher, später im Lauf des Tages (bißchen schlafen, schon wochenlang kaum noch Schlaf), wenn die Sonne dann hoch im Zenit steht – wie er dann vielleicht drüber nachdenken wird.
Einmal, ich weiß nicht mehr wann und wo, ein fremdes Land, eine andere Zeit, Istanbul oder Sankt Pauli: noch früh, wenn ich aus dem Haus trete und die Tür fällt hinter mir zu. Mein letzter Tag hier: wieder schleppe ich mich und meine große alte Reisetasche den schiefen Rinnstein entlang, wohin jetzt? So ein ärmliches Hurenviertel! Mein Schiff geht erst abends und es ist noch nicht einmal Mittag – kann auch sein, das war in Marseille, im Januar. Suff, Depressionen – wie vergiftet war ich, glaubte mich schon verloren!

Und jetzt ist wieder Alles vorbei! Es hat geregnet oder ein Sturm in der Nacht, doch schon leckt der Wind die zahlreichen Pfützen auf, blanke Augen, und alle Augenblick kam wieder die Sonne durch, jedesmal länger und wärmer.
Und da, als ich so die elende Straße entlang mühsam dahinstolperte, ganz desperat und mit zitternden Knien, bergauf und bergab, mit der schweren Tasche – es ging wieder bergab. Ich war mir selbst wie ein trauriges Gespenst – sich wiederfinden! Plötzlich (Stehnbleiben!) eine Fliege oder was es war und mir eben ins Auge geriet, ein Stäubchen, ein biblisches Sandkorn, brennend – stell die Tasche ab! Im Auge reiben, vorsichtig, wie Jesus Christus, nicht gleich die ganze Faust! Wie ich noch so betroffen-bedeppert-geblendet dastehe, unter freiem Himmel, plötzlich ein großes Glücksgefühl, ganz deutlich und stark und unmittelbar. Leben, Aufbruch, fremde Küsten!
Wie der Wind nach Meer schmeckt! (Alle Häuser Ruinen!) Wie behend er die Straße trocknet, kannst zusehn, und mächtige Wolken trieben schräg drüber hin, wassergrau, dann das Licht, kam wieder siegreich dahergezogen. Zeit genug. Geh einen Schnaps trinken, sagte ich mir, und einen Kaffee. Es klart auf! Geh und such dir eine ehrliche Morgenkneipe, wo du hier diese fremde schwere Tasche einstellen kannst bis heut Abend und vielleicht haben sie sogar einen Spiegel für dein erschrockenes Auge, aber es ist ja – Wolkenschatten; das Licht kam und ging –, siehst du, ist schon wieder gut.
Plaschko, wie er mal nachts um drei in München, in einem Park oder in den Flußauen – wo sind wir denn hier? –, bißchen blau seinem alten Weggefährten Johannes (der bis hierher geduldig zugehört hat) begeistert erklärte: Man muß etwas tun, das ist wichtig. Du weißt, ich hab immer an mich geglaubt. (Bald hab ich Geburtstag!) Sie tranken Wein aus der Flasche, badischen, da auf der Wiese. Letzte Nacht, sagt Plaschko, heute Morgen, also gestern, heißt das (wie spät, sagst du, ist es jetzt?), um die gleiche Zeit bin ich mit einem alten belgischen Fernlaster durchs Ruhrgebiet gefahren; Schieferplatten oder was er geladen hatte. Im Nachtwind war er wie ein Gespensterschiff. Der flämische Fahrer hatte eine rote Samtweste an; sein umständliches Deutsch, tausend Wörter, war aus der Zeit der Geusenkriege. Er hat mich bis Friedberg mitge-

nommen. Bist du jetzt müde? Sag, *spürst* du, wie die Erde bebt? Tau fiel; das Erwachen der Vögel. Im Juni braucht man kaum Schlaf. Es fing eben an, hellzuwerden hinter ruhig atmenden hohen Bäumen. Vorher sind wir stundenlang ziellos in der leeren Nachtstadt herumgelaufen, immer tiefer in die Nacht hinein. Das war der Tag, als ich dich zum erstenmal sah!

Achim, er hat mich mal in Hamburg besucht, als es mir schlecht ging. In Wilhelmsburg, ein Zimmer auf dem Dachboden, so klein wie ein Schrank, kein Ofen; Gespenster. Eine Art Grabkammer, es war so eng und so kalt, daß man überhaupt nur halbwegs blau und von Sinnen einzuschlafen vermochte. Als ob du dich tief in dir selbst verkriechst, Namen vergessen, scheintot, eine Ohnmacht zweiter Klasse. Und wir wachten, zähneklappernd vor Kälte, immer schon um fünf Uhr früh auf, ganz verloren, November, draußen ist es noch dunkel, himmelhoch Nacht (das einzige Fenster gen Westen so klein wie ein Waschlappen und kein Stern drin). Mußten uns die Hände, als ob du Eisklumpen auftaust, über einer unfähigen winzigen elektrischen Kochplatte geduldig wärmen, hustend. Wir tranken die Reste aus. Solang die Kochplatte an ist, darfst du möglichst kein Licht machen, sonst fliegt gleich schwungvoll die Sicherung raus. Wach werden! Ich grübelte hinter mir selbst drein, mäandrisch; Achim (Lippen frostblau, seine Mundwinkel zittern vor Kälte) referiert panisch über Nietzsche und Tibet; draußen ist es noch dunkel.

Weit und breit kein Trost. Gegen sieben – auf der ganzen Welt ist mir nichts geblieben! –, nachdem ich hilflos mein ganzes vergebliches Gedächtnis durchsucht hab nach einem einzigen guten Gedanken, einer einzigen tröstlichen Vorstellung oder (wer bin ich denn?) meinetwegen Erinnerung, an der ich mich wärmen könnte (wie an dem, auf dem Ofen erhitzten, tücherumwickelten Ziegelstein, den ich als Kind im Winter, wir waren so arm wie die armen Leute in Märchen, jeden Abend in mein kleines Bett, bevor es davonschwamm, reingelegt bekam, für meine eiskalten Füße), ging ich, machte mich auf den Weg zu dem unbegreiflichen Alteisenverwertungslager. Ein Schrottplatz, ein gigantischer Friedhof für rostende Albträume und irreparable Maschinen, wo ich jetzt jeden Tag von morgens bis abends arbeite, wie verschüttet. Bar auf die Hand dreißig Mark jeden Tag, die wir abends ausgeben.

Es ging uns nicht gut! Achim, eigentlich bloß zu Besuch hier, fand am dritten Tag eine Stelle als Kohlenmann, auch bloß aushilfsweise, angeblich sind wir Studenten. Auf- und Abladen, ohne Ende schwere schwarze Säcke schleppen, ganz krumm und wie blind; Kohlenstaub zwischen den Zähnen.
Jeden Abend warten wir aufeinander, Tagelöhner, todmüde; Tag vorbei. Knochen aus Gußeisen. Bist dir selbst ganz fremd und keine Erlösung in Sicht. Schließlich fanden wir einen Laden, wo die Literflasche Rum, 42%, bloß DM 5,90 kostet, zwei pro Abend, dauernd muß man Zucker kaufen. So viel Grog Tag für Tag! Hoch über der Erde: wir sind dabei, einander unsre verschiedenen Kindheiten zu erzählen, Kerzenlicht, Zigaretten, Schnee rutscht vom Dach, auf der elektrischen Kochplatte der verbeulte alte Teekessel summt ohne Ende. Wer grad mit Zuhören an der Reihe ist, kümmert sich umsichtig um Musik und gießt immerfort neuen Grog auf. Tritt eine Pause ein, lösen wir einander unverzüglich ab: jedes Wort ein Stichwort! Wir wollen so weitermachen, solang es geht, solang es notwendig ist. Es muß möglich sein, Alles zu sagen! Keine Erlösung in Sicht! Van Loos heißt der fette alte Oberteufel dem der Schrottplatz gehört. Eine Perle von Mensch, ein plebejischer Millionär, Riesenhände. Ihm gehört Alles hier und er klaut mir in der Mittagspause sogar noch die letzten Streichhölzer, betrügt mich und Jeden, wo er nur kann. Er fährt einen silbernen Bentley. Herrenfahrerhandschuhe; Biberpelzmantel. Seine Frau hat er direkt aus einer Modezeitschrift geordert, sie heißt Linda International, blond, blauäugig, hauchzarte Sommerkleidchen. Cunnilingus, Philosophiestudium, und in der Mittagspause, wenn er bei keinem Senator eingeladen ist, setzt er sich leutselig zu uns auf die leeren Teertonnen und (drei Transistorradios, Alle sitzen da und saufen massenhaft Flaschenbier) jeder Gelegenheitsarbeiter ist riesig stolz darauf, ihm seine besten Bissen anbieten und abtreten zu dürfen; bitte sehr! Sie entwickeln sogar Manieren für ihn. Er schmatzt, er frißt wie ein Schwein, sehr jovial. (Mit zwölf Gelegenheitsarbeitern à dreißig Mark macht er hier seine mindestens neuntausend Umsatz jeden Tag. An guten Tagen, von denen es viele gibt, das mindestens Fünffache! Er kaut, seine Augen leuchten. Wie er dasitzt und grinst! Er kennt sich wirklich aus!)
Keine Erlösung! Nichts als meine bitteren Morgenzigaretten zum

Trost, kleines rotes Glühfünkchen, das ich andächtig vor mir hertrage, gottverlassen, ein Enterbter. Alle Morgen todmüde! Alle Morgen kurz vorm Ziel: die Pfützen gefroren, Wind löscht die Lichter aus, frostige Frühstille meilenweit und der kalte blaue (arktische) Himmel unendlich. Mich friert! Da entlang! Stacheldraht. Von den Werften die Lautsprecherstimmen klingen vor Tag wie überirdische Drohungen über die Deiche, als ob Riesen dich rufen. Hochwasser; eine fremde kalte, völlig unverständliche Welt! Und es wird heute den ganzen Tag wieder nicht richtig hell werden; bald Dezember.

Ein Schulaufsatz (Wahlthema): Was liebe Kinder in den Ferien tun.
Kindlein, wenn Ferien sinn, fährt Kindlein zur Omi, ja! Mit der Puffpuff-Eisenbahn und unterwegs gibts Schoko-Schokoladi, hmm-fein! Bei Omi, wo sie wohnt is Untenimhaus ein Milchgeschäft und die Glocke macht immer: bimbambim-bambom-bambum! Davon wachts Kindlein am Morgen fröhlich auf und betet geschwind und Liebomi kommt, bringt Kakao. Hmm-fein!
Liebe Kindlein, wenn sie bei die Omi in Ferien sind und sind lieb, setzen sich morgens im Bett auf und trinken ganz artig ihren Morgenkakao, damit schönes Wetter und wie sagt man: Gutmorgenomi! Bittedanke! (Bravbrav!) Und trinken ihren süßen Sahnekakao und essen drei Stück Biscuitplätzchen und sind heute ganzliebe Kinder. Fein! (Bloß die doofen Kinder putzen sich ihre Zähne nicht mit unserer natursüß-geschmackvollen Himbeer-Sahne-Zahnpasta.)
Hach, der Opi, kuckmal der Opi! Opi mit sein Ri-Ra-Regenschirm hängt er da oben im Spinnennetz und ist schon ganz vertrocknet; pfui! Gestern hat er noch gezappelt, wie lustig! Ach, armer-armer Opi, ganz klein und vertrocknet, Gesicht wie Kerzenwachs. Armer-armer Opi!
Der Himmel ist blau, das Wetter ist schön! (Weil Liebkindlein gestern so fein Alles hat aufgegessen, auch den ekligen Abendschleim-puh!) Darf ich heut ins Strandbad und hundertmal Schaukeln und ins Papageiengeschäft und auf dem Esel Wilhelm reiten und Eis essen und und –
Und wo die Lokomotiven sind und wo man ein Groschen bloß oben reinstecken muß und unten kommen viele süße kleine betrunkene

Gummibärchen in allen Farben rausgetorkelt, viele, ganz kleine, zum Auffressen. Omi nickt und lächelt, Ja mein Kind! Ja, wenn du liehieb bist!
»Kommste spielen!« Das Fenster ist offen und draußen fahren schon die Autos: tütüt! tuhuut! (Ausgeschlafen!) Und die Milchladenglocke bimmelt: bimbambim-bambom-bum! (Unten im Haus.) Brave Kinder waschen sich morgens schon ganz allein – Puh, wenn dir dabei mal Seife ins Auge kommt! Omi bindet die fein-neuen Schuhe, Omi geht hin und her, Omi hat heute lauter neue kleine Löckchen aus ganz weißem Schaum, liebe Omi! Darf ich jetzt runter und mir gleich ein Eis kaufen, bittebitte! Ja, mein Kind, doch gib acht auf die Autos! Und draußen scheint die liebe Sonne, das gelbe Krokodil ist eine Straßenbahn Nummer dreizehn und der sanfte hellblaue Morgenwind wartet geduldig im Stadtpark neben dem Theater – ganz weit seidenweich morgengrünblau ist der Himmel. »Nur nicht verlauf dich, Kind!«

Samstagmorgengeschichten (Schluß). »Das Ende der Zeit.« (Wo bin ich?) Eckkneipe im *fahlen* gealterten Tageslicht; Wirt, bleich und gedunsen, glich einer Wasserleiche. Und dort im Hintergrund jene drei Männer, denen wir zweifellos in einer anderen Abteilung der Vorhölle schon einmal begegnet sind. Sie schienen sich verzagt eingefunden zu haben, um geduldig (widerspruchslos) das Ende ihrer Zeit hier abzuwarten, in irdischer Verlorenheit. Ich weiß nicht mehr, wann und wo: draußen Nebel, ein leerer Tag, trübe und grau, völlig unwirklich, zerfließend. Da dein Morgen-Nachmittag-Abendcognac. Und die einzige Wärme die du je finden kannst, ist – wie diese hier – eindeutig morganatischer Art. »Nichts ist wirklich!« (Alles geht ewig weiter!) Wie sie mit leisen Stimmen beiläufig zueinander sprachen, verzagt und gelassen, Schiffbrüchige, die sich mit ihrer hoffnungslosen Lage (wenigstens zeitweilig) abgefunden haben, zu müde, sich noch länger was vorzumachen: kein Wort mehr! Jeder weiß Bescheid.
Oder – dem Ende der Nacht zu – mit Halluzinationen und Wachtabletten allein unterwegs auf leeren Landstraßen und Fließbandautobahnen; wieder Herbst. Mitternacht längst vorbei und ich kann gar nicht mehr so weit zurückdenken, wie ich schon unterwegs bin: auf der Flucht, ohne Schlaf, todmüde-hellwach zugleich.

Gegen Morgen, gestrandet im erstbesten Nachtasyl, eine Fernfahrerkneipe im grellen oder dumpftrüben Lampenlicht, Landkarten, Himmelsrichtungen, viele Stimmen um dich her, während es draußen, fremd und vertraut zugleich, endlos tagt, hinter beschlagenen Scheiben: noch ein Tag, noch ein Jahr; fahr weiter!
Im Zug, im Speisewagen, ein trüber Morgen, ein riesiger leerer Tag, den es zu durchqueren gilt – fing schon wieder an, dunkelzuwerden. Der Verfasser hat im prunkvollen Speisewagen Platz genommen, sitzt schweigend seinem eigenen unbeweglichen (um Jahre gealterten) Salonspiegelbild gegenüber, rauchend, endlos Cognac trinkend aus geschliffenen Kristallkaraffen (die das Licht einfingen, sacht klirrten manchmal zur Fahrt); behauptete hinterher, sich wichtige Notizen gemacht zu haben, ein ganzes Schulheft voll. (Ihr glaubt mir ja doch Alle längst schon kein Wort mehr!) Sieben Karaffen Cognac getrunken. Unzählige Zigaretten. Er und sein düster schweigendes Spiegelbild. Aber wo ist der Tag geblieben?
Die Ländereien des Abends. Als Kind, lange stille Abende unter der Lampe, pflegte ich mir andächtig bunte Phantasielandkarten zu zeichnen, mit Farbstiften, Verheißung, ganze entlegene Kontinente, die unerforscht noch heut auf mich warten, ferne Inseln im Licht, glückliche Archipele, namenlos, und sie treiben jetzt immer weiter davon –
Mein Zug rast der Nacht zu, atemlos-unaufhaltsam, weit in Steppe und Zeit und Ewigkeit – keine Notbremse!

Zeit, Leben, Wirklichkeit bloß ein Gleichnis, Jahre und Jahre ein *vergänglicher* Traum; das war gestern. Weiter, am heiligen Sonntag: sind um elf endlich verdrießlich aufgestanden, müder und mißgestimmter denn je – was jetzt? Ganzen Morgen, ganzen leeren endlosen Vormittag lang deprimiert im Unterhemd rumgesessen und an gar nichts gedacht. Wer rief mich denn? Und die vom Vortag her noch verknitterte (gestern war Samstag) Wochenendausgabe der tristen trockenen Zeitung in den Händen hin- und hergewendet, ratlos, ganz dösig – nimmt das denn nie ein Ende?
Waren nachher beim Mittagessen immer noch nicht rasiert, kennen sich selbst kaum wieder, hadern mit ihrer Seele, haben mit der Frau Streit angefangen, während-weil sie mit voller Lautstärke spülte oder sich über die Kinder – die lieben Kleinen (seit wann sinds denn vier?) – geärgert, die spielten, oder werweißworüber, ist ja egal: falsche Lottozahlen, falscher Lebenslauf, meine unendliche Sonntagvormittagverzweiflung! Mit leeren Händen: warum sitz ich hier? Wo die Zeitung sei oder bliebe? Sonntagsschnaps. Dann nochmal kotzen gehn! Dann noch ein Sonntagsschnaps zwecks Verdauung: Mittagsmahl längst vergessen, lauter Rotkohl, Hühnersuppe und Dessert in umgekehrter Reihenfolge.
Wasserhahn tropft, mein Kopf dröhnt, Zeit besteht aus lauter Sekunden! Wollten es nicht, fingen doch wieder Krach an, wider Willen, wider besseres Wissen, haderten ausgiebig und erbittert mit der gleichgültigen unerschöpflichen Gegenwart, mit ihrem gehässigen Schicksal, und haben sich dann schließlich vor lauter Überdruß und mit überfülltem Sonntagsmagen unsagbar deprimiert nochmal wieder hingelegt (wie hilflos wir sind), diesmal aufs ächzende Sofa: zum Mittagsschlaf, der sie bereits im voraus anödete: Scheißsonntag! Wie die Zeit vergeht! »Wäre meine Wohnung doch endlich ein Grab!« Sonntag, Mittagsschlaf, und nachdem sie stundenlang kein Auge zugetan, weil die liebe Kinderschar – wo sie nur Alle herkommen? Und es werden scheints immer mehr! – zu laut lärmte-spielte-heulte; weil ihnen schwere rostige Schrauben unentwegt im Sinn herumgingen, die Gegenwart, der gestrige Tag;

die angetraute Ehefrau in bedauernswert fehlgeleisteter Sonntagsaktivität – um ihre jederzeitige Dankbarkeit zu beweisen: seit ich befördert wurde, ist unsre Ehe eine glückliche, kann ihr jederzeit unwidersprochen den hübschen Arsch tätscheln und auch sonst – unentwegt besessen mit dem neuen Staubsauger auf Raten herumhantieren muß, heute, am heiligen Sonntag!
Oder, falls wieder Sommer war: weil das unartige Rundfunkgerät asozialer Zigeunernachbarn klangvoll quer über den Hinterhof und durchs offene Fenster ins Zimmer ohne Unterlaß reinplärrte, direkt in dein müdes wehr- und hilfloses Ohr! Immer die gleiche Platte: der Alte arbeitet nie! Immerzu Sonntag! Immer in Hemdsärmeln und Pantoffeln! Auf unsre Kosten! »La Paloma!« Wo sie bloß ihr Geld hernehmen? Und die Leute erzählten, sie hätten nicht mal einen Ofen in der Wohnung drinstehn, Sozialwohnung. Aber für Schnaps hat er immer Geld! Der zahlt keine Steuern! Wenn seine Alte nicht so fett und häßlich wäre, diese triefäugige alte Schlampe, würd ich glatt denken, sie geht auf den Strich. Aber nichtmal das! Sieben kleine Kinder und er arbeitet nie, besäuft sich zweimal täglich: ist jeden Tag schon um elf Uhr früh besoffen und abends um acht oder zehn dann zum zweitenmal. Und jede Nacht Krach! Jede Nacht Krach! Nimmt das denn nie ein Ende?
Sonst immer nur eine halbe Stunde Mittagspause – auf die du dein Leben lang wartest. Friß diesen Tiegel Grütze hier, dankbar, dein nahrhaftes warmes (versalzenes/ – welche Farbe hat es denn dieses Jahr?) Lohnsteuerpflichtigensüppchen! Wasch dir die Hände! Geh den Werksgötzen grüßen! Geh pissen! Freizeitgestaltung! Kontrolliere dein Spiegelbild! Begib dich an deinen Platz zurück – die Ewigkeit wartet! Fertig: Tag ruckt an, Band läuft: kann wieder weitergehn.
Nachdem sie also (die ganze Zeit Sonntag) stundenlang wohlbegründet kein Auge zugetan, sind sie nun spät am Nachmittag, so gegen Abend, enttäuscht wieder aufgewacht, ganz benommen, ganz dösig, müder als je zuvor. Alle Glieder verrenkt, kein Trost. (Frühling rum: falsche Tapeten an allen dreimal vier Wänden!) Sonntagnachmittag. Mit schwerem Kopf und verschwollenen Lidern mürrisch und ganz verknittert (zehn Jahre älter) auf dem Bett- oder Sofarand sitzend rauchen sie verdrießlich eine bittere Zigarette, grübeln verdrossen dem Traum nach –

Sonntagnachmittag. Sonne schon ganz vergilbt. Wie es scheint, zählt sie geduldig und immer wieder von vorn die Möbel im Nebenzimmer nach – gestern scheints beim Friseur gewesen: frischgebleicht, neue Dauerwellen mit Stirnlöckchen. Und während ich schlief, hat sie die ganze Wohnung um- und umgestellt und parfümiert, daß man kaum noch den Ausgang findet! Lange glückliche Ehe, bloß ihr Name – Elisabeth? oder wie? – fällt mir nicht ein.
Und gehen dann früher oder später, schleichen sich ganz entgeistert doch nochmal zur Eckkneipe rüber: Sonntag rum, Sonntag aus und vorbei! Fing grad an, dunkelzuwerden: Mietshäuser, die wie bekreuzigt dastanden (ingottesnamen), ganz entgeistert, wie *blind*! Die leere Sonntagabendstraße – der Himmel gleicht einem trüben Spiegel – und Heiliger Großer Gott: Morgen ist Montag!
Betäubung: hast nicht Jugend noch Alter, sondern nur gleichsam den Nachmittagsschlaf, der beides träumt. Jegliches Erwachen nichts weiter als die pünktliche Fortsetzung eines anderen fehlbelichteten, unverständlichen Traums.

Sonntagvormittage, das Jahr 1904, der alte Mann träumt: Einzelheiten, hypnagogische Bilder, ein Kettchen mit einem silbernen Kreuz, sah es ganz deutlich vor sich und wie es im dämmergrünen Halbschatten seiner Erinnerung zeit-schwerelos hin- und herschwang, dingdong, der silberhelle Klang eines Xylophons das er wo einst sah? Wie er sich als Kind eins gewünscht hat, jahrelang, und wie lang das schon her ist, jetzt. Zwei drei einzelne Töne, die leuchtend dahinschwebten, Silberschlüssel, ein hellblauer Sonntagmorgen, alle Türen und Fenster offen.
Er sitzt im Hauseingang, spielt; er schnitzt einen Puppenstuhl für seine liebe kleine Lieblingsschwester (die ist jetzt in der Kirche). Nach und nach (sobald er erst weiß, wo er ist) stellen sich alle zugehörigen Einzelheiten wie von selbst in seinem Gedächtnis ein, Vogelsang, eine Katze zeigt sich im Hof – ich war sieben. Er sitzt auf der Treppe und schnitzt einen ganz kleinen Stuhl, geduldig, den er später weiß anstreichen will, er hat sich alles schon ganz genau ausgedacht (während alle erforderlichen Einzelheiten sich wie vorbestimmt und nahezu automatisch vollzählig einfinden in seinem Gedächtnis und dort sogleich ihre angestammten Plätze einnehmen).

Seine liebe Mutter, längst tot, da steht sie am Herd und kocht: sooft er sich auf der Treppe zurücklehnt, Kopf im Nacken, sieht er sie in der niedrigen alten Küche kopfüber geschäftig hin- und hergehn. Alles steht auf dem Kopf und sie hantiert kundig mit Töpfen und Gewürzen – fern in der Zeit, umgekehrt, ein vertrautes Bild. Das alte Gesicht seiner Großmutter zerfließt vor seinen Augen wie in einer Bratpfanne voll Fett, die brutzelnden Zwiebeln und Bratkartoffel! Ach Mutter, er schließt die Augen, hört ihre Schritte und in seinem Gedächtnis den sieghaft-hellen Sonntagmorgenklang blitzender Zinnteller hoch am Himmel.

Er schnitzt; da die Katze, wie sie sich im Hof anmutig und verzückt ihren Einbildungen hingibt: wie vor eingebildeten unsichtbaren Spiegeln. Dann wieder sieht er (ein Bild, es steht leise-zitternd angestrengt auf dem Kopf) seine tote Mutter in der Küche hin- und hergehn, in der Morgensonne; schon riecht es nach Sonntagsbraten, Zwiebeln und Speck; alle Türen und Fenster stehn offen, im nobleren Vorderhaus spielt feierlich-gedämpft eine Orgel, sein armer aber ehrlicher Vater liegt noch im Bett, Sonntagsschlaf. Eine Diele knarrt.

Da war er sieben, das Jahr 1904, seine ganze Kindheit ein langer leerer verheißungsvoller Sonntagmorgen in seinem Gedächtnis, Orgelmusik, sonnige Leere – in der Kirche, Schwesterlein, da müßt ihr jetzt euren lieben Gott essen: nicht kauen, nicht lutschen, nicht schlucken, nicht ausspucken! Feines gestärktes Löschpapier, das was fad nach gar nix schmeckt, das du ganz benommen auf der Zunge zergehn läßt. Er sitzt im Hausflur, allein (in dessen beständigem gutem Geruch aus Gips, Stein und Wandverputz, eine Höhle), und schnitzt einen Puppenstuhl. Nachher, wenn seine beiden Schwestern aus der Kirche heimkommen, ist der Puppenstuhl in seiner Hand (sie darf ihn nicht sehn) fast schon fertig. Sonntagmorgen: gleich jetzt wird die Zeit ihren Anfang nehmen! Rechter Daumen und Zeigefinger tun ihm vom Schnitzen weh.

Im Sommer, wenn er mit seinen Freunden baden ging, wenn sie in der Sonne spielten am Fluß, dessen Wasser durchsichtig war im Licht – die Bäume am Flußufer, wie mächtig und dunkel sie dastanden, wenns Abend wurde, plötzlich schon viel zu spät war. Der lange Heimweg dann, durch endlose steinerne Stadtstraßen, die sich in seinem Gedächtnis reihenweise in die Unendlichkeit ewigen

Abends fortsetzen – zeitlebens halb unbewußt bezogen sich alle seine schlimmsten heimlichen Ängste auf Nacht, Kälte, Verbannung, Obdachlosigkeit.
Kindheit, ein versunkenes Zeitalter! Leute standen auf dem Bürgersteig beisammen, vor kleinen Läden und Werkstätten, schauten gelassen aus offenen Fenstern (die Frauen mit bloßen Armen), oder saßen auf den Vortreppen ihrer Häuser, müde-leer-zufrieden, und riefen sich wie in einer fremden Sprache Laute zu, Wörter und ganze Säcke, quer über die Höfe, und Dunkelheit sank in die Straße!
Eine fremde Vorstadtstraße, jetzt heimgehn (da war es schon viel zuspät). Bist noch nie hiergewesen, doch Alles ist dir vom ersten Augenblick an vertraut wie aus einem früheren Leben (Auferstehungen). Der alte Mann träumt, er sitzt in der Sonne, er hat eine Kristallkugel in der Brust, die zu schmelzen beginnt.
Die dunkle Hofwohnung seiner Kindheit. Einst ein Ausflug mit Eltern und Geschwistern und wie er sich später immer daran erinnerte, wie sie alle sich an der Hand hielten und gingen eine lange helle Straße entlang zwischen blühenden Wundergärten. Die Morgenvögel lärmten. Und wie sie nachher zusammen in einem kaiserlichen Wirtsgarten saßen, unter mächtigen Sommerbäumen an langen blanken Holztischen saßen zwischen lauter fröhlichen Menschen und Musik spielte. Da war er vier. Wie müde er war auf dem Heimweg, glücklich und schläfrig in der Straßenbahn auf dem Schoß seiner Mutter vertrauensvoll einschlief und ganz zuletzt, halb im Schlaf schon, als der Tag mit all seinen wunderbaren Einzelheiten noch einmal um ihn zu kreisen begann und mächtig über ihm zusammenschlug und er furchtlos darin ertrank, wie er da noch dachte, jetzt etwas zu haben, das er nie mehr verlieren werde.
Jahre hindurch in seiner Kindheit und Jugend wartet er auf das Ereignis, ein wahres Wunder zur rechten Zeit – es begab sich nie. Eine Lehre als Tischler, dann hat seine liebe Schwester geheiratet, dann (er hat ihr die Küchenmöbel zur Hochzeit geschenkt), dann war er sein Leben lang Tischler, Hochzeit, drei Kinder usw., zwischendurch Krieg. Sein ganzes Leben bloß wie vom Hörensagen und jetzt ist er alt. Er friert, Alles ist gestern gewesen!
Geborgenheit! Die dunkle Hofwohnung seiner Kindheit, zeitlebens

Maß aller Dinge, ihm so vertraut wie sonst nichts auf der Welt. Im Krieg, auf der Flucht, in Lagern, oft im Halbschlaf, zweimal im Leben im Krankenhaus (narkotisiert): immer wieder hat er von dieser Wohnung geträumt. Sein armer Vater war lebenslang Hausdiener in einem teuren Privatsanatorium in ... ach, ich hab den Namen vergessen. Solche Hausdiener gibt es heutzutage nicht mehr. Alle zwei Jahre gab ihm der gütige Gottvater Direktor aus seiner unfaßbaren Höhe herab eigenhändig und persönlich eine neue ehrlich erdiente Dienstmütze; Dank, Anerkennung und Verpflichtung mit Handschlag und Schulterklopfen.
Samstagmittag ging er mit seinem Vater (der daheim die alten Dienstmützen aufträgt) immer in den Garten, jeden sonnigen Samstag im Frühling, im Sommer. Mit einem quietschenden kleinen Handwägelchen voll überflüssiger Utensilien zogen sie, er und sein armer besiegter Vater, wie Bilderbuchgestalten, geduldig als ob dies ihr Schicksal sei fürderhin, ohne Eile (ohne zu murren) durch die leeren endlos langen sonnenheißen Sommerstraßen der Samstagvororte der Jahre 1903-1904-1905. Dort vorn, da im Licht biegen sie um die Ecke.
Sie rasten manchmal am Straßenrand, unter hohen Bäumen: erwartungsvoll sitzen sie auf dem geduldigen kleinen Leiterwagen. Der Vater stopft seine Pfeife, hilflos redend wie zu sich selbst, wobei er immerfort unentwegt starr zu Boden blickt, auf seine Hände oder Schuhe, verlegen lächelnd jeden Satz mit weißt du beginnt und sich dauernd räuspert (nachdem er gehustet hat) – oder schwieg (besiegt); brauchte eine Ewigkeit, um seine Pfeife zu stopfen und dann (nachdem er sich den ganzen Weg drauf gefreut hat) wollte sie nicht so recht ziehen, sodaß er sie immer wieder neu anzünden mußte, ein qualmendes Ärgernis, seine Freude war längst dahin – nichts hat seine Richtigkeit! – und er quälte sich endlos immer weiter damit herum.
Der Garten hieß unser Garten. Wo unser Garten war, dort gab es noch viele Gärten: Glückauf! Eine ganze volkreiche Samstagskolonie zwischen Bahndamm und Fluß. In jedem Garten ein selbstgezimmertes Gartenhäuschen, manche mit schwungvollen Namen; vor fast jedem Gartenhäuschen eine selbstgezimmerte Bank mit Lehne, die meisten sind grüngestrichen. Freizeitgärtner; Einer krempelt sich immer langwierig die Ärmel hoch; Einer zählt den

ganzen hellblauen Frühling hindurch immer wieder seine drei Reihen Salatköpfe, dreimal zwölf. Nachher waren es aber doch nur acht in jeder Reihe. So hat er sich wochenlang umsonst vielzuviel Sorgen gemacht – wieder ein Frühling vorbei! Einer, ein ehemaliger Eisenbahner der seine Mütze behalten durfte (seine Frau ist schon lang tot. Er hat eine Kuckucksuhr in seinem Gartenhäuschen, das seinerseits selbst wie eine überlebensgroße Kuckucksuhr dasteht, geduldige Laubsägearbeit), macht Frühstückspausen genau nach der Uhr. Er sieht aus wie ein würdiger alter Eichelhäher, der nicht fliegen kann. Einer, ein ernsthafter Mann, Werkmeister oder selbständiger Stukkateur, streicht rein zum Spaß viele Arbeitsstunden lang seine alte verbeulte Gießkanne an, mit bester Goldbronze, mit viel Geduld, und pfeift dabei kunstvoll ganze Opern. Musik, die hat er zeitlebens mehr als alles andre geliebt: Trost, Rettung, Linderung, mein trautes Land Heimat hinter den Sternen. Nachher stand die prunkvolle Gießkanne tagelang zum Trocknen auf der Bank und glänzte pompös in der Sonne, eine königliche Gießkanne aus purem Gold! Daß sie ihm dann geklaut wurde – aber das müssen Fremde gewesen sein, streunende Sonntagabendspaßvögel vielleicht, aus der Stadt, die ihren Schnaps mithatten –, das verwand er nie. Einer, der früher zur See fuhr, steht auf den Spaten gestützt, selbstvergessen in den blanken blauen Samstagvormittaghimmel vergafft, schon seit der Zug vorbeifuhr, schon eine Viertelstunde lang reglos da – längst entschwundene Vogelflüge im Auge.
Ganz zu Anfang des Sommers: immer der gleiche lange helle Samstag in der Sonne. Die Frauen, wenn sie beisammenstanden am Zaun (mit ihren zugehörigen Kopftüchern), wischten sich unaufhörlich (und irgendwie schuldbewußt: Freizeit) die Hände an den Schürzen ab, saßen nach getaner Arbeit, ziemlich unbeholfen in ihrem ungewohnten Nichtstun, stundenlang andächtig reglos auf der frischgestrichenen Freiluftbank, Arme verschränkt, angelehnt, wie vor beständigem Schönwetterhäuschen. Ein Bilderbuchsamstag: es regnete nie. Meine arme Tante besaß, als ich klein war, so ein niedliches kleines Wetterhäuschen. Es hing bei ihr an der Wand, unter einem bunten Kranz getrockneter geweihter Fronleichnamsblumen: gegen Feuer und alles Elend! (Gültig ein Jahr!) Sie war abergläubisch und Kriegerwitwe, Weltkrieg eins, Hochzeit

im August vierzehn in Marienbad, Gott strafe England! (Damit ist er in Verzug geraten. Gut fünfzig Jahre sind rum und er fängt scheints erst jetzt damit an: siehe Wirtschaftsteil!)
So viel Jeder, der zu ihr kam, im Namen der Symmetrie auch scherzend sachkundig zwanghaft dranrumrückte, viele Jahre lang, das Wetterhäuschen hing immer ein bißchen schief! Auch wenn der legendäre abgewiesene Freier Freiherr von Rugenstein, den ich, phantasievolles Kind, sowieso nur zu Besuch hier, nie zu Gesicht bekam, seinen Jahresbesuch bei ihr absolviert. Hätte ich wenigstens gewußt, wie ihn mir vorstellen – so spukt er noch heute gelegentlich diffus und großspurig in meinen lebenslangen Zwangsvorstellungen: Coppelius, der Unbekannte vom Ponte Vecchio oder der Enthauptete, ganz heiser, Halsschmerzen, lästerlich fluchend in dieser oder jener Gestalt: altmodischer kühner Trunkenbold zu Pferd; Branntwein und Schwedenpunsch, vornehmes Hinterwäldlergespenst mit Gefolge und altem Namen. Ich glaube, er war aus dem Baltikum! Sie kennt ihn schon seit dem Jahr sechzehn. Jedes Jahr einmal wiederholt er seinen (damit er nicht verfällt) unglücklichen Heiratsantrag aus dem Jahr 1916. Seine Mutter ein göttlicher Opernstar, der entsagt hat. Frauen stürzen ihn in Panik, doch ohne sie kann er nicht leben. Damals im Krieg hätte es eine blitzschnelle Nottrauung werden können – soll das mein einziger Trost sein? Er kam jedesmal mindestens vierspännig angefahren oder auch direkt durch den Kamin.
Irgendeinmal muß ich ihm doch begegnet sein: bei ETA. Hoffmann vielleicht oder (selbst unsichtbar) in ihrem unabsehbaren finsteren Flur, spätabends, nachts: Er mit seiner heruntergebrannten Fackel, die er vor sich hertrug, die ihn, trübrot verglimmend, mit vielen fächer- und fledermausförmig die Galeriewände hinaufgeisternden gigantischen Schatten versah, verzagt stolpernd, sprach leise betrübt mit sich selbst oder (es ist finster genug) einem unsichtbaren Begleiter. Ich war vier, ich stand hinter einer hölzernen Säule und hielt einstweilen tollkühn den Atem an. Ich bin zu Besuch hier, sie denken, ich schlafe längst, oben in meinem kleinen Turmzimmer.

Nachher, vorm Einschlafen, lang noch hörte ich seine feurigen Pferde im Vorhof wiehern und stampfen. Dann hörte ich sie überstürzt (wie verspätet) aufbrechen – es mußten wenigstens sechs oder acht große schwerfällige Planwagen sein, jeder mit sechs, acht Pferden bespannt, zusätzlich zahlreiche Vorreiter, Kuriere, Nachhut usw. (ein ganzes spätes Mittelalter im Aufbruch), und davonfahren. Statt zu schlafen hörte ich jede halbe Stunde die alte Uhr schlagen in der Grabesstille der Dorfnacht, grämlich, trübselig und pedantisch, dumpfes Seßhaftengeläute. (Winter vor der Tür: alle Wege in Dreck und Morast versunken, schon wochenlang.) Wind ums Haus! Noch lang in der Nacht glaubte ich ihr fernes Johlen zu hören und (leiserwerdend, sehr fern schon, jenseits des Waldes) ihre reuig knarrenden Wagenräder, riesige hölzerne Speichenräder und den flüchtigen Hufschlag ihrer Pferde.

Meine Tante wohnte seit 1947 im waldreichen Landkreis Waldeck, in einem abgelegenen Dorf, das – obzwar reich an Feuersbrünsten – spätestens nach dem Dreißigjährigen Krieg völlig in Vergessenheit geriet, eine zugewachsene Rodung (wovon die Bewohner leben, läßt sich schwer sagen. Sie wissen es selbst nicht, der Sprache kaum mächtig). Als langjährige kundige Witwe war sie (um Geld zu sparen für nichts und die Möbel zu schonen, die sie überdauern würden, denn daß sie gesellig war, kann man nicht behaupten) acht Monate jedes Jahr auf Reisen. Sie kam zu Besuch und schloß sich gleich in ihr Zimmer ein.
Diese meine Tante hegte eine Vorliebe für künstliche Miniaturwelten, für gebrauchsfähige Miniatur-Utensilien: Liliputtellerchen, -tässchen und -löffelchen, Öfchen so klein, daß das Feuer ganz zaghaft nur brennt. Wenn ich als Kind bei ihr zu Besuch war, trank ich immer aus einer Tasse, auf der außen ein Kätzchen gemalt war, das mit einem bunten Wollknäuel spielte, meine heiße süße Morgenmilch. Winzigkleine Hühnchen hat sie auch, da im Schrank: aus chinesischem Porzellan. Wenn ich nur an ihre Zwergvölker von Kommödchen und Sekretären denke (von ihrer Handschrift gar nicht zu reden), obwohl ich doch selber erst fünf und kein Riese war – traust deinen Augen nicht: alles ganz echt, alles ein bißchen kleiner als sonst und du kannst es wirklich benutzen. Immerfort auf der Suche hat sie nach und nach ihren gesamten doppelten Witwenhaushalt liebevoll damit ausgestattet, fünfzig Jahre lang, ward selbst immer kleiner dabei, weißes Haar (von allen Blumen am liebsten sind ihr die Veilchen), und ertränkte sich eines Abends, nach einem ganz gewöhnlichen Tag im Frühling im Voralpenland

(im hohen Alter) in abgelegenem namenlosen Seerosentümpel am Rand eines finsteren Abendwäldchens unter abendhellem Schweigehimmel, der einem Spiegel glich – »der allgegenwärtige Blick!« Sie fanden sie erst nach zweieinhalb Wochen, Spaziergänger, ohne nach ihr gesucht zu haben, 1965.

Eine Sanduhr in der der Schnee *fällt*, unentwegt, sacht und gleichmäßig, draußen ein stiller Abend im März, und in der Dämmerung, in einer Pause des Regens, singt eine Amsel.
»Wie doch die Zeit vergeht!« Ein langer Tag Sonnenschein. Redend standen sie beim Zaun beisammen. Wir sind in Deutschland. Zu jedem Garten gehört selbstredend ein Zaun mit Türchen. Alle haben – wie Robinson Crusoe (Palisadenkomplex) – viel hellblaue Freizeit Phantasie Material Nägel Zeit und Mühe auf ihre ernstgemeinten Zäune, Türchen und Balustraden verwendet, pfundschwere Vorhängeschlösser, echte Türgriffe und rostige Riesenriegel mit zugehörigem schrägem Vordach aus Blech, angenagelt, bieder und verrückt!
Irgendeinem seien vor gar nicht langer Zeit – kaum ein Menschenalter; wer zählt schon hier draußen die Jahre? – mehrere nahezu neuwertige Erbbohnenstangen, sowie die unentbehrliche Hausvogelscheuche, deren warmes Gewand oder ihr als Brennholz brauchbares trockenes Skelett, gestohlen worden – direkt vom grünenden oder verschneiten Gemüsebeet weg! Und wenn du nur lang genug herumkramst, wird sich zwischen all dem übrigen Gerümpel auch noch eine wahre Wintergeschichte von ruchlos aufgebrochenem Gartenhäuschen weiter hinten in deinem überfüllten Gedächtnis finden; lauter Unrat, aber der betreffende bedürftige Landstreicher hat sich natürlich nur die besseren Teile der (frierenden) Vogelscheuche zum Wechseln mitgenommen und ist längst glücklich über alle blauen Berge!
Redend standen sie beim Zaun beisammen (irgendeiner hat immer die größten Kürbisse) oder trafen sich mit ihren langjährigen Gießkannen und rostfreien Gesprächen in sonniger Gegenwart Alle da beim Brunnen.

Der alte Mann sitzt in der Sonne, döst, träumt, Vögel singen. Seine Gedanken (nachdem sie lebendig vibrierend alle Glieder durch-

strömten) geraten unwiderstehlich ins Fließen und sein Bewußtsein beginnt gleichsam zu *flimmern*, Singvögel, Stimmen in seinem Gedächtnis, Zeit und Ewigkeit, Alles fließt, eine Art Auflösungsprozeß, physisch spürbar, als werde er immer durchsichtiger, ausrinnend, zerfließend, nur noch Astralleib, eine Art Auflösungsprozeß da auf der Bank in der Sonne, Mittag, die Ewigkeit, wir werden Alle sterben.
(Samstagabend ist die Eckkneipe eine Familienkneipe!)

Sonntagabend, aller Tage Abend. Nachdem sie zuvor (neue Saison, Kasten Bier auf dem Fußboden griffbereit vor sich, in Reih und Glied die handlichen Flaschenhälse) die erregende Direktübertragung eines langerwarteten Länderspiels (im Fernsehn, Eurovision) miterlebt und sich dabei in Pantoffeln (letzter Schluck: nächste Flasche!), in preiswertem Fernsehsessel, auf geduldigem Familiensofa, halbwegs glücklich erregt haben:
Sportsgeist! Pokalspiel! Gegnerischem Verteidiger Herkules Zwo gehörig die infamen Knochen zusammengetreten! Torwart Ball-in-die-Schnauze! Freistoß! Oder in den Magen: das bombige Leder! Die Fresse poliert! Bolschewistischen Schiedsrichter nach fairem Spiel heulend gelyncht und in Fetzen gerissen etc. Bunte Fahnen, dichtgedrängt! Karten im Vorverkauf schon wochenlang ausverkauft! Nur noch auf dem Schwarzmarkt, zu Phantasiepreisen. Und – Vorsicht! – eilige Fälschungen aus dem Vorderen Orient.

Ein bislang unbescholtener 62jähriger Obsthändler aus Ffm.-Bonames schlug seine Frau Elisabeth, 56, mit einer Axt tot, Samstagabend: um das sonntägliche Endspiel nicht zu versäumen. Andernfalls wäre die leidige Silberhochzeit draufgefallen: 25jährige Glückliche Ehe. Jetzt ist er ganz plötzlich Witwer. (Beerdigung nach drei Tagen, da war das Fußballspiel längst vorbei: Heut bleibt mein Laden zwecks Trauer geschlossen!) Er hat im *dämmrigen* Hinterzimmer ächzend auf einer geschäftlichen Obstkiste Platz genommen, ratlos, betrübt – sein Rheuma –, und schon fing er an zu bereuen: Menschenwerk!
Ganz plötzlich Witwer, da liegt die Axt, und die gesamte Verwandtschaft will nichts mehr mit ihm zu tun haben. Kinder keine. Und das Geschäft geht auch immer schlechter. Die Einnahmen bleiben Jahr um Jahr die gleichen, also bleibt mir – je teurer das Leben wird – immer weniger, und das Gesindel von Kundschaft wird immer anspruchsvoller; freßt großmäulig meine faulen Bananen, ihr überreifen Hunde! Ach, am liebsten nähm ich mir den

Kopf von den Schultern und legte ihn beidhändig-sacht da zwischen die angematschten Blumenkohlhäupter, ganz verwelkt schon. Hör doch auf jetzt endlich mit deinem Geseibel!
Direktübertragung. Die geifernde Erregung des talentierten Rundfunkreporters; er kreischte, keuchte und heulte sachkundig anderthalb Stunden lang, als sei er von Sinnen! Wie Alle schon Tor, Tooor schrien und der Ball dennoch langsam und gehässig ins Aus kullerte – vor Aller Augen: aus! Sonntag, die geile hechelnde wogende Menge. Die Sonne kam durch. Der Ball, steil emporgestiegen, drehte sich in der Luft, Bewegung, die ganze Menge holt einhellig Atem, die kleinen bunten Gestalten dort unten auf dem markierten Spielfeld kehrten um und rannten (wie zu Demonstrationszwecken, eine Lektion projektiver Geometrie), von zehntausend Zurufen angefeuert (und es war dieser heutige Nachmittag und wurde in nahezu allen Deutschen Wohnstuben unvermittelt zur zeitgenössischen Ewigkeit; Direktübertragung. Jetzt atmen wir Alle im Takt), rannten von neuem hinter den fliehenden Wolkenschatten her, wie auf einem Bild. Alle haben sich von ihren teuren Plätzen erhoben, vergessen was gestern und morgen, schreien und winken! Vogelperspektive, ein einig Volk von, ein Meer von Fahnen, Wochenschau, zehntausend Zuschauerfressen Kopf an Kopf auf allen Rängen.
Wie bei einem mitreißenden Erdbeben. In der verödeten Innenstadt wurden derweil bessere Juwelierläden sachkundig ausgeräumt. Abtransport mittels Möbelwagen, gut organisiert. Sie nahmen nur das Beste vom Besten, und seither fehlt jede Spur.
Fußballwetter. Nachher wars halb fünf. Erstmal pissen, dann noch ein Schluck Bier, jetzt ganz schal. »So kurz die Zeit, dann ewig Vergessen!« So ein Pech wie das zwote Tor! Friß noch eine Handvoll Erdnüsse, Sonntag so gut wie vorbei. Im Fernsehn jetzt (als solle man Samt fressen) die feierliche zwölfte Fortsetzung eines (jahrelangen) Referats über frommen Orgelbau im klerikalen Spätmittelalter. Noch lang bis zur Tagesschau, auch kein Krimi heutabend! (Geh kotzen!) Stell doch den Kasten ab!
Nachher in der Eckkneipe, abends, quatschen Alle davon, daß der gegnerische Mittelstürmer Mättchus (oder hieß er Dijanschello? Mit seinen unerlaubten Flügeln, die der Schiedsrichter nicht hat gesehn haben wollen; jetzt ist er tot, geschieht ihm ganz recht): der

hätte also die ganze Zeit heimtückisch im verbotenen Vakuum Abseits drinrumgelungert, ganzes Spiel durch, die dumme Sau! »Noch ein Bier!« Sonntag vorbei. Wind kam auf.
Und wie er, und wie dann das zwote Tor, das hab ich schon vorher, und wie, noch ein Bier, noch eins, her damit, nachher der, dieser, Schaum vorm Maul: Prost! Und wie gleich nach der Halbzeit, Spielverlauf: daß man auch bloß Keinen verwechselt. Alle sind sich mal wieder wortreich einig, und Jeder weiß Alles besser und Alle kennen sich aus. Jeder muß seinerseits nochmal ganz genau erzählen erklären erläutern bequatschen und analysieren: wie Alles lief, war, kam, sich begab, stattfand, gewesen ist. Sonntagabend: Zeit vorbei! (Stimmen!) Jeder hats ganz genau gesehn! Noch ein Bier! Sonntagabend, spät: Wind war aufgekommen, Wind – und am Montagmorgen, als zum erstenmal alle Pfützen gefroren und ein eiskalter Wind durch die finsteren leeren Frühstraßen fegte (wieder Oktober: »Wir werden nicht wiederkehren!«), da kamen sie Alle mit Zeitungen zur Arbeit. Während es stundenlang qualvoll vergeblich tagt: Scheißfrühschicht!
Sonntagabend: Alles wie immer (wie nie gewesen), die Jahreszeiten, unser ewiges gestern und morgen, es ist Abend, Lampenlicht, du machst in der Küche (hinter offener Tür) belegte Brote zurecht, kurz vor acht, hast schon oder wirst jetzt gleich zerstreut mit der (wie immer) tolpatschigen Brotschneidmaschine schimpfen, wo der unzuverlässige Salzstreuer wieder rumstreunt. Die Kinder schlafen. Hund haben wir keinen. Gegen das Wetter ist ausnahmsweise mal nichts zu sagen. Die ewigen Nachbarn Neumann sind zur Zeit verreist. Und jetzt im Moment magst du deinen übertragbaren Ärger nicht auf mich abladen. Oder weil die Kühlschranktür wieder klemmt, wie gewohnt, auch wenn ich dich bis zum Wahnsinn liebe. (Sie klemmt schon seit drei Jahren.)
Herr Georg F., 36, Vorarbeiter – warum ist mein Leben so, daß ich, jedesmal wenn ich zur Besinnung kommen könnte, hier im Sessel sitze, in diesem Zimmer, das mich nichts angeht, abends, schlecht rasiert, müde, Kragen kratzt, und dieses infame billige Rauchtischchen da mit seinen lächerlichen konischen Spreizbeinen bleckt mich unentwegt an, nierenförmig, bis ich mich endlich nachdrücklich räuspere, gegen meinen Willen, wie einstudiert, und mir immer noch eine Zigarette anzünde. (Und weiß ganz genau,

daß ich einst an Lungenkrebs sterben werde, todsicher, röchelnd, qualvoll krepieren!)
Schon seit Jahren (kannst dich stundenlang räuspern und vergeblich räuspern): Alles ist immer so und keine Erlösung in Sicht; sogar wenn ich wüßte, was richtig ist, gäbe es keinen Ausweg.
Endlos in der biederen blöden Programmzeitschrift blättern, von hinten nach vorn und zurück, wachsenden Ekel genußvoll auskostend, auch die Anzeigen gründlich lesen, stun-den-lang! Wenn du arbeitest, ist deine Freizeit sowieso nichts wert, wie Diebesgut. Dein lachhaft ehrliches Gesicht auch nicht, genausowenig Schlaf, Gedanken, Mahlzeiten. Alles wie untertage: verlorene Zeit, nicht genug Luft.
Weißgott, wo der Sonntag geblieben ist oder (heiliger gütiger Himmel) waren wir malwieder bei den lieben gutwillig-störrischen Schwiegerelterchen, die von Rechts wegen (aber nein, was ihr gleich wieder denkt!) in eine abgelegene gestrige Laubenkolonie gehören, eine Art Freilichtmuseum aus dem Jahre 1904, sehr idyllisch, geschlossene Anstalt, Sonntagsvitrine, ihr eigener überdimensionaler Vertikoaufsatz, und da (Mumien, in Wahrheit längst tot, »Ein Lieben der Pflichterfüllung!«) ihr altmodisches bißchen »Glück« finden könnten. Sonntag: saßen, weil sonntäglicher Besuch da, die ganze Zeit wie Stoffpuppen auf dem Sofa, aneinandergelehnt, als seien sie (aus dem Jenseits) sozusagen bei sich selbst zu Besuch. Sie teilen sich in ihrer Altbau-Sozialwohnung sparsam ein Achtel Leben, viele konfuse Inflationserinnerungen, Treu und Redlichkeit, und einen prächtigen ausgewachsenen Magenkrebs (für den die Sozialversicherung nicht mehr und Kirche und Wissenschaft noch nicht zuständig sind), die Ärmsten – sind aber zum Glück sehr religiös und seit vielen Jahren in preiswerter Sterbekasse. Kleine alte Leutchen: bescheiden, auch schon recht wunderlich, und werden einander jetzt rapid immer ähnlicher. Saßen wie Stoffpuppen auf dem *erbleichten* Sonntagssofa, Stoffpuppen mit Knopfaugen. Ab und zu kippen sie seitwärts von ihrem Sitz, nahezu lautlos – das macht nichts. Hebst sie auf, klopfst proforma imaginären Staub ab, unter beständigem gutem Zureden, und setzt und zupfst sie geduldig wieder zurecht, na also! Gespräch oder beiläufiges Schweigen von vorhin können fortgesetzt werden.
Ja, ein langes glückliches Leben, wenigstens nachträglich. Falls sie

nicht ohnehin längst tot sind, dann kann man sonntags reuig an ihr Grab spazieren, Blumen gießen, wenns nicht regnet – »Wir werden Alle sterben!«

Oder von wegen sonntäglicher Abwechslung samt Gemahlin bei langjährigem Arbeitskumpel und dessen Frau Gemahlin mal wieder zu Besuch, folgendermaßen: erstens sehr glücklich und entspannt mehrere teuer bezahlte Sonntagsschnäpse getrunken (nacheinander), im Rühr-mich-nicht-an-Wohnzimmer, das war wie ihr eigenes, ihr ganzer Stolz, bloß ein andres Gardinenmuster. Aber bei uns ist Alles viel schöner! Und so ein niedliches kleines Dingsda, so ein Blumentischchen, das kriegen wir auch noch, Elise! Und saßen zwotens feierlich ihre Zeit ab, wie in einer Vitrine. Sonntagnachmittag: saßen wie Stoffpuppen auf dem Sofa, sie auch. Stundenlang (erstens-zwotens-drittens) ungewohnt-untätig rumgesessen, jaja gesagt und genickt und ab und zu einen Schnaps gekippt, noch einen, und händereibend – wie gehts denn weiter? – sich wieder und wieder ratlos umgesehn.

Viertens: wie solls denn weitergehn? Der Nachmittag nahm seinen Fortgang. Ab und zu schlug eine Uhr. Nahebei, auf der stillen Sonntagnachmittagseitenstraße, unter offenen Fenstern, spielten glückliche Kaba-Kinder.

Das Wohnzimmer war wie ihr eigenes, nur irgendwie andersrumseitenverkehrt: Rauchtischchen-Blumenständer-Fernsehleuchte, lauter Sachen die niemand braucht, die in jedes behagliche Heim gehören, weder nützlich, noch schön, aber preiswert. Artikel, Waren – nicht Gegenstände, Gebrauchsgüter, Nahrung, Speis und Trank, Leben, lebenswichtige Schönheit, sondern austauschbare Symbole, teure Trostpreise, Attrappen mit denen du deinen frustrierenden Alltag hoffnungslos aufputzt, ein öder Traum, Hunger und Durst lebenslang ungestillt. Fünftens: ein Loch in der Zeit! Alle wischen sich sechstens den Mund, Jeder wischt sich siebtens den Schweiß von der Stirn – kann sein, es war wieder Sommer! Kann auch sein, daß sie achtens dasitzen und Skat spielen, breitärschig, Flaschenbier saufend, oder Rommé Bridge Canasta, Eierlikör und Birnenschnaps. As ist Trumpf, du Schellenkönig! Wie lang meine – war sie blond? Wasserspülung. Na endlich! – Herzdame heut wieder aufm Klo hockt? Vielleicht ist ja neuntens wiedermal Olympiade, Schaltjahr, oder statt des epochalen Fußballspiels fand ein Welt-

klasse-Boxkampf statt. Alle gröhlten, was das Zeug hielt, Publikum, Flutlicht, und in den Pausen lecken sie sich Alle eifrig-gierig die zugehörigen Lippen. Jedesmal wenn der blutüberströmte Stier ausgezählt werden sollte, erhob er sich nochmal wieder, mühsam schwankend, und stand schwankend aufrecht – im Ring, geblendet. Weiß er noch, wo er ist? – und buckelte instinktiv wieder seine krampfhafte Abwehr- und Kampfgebärde, Flutlicht. Das Publikum gröhlt. Die Arena blutüberströmt. Alle hocken befangen zu Stuhle und halten die Luft an und dösen. Daß sie stundenlang würfelten wie behämmert! Oder ganz blödsinnig Siebzehn-und-vier spielten, um Geld oder nicht um Geld. Ist ja wurscht. Sonntagsvergnügen. »Uns gehts gut!« (Ab morgen Spätschicht!)
Die zwo Frauchen da aufm Sofa riskieren derweil sehnsüchtig-lüsterne Seitenblicke in neueste Glanz-Pracht-Versandhauskataloge, strapazierfähige Pelzmäntel, Nachthemden und Bikinis, welche Haushaltselektrogeräte die besten und welche Kochtöpfe-Bettvorleger-Gardinenmuster gerade in Mode sind, Tapeten, die die Welt verändern, und kriegen trotz zweistimmiger damenhaft melodischer Proteste jetzt noch erstens je ein Li-körchen. Marsch: Ausgetrunken! Und wehe sie widersprechen: muß dir wohlmal-wieder elftens (so weit sind wir schon?) gehörig die Hosen strammziehn, sagen sie dann Jeder zu ihren süßen kleinen Sonntagsfrauen, atemlos, die Herren Ehemänner in Sonntagsstimmung und Hemdsärmeln, und lallen schon ein bißchen, ganz atemlos, sonntagsgeil: dir die zartrosa Spitzenhöschen wiedermal strammziehn? Und lachen lüstern, haben ihre Schnäpse gekippt und die Lippen zu endlosem unbeholfenem Lächeln gelüftet, gutwillig auch von der Arbeit erzählt, wies da so zugeht und so: Was unser Hochofen ist, der heißt Hinrich Zwo und ist ein Mordskerl. Eisen wird geschmolzen. Rote Glut; Feueratem. Wenn die Sirene schließlich Schichtwechsel-Feierabend jault, sehr fern, dann sind all deine Glieder, Kumpel, so steif, spröd und schwer wie Gußeisen. Und die Sonne, fern im Westen, ist eine schäbige Kupfermünze, bevor sie und der Tag, die Stadt, dein Leben, die Wirklichkeit, in Rauch Staub Dunst und Abend unwiderruflich versinken; Tag vorbei. Hör zu: allabendlich ein dummes Grinsen vorsorglich-sorgfältig in das fettige Frühstückspapier vom heutigen Vormittag reingewickelt, heimlich nach Hause zu tragen (Heimwege): und dann eines Tages, eines schönen

Tages, das ganze Betriebsklima bei sich daheim im Wohnzimmerbüffet (Kirschbaum poliert) zu haben – das wäre etwas! Oder schmeiß eine Bombe! »Einst wird kommen der Tag!«
Abend, Sirene jault Feierabend; wir haben Eisen geschmolzen. Schichtwechsel. Die Sonne eine Kupfermünze, fern im Westen. Bist so müd, Tag so fern jetzt und jedesmal, wenn du durchs Tor gehst (todmüde, taub, betäubt, Sirene und nachfolgende panische Stille noch schmerzhaft im Ohr), jedesmal dann schmeckst du einen fremden kalten Metallgeschmack im Mund. Zehn Jahre eher sterben!
Alltag: Zeit wird verzinst und gemäß Dauerauftrag von Amts wegen fristgerecht abgebucht, Alles hat seine Ordnung und Richtigkeit. Du kommst jahrelang nicht zur Besinnung, Niemand ist zuständig, Alles geht ewig weiter und deine Sonntage an der fünfzehnten, sechzehnten usw. Oberwelt sind, einer wie der andre, siebzehntens pünktliche Fortsetzungen eines achtzehnten öden Traums, mit dem du neunzehntens genausowenig zu schaffen hast: Alles so fremd und (zwangzigstens) unverständlich, als ob es schon lang her sei, weit weg, und im Grunde geht dich das Alles (wie die Zahl einundzwanzig) nichts an. Verzweifelt: wer bin ich denn? Keine Berufungsinstanz. Lauter nicht-zu-leugnende Wirklichkeiten, fortlaufend numeriert: ein öder Traum! Aber wie kommt das Alles zustande? Irgendwer muß doch dafür verantwortlich sein!
Oder sind stundenlang gutwillig in wohlgeordneter sonntäglicher Schreberlandschaft herumspaziert (maßstabgerecht), sonntäglich gewandete Wanderer, Einzelgänger, die sich als Lustmörder ganz gut machen würden, und ganze Gruppen, Familienausflüge, ein Dutzend taufrischer Bräute erster Wahl im neuen ostereierfarbenen Versandhauskostüm (weil: Pfingsten steht vor der Tür; Himmel frischlackiert. Meine Braut heißt Gertraud, sie ist von Montag bis Freitag Auslandskorrespondentin und schläft nur am Samstagabend mit mir. Ganze Woche über besteht sie auf Unschuld, Erfolg im Beruf und christlicher Brautnacht. Und daß wir mit vier oder wieviel Schimmeln (manchmal sind es auch zwölf) von der alten Paulskirche zum dreckigen Hauptbahnhof fahren, egal was es kostet, meinetwegen. Die Woche über verkauf ich bei Fixum und Provision fabrikneue Automobile und fahr nicht schlecht bei. Sie verdient auch ganz gut (Fünf-Tage-Woche). Heutzutage kanns hier

ja Jeder zu was bringen, wenn er will. Wie ich noch Lehrling bin gewesen, da hab ich seinerzeit oft gedacht, es wird nie aufwärts gehn und blutrünstige Dynamitträume und heiße bittere Tränen heimlich im geschäftlichen Heizölkeller, aber jetzt: sie ist blond und sehr eigensinnig und immer tiptop und sehr sexy, meine kleine Braut! Ob ich sie bis zum Wahnsinn liebe? Na klar! Aber immer! Und ihre beschränkten alten Elterchen haben eine altmodische kleine Bierkneipe, wo man (fünf Treppen hoch, ausgetretene Steinstufen) auch mehr draus machen könnte. Tür knarrt. Man muß mit der Zeit gehn: das Geheimnis des Erfolgs! Klar: sie sind bißchen beschränkt, aber mich als Bräutigam können sie ganz gut leiden, weil ich seriös bin und trotzdem smart, ganz schön smart! Immer in der Schwebe, und mich zu benehmen weiß. »Seit ich ausgelernt habe, bin ich ein Erfolgsmensch!«)
Einer, der mit Jägerhut, Normschutzbrille und abwaschbarem Bestimmungsbuch (Kosmos-Franck, Stuttgart) alle Sonntage durch die sonntägliche Natur stapfte – Gummistiefel bei schlechtem Wetter, jeden Sonntag, Natur –, und entschieden nickend jedem Halm sagte, wess Geistes heimliches Kind, wie er heißt: Schachtelhalm der bist du, du ordinärer Spitzwegerich usw., und sie nickten ergeben, ganz staubig, Spätsommer. Von amtlichen topographischen Karten ist er enttäuscht. Auch den Käfern, Vögeln und Bäumen nannte er dero Namen, du Würmeling, hieß Heribert Knopf, später H. Oberknopf, Einkaufsleiter, hatte Foto und Feldstecher stets mit um den Hals, in Etuis, stets auf Trab, und auch eine Brotzeit jeden Sonntag, Leberkäs und Mentholservietten – er stammt aus Thüringen (wo der Löwensenf?) – alle seine leiblichen Kinder sind ihm längst entlaufen! Was sein verinnerlichtes Über-Ich ist, hochgewachsen, klopft alle paar Wochen mal auf den Tisch, aber gehörig, und dann läuft er wieder in der Spur; »Spaziergänge!« Schon seit Jahren nimmt er sich immer wieder vor, mal ein ganzes Wochenende komplett zu verschlafen, aber sein Pflichtbewußtsein macht ihm da immer wieder einen Strich durch; na: andermal!
Sonntag: ein dauerhaftes atlantisches Hoch! Ganze Karawanen, lauter vollbesetzte chromschnauzig-grinsende Viertakter in aktueller Zweifarbenlackierung, glotzäugig, Ende der hiesigen Fünfziger Jahre, lauter bessere Leute (gerade als die wohlfeil-eleganten Weißwandreifen auf dem Kontinent groß in Mode kommen sollten, alles

ist vorbereitet, da waren sie ganz plötzlich passé. Hinter den Scheiben ein Kopf am andern; Familienausflüge. Wie sie da gemächlich dahinschaukeln, Sonntag-Zeit-Welt passieren lassen, ein Panoramafilm, den es pausenlos gehässig zu kommentieren gilt: Jeder gafft! In fünfzehn Jahren haben wir hier, längst ferngesteuert, eine Welt für Autos. Gestern ganzen Nachmittag im fröhlichen Familienkreis frischgeputzt und gesalbt und poliert. Nachher gegen Abend selbst noch gebadet. Was jetzt? Freßt gleich gierig eure mitgebrachten Imbisse auf, pflichtbewußt, und schert euch dann blitzschnell zum Teufel! In Schweden, im Norden, zwischen lauter unberührter Natur ohne Kneipen, sind Tankstellen und Supermärkte beliebte Sonntagsausflugsziele.
Beschwörungen: Jeder hat seine Rolle satt! Himmel wolkenlos, oh Erdenschwere! Kopf so schwer, Alle sind ratlos und erschöpft. Wie schön wäre es, jetzt Pirat zu sein, in fernen chinesischen Meeren. Gras ganz staubig, alle Blumen ließen die Köpfe hängen, ein schwefelschwarzviolettes Gewitter zog auf oder ließ lila und preußischblau auf sich warten. Und die sonntäglich aufgeputzten Spaziergänger, das Grinsen ist ihnen längst vergangen, trotteten kopfhängerisch hintereinander her mit bleischweren Gliedern und ausgetrockneten Kehlen verzagt die staubigen Sonntagspfade entlang, bergauf und bergab.
Schreib einen Schulaufsatz: »Mein Idiotischster Sonntagsspaziergang!« Mindestens vier Goethe- und Schillerzitate, nicht mehr als zwei Seiten. (Wie dein lieber Onkel Willy, der werktags bei der Deutschen Bank arbeitet, zum drittenmal stolperte und dann unvermittelt zu delirieren anfing und mit rollenden Augen und heraushängender Zunge auf allen Vieren weiterkroch: seine Sonntagsanzugsjacke, die er zuvor stundenlang mißmutig über der Schulter trug (Brieftasche drin), lag als deutliches Häufchen Unglück hinter ihm auf dem Weg, wie eine abgestreifte vormalige Existenz – und er wird sie nie mehr brauchen – und er kroch und kroch, in Hemdsärmeln und mit Schlips und Kragen, Hose schon ganz staubig, noch weit bis nach Haus – er ist zwoter Kassierer!
Erinnerst du dich? Einst ein anderer Sonntag: Ameisenhaufen im Schatten eines Waldrandes, senkrechte Fichtenstämme, rotgolden und schlank im schrägen friedlichen Nachmittagslicht: vier Uhr, die Sonne wandert gemächlich den Himmel hinab. Wildblüten

oder Butterbrotpapier oder beides – transparenthell-zerfließende Farbtupfen oder Mottenlöcher im magischen Bildteppich meiner Erinnerung – arglos blühend im ruhigen dämmrigen Halbschatten, dauerhaft leuchtend im retrospektiven schrägen Nachmittagslicht, zwischen senkrechten Fichtenstämmen, leere weiße Flecken (wie auf einer Landkarte der Verheißung). Ich weiß wirklich nicht, wer sich aus welchem Grund insgeheim immerfort an meinen heiligsten Erinnerungen zu schaffen macht und zu welchem Zweck unautorisiert kunstlos dran herumretuschiert.

Es war unser Sonntag, der hier still und friedlich zuendeging (der Sommer wird ewig dauern). Wir gingen nachher ans Wasser, wo der Abend wartet, unser schaukelndes Boot. Keine Flaschenpost angekommen, nicht eine einzige! (Wir sahen gleich nach – warum glaubst du mir nie, obwohl ich – schlimm genug – Alles schon immer im voraus weiß, doch ja: das Gegenteil auch. Sind diesen ganzen langen Tag in der Sonne gewesen, zusammen, du und ich, tranken Wein und natürlich (wie es meine Art ist) geriet ich ins Schwätzen, mit vollem Herzen: hab dir mein halbes Leben erzählt, soviel Liebe! (Mein Leben hat viele Hälften.) Jetzt ist Abend. Unser Boot – falls es einen Namen hat, hab ich ihn vergessen –, am Ufer festgemacht, treibt sachtschaukelnd auf dem bleichen Wasser, das ist wie Silberfolie; es wird kühl. Ufer hüllt sich in schattiges Schweigen. Komm jetzt, du Sonntagskind!

13

Sonntagnachmittage, Sonntagnachmittagsspaziergänge, längst Spätsommer: Licht schon ganz streifig, begann endgültig zu *vergilben*. Ein Ausflugslokal, zweihundert Leute auf störrischen Gartenstühlen, die im (fernen) April alle frischgestrichen wurden, von Kopf bis Fuß, buntgemischt – zähl sie nach, wenn du Lust hast: zwohundert Stück! Denk dir blitzschnell und skrupellos passende Herdenschicksale dazu aus – doch verteilen laß mich sie: zweihundert! Hast du d i c h mitgezählt? Also gut: nachher war (so viel wir auch zählten) ein Mensch nichtsahnend zuviel, welcher ließ sich nicht feststellen. Und zwanzig Millionen Mücken in der Luft, tanzend. Tanzend im ewigen späten Nachmittagslicht dieses (heutigen) Spätsommersonntags, der nie zuende gehn wird (und von jetzt an wird nie mehr April sein, nie mehr Nacht oder Morgen, kein Schnee mehr, nie mehr Juni), tanzend – keine Mücke überlebte ihren Sommer!
Obstkuchen mit Schlagsahne, Kaffee und Kuchen, die konsumfreudigen Sommerfliegen, ein schöner Sonntag. Äppelwoi, kühles Pils unter Bäumen, Speiseeis, viele friedliche Nachmittage, sonniger schattiger Wirtsgarten, abends belegte Brote, abends werden bunte Lämpchen angeknipst, ganze Girlanden, die hängen sachtschwankend von Baum zu Baum. »Zum Kühlen Grund.«
Kann sein, daß die Kneipe »Zum Kühlen Grund« heißt. Wenn hier Wasser wäre, Fluß Teich Tümpel Talsperre Binnensee, dann gäbs hier auch einen Bootsverleih, klar! Einnahmen mittelmäßig, bei Hochbetrieb phänomenal (Kaufleute lügen)! Die Boote wären rotgrün-gelblauweiß und zahm und geduldig und würden (mit ihren speckigen Sitzbänken) Möwe I, Möwe II, Möwe III usw. heißen. Vor dem Bootssteg ein Schild: Betrunkene und alleinstehende Kinder haben keinen Zutritt! Alle Beschädigungen schadenersatzpflichtig!
Bootsverleih: Inhaber ist der Wirt, sein Bootsknecht war früher Matrose. Er pennt da im Schuppen, er hat ein Kofferradio, er heißt Hein, er hat eine eigene Kapitänsmütze. Hein eins: gestern Abend ist er in der Stadt gewesen, »Landgang«, und heut hat er ein fri-

sches Hemd an und prunkt mit faustgroßen Manschettenknöpfen, die das Licht einfangen! Die hat er sich selbst seinerzeit mal direkt aus Indien mitgebracht. Wenn du seinen Feinden hingegen willst glauben, so ist er nie über Sachsenhausen hinausgekommen. Seine Tätowierungen, heißt es, stammen aus dem alten Knast Preungesheim.
Er trägt löchrige Tennisschuhe, säuft ein bißchen, raucht Pfeife, spuckt zielsicher auf bis zu vier Meter Entfernung. Seine Feinde sind lauter Lügner! Aber er spuckt und trifft auch gegen den Wind! Seine Tage in der Sonne sind lang und gleichen einander, die Boote kennen ihn schon und in Wirklichkeit gibts hier nämlich gar keinen Bootsverleih, mangels Wasser. Da drunten in Dings – da den Main runter (Handbewegung), da gibts einen Bootsverleih!
Kein Bootsverleih. Frischlackierter Wirtsgarten für christliche Familien, gelungene Vereinsfeiern und steuerfreie Betriebsausflüge. Ansichtskarten an der Theke! Hier reihen sich ganze Ewigkeiten von Sonntagen nahezu ohne Übergang aneinander (reiche Auswahl)!
Angeblich hätte es hier früher auch mal schattigen grünen Waldsee und großartigen Bootsverleih – nie im Leben! Stechmücken beweisen noch lang keinen grünen Waldsee, schon gar nicht, wenn er (grundlos, stilles Wasser!) drei lange Jahre lang her sein soll. Müßten zumindest noch glaubhafte Überreste, Spuren, die Boote, der Steg, wie das Wasser riecht, wenn es heiß ist, im August, wenigstens eine Pfütze zumindest, eine trübe Pfütze mitten auf lichtgesprenkeltem Waldweg und an ihren Ufern, Gestaden, die versteinerten Überreste großer vorzeitlicher Fische, die damals noch ohne Namen, glücklich, jung und lebendig in ihrem ewigen Element. Heins dauerhaftes Skelett, oder wenigstens seine löcherbleckenden alten Tennisschuhe, beide. Und was weiter? Keine Stechmücke überlebt ihren Sommer! Bernsteinlügen! Mücken beweisen gar nichts!
Hein zwo: kein Bootsverleih! Nicht Waldsee, Steg, Windstille, bunte Fähnchen, Boote, Licht auf dem Wasser, stundenlang Heins euphemistisch-euphonisches Kofferradio im schattigen Hintergrund – made in Japan –, Mücken und Alles woran du dich (zu deiner heutigen Verzweiflung: wie mit leistungsfähigem Vergrößerungsglas) ganz genau erinnerst: Sommerhimmel, Mücken im

Licht, Licht auf dem Wasser (ein *Brenn*glaseffekt), und wie die Wellen (gleichsam sonntäglich träge) endlos ans Ufer schwappten, und wie sich ihre angefangene Bewegung mit kompletter Kollektion Strandgut (Last, die du lebenslang nicht loszuwerden vermagst) unablässig in deinem unterhöhlten Uferrand-Gedächtnis fortsetzt, heute noch, immer. Dieser Tag (hellgrün-königsblauveilchenfarben) wurde im makellos spiegelnden Rund eines blanken Perlmuttknopfes eingefangen, zum Mitnehmen, für immer. Hein Seemann blieb als hemdsärmelige Gestalt klein und fern am äußersten Rand des Tages zurück, am Ufer, rufend und winkend, während der Tag – ein Sonntag – mit deiner Erinnerung unwiderruflich *davonschwamm*.

»Zum Kühlen Grund«, Gartenlokal. Bei Einbruch der Dunkelheit nahezu schwerelos ganze Girlanden bunter Lämpchen! Abends gemischte Chöre: Ernstes und Heiteres. Jeder hat viel erlebt. Onkelrobert, der alte Oberkellner mit saftigen Schweißflecken unter den Achseln (wo mein Wein bleibt?) und dem angespannt-ermatteten Gesicht eines hoffnungslos überarbeiteten Stierkämpfers im Rentenalter (er ist unentbehrlich und es wird immer später!): nächstens bald wird er neunzig! Mach jetzt Schluß, Onkelrobert, mach jetzt langsam mal Schluß! Sie sagten ihm – mit der dreifachen Anzahl erforderlicher Worte –, er solle doch endlich auchmal an sich und sein Alter denken! Und an sich selbst! Und: Keiner lebt ewig! Oder wie sie es sonst taktvoll und abgeschmackt formulierten, lauter langjährige Verwandte und nahegelegene gute Freunde, die es gut mit ihm meinten. Robert Neuhaus, geb. 1888, Todestag-Monat-Jahr ungewiß. Der Windhund Kellner, ein Greis, der die Ohren anlegt, steifhält, fürwahr ein sehr jugendlicher Greis, wie aus dem Bilderbuch. Da fegt er auch schon wieder rauschend vorbei und davon. Seine Rockschöße flattern, Zugwind begleitet ihn, mag ihm Hören und Sehen vergehen!

»Hören und Sehen ist eine Fröhlich-Fromme Farbige Frauen-Familien-Funk-Fernseh- und Freizeit-Zeitschrift, erscheint wöchentlich, ist wöchentlich überall, an jedem – auch am schäbigsten Pissoir-Kiosk erhältlich, kostet fuffzich Fennich und gehört in jedes Heim! Jede Woche NEU! Prächtiger Werbeteil! Glanzpapier! Alle Seiten fortlaufend numeriert!« (Keiner macht eine Zeitung für Obdachlose!)

Wo mein Wein bliebe? (Man läßt Alkoholiker nicht so lang warten!) Rhein oder Mosel? fragte er heuchlerisch (prompt) und dabei sah ich ihn bereits nach der einen einzigen Flasche greifen, aus der schon seit Jahren beides eingeschenkt wird, keine Weingegend hier, aber im Suff und wenn es wieder auf den Abend zugeht, ist jeder Fusel mir recht! Abend, bunte Lämpchen. Kannst den Wein aufbessern notfalls, indem du gutwillig zwei-drei Cognac reinkippst oder einfach, je später es wird, jederzeit umsomehr trinkst. Der fliegende Robert – Onkelrobert aus dem Bilderbuch! (Es sei doch anzunehmen, daß er im Besitz beträchtlicher Ersparnisse!) Oder die hübsche junge Serviererin in der Sackgasse!

Kein Mann zum Heiraten! Ihre lieben Eltern wohnen in Bensheim an der Bergstraße, ihr Vater (der keine Ahnung hat) ist selbständiger Installateur; seit drei, fast vier Jahren ist sie (einziges Kind, Alter 26; ihre Eltern haben letztes Jahr angebaut) jetzt schon in der Stadt. Jeden Morgen und Abend fährt sie eine Stunde mit der Straßenbahn, jeden Monat kauft sie sich drei neue Kleider (für wen denn?). Frühling, Sommer, Herbst und Winter – soll das ewig so weitergehn? Ihren freien Tag (es ist jedesmal der gleiche) verschläft sie zumeist, so gut es geht, und geht höchstens am Abend ins Kino und nachher vielleicht Pizza essen und dann ins Kino oder umgekehrt (im Sommer manchmal ins Schwimmbad, im Sommer ist es viel länger hell). Alle vier bis sechs Wochen oder neuerdings in immer größeren Abständen (aber dann plötzlich dreimal hintereinander) fährt sie – jedesmal in einem anderen neuen Sonntagskleid – heim nach Bensheimanderbergstraße (Sonntagsrückfahrkarte, ca. fünfzig Kilometer, oh Heimat, traute Kindheitsstraßen, ganz *rostig*, Bahnhof und Schulhaus), und weil es weit und breit nichts zu erzählen gibt (und ihre lieben Eltern darüber bekümmert sind, gutwillig-wortlos-hilflos), sagt sie, daß sie müde sei, hach so müde! (Jetzt wird es jeden Tag eher dunkel.)
Ja, sie hätte es gut in der Stadt, schönes preiswertes Einzelzimmer mit Heizung, mit Schlafcouch, Teppich und Blumenfenster, Bettvorleger aus blutrotem Extrasamt, schöne Aussicht, freundliche Wirtin, Miete nicht billig, doch dafür günstige Lage (ihr kennt es ja), gute Stelle, gutes Betriebsklima, gute Bezahlung, ja, Freundinnen auch. Alles okay und herrlich, viel Vergnügen, Alles gefällt ihr

gut – das ist wirklich wahr! Ja, sie sei (und räusperte sich, als könnten sie ihr nicht glauben!) zufrieden, sagt sie, sehr zufrieden, im großen und ganzen, und war sich plötzlich ganz fremd – wie von außen. Ich kann nicht klagen, sagt sie, zählt sachlich zahlreiche Vorteile auf (wie in einer Zeitungsanzeige – wem soll ich mein Leben verkaufen?) oder – plötzlich wieder fünfzehn und daheim – tut ganz begeistert. Sonntagnachmittag mit Kaffee und Kuchen im Wohnzimmer: ihr alter Vater saß in seiner neuen weinroten Weihnachtsstrickjacke da; ihre arme Mutter, ganz konfus (Alles vergessen oder doppelt und dreifach), ging alle Augenblicke noch was holen.
Unglücklich ist sie nicht. Jedes Jahr im Urlaub lernt sie einen tollen Mann kennen, fast jedes Jahr. Einmal vor drei Jahren ein ganz toller war Medizinstudent, Michael, sagenhaft reiche Eltern, jetzt ist er bestimmt schon Herr Doktor in Düsseldorf, sehr vornehm und sagenhaft reich, nächstens Professor. Der letzte, falls nicht gelogen: Ingenieur oder Chefkonstrukteur aus Kassel, immer sauber, aber häßliche Hände, vielzugroß, hat nachher noch zweimal ziemlich nichtssagend geschrieben und sie an zwei sonnigen Wochenenden besucht (im Spätsommer, das Wetter war gut. Bestimmt hat er Geld und benehmen kann er sich auch, doch sie nimmt an, daß er schon verheiratet war, ziemlich sicher, obwohl er gar nicht verlegen Nein sagte, lachend, und auch nie einen Ring trug, nicht bei ihr jedenfalls). Das war auch schon Alles. Sein dummdreistes Andenkenfoto hat sie erst neulich weggeschmissen! Er hat – hatte ein tolles Auto, einen ganz tollen Sportwagen, Karman Ghia für sieben- oder Ferrari für siebzigtausend, nagellackrot! Im Urlaub ließ er sich einen Bart wachsen, Deutscher, 1959 in Rimini! Gegen seine Zähne war nichts zu sagen, aber sie mochte nicht, wie er lachte. Wenn er nicht mit ihr geschlafen hätte, hätte sie vielleicht gar nichts gegen ihn gehabt! Aber wozu hätte sie ihn dann überhaupt kennen sollen, für was?
Was noch? Zwei Abtreibungen in drei Jahren, die letzte vor einem dreiviertel Jahr: gottseidank keine Komplikationen! (Neuerdings, sooft sie was zusammenrechnet, fällt ihr ihr Alter ein: die schönsten Jahre!) Was noch? Lange dunkle Winternächte. Wie sie da fröstelnd auf dem zugigen Bahnsteig stand, gestern Abend (Bauchweh, bald meine Tage, sie fror), abfahrbereit, im kalten Licht,

zwischen lauter Fremden; Sonntagabend – Zug wird voraussichtlich mit acht Minuten Verspätung –, nachdem sie sich zuvor in der Bahnhofshalle Brigitte, Constanze, Cognackirschen, Film und Frau, danke! Plötzlich sehr froh, ganz impulsiv, aber nur für Sekunden, und lächelt strahlend, ganz unvermittelt, am Zeitungsstand, wie ein Star, mitten in ihrem schicken runden Pelzkragen, auf den der Nebel blitzschnell lauter glänzende kleine Perlen gehaucht hat – Zug zurück braucht vierzig Minuten, dann noch zwei Straßenbahnen. Wenigstens kann ich morgen ausschlafen! (Montags immer erst um vierzehn Uhr.)
Daheim Sprechübungen. Manchmal vor stummen Spiegeln und imaginären Ungeheuern veranstaltet sie stundenlang intime private Modeschauen und künstlerische Entkleidungsszenen, ganz allein, lauter Gesten, die verfehlt in der Luft hängenbleiben – ob Filmstars und Mannequins glücklicher sind? Mindestens manchmal? Soll das ewig so weitergehn?
Die hübsche junge Serviererin, die alle Tage im Dienst (sie heißt Schatz oder Helga, manchmal auch Frollein Helga) beinah nie oder nie einen Fehler macht, die (heute wieder) von einem vielköpfig verkalkten geilsabbernden Altmännerverein auf Touren ausgiebig und genüßlich betätschelt wird, von vorn und hinten, und (Bestellungen: bis sie reihum eine neue Runde und sich geeinigt haben, wer bezahlt und was jeder trinkt, 28 Personen, Geschwätz, eine halbe Ewigkeit und sie hält artig still, stehend, mit Block, Bleistift und hilflosem Animierlächeln) demzufolge natürlich keinerlei Unterwäsche trägt unter züchtigem Arbeitskleid, sonntagsmarineblau, weißes Schürzchen mit Schleife, gestärktes weißes Matrosenkrägelchen – was alle anwesenden Damen Ehefrauen natürlich sofort auf den ersten neidischen Blick – doch ohne es ihren würdigen Sonntagsgemählern zu verraten! (Noch ein Bier! Meine Frau die versteht mich nicht!) Oder (schadenfroh, zu nachträglicher Aufmunterung) viel später erst, auf dem mürrischen Heimweg – Landschaft ganz staubig, Licht begann zu verwesen. So geht der Sonntag geruhsam zu Ende.

Schreib einen Schulaufsatz, vier Seiten mindestens: »Mein Schönster Sonntagsspaziergang!« Und: Zitate, und zwar sämtliche, sind gefl. in Gänsefüßchen-also-Anführungszeichen zu setzen, wie sich das gehört; klar! In der langweiligen muffigen Untertertia schrieben wir mal einen sogenannten Gesinnungsaufsatz über ein Wahlzitat, Goethe: Faust. »Wer zwischen Tollheit nur und dumpfer Not mich wählen heißt, soll meine Antwort bald erfahren!« Und erst nachher stellt sich eindeutig heraus, daß mein Zitat scheints frei erfunden, nie existierte. Es kam mir doch gleich so bekannt vor! Natürlich geriet mir mein Aufsatz vielzulang, wurde zuerst widerwillig mit sehr gut bewertet, Note nachher gestrichen, Aufsatz wird gar nicht gewertet – ich will dir oder Ihnen nicht unterstellen, sagte der alte Esel (obwohl ers insgeheim offenkundig natürlich doch tat), beugte sich so tief über sein erhöhtes Pult, daß er wie ein Buckliger dasaß (ein trüber Tag: Heizung auf Hochtouren, alle Lampen brannten), und strich ernsthaft und sorgfältig seine eigene Note durch und kritzelte in mikroskopisch kleinen gehässigen Buchstaben daneben warum.

Damals blieb ich alle paar Wochen paar Wochen von der alten Saupenne weg, um in Ruhe nachdenken zu können: Notwehr! Blieb daheim und malte, trieb mich rum: hinter Staufenberg, unter einsamem nördlichem Himmelsrand, gleich hinter der Burg fing ein großer Wald an, der sich tagelang meilenweit nach Norden und Osten erstreckte – seit meiner Kindheit kannte ich dort jeden Fleck, jeden Weg. Ich blieb tagelang im Bett, um zu lesen; ich schrieb, träumte, schrieb. Nichts, was ich damals aufschrieb, falls ich mich dazu durchrang, war je so gut, wie ich es vorher in Gedanken hundertmal erträumt und abgefaßt hatte, aber ich konnte es immer ausdrücken, mitteilen, formulieren, das Wesentliche. Schrieb, fand Alles wieder beim Schreiben.

Betäubender Tagschlaf; nachher waren es jedesmal die gleichen leeren traurigen Herbsthimmel und ich ging schweren Herzens zur B 3 (hier bei den Bauern und Fuhrleuten heißt sie einfach die Landstraße, die Chaussee; ewige Zeiten die einzige gepflasterte Straße in der ganzen Gegend) und weiter zum Fluß hinunter – am Bahndamm verbranntes Gras; Herbstwind. Sah den großen Nord-Süd-Zügen nach, döste am Flußufer in der altbacken-nachsommerlichen Stille (die mich bedrückte) – alle Sommer meiner Kindheit im Gedächtnis – »und bald wird nichts mehr so sein, wie es war!« Und erkannte schließlich (als ob Jemand nachdrücklich angeklopft hätte) das unverwechselbare Geräusch wieder: wie es in der hohen

Stille bedeutsam knackte, jedesmal wenn am Bahndamm das Signal verstellt wurde zwischen zwei Zügen, neben dem alten verlassenen Friedelhausen, diesem traurigen Abendbahnhof, wo schon die Schatten wuchsen, die Stille wuchs – er versank im Abend.

»Beeil dich!« Neblige Dämmerung, als ich heimging, Herbstfelder; auf der B 3 die Autos mit ihren Lichtern. Jetzt erst erinnere ich mich wieder. Nicht lang vorher hatte meine Schwester mir endlich Ölfarben gekauft, die ersten. Ich war vierzehn (Sommer eben vorbei, und bald wird nichts mehr so sein wie es war), im Sommer hatte ich zum erstenmal das Meer gesehen; alle paar Wochen fing ich ein neues Buch zu schreiben an, berauschte mich dran und ließ es liegen, sobald in Gedanken beendet: eines Tages würde ich Alles aufschreiben! »Herdergymnasium«, je länger ich wegblieb, umso schwerer fiel mir die Vorstellung, je wieder hingehn zu sollen – schließlich schien es mir ganz und gar unmöglich. Vielleicht geschieht doch noch ein Wunder, fristgerecht – und brachte die nächsten Tage damit zu, es mir auszumalen und drauf zu warten – immer noch ein Tag.

Szenen mit meiner Mutter; sie drohte mir mit Freitod ihrerseits und unkomfortablem Erziehungsheim für mich – oder beides, gelegentlich in umgekehrter Reihenfolge. Meine Reue an ihrem Grab, oder daß sie meinem Vater schreiben werde – damals waren sie schon geschieden und sie sagte Dein Vater, als sei das Jemand, den sie nicht kenne, womöglich genau so ein nicht zu leugnender fiktiver Begriff wie Jugendheim, Arbeitshaus, Zuchthaus, die Nachbarn, Recht und Ordnung oder der Staatliche Galgen an dem ich einst enden würde – welche Nachbarn denn? Ich zählte sie Alle auf und fragte bei Jedem: meinst du die? Meinst du den? Doch es waren nicht Personen, die sie meinte, sondern Nachbarn schlechthin, ein vielköpfiges Ungeheuer, höchstwahrscheinlich unsterblich! (Wovon es sich nährt, kann man höchstens schaudernd vermuten.)

1957, im Oktober: wenn sie demnächst dirzuliebe oder infolge Wahlversprechen, Zeitungshetze, Volksempfinden und erfolgreich erfolgter Abstimmung hierzulande wieder die Todesstrafe einführen, verlaß dich drauf, dann werden sie einen elektrischen Stuhl benutzen, aus Amerika importiert, das Beste was auf dem Markt ist. Segen der Technik! Nur ein Beispiel dafür, wie hilflos meine

Ironie war, ihr gegenüber! Ihr ganzes Leben lang war sie so arglos wie ein Kind. Jede solche Szene endet damit, daß sie in Tränen ausbricht und ich nichts daran ändern kann. Wein doch woanders! Wein doch um andre Leute! Wohin jetzt? Ich steh bei der Tür und inzwischen hat es angefangen zu regnen oder liege im Bett (meistens lag ich im Bett), so hilflos wie Einer der, alle Hände voll zerbrechlicher Gegenstände, hilflos zusehn muß, wie ganz von selbst oder infolge Erdbeben, Fluch, Zauberei, durch seine untilgbare Schuld zahlreiche zerbrechliche Gegenstände, die ihm sehr kostbar sind, einer nach dem andern ganz von selbst aus dem Regal fallen und zerbrechen: nichts als Scherben!

Es war das letzte Jahr; Herbst. Ich war vierzehn, erste Liebe, zum erstenmal Reisen, Einsamkeit, das Meer; nie zuvor hatte ich Erinnerung, Sehnsucht, Leben, Zeit, Jahreszeiten, Menschen, Dichtung und Malerei so intensiv erlebt. Seit die elterliche Scheidung rechtsgültig, konnte ich von meinem Vater jederzeit Geld haben (Geld!) und von meiner Schwester auch, wenn sie hatte. Sie war sechs Jahre älter als ich, erst vor kurzem erwachsen aus ihrem feinen Internat heimgekommen. Ich weigerte mich bezüglich Internat, sagte einstweilen: jetzt nicht, vielleicht später, und die unendliche Liebe meiner Mutter war so beschaffen, daß sie mich zwar gehen ließ, wenn ich wollte (jederzeit untröstlich), aber nicht wegzuschicken vermochte, nichtmal zu meinem vermeintlich Besten. Meine Schwester (mit ihrer steten Neigung zu Überschwang und Hysterie) abwechselnd auf ihrer und meiner Seite, doch ich konnte sie jederzeit rumkriegen. So brachte ich zwei gute Jahre rum: zweimal Untertertia. Außerdem schrieb ich seit siegreichem Weihnachtsliteraturwettbewerb als ich zwölf war, ab und zu Geschichten für die beiden unabhängigen Giessener Tageszeitungen und sie nahmen und druckten und bezahlten sie sogar, auch manchmal Bilder, die ich malte. Zahlten gut, schickten das Geld immer einen langen Monat später mittels Postbaranweisung, richtiges Geld, Honorar.

»Das letzte Jahr.« Meine planmäßige Schulschwänzerei und zugehörige Szenen mit meiner armen Mutter (ich dachte, wir hätten uns stillschweigend dahingehend geeinigt, daß du jetzt nur noch jeden zweiten oder dritten Tag an mein Bett kommst, mir Vorwürfe machen! Es war ein stiller trüber Nachmittag, kurz vor den Herbstferien. Ich lag schon seit Tagen im Bett und las zum erstenmal Alles von Tschechow, und sie brachte mir mein Frühstück, das zweite, um einen Vorwand zum Reden und Weinen zu haben) endeten jedesmal damit, daß ich sie erfolgreich erpreßte: Wenn du mir keine Entschuldigung schreibst, bleib ich einfach hier im Bett liegen. Meine Schwester mit ihrem jugendlichen Gerechtigkeitssinn führte lange versöhnliche Gespräche mit beiden Parteien einzeln, wobei sie immer für den jeweils Abwesenden Partei ergriff und gutwillig-ungeschickt zu vermitteln versuchte. Ich blieb gegen das Ende hin immer im Bett und harrte kommender Dinge und schließlich, immer am Abend, unterschrieb meine Mutter aufschnupfend und mit einem Ausdruck, den man als bekümmert und offiziell bezeichnen müßte, immer zum letztenmal die unerläßliche Entschuldigung, die meine Schwester im Moment ihrer Zustimmung gleich froh formuliert und blitzschnell und tadellos auf der Schreibmaschine getippt hatte. Die Unterschrift! Dazu setzte meine Mutter jedesmal ihre altmodische ärmliche kleine Brille auf, abends; kein Geld im Haus; sie sitzt am Tisch unter der Lampe, so vertraut, klein und alt, mit ganz schiefen Schultern, als friere sie, und sie liest den Text auf dem Zettel, bevor sie, wie unter ein langes Leben voll Mühsal und Gram, ihren ausgeschriebenen Vor- und Familiennamen drunterschreibt. Dies sei das letzte Mal, klar! (Erst jetzt ging mir auf, wie groß und beständig all die Tage ihr Kummer gewesen sein mußte.)

Entschuldigung unterschrieben, Abendfrieden. Alle möglichen guten Vorsätze, Pläne und Vorbereitungen, zumindest in Gedanken. Ich würde lauter neue Hefte anfangen, das hatte meine Schwester ganz zum Schluß noch so ausgehandelt – ich weiß gar nicht, zu wessen Vor- oder Nachteil (eins jener völlig sinnlosen aber perfekten Nebenabkommen, mit denen offenkundige Kompromisse, die zu Beginn der Verhandlungen von allen Parteien als unannehmbar verworfen wurden, auf dem Verwaltungsweg verpackt werden). Kann sein, ich versprach ungefragt Alles Mögliche, nur damit meine Mutter nicht länger so unglücklich sei; Worte, nichts als Worte, doch natürlich glaubst du daran, solang du sie sagst. Denke ich an alle meine besudelten eselsohrigen alten Schulhefte, dann ist mir heute noch, als müßte ich diesem sinkenden Kontinent augenblicklich für immer den Rücken kehren, um je wieder hoffnungsvoll irgendwas tun zu können. Außerdem würden meine sämtlichen Schulbücher neu eingebunden, nachträglich bestand ich auf dunkelblau (so standhaft, als ob es um meine Ehre ginge), oder dunkelgrün oder kirschrot. Wo es ums Prinzip geht, vertrittst du immer so hartnäckig und erbittert deinen Standpunkt, daß du schließlich gar nicht mehr weißt, welcher es eigentlich war – aber jedenfalls bleibe ich dabei und bestehe darauf! Von Begründungen ohnehin kann längst keine Rede mehr sein, die erfindet Jeder sich ja doch immer erst nachträglich zu seiner Meinung dazu. Dieser Moment: ich bin bereit, beinah Alles zu tun, damit sie nochmal an mich glauben und wieder froh sein kann; je weniger du noch daran glaubst, umso eher fällst du drauf rein! (Wenn du nicht weinen kannst, ist Alles noch schlimmer.)

Es war Montagabend (die endgültigen Versöhnungen finden immer abends statt), schon dunkel und ich würde also am (frühestens übermorgen) Mittwoch oder Donnerstag wieder in die Schule gehn – meine praktische Schwester hat alle erforderlichen Daten mehrfach gewissenhaft auf dem Kalender nachgesehn – ich kann mich darauf verlassen. Und die Entschuldigung entspricht ganz genau den Vorschriften des Hessischen Kultusministers. Dann gottlob nur noch zwei Tage bis Wochenende Herbstferien Zeugnis. Einstweilen – wie ein kundiger Schlafwandler – repetiere ich meinen Schulweg: geweckt werden, benommen aufstehn im frühen Dunkel, Aufbruch, Weg durch die Nacht, Finsternis, Wind, Kälte! Steppenbahnhof zwischen zwei Dörfern, zwischen Nacht und Tag – Eisenbahnfahrt, Ankunft – »Siehe: dies ist die Stadt!« usw. – fremde kalte Morgenstraßen, die mich feindselig anschweigen. Auch ohne Fensterplatz: von mir aus hätte die Fahrt ewig dauern können! Unterwegs hoffte ich, wir würden nie ankommen – daß doch der Zug sich verirrte! Und nachher, von meinem Platz aus verzweifelt das Fenster suchend, wenn es schon unwiderruflich geläutet hat (zum letztenmal), sich intensiv woandershin wünschen. Ich stellte mir jedesmal vor, wie es wäre, die Entschuldigung nachher-jetzt-gleich abzugeben: Wie Alles sein würde. Dadurch war es dann im rechten Moment sehr einfach, zuletzt kaum mehr als eine blasse Wiederholung meiner diesbezüglichen Phantasie!

Nach wie vor früher Morgen: Spätherbst, Heizung summt, draußen ist es noch dunkel. Mag es diesmal ruhig eine Weile dauern, bevor die ausgediente Zeit nach mehrfachem Anrucken noch ein-

mal müde wieder ingang kommt. Draußen ist es noch dunkel und da vorn das grämliche blasse Gespenst von Geschichtslehrer – weißt nicht, wovon er redet und gerätst (ach, die Cherusker) gleich für ein halbes Jahr ins Dösen – Freizeit ausgenommen: eine ganz andere Sache! Notwehr: ich bin gar nicht da, ganz woanders! Meine ganze vergebliche Schulzeit lang hab ich durchs Fenster gelebt – wie alle Gefangenen!
Abend, Lampenlicht, russischer Tee. (Ja, es wird wieder Winter, sagte ich mir, noch einmal ein ruhiger Vorabend.) Die vorgeschriebene Entschuldigung ist unterschrieben und bis auf weiteres in einem weißen Umschlag verwahrt. Bis auf weiteres bin ich nochmal gerettet, ist wieder Alles in Ordnung: ich bin legal! Es wird nicht mehr lang dauern, aber die nächsten zwei Tage jedenfalls will ich noch für mich haben, und ab Samstag dann sowieso zehn Tage Ferien! Nach all ihren Tränen und der tagelangen Verzweiflung kann meine Mutter jetzt insgeheim endlich wieder Zukunftspläne für mich schmieden – was für ein schönes Kind ich doch immer war, und wie Alle stets bereit waren, in mir etwas Besonderes zu sehen, zahlreiche Beispiele meiner Prädestination, und daran hat sich für sie nie etwas geändert.
Obzwar Kriegskind-Sorgenkind, trotz Bomben, Hunger, Feindesland, Flüchtlingslager, drei Tage und vier Nächte in schlingernden Viehwaggons, drei Wochen bevor ich drei wurde (kein Stroh auf dem Fußboden, zugige Schiebetüren, Zug fährt-steht-fährt, Keiner wußte wohin; Tage und Nächte schleppen sich hinfällig wie Gespenster vorbei; Sterbende, die auf ihrer Odyssee durch Zeit und Agonie bis zum letzten Atemzug (röchelnd) ihr armseliges letztes Bündel nicht aus Händen, Augen und Gedanken lassen, Fieber, Delirien und wieder Hunger, Lagerarmut, jahrelang Notzeiten) – trotzdem hatte ich keine einzige der üblichen Kinderkrankheiten gehabt (werde auch nicht an Scharlach oder Röteln krepieren im Alter) und jetzt, in den vorgeschriebenen schriftlichen Entschuldigungen war es meistens die eine oder andere Art Grippe oder Allergie oder ererbte (angeborene) Kopfschmerzen metaphysischer Natur oder neurasthenische Magenverstimmung, die klassischen Abwehrleiden des Genies eben (in langwierig trüben Zeiten): hartnäckig, dauerhaft, Ursache uneruierbar! Wissenschaft stand vor Rätseln, räusperte sich betreten, wußte sich nicht zu helfen – vorm

Einschlafen in Erinnerung an die zahlreichen sanften stummen Engel, die vor langer Zeit geduldig-lächelnd meinen damals glücklichen Schlaf bewachten, erfand ich mir zahlreiche Ärzte, personifizierte Kapazitäten, die ich samt schulmedizinischem Kopfschütteln ihrer gesammelten wissenschaftlichen Ratlosigkeit überließ. Ein freundliches kleines Lämpchen neben meinem Bett (das reglos dahintreibt, Ewigkeiten). Jenseits des Lampenscheins Dämmerung, Stille, Schatten.
Herbst; weite Wege die ich ging, alle Tage. Ich malte jeden Tag; alle Augenblick fing ich ein neues Buch zu schreiben an, ganze Lebenswerke, die ich im Geist (auf allen Wegen) immerfort entwarf und ingang hielt. Alles würde letztlich wie ein Naturgesetz in das eine einzige ewige Buch münden, in dem ich das Weltall aufzeichne, für die Ewigkeit! Alles in Lebensgröße; Faksimiledruck, zusätzlich alle Details unter der Lupe. Die Zeit, jeder Augenblick im Fluß und zur Ewigkeit erstarrt, Alles von allen Seiten, aus allen Perspektiven und in jeder Beleuchtung. Kein Augenblick, kein Ton, keine Farbe, nicht die geringste Unebenheit, kein Hauch, nicht Grashalm noch Sandkorn würden je verloren sein! Dazu alle Wege die ich ging, alle Vergangenheiten und Zukünfte und die ewige Zeit Gegenwart, in der ich es schreibe, Alles allgegenwärtig! Erst damit wäre die Schöpfung vollendet und (ein neuer Morgen) das Leben könnte endlich beginnen! (Die ganze Zeit Herbst.)
Im nächsten lichten Vorfrühling, paar Wochen bevor ich endgültig von der Schule flog, hatte ich im großen Saal der Aula meine erste Alleinausstellung: »Dem Wahren, Guten und Schönen!« Richtig zu glauben vermochte ich es die ganze Zeit nicht, bis zum letzten Moment! Die feierliche Matinee-Eröffnung fand an einem extrageheizten Samstag statt, Alles sehr feierlich: es war ein sonniger windiger Tag Anfang März und die Mitglieder des Lehrkörpers, die beiden schuleigenen Herren Stadträte, sowie die tragenden Herrschaften Renommiereltern aller Musterknaben aus besseren Kreisen vollzählig. Alle gingen feierlich – wie ferngesteuert – Schritt für Schritt die Wände entlang, mit glasigem Blick, kulturbesessen, wandelten paarweise oder in kleinen erlauchten Sachverständigengrüppchen (Erleuchtete) andächtig von Bild zu Bild. Alle eingerahmt, hängen ganz gerade an der Wand, jedes mit einem sauberen kleinen Schildchen versehen und beim Eingang ausführ-

liches Werkverzeichnis, hektographiert und gratis leihweises Monokel, vorzugsweise für die Herren von der Presse. Der Zeichenlehrer hat seinen besten barocken Samtanzug an, mit Doppelfliege. Nachher stand Alles schwarz auf weiß in beiden Zeitungen, Wort für Wort: auf der Kulturseite! Später schenkte ich dem Hausmeister zwei von den Bildern (samt Rahmen, die mir nicht gehörten)! Die Aula meiner Schule: es riecht nach Gips oder Kreide, nach Feierstunde, Leinöl und Firnis (meine Farben, mein Firnis). Alle Besucher wissen was sich gehört und sind ganz ergriffen. Jeder hat ein gefaltetes Verzeichnis in der Hand und hält sich beim gemessenen Umhergehn (Parkettfußboden) ein bißchen dran fest; löschpapiermürbes hellgrünes Saugpostpapier. Nur ab und zu eine halblaute sachkundige Bemerkung aus diesem oder jenem Mund. Mein Vater und seine Frau kamen erst nach der Eröffnung. Nachher unser Essen zu dritt. Seit der Scheidung vor anderthalb Jahren hab ich meinen Vater erst zweimal gesehn, vorher ein ganzes Jahr gar nicht. Erst da kam ich dazu, das hellgrüne Verzeichnis anzusehn! Vorher hat Keiner drangedacht, mir ein Exemplar zu zeigen! (Mein Geburtstag ist der 10. Juni 1943!) Märzsonne. Unser festliches Essen auf dem Schiffenberg, einem Ausflugslokal in einem ehemaligen Kloster, auf einer Anhöhe mitten im Wald, vor der Stadt. Kaum Gäste an diesem Tag. Ich trank Sekt; Märzsonne golden blindgleißend von außen auf bleigefaßten Butzenscheiben.

Nachtrag: Oktober; mein letzter freier Tag. In der Dämmerung ging ich wieder zum Fluß hinunter – Sommer vorbei! Und dies ist gerade der rechte Ort, um das festzustellen: unter den Bäumen am Flußufer, mein westliches Abendtal, Schauplatz längst vergangener Sommer, Bühne und Komplice wilder Spiele, Zufluchtsort, wenn die Träume alle geträumt waren (und ehe tickend die Zeit wieder einsetzte). Nach dem Baden war es drückend heiß, fast schwül in der weißen Mittagshitze, zuviel Licht, Alles reglos, erstarrt, und die spärlichen Schatten verblichen, violett, flaschengrün, matt und kraftlos, wie ausgetrocknet. Als Kinder hatten wir immer kleine Tütchen buntes Brausepulver mit, für fünf Pfennige. Es gab eine rostige alte Trinkwasserpumpe, auf der anderen Seite des Bahndamms; zweihundert Schritte weit, mitten in der Sonne, in einem herrenlosen verwilderten Garten (dessen Zaun längst verfault hin-

gesunken, aber immer noch wuchsen Himbeeren drin, so süß!), und zwei Meilen weiter flußaufwärts das Schloß meiner Kindheit (Herr Rilke hat mal dort gewohnt); und da war ein Geräusch in der Luft – ich fand und erkannte es schließlich in meinem Gedächtnis wieder – das eintönig-helle Singen der Sensen, als das Gras gemäht wurde, den Bahndamm entlang und auf den Uferwiesen. Und von Zeit zu Zeit, in langen Abständen, donnerten die großen Nord-Süd-Züge durch meine mühsam verlängerte Mittagstrance. Konntest im Geist ein Stück weit nebenher mitlaufen, winkend – und immer Jemand am offenen Fenster, der zurückwinkte, prompt und anonym. Danach eine neue hohe Stille, in deren Mitte ich den Fluß hinab dem fernen Abend zutrieb, viele Sommer, meine ganze Kindheit hindurch. Nur das Signal beim Eisengeländer auf der Brücke knackte bedeutsam, wenn es zwischen den Zügen verstellt wurde, rief dich in Zeit Gegenwart Wirklichkeit zurück, aber immer nur zeitweilig.
Und (Vergangenheit, so fern alle Sommer; Zeit trieb den Fluß hinab): erst gestern der wilde Frühling meiner ersten Liebe, Juanita, fang mich doch, rief sie, kam direkt aus dem Wasser, Tropfen sprühend, fang mich, isch bin ein Lybell! Und flog davon (und war doch im rechten Moment von Brasilien aus um die halbe Erde gereist, damit wir uns gegenseitig finden konnten – ihre Mutter war meine südamerikanische Nichte oder so ähnlich). Dort vorn bei der Bucht, wo die Bäume vom Ufer zurücktreten und der Fluß eine Pause macht, damit sich der Himmel im Wasser spiegeln kann, dort ist die Stelle, wo sie sich immer einfangen ließ, atemlos, noch ganz naß, wir lagen übereinandergefallen im Gras, lachend, noch ganz außer Atem; Herzklopfen. Dort stand das Gras am höchsten, es war ganz zu Anfang des Sommers, unser Badeplatz, wir kamen jeden Tag hierher. Küß mich noch einmal auf Stirn, Augen, Mund, ein Ritual, es bedeutete Liebe, Ruhm und (wenn ich mich recht erinnere) daß wir nie sterben würden; Alle werden dich lieben, sagtest du, du wirst ein Dichter sein! Ich werde dich immer lieben! Das hast du wirklich gesagt. Die Luft schien zu *zittern* vor Hitze, dabei war erst April.

Sonntagsspaziergänge, der lange öde Heimweg – unausstehliche Erwachsene, müde quengelnde Kinder, die je nach Familientradition ins Bett gehören oder übers Knie gelegt (die zeitlebens nicht genug Liebe finden), vielzuviel Eltern überall, zu viele Väter und Mütter, nirgends Liebe! Dann noch einmal die unumgängliche Erinnerung an deinen ehemaligen Onkel Willy, Kassierer, der sich beharrlich weigert, aufrecht zu gehen und mit menschlicher Stimme zu sprechen, das alte Haus. Jetzt ist er in einer geschlossenen Anstalt und wir wollen hoffen, daß es ihm dort gefällt.

Wenn du – und das wäre nicht länger deine eigene Angelegenheit – wenn du dennoch darauf bestehst, dir einen persönlichen Gott GOTT vorzustellen, der kein Sadist ist und auch nicht phänomenal vergeßlich, so muß er sich in deiner (blassen) Vorstellung längst schulterzuckend abgewandt haben. Seine hypothetische Hilflosigkeit vielleicht vermöchten wir ihm – während er immer blasser und blasser wird – noch wortreich zugutezuhalten, doch wie kam dann die Schöpfung zustande oder warum ließ er nicht die Finger davon – eventuelle Allmacht allerdings spräche eindeutig gegen ihn (wie müde er sein muß, und so lang schon) – ob er weint oder nicht, müßt ihr unter euch ausmachen – fällt mir ein Nachmittag bei den Kurden ein, kann sein, es war – damit der unerläßliche »Bezug« gegeben und hergestellt (noch ein Schluck) – gleichfalls ein Sonntag: in der Sandsteppe, am Rande der Zeit.

Nomaden; ihr wahrer Gott ist der Teufel, eine Art Prometheus, der sich nach seinem Fall und jetzt Alles verstehend vor Gott als Vermittler für Menschen und menschliche Angelegenheiten verwendet und in dieser Eigenschaft vor ihm seit langem akkreditiert ist, eine Art Honorarkonsul: hoffnungslos überlastet, immer zu spät dran, kein Gehalt, nur die (zweifelhafte) Ehre und sparsame Spesen von Fall zu Fall, beziehungsweise im Dienst der Sache für Andere kleiner und mittlerer (genehmigungspflichtiger) Wunder mächtig!

Ein fremdes Land. Plötzlich erkannte ich Alles wieder, als hätte ich unter ihnen meine Kindheit verbracht; Spätnachmittag, die Sonne scheint schräg auf die Sandsteppe. Leichter Wind, wie täglich um diese Zeit, läßt endlos *goldene* Schleier wehen, Flugsand. Sonne sinkt, Karawane rüstet zum Aufbruch.

»Trag mich, der Weg ist so weit!« Engelhafte kleine Mädchen, die da am Wegrand Schläge kriegen, erst von der lieben Riesenmami und dann noch vom großen bösen Vater – finsterer Baßstimmenriese, der nur sonntags in Erscheinung tritt, dann aber gewaltig:

Wart nur, bis wir nachher erst behaglich daheim sind, dann setzts gleich noch viel mehr Haue! Das kleine Mädchen weint, seine Eltern sind nicht mehr seine Eltern, sondern große böse Ungeheuer, die du nicht begreifst, die dich gleich fressen werden. Das kleine Mädchen ist jetzt ganz allein und verlassen, und der lange helle glückliche Sonntag – jetzt als winziges fernes lichtreflektierendes Spiegelbild in ihren Tränen ertrinkend – zerfällt jäh in zahlreiche mikroskopische Splitter: ein Mosaik, ein Puzzle das du nie mehr zusammenbringen wirst – Alles ist aus! Das kleine Mädchen weint, blieb ganz allein am Wegrand zurück, hält sich – neues Sonntagskleid, weiße Söckchen ganz verrutscht, Spitzenhöschen und kindliche Schnallenschuhe: Glück vorbei! – hält sich weinend den brennenden Po, so traurig kann Leben sein! Und weit und breit Niemand, der sie flugs in einen zauberhaften hellblauen Schmetterling verwandeln würde, kein gütiger Zauberer.
Böse Hexenmami! Und eines Tages wird sie dich auffressen, mit Haut und Haar. Stand oder hockte gewaltig da am Wegrand, schimpfte, mit ausgebreiteten Armen langsam im Kreis fuchtelnd – wie eine zornige flämische Windmühle, weiblich, völlig verquer vor dieser schrägen Böschung, die du dir bequem als (Bildhintergrund, maßstabgerecht) grünen Binnenlanddeich träumen magst (wenn du kannst): Halt dir die Ohren zu! (Ein Kalenderbild!)
Sonntag. Keine Ahnung wie der hiesige Monat heißt-lautet und (»Erdengast«, bloß zu Besuch hier!) welches Jahr wir?/sie denn schon wieder hätten? Da vorn an der Kreuzung, frag doch den Schupo da! – Teufelnein, Polizisten frag ich nie um was, aus Prinzip, lieber verlaufen. Außerdem, der ist ja gar nicht echt. Bloß ein rasselnder Hilfsautomat, knarrend, ruckartige Bewegungen, überlebensgroßer mechanischer Nußknacker, frisch geölt, frisch gestrichen, kann sein, er färbt sogar ab, im Regen. Nachher heuchlerisch betroffen murmelnd beiseiteschleichen, während er noch mechanisch rasselnd ins Leere fuchtelt; Staub *wirbelt* über den Gehsteig – die qualvollen Inkarnationsversuche eines Gespenstes! Leere städtische Sonntagnachmittagseitenstraßen, die den Abend erwarten: »Maschinentraum«. Egalwelches Jahr: die ganze Zeit Sonntag.
Heimwege. Mein Vater konnte – egal woher und wohin – nie den gleichen Weg zurückgehen-fahren-denken, den er gekommen, zeitlebens, vermochte es einfach nicht. Selbst alltägliches Zigaretten-

holen trieb ihn jedesmal um viele Ecken, auch in eisigen Winternächten, auch in Regen und Wind. Sein Haus (am Ende des Wegs) hat zwei Eingänge.
Sonntage. Die Leichen in den Cafehäusern; die Gespräche der Toten! Wenn du sie reden hörst, sagte mein alter Freund Wolfram zu mir, laut und deutlich, diese geschminkten Leichen, ihr Geschwätz, ihre sogenannte Läbenserfahrung; ja sie sitzen Alle in ihren angestammten Nischen herum und haben Alle ihre sogenannten Erfahrungen, und wenn du sie reden hörst, hols der Teufel, hört sich jedesmal an, als hätten sie ihr ganzes beschissenes bisheriges Leben ausschließlich auf dem Scheißhaus zugebracht, abgesessen! (Heut scheints aber doch kein Sonntag!) Ein Ersatzleben sozusagen, fadenscheinige Verlängerung (wie im Sanatorium Zur Todesanzeige bei Bruno Schulz, falls du dich erinnerst), eine dritt- oder viertklassige Wirklichkeit, die Illusion der Wirklichkeit der Illusion, die wir als »Wirklichkeit« verstehn – nichts ist wirklich! Da ist ein Bürofenster im ersten Stock (da vorm Fenster), Anwaltskanzlei, Versicherungsgesellschaft oder was, und da hinter der Scheibe steht Einer und gafft oder tut nur so, steht am Fenster wie ein Blinder! Und was fehlt, falls was fehlt, ist bloß die Papptafel mit der Aufschrift: »Ich habe meinem Vaterland, als es mich rief, treu gedient!« Oder: »Das Geheimnis des Erfolgs: Nostral-Salz für jede Verdauung!« Aber er steht ja im ersten Stock!
Sag, ist es nicht wirklich so, als seien alle wirklichen Ereignisse seit langem durch entsprechende eindimensionale Schautafeln und Plakate ersetzt, sagt er, alle in natürlichen Farben, bestenfalls platte lebende Bilder, und alle wirklichen Handlungen längst durch entsprechende Gesten, Namen, Spiegelfechterei – und das Leben findet längst woanders statt, unter Ausschluß der Öffentlichkeit, oder ist abgeschafft, wasweißich – und wenn die allmächtige Versicherungsgesellschaft (gleichfalls überflüssig, ein *vergänglicher* Traum) endlich eine moderne Kunststoffjalousie für dieses genormte Kippfenster da anschaffen würde, könnte jener Angestellte dort endlich glücklich eingespart werden. Oder er ist vielleicht sowieso gar nicht echt, Puppe, Phantom, und wird – Leihgabe – nur ab und zu stundenweise da ins Fenster hineingestellt. Schon morgen vielleicht siehst du ihn genauso gelassen und deplaciert ganz woanders stehn oder sitzen, in einem spinatgrünen Schrebergarten vielleicht oder

pünktlichen Eisenbahnzug, es fahren noch Züge: Zeit fliegt vorbei, ein vergänglicher Traum.
Jaja, wir können das nächstens Alles noch eingehend besprechen. Leih mir doch bis morgen vierundzwanzig Mark! Bis wann? fragt er geistesgegenwärtig. Bis zum Montag oder so, erwiderte ich, bis Montag, bis nächsten Ersten – was ist denn heut für ein Tag? (Sei doch nicht so umständlich, hier im Gedränge!) Was für ein Tag, wir wußten es beide nicht. Er gibt nicht gern Geld aus, nichtmal für sich. Wenn du dir Geld von ihm leihen willst, ist er imstand und fragt: Brauchst du es wirklich? Hat es nicht noch ein paar Tage Zeit? Ich habs eilig. Wie spät es denn sei? Wie es scheint (ich zu ihm), sitzt du dein hiesiges Leben schon geraume Zeit in Cafehäusern ab. Er hat bloß Fünfzigmarkscheine – fünfzig will ich nicht (doch kein Sonntag). Wir gingen gleich und ließen einen seiner fabelhaften Fünfzigmarkscheine wechseln. Wie eilig du es neuerdings immer hast, sagt Wolfram betrübt, sogar schon beim Geld leihen! Und besuchen soll man dich auch nicht!
Es ging mir nicht gut, schon das zweite Jahr. Ich hatte Allen eingehämmert, daß meine Zeit in Staufenberg ausschließlich zum Schreiben dasei, es wird Zeit. – Wie gehts dir denn? Schreibst du denn wirklich noch, oder wofür hast du es jetzt immer so eilig? Übrigens hast du, das weiß ich noch ganz genau, sagt er, schon vor zehn Jahren gesagt, daß du ein Buch schreibst und es sei gerade *fast* fertig. (Damals hattest du Geld und warst froh über jede Störung.) Jetzt: außer täglichem Suff und sechzig Zigaretten je vierundzwanzig Stunden lebe ich von zwei Mark pro Tag, 1973 in der BRD, schon das zweite Jahr und (in Statistiken kam ich nicht vor) kein Ende in Sicht. Sind uns vorhin vor einem bekannten China-Restaurant begegnet – Speisekarten lesen ist mir eine liebe Gewohnheit geworden, seit es mir wieder schlecht geht.
Mittag: wir stehn an der Straßenecke vor dem Zigarettenladen, Innenstadt, Fußgängerzone, Haufen Volks; hör zu, sagt er, kennst du das? Nichts ist wirklich! Man fragt sich die ganze Zeit, ob man kommt oder geht? Scheints schon wieder September. Jedesmal wenn ich heimkomme, sagt er, oder egalwohin, dann ist mir, als hätt ich woanders was verloren vergessen liegengelassen, etwas wesentliches – ich weiß nicht was. (Klar hab ich das geliehene Geld pünktlich zurückgezahlt!)

Fortsetzung, eine Spieldose, Sonntag und Alles fängt nochmal von vorn an. Hör zu: »Als ich dich verlassen hatte, wandte ich mich gen Osten, denn von Osten kommt Alles was weise ist. Sechs Tage wanderte ich so und am Morgen des siebenten Tages kam ich zu einem Hügel der im Land der Tataren liegt. Ich ließ mich nieder im Schatten eines Tamariskenbaumes, um Schutz vor der Sonne zu finden. Das Land war trocken und von der Hitze ausgedörrt! Über die Ebene schleppten sich Menschen hin und her, wie Fliegen die auf einer blanken Kupferscheibe kriechen! Gegen Mittag erhob sich vom flachen Rand des Landes eine rote Staubwolke!«
Visionen, Fieber. Statt endlich das Bild zu machen: schmerzmüde-sterbensmüde im unwirklichen Hotelbett; das ewige Gratisglas Gift oder Wasser dicht vor Augen, wie eine schimmernde faulende Welt für sich, während die Qual zum Traum fast wird und der Augenblick zur *leuchtenden* Ewigkeit – und das getaufte Gespenst von nebenan klopft ununterbrochen mahnend an die geblümte Tapetenwand, zum Teufel!
Kupfergong! Verschnupfte Museumswärter, die uns mit ungeschickten Gesten in einen großen düsteren Saal geleiten, der »Das Alte Jahrhundert« heißt (eine verdämmernde Bahnhofshalle an einem trostlosen Winternachmittag): Webstühle, ein Friseurstuhl, eine Töpferscheibe, das alte Bauhaus als wandgroße Fotografie – ganz schief: als ob es vornüber kippt! Caspar David Friedrich, aber bloß winzige Schwarzweißreproduktionen! Operationsbestecke, eine Miniatur-Montgolfiere, umständliche Schautafeln (wie für schwachsinnige Analphabeten), auch einzelne Buchstaben die herumlagen oder – wie Schreie – ganz verstört senkrecht an der Wand hingen, an allen vier Wänden. Finsternis. Gewaltige Dampfmaschinen, Vexierbilder im Großformat und fehlbelichtete Bildschirme, auf denen es unentwegt lautlos schneit, schneit und schneit (»Weitergehn!« Dauernd muß man darauf bestehen, zu keiner Reisegruppe zu gehören).
Zwischenreich: überall Schlafende. Sie schlafen kundig im Sitzen, manche gar stehend, an die Wand gelehnt, in sämtlichen Ecken und Nischen, und daß sie schlafen, siehst du erst auf den zweiten Blick: sie schlafen diskret, doch schien es jedenfalls nicht geradezu verboten zu sein. Was das Alles bedeuten soll? Unverständliche alte Fotografien, dilettantisch (Privatbesitz), Schaukästen und Vitrinen

voll alltäglicher Gebrauchsgegenstände, was fürn Zeug, die meisten sehn wirklich benutzt aus:
Büchsenöffner, ein Hammer, eine Fahrradluftpumpe, billiges Küchenporzellan, Wäscheklammern, Garnrollen, Schuhlöffel und Tabakpfeife, Schrauben, rostige Nägel, ein Kruzifix (angenagelt), eine abgenutzte Reitpeitsche (Alles kommt dir egalweg bekannt vor, doch zu kapieren gibts hier gar nix), defektes Spielzeug, leere Marmeladengläser, Kassenbons, Schubladen ohne Schrank, überhaupt allerlei leere Behälter und Deckel, zwo Paar Stiebel, ein Regenschirmgriff, ganze Kollektionen von Scheren, noch ein Regenschirmgriff, ein abgeschabtes Brillenetui aus Pappmaché, aus den frühen Fünfziger Jahren und so immer weiter: irgendein geisteskranker Geizkragen muß – wundersam – sein ganzes Leben mit dem Anlegen dieser ungeheuren Sammlung von Banalitäten zugebracht haben, aber für wen und zu welchem Zweck? »Unfähig, irgendeinen Sinn drin zu finden!« Irgendwo muß ich doch (wann denn?) reingekommen sein, doch Ausgang war keiner zu finden. Als ob Einer stur Alles sammelt, was Menschen gemeinhin aus dem Gedächtnis gerät, was sie wegschmeißen ohne Reue, nachdem sie es jahrelang zerstreut benutzt haben, ein Katalog.
Bleibt bloß zu hoffen, daß du den Ausgang bald findest, daß du (Bild *trübt* sich) wenigstens hinterher darauf kommst, daß du das auch bloß geträumt hast, geträumt.

Sonntagnachmittage. Meine Mutter oder wer es war und soeben rauschend hinausging im weißen Kleid, leichtfüßig unwiderruflich, hat die Tür zur Welt zugemacht: klapp! Ich bin vier Jahre alt und sitze (alleingeblieben: hellwach) auf dem Fußboden, mitten in der Stille (als ob ich sie zum erstenmal höre). Lauter bunte Bauklötze, die Jemand Anders gehören. Eben ist er-sie-es rausgegangen, weiß nicht wer, eine Erscheinung, undeutliche Frauengestalt auf dem Deckel der Keksdose oder mein lichter Engel, Luft *gläsern*: Tür zu für immer! »Alle Vögel haben aufgehört zu singen!« Von jetzt an: nie mehr wird sich irgendwas ereignen. Nahezu unmerklich, wie eine linde Sinnestäuschung: letzter Luftzug, verzitternd, Vorhang erstarrt, Alles reglos. Und auch die Erinnerung hat mich schon verlassen (lautlosen Flügelschlags): Alles ist nie gewesen. Von jetzt an bleibt Alles und wird fortan immer so sein, wie es ist! Sobald du ausatmest, wird was ist gleich für immer zu Staub zerfallen.
Sonntagnachmittage: ein Kind, männlich, in neuem affig-niedlichem Pepita-Anzug mit (»Mütter machen Musikgeschichte«) weinrotem Mozartschleifchen und weißem Beethovenkragen, wird von seiner lieben stolzen besorgten Mami zum letztenmal sorgsam gekämmt, geküßt und bekreuzigt. Abschied, gutgemeinte Ermahnungen. Empfing bei der sonntäglichen Flurgarderobe ungeduldig Scheitel, Stirnkuß, Zweimarkstück, hier hast du ein sauberes Taschentuch, ihren dauerhaften mütterlichen Gesamtsegen: »Sei artig, komm bald zurück! Und sei vorsichtig, wenn du über die Straße –« Und macht sich in der Mittagsstille (eine Uhr schlug, das ganze Treppenhaus riecht feierlich nach Sonntag und Bohnerwachs. Ob sie mir von der Tür aus nachsieht? Mein Gefolge (unsichtbar) wartet am Fuß der Treppe: Pferde schon gesattelt!) erwartungsvoll auf den Weg, den versprochenen Wunschring zu suchen und zu erlangen: den Wunschring, die Antwort, die Himmelsleiter!
Die gefangene Prinzessin, so schön wie Ebenholz, Milch und Blut, das verheißene Königreich, in dem Milch und Honig fließen (beide gilt es von Bann und bösen Zauberern zu befreien und endgültig rechtmäßig in Besitz zu nehmen), die blaue Blume, den Schlüssel

zur Welt, den goldenen Topf am Ende des (jeden) Regenbogens, den ewigen Jungbrunnen, den uralten weisen (weißen) Raben, der dir – nach drei Sekunden Nachdenken (»Nicht stören«) – jede, aber auch jede beliebige Frage unfehlbar zu beantworten weiß (Sag an, warum drückt meine Krone so schwer?), den Baum des Lebens, den Baum des Friedens, den Baum der Erkenntnis zu suchen vom einen zum andern Ende der Welt – oder mit eingepacktem Spielzeugauto, Formel eins, Fernsteuerung (weiß den Weg, das richtige Haus), einer hundert Gramm Tafel Suchard Schokolade und (vielleicht sag ich gar nichts) mehrfach eingeschärften albernen Glückwünschen (weißt du nicht, wie man sagt?) als geladener Gast zu gelungenem Kindergeburtstag mit Kuchen, Jubel und Überraschungen, Versteckspiel*, lauter gleichaltrige brave Knaben und Mägdelein, die sich (Himbeersaft und Zitronenlimonade; Alle in Sonntagskleidung) stundenlang ganz toll amüsieren. Bevor man geht, muß man allen anwesenden Erwachsenen der Reihe nach furchtlos die Hand geben, wer sie auch sein mögen, die rechte, und – ohne zu blinzeln – sich laut und deutlich bedanken, mach einen Diener! Vielleicht sag ich gar nichts!
Als ich ging (ich kann zaubern), genau wie ichs heimlich vorausgewünscht hatte: Alle eingeschlafen, wie im Dornröschenschloß! (Leise: ich blies der Reihe nach alle Kerzen aus; aufrechte schlanke Lichtgeister, die mit mir verbündet). Jeder in seiner Haltung erstarrt: hundert Jahre Zauberschlaf im Sitzen, manche schnarchten. Nie keinen Diener gemacht. Ich ging.
Oder ins Kino, Sonntagnachmittagkindermärchensondervorstellung: »Cinemascope-Dornröschen«, allein und zum halben Preis, heißes Geldstück in kleiner Faust – verliers nicht! Zum erstenmal ganz allein – und ich werde nie mehr zurückkehren!
Fällt mir ein, wie ich als Kind allein und feierlich ins Theater zu gehn pflegte, streunende Wanderensembles, fast jede Woche kamen welche den Burgberg herauf: mit hinfälligen Landfahrerkarren, rollenden Armenhäusern, Archen auf Rädern, von erbärmlichen schmalbrüstigen Jammerpferdchen gezogen, die ihrerseits längst resigniert, jede diesseitige Hoffnung schon lang aufgegeben und

* Drei gingen dabei verloren! Oder wurden erst nach Jahren in einem alten Schrank aufm Speicher wiedergefunden (Tür knarrt): kleine weiße Skelette, sitzend.

angeschirrt, gefangen in einem bleiernen Traum, in ihrem lebenslangen mühseligen Schindmährentraum, wie in Zeitlupe verzagt und unendlich traurig dahintrotten, sterbensmüde, wobei sie unentwegt stolpernd immer wieder aus dem Takt gerieten, trübsinnig nickend bei jedem Schritt.

Oder sie kamen die lange kurvenreiche steinige Landstraße steil den Berg herauf, an einem stillen dunklen Wintermorgen, als ich beim Fenster in kleinsten Schlückchen meine heiße süße Morgenmilch trank, mit zwei rostigen alten Wanderer-Autos – das eine ohne Dach! Oder hatten (Schnee fällt) vor ihrem Zirkuswagen einen zornigen Trecker, eine wahrhaft gewaltige vorsintflutliche Zugmaschine, deren hoher Schornstein zitternd-prustend gewaltige Dampfwolken ausspie. Gemessen an ihrem Aufwand an Lärm, Qualm und Erschütterungen erreichte sie eine sozusagen Unterschallgeschwindigkeit. Wie bei optischen Täuschungen: mußt deine Augen immer wieder »zurückrufen«, weil sie, die Zugmaschine samt Anhänger mit imitierten (aufgemalten) Fensterläden (grasgrün, mit Herz und Rüschchengardinen, weiß, aus Papier) immer weiter hinter ihrem ohrenbetäubenden Motorengeräusch zurückblieb. Es war der erste rauhe Nachkriegswinter!

»Daß nur nicht der falsche Tag ist!« (Weiß nicht, wie ich draufkam, rechnete insgeheim immer damit, daß ich hinkäme und es wäre erst morgen oder – noch schlimmer – gar schon gestern gewesen! Ich war vier oder fünf.) »Theater« Statt Eintrittsgeld hatte man Brennholz oder Kartoffeln mitzubringen (auch Mehl, Speck, Eier, Hühner oder Hausmacherwurst wären bereitwillig akzeptiert worden) und am Saaleingang abzuliefern, wo eine grellgeschminkte frierende alte Frau mit einer (ernstgemeinten) riesigen verrückten Notperücke wie aus Holzwolle oder virtuos ondulierten Hobelspänen (wie eine künstliche Löwenmähne, bombastisch verschroben und ein bißchen verrutscht – achgott nein, ich mache mich nicht lustig! Versteht mich denn Keiner! Man lacht doch auch nicht über das alleingelassene frierende Findelkind, das im Kerkerkeller mit dünner zittriger Stimme (ich hab Angst) ein Frühlingslied singt, seinen Namen, Ort, Straße, Hausnummer, Zahlen, Gebete, das kleine Einmaleins oder die großspurige Nationalhymne, Dreiglockennudeln, Alles was dir einfällt: Lieder! Alles um seine unerträgliche (übermenschliche) Angst zu übertönen, mich friert! Lacht nicht über Magdalena, die

Zelluloidpuppe mit dem eingeschlagenen Schädel, angesengtem Engelshaar, gräßlich verdrehten Augen und fehlenden oder verrenkten Armen und Beinen, geschändet, tot. Loch im Bauch: Sägemehl rieselt heraus! (Mein einziger Liebling!) Nicht über den häßlichen rostigen Eisenklumpen, einziges Spielzeug des armen schwachsinnig-mongoloiden oder autistischen Riesenkindes im perfekten Käfig Welt. (Seinen Namen wird es nie wissen.) Die Delirien eines Sterbenden: »Meine Welt wird jetzt immer kleiner!« Die gesammelten Wahnvorstellungen eines gequälten Geisteskranken und seine phantastische Rüstung aus Bindfäden und Silberpapier, mit der er sich grimassenschneidend dagegen wappnet – hilflos in einer Welt des Grauens.) auf einem weißen Küchenstuhl hockte, wie ein Berg auf Stelzen, und mit akkurat herzförmig gemaltem Rosenmündchen beständig honigsüß lächelte (frierend), in schütterem Ersatzpelzmantel und lila Salonpantoffeln aus Monarchensamt und über und über mit Schmuck behängt, zitternd.
Es war der erste rauhe Nachkriegswinter oder (wo bleibt die Währungsreform? Am Dorfrand seien Wölfe gesichtet worden: gestern in aller Frühe!) jedenfalls unser erster Winter in Deutschland.
Sie kassierte kundig mein Brennholz. Ich suchte die Holzscheite immer eigens sorgfältig selbst aus, im eiskalten dämmrigen Holzschuppen: die schönsten! Und hoffte für die Gaukler, daß genug Bauernkinder mit großen Kartoffeln kämen! Saaleingang: Eintritt bezahlt, der *richtige* Tag! Die Löwendame lächelte honigsüß, tätschelte unverlangt meine Wange und zeigte mir (honigsüß lächelnd) wo ich mich hinsetzen könnte – da drin. (Halt die Luft an!) Vorhang noch zu. Das Ereignis Theater ließ mich jedesmal schon im voraus für lange Zeit wortlos werden. (Eine Art Andachtsübung. Kaum zwei Jahre später würde ich – vielseitiges Wunderkind: extra schulfrei – erstmalig selbst auf der Bühne stehn: »Szenenwechsel« ein plötzlicher Absturz, Souffleur sanft entschlafen – was wird in zehn Jahren sein?
Die Löwendame. Ihre zahlreichen (windleichten) Ohrringe, Halsketten, Armbänder, Ringe und Diademe klirrten, als sie sich vorbeugte und sacht den Arm um mich legte und durch die offene Tür in den (entrückten) Saal hineinzeigte – immerfort weiter honigsüß lächelnd, extra für mich, als ob wer ganz anders gemeint sei: hinter mir, unsichtbar! Im Foyer hängt hoch oben ein riesiger schräger

Spiegel, in dem du dich unerwartet schräg von oben siehst (über die Schulter): Augen blau, eine dritte Person unbekannter Herkunft. Spiegel mit Goldrahmen dick wie ein Baumstamm, kunstlos ziseliert. Gleich würde es anfangen!
Die Vorstellungen fanden im alten Theatersaal der Burg statt: ein verschrobener »neuer« Anbau für sich, 1890, schieferfarben, ganz dicht am Rand: wie um zu gegebener Zeit sang- und klanglos in die Schlucht hinunterzurutschen, ganz von selbst, mit oder ohne Publikum, den steilen Abhang hinab: am Waldrand nisten Hühnerschuppen, Fuchsbau und Ziegenstall, Gärtchen, Zäune, Holzstoß, Brombeerhecken, ein Taubenhaus, die schwindenden Reste eines stillgelegten Sägewerks (Keiner wills, sie verheizen es heimlich; Keiner wußte, wem es gehört) – er reißt im Sturz Alles mit sich ins Leere, eine wachsende Lawine, die da in den alten bankrotten Basaltsteinbruch stürzt und (die Schlucht hat zwei Etagen) weiter übern Weg, reißt zwei getaufte Kälber und eine gottesfürchtige kleine Schafherde mit und poltert den halsbrecherisch-finsteren Hohlweg entlang: immer weiter, immer tiefer hinab! Sand, Steine, Balken – ein Trümmerhaufen am Fuß des Bergs! Ameisenflucht! Ein gewaltig-dröhnendes Bühnengelächter steigt aus den Trümmern senkrecht empor und – in immer noch goldener Abendstille (Katastrophe beendet) – eine *Staubwolke*, die sich jetzt (im Gegenlicht) langatmig zu entfalten beginnt. »Sich furchtlos fallen lassen: The Show must go on!« (Derart zahlreiche fiktive Katastrophen, mit denen du dich jahrelang vergeblich gequält!)
Der Saal war nie abgeschlossen, Wolken trieben hindurch – manchmal verirrten sich Vögel hinein. Im Foyer gab es Fledermäuse, Gipsengel, doppelt und dreifache Armleuchter, in halber Höhe eine blinde (lügenhafte) Ehrenloge, die man von nirgendwoher betreten konnte, außer man hätte eine geliehene Leiter angestellt – als einziger Ehrengast, wie ein kostümierter Anstreicher! Und wenn du, statt dir für immer den Hals zu brechen, endlich erwartungsvoll Platz genommen hättest in luftiger Höhe (Programm, Champagner, Opernglas): Wo bleiben die Ovationen? (Nicht, daß mir groß was dran läge, aber ich bin nunmal dran gewöhnt und merkwürdig ist es doch; kopfschüttelnd: wo sie wohl blieben?), dann ginge dir doch noch endlich auf, daß die Vorstellung ja im Saale stattfindet – da drin! Hier sind wir aber im Foyer! Und natürlich hat irgendeiner

die Leiter längst weggeschleppt – Wer denn? Jemand ließ sich doch einst an Jemandes langem goldenem Haar sicher aus dem hohen gotischen Turmfenster, 80 Meter Höhe! Sobald du dich aus ca. 80 Meter Höhe geduldig abgeseilt hast (Hand über Hand) – erschrick nicht! Kein Grund! Die Erde ist gar nicht mehr da. Leeres finsteres All: gute Nacht!

Theater: Ewigkeiten, bevor es endlich anfing. Ich glaube, diese erwartungsvolle feierliche Stille zuerst war es, die mir den unerträglich brennenden Wunsch eingab, selbst auf der Bühne zu stehn: ein Feuer anzünden, ein lebendiges Feuer! Alle Bauernkinder sind mit beiden Händen voll Holz und Kartoffeln gekommen und sitzen mit offenem Mund da und halten die Luft an und haben sich ganz vergessen! Hatten aber epidemischen Keuchhusten, die meisten, ich nicht: »Der is Flichtling!«

Die Löwendame saß nachher mit dem gleichen Stuhl als alte Königin auf der (ungeheizten) Bühne, saß da und strickte – vielleicht einen reichlichen warmen Schal für den hustenden alten König (warum drückt meine Krone so schwer?) oder kann sein, der gesamte flinkfüßige Hofstaat kriegt nächstens glücklich neue warme Wollsocken verpaßt, mitten im Winter: ein Staatsfeiertag! Damals gab es keine Wolle und um etwas stricken zu können, mußten die Leute vorher etwas Gestricktes auftrennen, was (immer abends) jedesmal langwierige Erwägungen und folgenschwere Entschlüsse erforderte – die Wolle war dann *gekräuselt*! Richtige echte Vorkriegswolle! (Damals fror Jeder!)

1946: Auf allen deutschen Bahnhöfen, auch wenn sie zerstört waren, bieder und behäbig (aus einer anderen Zeit) bunte historische Blechschilder: Schachenmayr Wolle! »Kauft!« Doch in Wahrheit gab es gar keine! Ich war fünf: ich hatte eben lesen gelernt und wollte gern Alles glauben, was geschrieben stand! Am Nachkriegs-Hauptbahnhof Frankfurt/Main, da hing damals ein Riesenschild: »Frankfurt: dein erster Weg zum Zoo!« Es war schon dunkel und ich fragte mich, wie wir (eben angekommen, zum ersten Mal hier) denn nur hinfinden sollten: mitten in der Nacht und ohne uns zu verlaufen! Doch Keiner kümmerte sich drum oder fragte mich; lauter Fremde. Und ich war so müde, daß ich (warum fragt mich denn Keiner?) dauernd stolperte und (in Gedanken: sowieso neige ich dazu, mich zu verlaufen) erst nach dreiundzwanzig Jahren dazu kam und hinging und mir ganz korrekt eine Eintrittskarte kaufte (Obwohl ich damals doch nächtlicher Einbrecher war: um endlich bei Tag schreiben zu können. Schon jahrelang kaum noch Schlaf! Vorher war ich Personalchef und schrieb nachts!) und hörte gar nicht weit weg die Tiger schrein. Zeit genug: trank blitzschnell zwei Cognac im Zoorestaurant (sobald du näher hinsiehst, sind es aber doch keine freundlichen hilfsbereiten Pinguine, sondern wie überall dressierte menschliche Kellner im Frack, lauter gesalbte Ausländer!) und ging eben – direkt aus dem frühen Vormittag kommend – auf das angebliche Amphibienhaus zu, da erschienen auch schon und traten auf und näherten sich mit Riesenschritten (»So ein Schwindel!«) die ersten und immer mehr und mehr überlebensgroße Wächter mit ihren amtlichen Flammenschwertern und sagten und verkündeten und brachten die Botschaft, daß jetzt gleich geschlossen würde! »Feierahmd!« Licht aus! Sie scheuchten den hinfälligen Tag mit riesigen Dreschflegeln über den erschrokkenen Horizont (die Tiger schrein) und hüllten gleich hastig Alles in wolkengroße nasse graue Tücher ein, schlugen nachdrücklich und autorisiert ernste kupferne Gongs an, aufsichtshalber herumwandernd: Schluß für heut! »Hörst du die Tiger schrein?« (Alles gelogen!) Dabei hatte ich mich (wohin jetzt damit?) eigens mit Geduld versehen für die vergreisten zehntausendjährigen Wasserschildkröten, mit denen ich zu beginnen gedachte; »Feierahmd!« Da sei der Ausgang!

Es war der 3. Dezember 1971, ein gewöhnlicher Freitag: in aller Frühe hatte es geschneit und fing dann zu tauen an (plötzlich war die Nacht da). Vorm Portal ein kleiner Platz, wo die Straßenbahn kreist, Endstation: Verkehrsinsel, Telefonzelle; ich warte auf dich! Drei Kneipen nebeneinander, alle mit – unter schwarzgefiederten Nachtbäumen (Tauwetter: Alles tropft) – verheißungsvoll hellerleuchteten Eingängen. (In Ffm.-Hauptbahnhof bin ich als Kind mal verlorengegangen, 1948, abends –)

Eisenbahnfahrten; sooft du benommen erwachst (zum wievielten Mal), aufblickend: Zug fährt immer noch mit kreischenden Bremsen in den gleichen ewig-gestrigen Abendbahnhof ein: wo ich einschlief, weil er so lang gehalten hat. In Wahrheit gab es gar keine Wolle. »Die Schilder sind alle gelogen!« Deshalb, sooft unser Zug zum Stehn kam (ein Traum der kein Ende nimmt), konnte ich auch nie sicher sein, ob die Reste der Städte vorm Fenster – Hamburg-Köln-Dortmund-München, Frankfurt am Main (sowieso meistenteils Ruinen und ewiger Abend) –, ob sie auch wirklich »wirklich« und ob sie auch wirklich so hießen – »Das schreiben sie bloß so an! Die ganze Stadt ist bloß aufgemalt!« (Und der Gipfel ist, wenn sie den Zug stundenlang in der künstlichen Finsternis in eigens errichtetem Pappmachétunnel stehenlassen, Abstellgleis: warten, wo gar kein Berg ist – wie bei einer Spielzeugeisenbahn.

Unterwegs: daß wir uns angeblich einen Sack Weihnachtsäpfel ganz harmlos hatten holen wollen, in Augsburg? Bamberg? Bayreuth? Voller Zuversicht: ein leuchtender Spätherbst! Doch mußten – schon wochen-, schließlich monatelang unterwegs; ursprünglich (angeblich) ging es um Äpfel – bei lauter unvorhergesehenen Schwarzhändlern und Germanisten übernachten, die immer woanders heimlich und verborgen wohnten, die Alle kein Licht leuchten hatten, höchstens alte gestohlene (gefundene) Reichspetroleumfunzeln, qualmend, trüb blinzelnd (Hustenanfälle). Sie lebten im neuen Untergrund – »Betreten Verboten! Lebensgefahr!« – in brandneuen Bombenruinen. Sowieso meistenteils Spione! Schleichwege, Trümmerfelder, und es war schon der zweite Herbst und wurde immer später! Finstere Abendherbergen, nie ganz legal, Nachtfrost, Kellergerüche. Das Jahr ging schon wieder zur Neige und mein Vater, eben aus dem, aus seinem Krieg zurück (Einer, der seine Geschichte oder was er dafür hält vorerst nicht in Worte zu fassen vermag – Erfahrungen –, vielleicht nie!), war mir noch ganz fremd, wurde heimlich (wie er glaubte: unmerklich) immer unsicherer. München, Hamburg usw. völlig desorientiert, besten Willens, fing er in kyrillischen Buchstaben sein erstes geheimes Fahrtenbuch an: »Woher? Wohin?« (Schwarz, in Wachstuch, Blattschnitt rot; es roch nach Sonnenblumenöl.) »Den Rückweg finden!« Nacht für Nacht, bei Kerzenlicht, arbeitete er heimlich daran und kam – mit seinen veralteten Sternkarten und unzulänglichen Notsixtanten – nie zurande damit.

Von wegen Weihnachtsäpfel: ich dachte mir sensationslüstern aus, daß wir in Wahrheit auf der Flucht seien (was vielleicht sogar wirklich der Fall – und verpassen dabei ein Weihnachten nach dem andern!). Ewig der gleiche Tag Gegenwart, ewig der gleiche ewige Abend hinterm Horizont. Unser Zug steht eine Ewigkeit, damit

man denken soll, es handelt sich hier um eine größere Stadt, bedeutender Eisenbahnknotenpunkt usw. Alle Waggons ungeheizt. Keiner steigt aus oder ein. »Frier nicht!« Bahnsteig aus Blech, ganz rostig und verbeult! Schaufensterpuppen auf dem Bahnsteig, reglos, mit erhobenen Armen, manche auf einem Bein, stundenlang, und (unbegabte Dekorateure) in allerlei albernen Posen erstarrt, brauchtest bloß die Hand auszustrecken, um sie zu berühren. Erschrick nicht! Teils fehlende Gliedmaßen und sonstige Einzelheiten! Alles im letzten Moment lieblos hingestellt, viele Fehler, vertauschte Köpfe undsoweiter.
Als unser Zug nach einer weiteren Ewigkeit endlich schrill pfiff und zu *zittern* begann und schließlich mit letzter Kraft mühsam nochmal wieder anfuhr und langsam in Fahrt kam, da, konntest du sehen, fingen sie schon überstürzt mit Abräumen an, vielzufrüh: schleppten, je zwei, ein Stück Hintergrund nach dem andern hastig beiseite, Fachleute! Sie haben es eilig: gleich Feierabend! Schaufensterpuppen, die verloren auf dem (immer schneller, unaufhaltsam davonfahrenden) Bahnsteig unter einsamen stockfleckig-besudelten Kreidehimmeln zurückblieben: Wink doch, sagte meine liebe (lebendige) Mutter, die ich vor lauter Verzweiflung vergessen hatte, neben mir. Willst du denn nicht winken? fragt sie freundlich in meine Zwangsvorstellungen hinein, doch ich schüttele nur stumm und verzweifelt den Kopf, mit zusammengebissenen Milchzähnen, nein danke! Der Zug fährt, immer schneller, dem Abend zu. Immer hab ich an Reisen, ja! Zeitlebens nie an Ankünfte geglaubt!

»Schauspieler auf der Burg!« Jedesmal wenn ich aus dem Theater heimging mit leeren Händen, war ich wie betäubt. Die steilen Treppengassen bei der Burg; der steingesichtige alte Stadtturm (eine Fledermaus in der Dämmerung). Ich gehe ganz vorsichtig, wie in Trance, wie auf rohen Eiern (die es damals gar nicht gab, nur überseeisches Eipulver mit Farbstoff aus feuchtgewordenen Care-Paketen – in Notzeiten scheints legen die Hühner nicht oder schlecht!) oder als hätte ich etwas Kostbar-Zerbrechliches zu tragen, irgend kaum zu beschreibende Unersetzlichkeit, die mir nicht gehört – und stolperte trotzdem bei jedem zweiten Schritt (»Paß doch auf!«). Viel zu verzagt für Umwege, verlief ich mich bloß ein paarmal und merkte es kaum! In den schwankenden Straßen, die ich kaum wiedererkannte, fing es an dunkelzuwerden. Alles war

mir ganz fremd und mein Herz so schwer (doch gleichzeitig bin ich Jemand ganz anders!)
Der Heimweg schien endlos. Meine Mutter, die mir die Tür öffnet; die Lampe, ein Feuer im Ofen, Licht und Wärme, die mich bei meinem Eintritt sogleich belebend umfangen – wie im Traum sah ich meine Mutter, wie sie sich zu mir beugt und, ganz nah, lächelnd auf mich einspricht! Und wie im Traum höre ich ihre Stimme und steh da und versteh kein Wort, wie betäubt, völlig hilflos, ein Fremder; schluckend, als ob ich Halsweh hätte, und starrte wortlos in die trüb schimmernde 15-Watt-Lampe.
... da sagten (hast du zugehört?) der arme ehrliche Bauer und seine liebe gute Frau vor dem kalten Ofen betrübt zueinander: »Ach, was soll nun aus uns werden?« Und das langmähnige Zauberpferd sprach zu dem jungen Königssohn: »Der Teufel schläft tausend Jahre! Steig nur auf, so will ich dich gleich wie im Flug über alle Länder und über das weite Weltmeer hinweg in ein fernes neblichtes Land tragen – Zwischenreich, wo in erblassender Dämmerung die Vögel mit menschlicher Stimme klagen –, dort bei den Klippen am Rand des Abends, neben einem verfallenen Schloß, das lang schon leer steht, wächst der Baum des Lebens. Nur alle Menschenalter einmal trägt er drei Früchte, und bis wir dort ankommen, werden sie (das Pferd nickt, mit klugen glänzenden Haselnußaugen) gerade reif sein!«
Du stehst da, hast dich wiedergefunden, starrst benommen ins Lampenlicht, fünfjährig (in der dritten Person) oder auf deinen fremden, nachtschwarz geflügelten eigenen *Schatten* da an der Wand, wo die Tapete in Fetzen herunterhing und überkommene vielgestaltige Riesenflecken Feuchtigkeit, namenlos unerforschte Kontinente, mich vorm Einschlafen stets zu weiten Reisen einluden – immer dauert es ein paar Stunden, eh ich zu mir komm, gewöhnlich kommt dann eine Entladung: wie mitten aus dem Schlaf heraus ein langer fieberhafter Monolog, in dem ich Alles zugleich war-fand-wiedergab, wiederzufinden bemüht war, darstellte – »Vergiß nicht den Zauberspruch!« Unzählige, die sich nicht zurückzaubern konnten, nie mehr! Ganze Besetzungen Stars Hofstaat Komparserie, ganze Generationen! Unzählige, die »das Wort« vergaßen und den Rückweg nicht finden.

15

Das Dorf, Oktober 1946, 47: die Wege gefroren, Raureif alle Morgen, mittags immer zum letztenmal ein glasierter Porzellanhimmel, durchsichtig blauglänzend makellos, hoch und fern – die haushohe Dreschmaschine mit Gottes Segen (Frakturschrift), die Mietmotorsägen (und wie sie großspurig angeknattert kamen auf Vollgummireifen), die einzigartige Dampfmaschine zum Sieden der Winterkartoffeln für die nahrhaften Hausschweine (ein weiteres unfaßbares fahrbares Ungetüm aus grauer hiesiger Vorzeit, Schornsteine wie ein Flußdampfer, dreiteilig, neun Mann Besatzung, lauter Heiden und Jeder so stark wie ein Stier) waren bereits wieder abgezogen. Die Bauern, Mißernten heuchelnd, wurden allesamt schwerhörig, fraßen ihre Erträge selbst oder horteten sie (in Erwartung noch schlechterer Zeiten, so Gott will) einstweilen für – soweit ihre oberhessischen Ofenbankträume reichten, Schmuck, Porzellan, Orientteppiche usw., mancher schon jetzt im Besitz von Stücker drei Klavieren oder Konzertflügeln, wohin damit? – immer phantastischere Tauschgeschäfte.
Frühnebel, *dampfende* Misthaufen, singende Telegraphendrähte in frostiger Frühstille, eine stachlige Eisschicht überzieht jetzt alle Morgen den Tag; es wird kalt. Die Bauern nageln ihre Kellerfenster zu. Nägel sind teuer, teurer als eine lebendige Kuh oder eine lebenswichtige Blinddarmoperation. Wer jetzt ein Fahrrad hätte und sowieso kein Haus: dies wären die richtigen Morgen, um mit oder ohne Rucksack und Ziel auf- und davonzuradeln, grad wie die Sonne sich anschickt durchzukommen, gegen zehn: und es wird (geht stetig bergab) nochmal ein schöner Tag werden, kann sein der letzte für dieses Jahr. Nicht abschweifen: Es wird kalt. Die Bauern nageln ihre Kellerfenster zu, mit US-Nägeln. In der Mittagssonne sammeln sich die letzten Zugvögel. Das Dorf bereitet sich umsichtig vor auf den Winterschlaf; Grabesnächte.
Im Wald: Holz sammeln! Tage wie Honig, noch im Herbst viele sonnige Mittage. Ganze pralle Jagdrucksäcke voll oder (Rucksäcke sind verdächtig, besonders in schlechten Zeiten) beizeiten im Sommer zusammengesucht, ganze Fuhren auf kleinen überladenen

Handwägelchen, geliehen, deren überforderte Achsen und Räder bedenklich quietschten bei jeder Umdrehung (Waldwege). Auf dem Heimweg findest du immer noch ein besonders gut geratenes Stück Holz und bringst es nicht fertig, es liegenzulassen, zu verstoßen: »Ach, ihr Kinder, was für ein schönes warmes Feuer wir den ganzen Winter lang haben werden!« So ein eigenes Handwägelchen war damals in vielerlei phantastischen Zusammenhängen der fahrbare tragfähige Traum jeder ausgehungerten Flüchtlingsfamilie. Aber dann wurde es ein so langer harter Winter, daß spätestens im eisigen Januar (kein Ende abzusehn – was steht uns noch bevor?) auch des Vorsorglichsten Vorräte bedenklich zur Neige gingen. Frost, Kälte, hoher Schnee. Bevor es gleich nach dem Nachmittagskornkaffee wieder Nacht wurde: den ganzen Tag stand bleich ein eisiger Tagmond am Himmel. Winternacht, Stille (»hörst du von fern den morgigen Sturm?«), alle Straßen wie ausgestorben, alle Fenster zugefroren und der Schnee reicht bis unters Dach. Zeit (sobald erst zum Stehengekommen) stand wochenlang still. Belagerungszustand.
Dorfgemeinschaft: Jeder, heimlich, verheizt (Stück für Stück) seines Nachbarn liebsten Zaun. Auch zwo Stück Schlachtsäue, heißt es, wurden gestohlen. Ihre lieben Enten, Hühner und Tauben, das ganze vielköpfige fromme Federvieh, nehmen die gewieften Einheimischen jetzt jede Nacht mit ins Haus, in die Küche, gefiederte Gesellen (»Setzt euch da auf die Ofenbank!«); händereibend: der Schnee reicht bis unters Dach! Unvernunft, Hexenglaube und Spuk wandern von Haus zu Haus, nächtigen hier und dort, nisten sich überall ein, Vorzeit, Not und Furcht, Petroleumlampen, finsterstes Mittelalter. Der eine Hellseher wurde schnell reich, kaufte sich einen stillgelegten, doch fahrbereiten Nazi-Horch, acht Zylinder, hatte drei Bräute auf Zeit, scheffelte Geld und Klaviere, dem zweiten nicht lang danach zerschlugen sie in der Dreikönigsnacht (kein Feiertag hierzulande) alle seine Knochen, ließen ihn befriedigt für tot liegen im eisigen Januarschneetreiben (»Jetzt aber nix wie heim!«) und nur des Schäfers Hund Fidus und des Schäfers ortsfremde Einfalt, Geduld und Kräuterkenntnis gaben ihn nach zwei Wochen Niemandsland dem Leben zurück.
Am besten noch hatten die Flüchtlinge aus Siebenbürgen vorgesorgt (wochenlang wich die Nacht kaum je weiter als bis an den Dorfrand zurück). An kalten blauen (arktischen) Winternachmitta-

gen siehst du sie, Männer, Frauen und Kinder, sibirisch vermummt im Gänsemarsch mühsam durch den hohen Schnee stapfen, schweigend, müde – lang auf das ferne Abenddorf zu, mit seinen rötlich blinzelnden Lichtern. »Die Holzsammler« Bißchen spärliches Leseholz, zu ärmlichen Bündeln verschnürt (wie das Schicksal: Jeder hat seins) (wie auf dem genial-stümpferhaften frühen Bild von van Gogh – unter einer tiefstehenden roten Wintersonne, eine ferne – polare – *Luftspiegelung*), so schleppten sie es mühsam nach Hause; lange Heimwege.
Die hiesigen Bauern, Eingesessene, Erdarbeiter, Maulwürfe, rotgesichtig, schlau, feist und gutgestiefelt (Jeder hat eine Fuhrmannspeitsche, Zuversicht, wollene Fausthandschuh, fettreiche Wegzehrung im Überfluß), pflegten zum Holzsammeln mit ihren knarrenden Ochsenfuhrwerken in den Wald zu fahren, Atem dampft, frühmorgens im Herbst, sobald die Ernte eingebracht ist und verstaut. Als ob es hierzulande noch Bären gäbe: daß es erlaubt war, dürres Holz aufzusammeln, aber Jeder nahm dazu vorsichtshalber eine handliche kleine Axt mit (Lebenserfahrung). Der Krieg ist aus; Weihnachtsbäume sind untersagt. Jeder Holzsammler hat bei der örtlichen Ersatz-Obrigkeit unverzüglich und devot um einen vorläufigen »Holzschein« vorstellig zu werden! Nicht daß Einem der Schein vorenthalten werden sollte: das nicht! Es ging nur darum, amtlicherseits nachzuprüfen, ob die Leute, die Holz sammeln wollten, auch wirklich existierten. Der Mann im Mond beispielshalber hätte keinen bekommen! Ich dachte ihn mir als geduldigen armen Holzsammler (ohne Schein). Winternacht, Mondglanz, meilenweit Stille, ein alter Mann mit Bündel und er hats eilig und hat keinen Schatten!

Im Wald: Imbisse. Jede Mahlzeit ein Fest! Wie gut schmeckt (besonders wenn es dir schlecht geht und du wirst das fortan alle paar Jahre wiederentdecken, dein Leben lang) trockenes Brot, Speck auch, Brot mit Salz, wenn du es im Wald ißt, umherblickend, bedächtig kauend, geruhsam lagernd auf moosgepolstertem Baumstumpf (der grad richtig, laß dir Zeit!), auf vogelsang-umjubelter stille-bewohnter licht-erfüllter Lichtung, in sonniger Gegenwart, im Gras, am Wegrand, im Blaubeerkraut, oder da auf dem geduldigen kleinen Leiterwagen, nach Stunden und Stunden im Wald: Brot

mit Salz, süße Äpfel, jeder Bissen gut. Bei solchen Mahlzeiten, bedächtig kauend, ganz Auge, versenkst du dich in die – was da ist: Gegenwart, Welt der Dinge (gutwillig), kommt dir wie gerufen die heilige (lebenswichtige) Kontemplation zur Hilfe – »sich wiederfinden!« – und Alles gewinnt seinen ursprünglichen unverfälschten Geschmack wieder: klares Quellwasser, mitgebrachte Milch aus einer weißen verbeulten Blechkanne, Weißblech, mit kaiserlichem Helmdeckel und beinglattem Holzgriff, Milch mit Heidelbeeren, mit kleinen würzigen Walderdbeeren, frischgepflückt.
Ganze Sommer in den Wäldern: »Im Sommer soll man sich vom Wind weit durch die Wälder treiben lassen!« Ganze lichte Sommerwälder von Kirschbäumen am Waldrand, Aprikosen, Brombeeren, Himbeersträucher, selige Gefilde, Strawberry fields forever, die unversiegbare Quelle, Birnen, Quitten*, Eßkastanien, Weißdorn, Holunder, Schlehen, Granatäpfel, mein Feigenbäumchen (das mir nachher Keiner glauben wollte, nichtmal du), Honig, Klee, Sauerampfer, junge Möhren, mein Häschen, die gut für die Augen sind, Rhabarber der lustig macht, zarte grüne Chinaerbsen – da muß ich aber doch wohl an einem Garten ohne Zaun vorbeigekommen sein. Pilze: sie duften so intensiv nahrhaft und pikant, daß du sie sogar roh essen könntest. Eine besondere Sorte junger Parasolpilze, die wir als Kinder Zitronenpilze nannten und roh speisten, mit frischen Kräutern, in Riesenmengen – sie wuchsen den ganzen Sommer lang und einen langen sonnigen Herbst hindurch überall am Wald entlang, ganze Scharen, in seinem lichtgesprenkelten Schattengeflecht.
Blüten im Haar, Ohren mit Kirschen geschmückt. Tage wie Honig!
Bald sind auch wieder die Pflaumen reif! Himbeeren, gut gegen Fieber, und Nüsse zu ihrer Zeit (der Sommer färbt sich mit Purpur und Gold), und kleine rote Walderdbeeren, die so gut sind, so köstlich. In Paris jeden Frühling, in kleinen teuren Kristalläden (die Frauennamen tragen: *Delaine, Yvonne,* in zierlicher rosa Neonschrift überm Eingang) kosten sie ein Vermögen – wie aus rosigem Marzipan, knapp eine Handvoll in niedlichen kleinen Auvergne-Körbchen). Und würzigherbe Preiselbeeren und saftige süße Heidelbeeren rotblaulila. Und dabei kein mühsames Bücken und

* Die so gut riechen, so erfrischend – ich bin der Einzige, der sie ißt.

Pflücken und Sichwiederaufrichten, ächzend, schrittweise, daß du kaum noch zum Sehen und Denken kommst und – Sklavenschicksal – Gegenwart und Umgebung schon gar nicht mehr wahrnimmst – oh nein: selig träumend, so liegst du im Wald, in der Zeit, im Farn, auf dem Rücken (»dies ist die Wirklichkeit: traumblau«), reglos, treibend in Farn, Sommer, Blaubeerkraut, Vogelsang, *jubelnder* Stille – brauchst nur (wie im Wasser beziehungsweise im Paradies, vertrautes Element) nach allen Seiten vertrauensvoll blind deine Hände ausstrecken und stopfst dir das Maul – kannst nie genug kriegen: die süßesten Früchte. (Gestern noch auf der Flucht: Regen, Wind, Landstraßennächte.)
Gegenwart: Farn, schwankende Gräser, Lupinen blühn da am Weg, Königskerzen. Die iß nicht, sie sind giftig. Sieh nur, wie schön sie sind! »Die Luft steht reglos, auf den Hügeln wuchert der Ginster.« Komm, laß uns gemächlich weiterziehn, ein Stück weit gen Mittag, gen Abend zu – bis wir an einen sonnigen schattigen Uferrand kommen, komm! (Sooft ich den Wald betrete, fällt die Vergangenheit, fällt die Zeit von mir ab, wie *totes* Laub.)
Nachkriegszeit: auch Tannenzapfen wurden gesammelt, Fichtenzapfen, wie der Kenner weiß, alle die fleißigen Tannenzapfensammler sammeln in Wahrheit ja Fichtenzapfen. »Waldreiche Landstriche!« Alle Schulkinder sollten am nächsten Tag je einen Tannenzapfen mit in die Schule bringen und brachten Fichtenzapfen mit, gleich Dutzende Jeder. Sie riechen nach Wald, Harz, Bernsteintropfen. Sie brennen besonders hell und heiß: so heiß, daß die Ofenplatte glüht und sie tanzen prasseln krachen knistern und blitzen im Feuer! Wir hatten den Ofen, einen amtlichen Ofen mit Krallenfüßen, erst Ende Oktober bekommen (Zuteilung); lange Abende, meine Mutter macht die Ofentür auf – kannst endlos ins Feuer starren, bis alle deine Glieder angenehm schwer sind vor Hitze und Müdigkeit – bis du endlich nahezu unmerklich einschläfst: ach Frieden!
Volksschule Staufenberg: Unterricht fand alle Werktage auf hessisch statt, doch wenn Schüler oder Lehrer sich mal an mich wandten, gaben sie sich stets ehrlich größte Mühe, hochdeutsch zu sprechen; Goetheschule. Ich kam mit fünf in die Schule; lesen hatte ich schon vorher ganz allein gelernt. In der ersten großen Pause ging ich immer heimlich nach Hause – obwohl es verboten war: über die

Mauer – Kakao trinken! Schulbücher erst vom vierten Jahr an. Da hatte ich schon die öffentliche Bücherei ausgelesen!

Volksbibliothek Staufenberg, Frakturstempel, abwechselnd lila, blaßrot und -grün, jedes Hakenkreuz einzeln durchgestrichen (mit Kopierstift); mattgelbe Karteikarten, holzhaltig, und am Bücherausgabetisch (jeden Donnerstag, honoris causa) der Herr Schullehrer, wohlwollend und umständlich, neben einer trübschimmernden altmodischen Leselampe mit löschpapiergrünem Schirm, der verstellbar: eine Art künstlicher Wiesennebel ihr trügerischer Schein, schraub sie tiefer! Der Herr Lehrer in Hemdsärmeln die zu lang sind, deshalb zwo Stück rote Einmachgläsergummis, doppelt genommen. (Vor ihm sein lebenslanges billiges Brillenetui: Vulkanfibre, Schnappverschluß.) Seine Hustenanfälle. Rechtzeitig vorher jedesmal steht er (abwinkend) auf und stellt sich neben dem Ofen da drüben ans Abendfenster, krampfhaft hustend, ganz außer Atem: ja, die Aussicht. Fast dran erstickt.
Bücherausgabe jeden Donnerstagabend. Alle warten geduldig. Nachher trägst du deine Schätze klopfenden Herzens (wie einen geglückten Raub) hastig heim, Dämmerung, Abendnebel, die meiste Zeit Herbst. Der Mond hat einen Hof; verschlafen im Hintergrund surrt eine langsame Häckselmaschine, die sich dauernd verschluckt und aus dem Takt gerät, hustend. In den Ställen, geduldig da im warmen biblischen Öllampenlicht, sind sie dabei, das Vieh zu versorgen. (Jede zweite Kuh hier heißt Lisbeth oder Lisa, die andern heißen Els.)
Fledermäuse ja, aber für echte Gespenster, sagte ich mir, ist es noch viel zu früh: schnell heim! Zu Hause ein auf dem Ofen erhitzter Ziegelstein, in Tücher gewickelt, glühend, wartet am Fußende meines Bettes: wir lesen im Liegen. Ich bin sieben. Das nächste Mal soll ich einen schriftlichen Zettel von meiner Mutter mitbringen, daß sie mir erlaubt, auch Erwachsenenbücher zu entleihen. Hauffs Märchen zum Glück nicht, doch sogar die Schatzinsel und Robinson Crusoe sind Erwachsenenbücher!

Und alle zwei Wochen Dienstagnachmittag ein riesiges dunkelblaues Walfischauto wälzte sich auf den Schulhof: die fahrende Amerikahaus-Bibliothek. Innen ein angeschraubtes Emailleschild:

Diese Hebel sind nur vom Fahrer zu bedienen! Da rochen die Bücher, Dickens, Cooper, Mark Twain und Enid Blyton, wieder ganz anders.

Der Schulhof: eine abendrote Backsteinmauer aus dem Jahr 1901; die Bauernkinder bekamen von ihren (wie ausgestopften) großmächtigen Müttern immer Worscht- oder Hoinkbrote in den Schulhof gebracht, groß wie Bretter, den ganzen Frühsommer mit (abwechselnd) Radieschen oder frischen Erdbeeren drauf, mit Schnittlauch und Salz, mit braunem Zucker bestreut. (Alle backen ihr Brot selbst, Samstagmorgen, im Gemeindebackhaus, das glich einem versteinerten Hexenhäuschen!) Oder Schmehr- oder Quoatschekuche – U ganz kurz! Pause rum! Nachher standen die fremden Mütter mit ihren Schürzen und Kopftüchern noch ewig beim Tor, unterm Lindenbaum und (Ewigkeiten; jede muß gleich wieder heim!) schwatzten endlos mit- und gegeneinander, die ganze nächste Stunde hindurch, aufgeregt gestikulierend! Durchs Fenster (im Unterricht war von Fröschen die Rede: sie mußten alle addiert werden!): wie Strohpuppen, als ob launische Windstöße sie beleben! Wie Hexen die gleich sich emporschwingen und johlend davonfliegen werden, doch taten es nie!

So ein liebloser Dialekt, fand meine Mutter und (ganz verstört: bei schlechtem Wetter ist es am schlimmsten!) verstand sie oft nichtmal beim Einkaufen in den sturen Dorfläden, es gab sowieso nichts. Nicht mal auf Karten! Sooft sie entmutigt heimkommt, denkt sie sich was Schönes für uns aus. Für den behördlichen Rationszucker alle zwei Wochen mußt du Einwickelpapier oder eine leere Büchse mitbringen, beides gab es nicht. Später ging ich immer stolz mit ihr und übersetzte für sie jedes Wort, furchtlos, ein vierjähriger Ritter der sich auskennt.

Meine große Schwester macht ihre Hausaufgaben auf Zeitungsränder. Ich lege meinen müden Kopf auf den hohen Tisch und sehe ihr endlos zu dabei: solche *ernsthaften* Kringel und Linien. Und sie dreht sich immerfort helle Haarsträhnen um die Finger und seufzt vor Wichtigkeit. (Schon wird es kalt.) Sie hatte weder Schuhe noch Schultasche. (Jeden Tag Graupensuppe.) Dann irgendwie kamen haltbare Holzpantinen für sie zustande, und meine Mutter nähte ihr abends unter der Lampe (15 Watt, viele Abende) eine Tasche aus grasgrünem Filz (aus einem fremden alten Sofakissen), noch später näht sie ihr sogar Hefte aus aufgebügeltem Kreppapier! Salz gab es keins. Kartoffelschalen nicht essen ist eine Sünde, aber keine Todsünde. Meine Mutter erzählt uns von ihrer Mutter und von früher den reichen Leuten in Karlsbad; was die damals Alles zum Essen bestellt haben in den feinen Hotels! Wie sie dasitzt und spricht, ist sie ein kleines Mädchen, schwarzhaarig, mit frohem Mund und leuchtenden Veilchenaugen.

Dann im Herbst die Zuteilung für den Ofen, schon wird es kalt, ein amtlicher Schein der uns zum einstweiligen Überleben berechtigt. Die nassen Wände fingen zu schimmeln an, und wir nahmen unsre ganze Einfalt und Hoffnung und gingen einen Bauern suchen, der ihn uns heimfährt, hier der Berechtigungszettel! Aber was könnten wir ihm dafür anbieten, als Bezahlung, außer diesem winzigen silbernen Kreuz?

Bucheckern wurden auch gesammelt. In einem entlegenen Wald, wo die Erde der Wege rot war, über dem einsam große Raubvögel kreisten, hoch im schwindelerregenden Mittag. (Meine ganze Schulzeit lang hab ich durchs Fenster gelebt: wie alle Gefangenen.) Man konnte, so hieß es, die Bucheckern abliefern, da beim Staat irgendwo – den es damals noch gar nicht gab, bloß eine zugereiste Militärregierung fremder Zunge – wir sind selbst zugereist bzw. Flüchtlinge, und bekam angeblich Öl dafür, in Kubikzentimetern, Speiseöl oder Ersatzgeld – ich weiß das nicht mehr! Beim Bucheckernsammeln verlierst du leicht die Lust und Geduld – ewiges Bücken und kein Ende, man wird ganz stumpfsinnig dabei: das soll ICH sein? Deine eifrigen Mitsammler hast du längst aus den Augen verloren! »Sammel Bucheckern sollst du sammeln!« Sie waren so elend klein, und die Milchkanne (dröhnend vor Leere) wurde nie und nimmer voll. Überdies: in der Kanne, auf ihrem Grund (als ob du sie durch ein verdrehtes Teleskop schmeißt: friß zu!) scheinen sie aus Gemeinheit noch immerzu kleiner zu werden! (Dabei hatte ich mir zur Aufmunterung schon – doch vergeblich – vorgestellt, daß die Kanne ein stolzes Lastschiff sei: Bark oder Galeasse. Ach, ich hätte mir ein flinkes munteres Eichhörnchen gewünscht, zum Trost und als Partner! Milchkanne ganz verbeult, Weißblech! Und ich bin der Kapitän! »Such dir eigene Wege aus!«

Dauernd sich bücken! Außerdem mußt du noch extra aufmerksam darauf achten, nicht von tauben (hohlen) Bucheckern, deren es

(wie sich bald zeigte) mehr als genug gab, dich täuschen zu lassen. (Und wer weiß, wieviel gute du dabei mit wegschmeißt, zum Verzweifeln!)
Skrupel! Du hast deine eifrigen (tauben) Mitsammler längst aus den Augen verloren. (Selbstgespräche!) Ihre Stimmen im Wald, in deinem Gedächtnis, verklangen, verloren sich (die Milchkanne immer noch beinah leer) *blechern* dahinten zwischen den Bäumen. Später, als ich erstmalig aufblickte, fand ich mich ganz woanders wieder...
Dauernd sich bücken! Konntest stundenlang stur und eifrig sammeln, mit schmerzendem Rücken, hast schon dreimal das Nachsehn aufgeschoben und heroisch weitergesammelt, damit sie fürs erste noch bißchen voller würde, die Kanne, und du (auf allen Vieren: erbärmlich) nicht gleich den Mut verlierst – so groß ist sie doch gar nicht!
Zwangsvorstellungen! Aber nachher erklärten Alle dir eifrig, es sei gar nicht so, daß du die Welt (was da ist) nicht mehr verstehst, aber nein, sondern in Wahrheit hättest du sie eben nie verstanden! (Gespenster: ganz *blaß*!) Folglich sei Alles wie gehabt, unverändert: »Geh nun hin und sammle geduldig und freudlos weiter!«
Dauernd sich bücken! Das Leben der Ameisen! Und wenn du nachher endlich hoffnungsvoll nachzusehn wagst (damit die Schiffsbesatzung nicht meutert. Wie gern würde ich mit dem Eichhörnchen ehrlich teilen! Nach deiner Rechnung müßte sie jetzt schon mindestens dreimal voll sein!), ist immer noch kaum der Boden bedeckt! (Beiß die Zähne zusammen!) Sie sehen so penetrant spärlich aus! Wie elende kleine Käfer ohne Namen, die sich erschrocken totstellen, bevor sie kopflos davonkriechen: in alle Richtungen gleichzeitig!
Schmeiß die Kanne doch endlich weg! Sie wird nie vollwerden, nie! (Kein Mensch hat je eine Kanne voll mit Bucheckern gesehen, jedenfalls nicht mit eigenen Augen!) Insgeheim, für mich allein glaubte ich nichtmal dran, daß überhaupt Öl draus gemacht würde. (Das lügen sie so!)
1947, ich hatte zwei schöne Schuhe vom Amerikanischen Roten Kreuz an, die barmherzigen Mütter der Siegermächte! Sie waren weinrot, wunderbar biegsam und neu und wie gut sie riechen alle beide! So, mich zu trösten, genoß ich eine kleine Weile die neuen

Schuhe, in meiner Verlassenheit, lautlos auf- und abschreitend mitten im Wald, und rede mir Bären und Wölfe aus, hier nicht! Schlaf nur ruhig ein Stündchen oder zwei! Bei uns, wo ich herkomme, da hat es Wölfe gegeben, doch wir rasten mit Pferdeschlitten achtspännig an ihnen vorbei, die betrunkenen Kutscher reckten sich hoch empor, mit Zügeln, Peitsche und Slivovitz fuchtelnd, und heulten wilde Lieder, Flüche und Beschwörungen in den immerwährenden Schneesturm! Auch zahlreiche Bärengeschichten die mit meinem Großvater väterlicherseits anfingen, der jedes Jahr mit zwei Wagen nach Ungarn fuhr, Wein einkaufen.

Schließlich schütte ich alle wieder aus (ohne Reue, ohne Erbitterung) und fülle die Kanne randvoll mit Steinen, schnell, mit Erde und Laub – und dekoriere obendrauf säuberlich hin lächelnd eine Doppelschicht feiner braunglänzender Bucheckern (Auslese). Wenigstens einmal: wie schön voll war da die Kanne! Ein Kunstwerk, doch Keiner da, dem ich sie zeigen könnte. Die Bäume standen jeder in seiner eigenen Andacht versunken; Pan schläft. Bergan, tiefer im Wald, hingen filigranfeine Spinnweben sachtschwankend von Baum zu Baum, mühsam ausbalanciert: Tautropfen drin, wie Perlen, für die du noch nachträglich den Atem anhältst. Mannshohe Farne standen da reglos im grünen Dämmer, fremd und geheimnisvoll entrückt wie versunkene Unterwasserpflanzen; der Wald hieß Habichtswald.

Heimwege, Abendrauch, Märchengestalten. Wer war es denn, der – mit dem Vorwand zu jagen, doch ohne Gewehr – tagtäglich in den heimatlichen Wald ging, wo ihm die Tage vergingen wie im Traum – ein vergänglicher Traum. Nie brachte er Beute heim. Sie fragten ihn danach, doch er lächelte nur wie ein Tölpel. Und ging einmal mehr in den Wald, und als er am Ende des Tages wie gewohnt müde heimkehrte, da waren, die Kinder waren, als er fortging, nur noch Namen auf *verwitterten* Grabsteinen. »Hätt ich doch nur den Weg gewußt, ich wäre ja längst heimgegangen, wenn ich doch nur den Weg gewußt hätte! Wenigstens die Richtung!« So wandert er, ein Fremder in der Zeit (von großer Stille umgeben), schließlich wieder aus der Stadt hinaus, todmüde, Weg ganz staubig, der Abend begleitet ihn – für ihn wird es keine Heimkehr mehr geben!

Letzter September, Tage wie Honig, langgewohnter Sonnenschein noch einmal auf allen Wegen, Mittage, Licht so süß, so weh, immer noch ein Tag (in der Sonne ist Alles ganz einfach), milde Schatten, Erinnerung, jeder Name-Ort-Traum lädt zum Verweilen ein und (noch einmal): ich weiß nicht, warum mir rieselnder Sand in den Sinn kommt, dieser feine weiße Sand der See, der so leicht ist, daß er manchmal verweht wird vom Abendwind (in den sich Dunkelheit mischt und Kühle); er ist so fein, dieser Sand, und kühl zwischen den Fingern und nachgiebig wie Wasser. Was noch?

September, zwei Stunden Ewigkeit auf den sonnenwarmen Steinstufen der exzentrischen Freitreppe vor eurem Haus, neun Stufen, ganz am Anfang unsrer Liebe – »Bist du sicher, daß es das richtige Haus ist?« Wir haben uns neulich erst kennengelernt (vor drei Tagen) und heute Mittag zum erstenmal wiedergetroffen: eine neue Liebe! Alles noch neu! Ich war sechzehn – ihre Eltern sind glücklich verreist. »Wer wohnt denn noch Alles hier?« Der Tag, an dem wir uns fanden, war Donnerstag, der 17. September 1959, der Ort Abrams Kneipe (die in diesem September Mischas Kneipe war) und heute ist der erste Sonntag danach: Ich bin extra für dich in die Stadt gekommen – daß es: zu dir heißen muß, du bestehst darauf (mit dem Zug, sogar sonntags, dabei dachte ich, du wirst gar nicht da sein). In der weißen Stille des Mittags sind wir quer durch die leere Stadt gewandert – und sitzen jetzt hier und warten auf deine kleine Stiefschwester: sie ist neun, sie heißt Trixie, also Beatrix und hat den silbernen Wohnungsschlüssel (und ist ahnungslos baden gegangen).

Sie kommen nicht vor dem sechsundzwanzigsten zurück, sagtest du, eher später, und (viel Zeit) wir spielten einstweilen zärtlich mit allen unsren Fingern (statt damit gleich pedantisch den Tag auszurechnen). Meine Mutter vielleicht (die ich mir vorerst nicht vorzustellen vermochte, wußte nicht wie) würde dich ganz gern mögen, sagtest du, jedenfalls wenn du dir bißchen Mühe gäbst, aber brauchst sie ja nicht kennenlernen! sagst du und spielst mit meinem Haar (das zu lang ist, wie immer) – ich hatte auch schon daran

gedacht: falls sie unverhofft kämen! (Aber wie gibt man sich Mühe?) Und: mein Vater ist bloß mein Stiefvater, mein richtiger Vater ist tot. Und weiter: laß dich nachher von Trixie nicht ausfragen, wenn du sie – kennenlernst ist zuviel gesagt. Sie ist neun. (Sie wird im Oktober neun.) Sie ist ziemlich ... frech? (Damals gab es noch das böse Wort frühreif!) Als Vorwurf: von mir läßt du dich ja auch nicht ausfragen. Hier widersprach ich: laß mich ganz gern von dir ausfragen, du mußt dir nur mehr Mühe geben. Überhaupt viel liebevoller undsoweiter – wir küßten uns – zum Beispiel auch küßt du mich viel zu selten, sagte ich dann (heller Mittag, die ganze Zeit schien die Sonne mir in die Augen), und du, mit meinem Kopf in deinem Schoß: von selbst tust du wohl nie was? Dabei ist es gerade erst drei Tage her, seit ich dich mittags um halbzwei ungeschickt und entschlossen ansprach. Da hast du aber auch bis zum allerletzten Moment gewartet! Was stimmt, doch für gewöhnlich warte ich gar nicht oder – noch schlimmer – geduldig bis es zu spät ist. Das mußt du auch berücksichtigen. Nämlich, sobald man erst anfängt nachzudenken, wird Alles gleich wahnsinnig kompliziert. An deinen »richtigen« Vater kannst du dich nicht erinnern! Bloß die Fotos: ein fremder Mann, der dich aufmerksam ansieht!
Mit dem Haus hab ich nichts zu tun, sagtest du, außer daß ich seit bald zwei Jahren hier wohne. Wer außer uns noch hier wohnt, das ist also erstens die vornehme alte Frau Blust aus dem ersten Stock, naja: sie ist taub, aber lärmempfindlich. Sie hat ihre Eigenheiten. Sie ist Witwe und um sich dafür schadlos zu halten, verbringt sie ihre Sonntagnachmittage, sie wird uralt werden, immer in aller Ruhe rachsüchtig und bequem bei ihrer lieben Schwester in der Ludwigstraße. Der ihr Mann lebt noch (ungerechterweise) und ist Gasmann oder Polizeichef oder etwas noch Schlimmeres! Mit dieser Frau Blust also wollen wir uns jetzt nicht groß aufhalten, sagtest du (ziemlich eigenmächtig, damals noch), Liebling, mein Lieber, sei froh, daß du sie nicht kennst! Das Haus ein verblichener alter Bastard von Mietshausvilla, von vorgestern, aus dem großspurigen vorletzten großen Frieden. Staubiger Vorgarten, uns zu Füßen; weit und breit kein Mensch. Die Treppe knarrt, zwischendurch fehlen vielleicht ein paar Stockwerke, ganz oben die Wohnung steht leer (sagst du und bist schon neunzehn), sie ist aber abgeschlossen. Sagst das einfach so ins Blaue und ich fiel gleich darauf

rein, dachte mir gleich aus, wie es wäre, wenn (in der Sonne ist Alles ganz einfach) ich sie mieten würde – ab morgen. Mit sechzehn, jedenfalls in Gedanken, ist man in der Liebe immer für Dauerhaftigkeiten, offene Türen und geordnete Verhältnisse. »In Wahrheit willst du von aller Welt geliebt werden!« Ansonsten glaubt man hoffnungsvoll an Veränderungen, mit sechzehn, glaubt sich fürs Glück bestimmt.

Der volle Becher, alle Straßen die du gehst, ein immerwährendes Fest, das wie eine allgegenwärtige Milchstraße um dich kreist, mit dir zieht, Goldstaub, Sonnenuntergänge, am Ende jedes Wegs eine gesegnete Abendherberge, wo Alles für dich bereit und die legendäre Verheißung deiner Ankunft als dauerhafte überirdische Schrift an der Wand und (nimm Platz!) brauchst dich nur hinsetzen, damit (Tag vorbei) sogleich Alles anfangen kann, unverzüglich, morgen! (Du bist auf dem Weg nach Damaskus: du wirst ankommen und alle aufgeregten Einwohner haben seit zweitausend Jahren auf dich gewartet.)

Da war von einer Minute zur andern die unverhoffte leere Wohnung oben im Haus, ihre Fenster und wie ich sie (Kopf in deinem Schoß, Blick erhoben) mit Augen und Gedanken grad noch erreichen konnte hinter all ihren Schnörkeln, Erkern und Vorbauten, dicht unterm Himmel. Zufällig überdies hatte ich sogar grad einen Haufen Geld – schon seit vorgestern, das muß ich dir auch noch erzählen. Und, vergiß nicht, der Winter stand vor der Tür. Mit sechzehn: bist vor ein paar Tagen erst von einer großen Reise zurückgekehrt. Hast deine erste große Verzweiflung soeben gemeistert oder jedenfalls überlebt, durchquert – ein altes Land – und fortan wird Alles dir leicht sein! Denkst, du weißt Alles worauf es ankommt für immer (Dir kann gar nichts passieren, denkst du), und dann brauchst du zehn Jahre, nur um all den Dreck loszuwerden, von dem du nicht mal gewußt hast, daß er da ist. Oder (Dichter, wie?) glaubtest noch gestern: du nicht, du hast da nichts mit zu schaffen. (Zehn Jahre Suff und Straßen und am Ende weit und breit kein Ort, wo du jetzt noch hingehen könntest). Mein Einzug: »Fang zu schreiben an und Alles Übrige wird sich schon von selbst einstellen!«

Sonntag, Gegenwart, überall Licht, Alles lebendig vor Wärme. Mein leiser, mein festlicher Einzug, der soeben unmerklich statt-

fand. Ganz vergessen zu fragen, wem das Haus gehört – schließlich ist es mein Gedächtnis, in dem ich mich hier hoffnungsvoll einrichte für die Zukunft: ein leeres Haus. Wie der Sommer (irgendein endloser leerer hellblauer Samstag in deinem Gedächtnis, eine Spieluhr, die klimpernd zu kreisen beginnt), wie er gleich nochmal von vorn anfinge! Oder: Herbst, Winter, laß die Zeit ums Haus, wie auf einem Turm, laß sie ins Land gehn – du bist ja bei mir! Haus und Zeit bewohnbar, alle Tage.
Überall hierherum leere stille Seitenstraßen, wie ich sie mir immer für meine geistesabwesenden städtischen Kontemplations- und Erfrischungsspaziergänge gewünscht und vorgestellt habe, paar Kneipen auch, Stationen, Sternbilder, Lichter, und nicht weit die große südliche Ausfahrt B 3, und zur Innenstadt geht es allzeit bergab! Welt und Einsamkeit – Alles ist da, greifbar, lebendig, wirklich undsoweiter. Nachmittag oder Nacht, wenn du aus dem Haus gehst: Tür fällt zu (ein vertrauter Vorgang), frische Luft, Wind, zahlreiche Auferstehungen, da die Straße entlang mein kleiner Rundgang, mal sehn was draus wird: Zigarettenholen, Spaziergang, Reise, Entdeckungsfahrt, Odyssee. Dann heimkommen und getrost weiterarbeiten – mein Hafen, zuversichtlich und bewegt. Oder (immer auf dem Heimweg – als ich ging, hatte ich das Licht brennenlassen, findest dann leichter den Rückweg) hoffnungsvoll: vielleicht ja wäre Besuch da! Viele Vergangenheiten, und eine lange Winterreise mit dir, die mir den Herbst hindurch, besonders an Regentagen, zur fixen Idee wurde. (Spätnachts, in vorgeschrittener Stille: Züge fahren.*) Sooft ich heimkomme, die Straße, die letzte Biegung, Alles wie immer und jedesmal anders. (Ich oder wer: bist

* Herbst, Winter, Zeit eine lange Reise und – Ausfahrt! Hätte mich fast aus den Augen verloren – zehn Jahre später: seit Jahren verschollen, wieder auf der B 3, später Autobahn Richtung Frankfurt unterwegs mit Musik und Wein, wie schon hundertmal vorher und es ist eine andere Zeit, der gleiche leere trostlose Winternachmittag, der (noch ein Schluck) da um uns zuende geht; eine lange Reise. Einöden; die ganze Zeit, hinter Schneefeldern und kahlen Bäumen, wie für alle Ewigkeit schien sich von fern schon wieder taurig und schweigend der Abend anzukündigen, heute. Suff und Straßen, es schien nie etwas anderes in meinem Leben gegeben zu haben. Ende Januar 1970, wieder unterwegs, wieder auf dem Weg in den Süden: Wien, Venedig, Florenz, Rom, Neapel, wo ich mein restliches Geld zählte, mittags, auf einer Treppe, und, mal sehn, in Bari oder Brindisi gedachte ich mir ein langsames Schiff gen Osten zu suchen. Winter, Tag verging; eine riesige Spinne jetzt lauert am Horizont.

du sicher, daß es das richtige Haus ist?) Gedanken, Umwege, wie ich an der nächsten Ecke wie ein geübter Schlafwandler nahezu vollautomatisch auf meinen ewigen alten Schulweg geriet und kaum zwei Straßen weiter: schon findest du dich ohne dein Zutun in allerlei komplizierteste Affären und unabsehbare wilde Geschichten verstrickt, Ziel längst aus Augen und Gedächtnis verloren, hast deinen Namen vergessen, Reue oder nicht, schon jahrelang unterwegs. Wieder ein Herbst, Rückweg unauffindbar, kein Notausgang. Im Traum: wieder und wieder gehe ich die gleichen magischen Straßen, steige symbolische Treppen, überquere leere mondsüchtige Kulissenplätze, sehr fern, stille Seitenhöfe hinter den Sternen – was sucht ich denn? Begegnungen, Einsamkeit, ewig die gleiche Nacht. Schatten, diffuser Lichtschein, der schließlich heftig zu flackern begann – Wind war aufgekommen.
Auferstehungen; Mittag, hat grad aufgehört zu regnen, gehst über die Straße, ein Zug pfeift, bißchen Wind, hast Alles schonmal erlebt, erkennst (angehaltenen Atems) sogar den Geschmack der Luft dieser Jahreszeit wieder, hast den Rest des Nachmittags (bei Allem was du tust – komme oder gehe ich?) dein ganzes Leben im Gedächtnis; Tür fiel zu. Ganzen Herbst hindurch welke Blätter im Eingang, raschelnd, totes Laub.
Tagesanbruch, Verzögerungen (und wie ich später Alles in meinem Gedächtnis wiederfände: für immer! Kurznachneun, ein trüber Morgen: *gleich* wird es weiterregnen und – Nachrichten, der Schulfunk, irgendein sinnloser Donnerstag hier auf Erden – dann gehn wir schnell wieder ins Bett, du und ich. Tag versank und fing später zehnmal von vorn an, während draußen der Abend . . .). Ein altes Haus; Stimmen. Wie der Morgen ans Fenster kommt, Straße naß, leere stille Morgenstunden. Expeditionen: jedes Viertel hat seine eigenen Tageszeiten, jeder Ort seine eigene Stille, jede Straße ihre eigene unumstößliche Ordnung, und (hatte oder hätte mir gleich bei meinem Einzug riesige Papiervorräte angeschafft) eines Tages werde ich Alles aufschreiben. Mein Schlaf, laß warten den Tag –
Nacht: Wind, immer stärker, tut, als könnte er Bäume ausreißen. November, Mitternacht längst vorbei. Dort, an der nächsten Straßenecke, im nachtschwarzen Schatten, heimtückisch verborgen hinter mächtigen Kastanien, hockt haushoch, bedrohlich atmend,

lauernd ein Rieseninsektenvieh, hebt seinen giftigen Krötenkopf empor gegen mein viereckig erleuchtetes Nachtfenster – und wächst, und wartet!
Gespräche; die Zeit, eine lange Reise. Herbst, Winter, und wie ich jederzeit käme und ginge in diesem fremden Leben, mein Leben, und brauchte mir keine Gedanken drum zu machen, weil die Zeit da, vorhanden auf Schritt und Tritt, unerschöpflich, weil die Tür meine Tür wäre, Haustürschlüssel, das richtige Haus. Vorhin fand in aller Stille mein Einzug statt! Da die Tür, siehst du, so vertraut ihr Griff, Rahmen und abgeblätterter Anstrich, und wie sie (unverwechselbar) knarrt, jedesmal wenn du – komme oder gehe ich? (Ein Traum!)
Herbst. Wind wie ein treuer Hund hat sich japsend zu Füßen der Vortreppe, Sandstein, sie sei ewig, niedergelegt, geduldig – und wie er jedesmal gleich aufgeregt aufspringt, mich atemlos anspringt, beschnuppert-anstupst-betastet, erfreut erkennt und wedelnd begrüßt, sooft ich (jedesmal wieder) sorglos oder nachdenklich aus dem Haus trete – hundertmal in deinem Gedächtnis. (Tür fiel zu.)
»Gehn wir ein Stück zusammen!«
Und wie du (die ganze Zeit Winter – eines Tages werde ich Alles aufschreiben) immer raufkämst zu mir, mitten in der Zeit, alle Tage, jeden gesegneten Morgen Mittag Abend und zu meinem Glück auch ziemlich oft zwischendurch. Inzwischen hat sich in irgend-überfüllter entlegener (gottlob unverschlossener) Rumpelkammer meines vieltürigen verwinkelten Gedächtnisses – wer da Alles drinwohnt! Spinnweben im Gebälk; Stimmen hinter der Tür, Stimmen! Doch welches ist die *richtige* Tür? – auch noch ein ausgedienter alter Teppich für die steile knarrende Treppe gefunden (Konkursmasse) – ich weiß gar nicht, aus welchem abgetakelten Traumhotel meiner vielen konfusen Reisevergangenheiten. Freundliche Hoflampe über der Tür war schon vorher vorhanden, schon bei meinem Einzug, der soeben, gestern-morgen-vorhin – die ganze Zeit Sonntag und Trixie mit dem Schlüssel (nein, sie verläuft sich schon nicht!) wird jetzt auch bald kommen! In Ewigkeit Zeit genug.
»Das richtige Haus« Alles in Ordnung, Alles da und vorhanden – nichts war umsonst und fortan brauchst du dir wenigstens um dich selbst keinerlei Gedanken mehr machen, war das erste, was ich mir

dachte und hatte mir gleich bei meinem Einzug zuversichtlich riesige Papiervorräte angeschafft. Musik, auch ein Spiegel wäre zurhand (um ernsthaft zu schreiben, brauchst du unbedingt einen Spiegel), Bücher in meiner Umgebung vermehren sich von allein. Diese vielen Kisten mit Zwangsvorstellungen gleich ungeöffnet in den Keller – schließ ab und verlier den Schlüssel für immer!
Wie wir uns (das gleichfalls gilt es noch einzuüben) immer wohlwollend begrüßen würden, auf Gegenseitigkeit, deine lieben Eltern und ich, oder die Personen oder vertrauten Erscheinungen, mit denen ich sie gutwillig zu verwechseln pflege* – wohlwollender Abstand. Zeit auf meiner Seite, weil ich gut bin und arglos, ein guter Mensch, bloß: er säuft! Bloß nicht so leicht erträglich und (saufen tut er auch: Egozentriker) wohlwollender Abstand vielleicht das Beste, was ich der Welt auf die Dauer zu bieten und von ihr zu erhoffen habe – wenn ich das fertigbrächte – doch das ging mir erst Jahre später auf.
Einstweilen, wenn wir uns per Zufall begegnen, pflegt sie mein Grüßen noch wohlwollend-huldvoll zu erwidern, die vornehme alte Frau Kommerzienrat, aber wer weiß, wie lang noch? Auf dem Heimweg: ihr greiser Köter, lebendig, winselt an seiner Leine. Ein Werktag, sie kamen vom Einkaufen; Nachmittag. Mit all ihrem ungeheuerlichen alltäglichen Zubehör Hund Hut Perücke Haarnetz Witwenschleier Pelzkragen Mantel Krückstock Alter Ehrbarkeit Regenschirm Täschchen Tasche Einkaufsnetz und vielenvielen Tüten und Extratüten passiert sie mich geraume Zeit wie eine Erscheinung, ein bedeutsames Vorzeichen – kann sein, ich dachte eben über mein Leben nach, sowieso Kaffeezeit – ein schwer zu manövrierendes Gespensterschiff; alle Segel zerfetzt, kein Gedanke an Navigation, Windstille –
Ihr einziger Sohn ist tot oder in Australien. Später jedoch triffst du ihn im Knast Fuhlsbüttel: Raubüberfall, acht Jahre Zet mit Nachschlag, weil der blöde alte Geldbote einen Herzfehler und schwerhörig und deshalb an den Folgen eines Rippenstoßes, statt daß er mit uns halbe-halbe; da nickst du betroffen. Da schicken diese fetten Kapitalistenschweine, sagt er erläuternd, die selbst im War-

* Schattenreich: manchmal ist es schon sozusagen merkwürdig, wer Alles mir zuzeiten auf der Treppe begegnet oder im Flur und was für verschrobene Kostüme – man behält das wohl besser für sich.

men sitzen, sagt er, meine Alten die sind genauso! Schicken so ein armes altes Schwein, was obendrein nichtmal mehr richtig hört, für einen Hungerlohn nachts um elf mit dreihundertsiebzigtausend auf die Ost-West-Straße, im Winter, nachts um elf im Dezember! Hätten sie ihm nicht wenigstens einen großen Hund mitgeben können? Dann hätten wir ihn nicht angerührt, das kannst du mir glauben. Gegen ihn haben wir nichts gehabt, der hätte von uns aus uralt werden können! Jetzt liegt er verreckt in Ohlsdorf, verstehst du! Da nickst du betroffen.
Kaffeezeit (Kurs halten!); ich vergaß gleich, wo ich hinwollte! Bergab, auf dem Weg in die Stadt: wieder Herbst, irgendwohin, paar Querstraßen weiter und in Ruhe Kaffee trinken und über die derzeitige Stille in meinem und Jedermanns Leben intensiv nachdenken, war Alles, was mir momentan einfiel. Später wollen wir uns treffen, heute, du und ich. Das war der Tag, als du abends beim Postamt auf mich gewartet hast, frierst du?
Schon dunkel, die Läden wurden gerade zugemacht, Autobusse fuhren vorbei (groß wie Walfische), ein Kind weint, ein kleiner Junge, ganz allein, drei vielleicht oder wie alt Kinder eben sind, wenn sie soeben sprechen und sich verlaufen können, er heißt Michael (wie der Erzengel), und während wir noch mit ihm sprachen und – wein doch nicht – ungeschickt seine kleinen Hände wärmten, so gut wir nur konnten, die waren ganz blau und eiskalt und die Nacht sank herab (und ich dachte, wir würden gleich Alle zusammen heimgehn, uns beeilen und ein Feuer anzünden, wenigstens einmal!) – da fand sich im dichten Abendgetümmel im letzten Moment doch noch endlich die aufgeregte Mutter wieder, flatternd, ganz verstört, und war es wirklich, mit zwei kleinen gestrickten Fausthandschuhen als Beweis, alle Hände voll Kaufhaustüten, ganz außer Atem vor Schreck (schon zweimal die ganze Straße hinauf und hinab, meingott dachte schon –), verwirrt wie ein Huhn, und sie nahm ihn uns dankbar aus den Händen und wir wurden vielmals bedankt.
Städtische Bauarbeiter schwenkten rotrote Lampen, hängten Ketten auf – abgesperrt! – und schrien sich Feierabend zu; Haufen Volks in den Straßen, Alle auf dem Heimweg, lauter Fremde, Alle hatten es eilig, dampfenden Atems – wohin? Kaum zu glauben, daß Jeder ein Ziel hat. (Die meisten gingen zum Bahnhof.) Wir mußten

uns sehr beeilen, zwischen all den hastigen fremden Schatten, bevor die Stadt endgültig abgeräumt wurde: noch genug Wein einzukaufen für den ganzen bevorstehenden Abend, die lange Nacht! Abende, ein altes Haus: die vertraute Stille im Haus, jedesmal wenn ich heimkäme.
Der lange stille Novembernachmittag meiner Einbildung, wie geschaffen dafür, daß ich mit deiner lieben Mutter manierlich Tee trinke in – meingott: einzige Dekoration, die ich aus dem Stegreif halbwegs stilecht zustandebringe (aber – wo bleibt der Schlüssel? Wenn ich erst anfange, gründlich nachzudenken, wirds gleich noch schlimmer – Mütter machen mich befangen) ist ein antiquierter dunkler Salon, in dem es nach Veilchen riecht, nach Vergangenheit. Unsichtbare Stehgeiger. Daß ich meinen Tee seit frühester Kindheit mit Milch und Zucker trinke. Naja und vielleicht einen (höchstens) Tropfen Rum oder Anisschnaps. (Wenigstens Cognac wird doch wohl im Haus sein, da im Schrank oder wo, denn verständlicherweise war ich eingangs bißchen befangen.) Wo ist denn die Tür geblieben? Natürlich saß ich mit dem Rücken zur Tür. »Nur nicht nervös werden!« Wovon wir stundenlang gutwillig reden würden – zu den Geisterklängen, dem Seufzertakt der alten Standuhr, während es draußen stundenlang dunkel wird, wie für alle Ewigkeit –, vermag ich mir momentan nicht einmal vorzustellen. Höchstens wie ich mich zirka halbstündlich geläufig räuspere – wie in Anführungszeichen: »Ich selbst!« und zu Allem einsilbig ja sage, ja! Ab und zu ein Schluck Tee – Vorsicht! Eben noch war er viel zu heiß, plötzlich bist du unbegreiflicherweise total besoffen, übergangslos, und (der Himmel vorm Fenster fing jäh zu l e u c h t e n an) befindest dich, vor den erstaunten Blicken des gesamten Zimmers – jedes verschreckte Möbel ein nachdrücklich stummer Vorwurf – schon mitten in einem, deinem (reißenden, uferlosen) Riesenmonolog! Noch bißchen lauwarmen Tee, darf ich? (Rhetorisch!) Fremde Schnapsflasche in der Hand, offen über der (zu Tode erschrockenen) Tasse schwenkend, die schon sprudelnd überläuft, wie ein lebendiger (Alles tanzt) Springbrunnen, Prost! Was für ein *reizendes* Spitzendeckchen! (Überschwemmungen!)
Aber so weit ließe ich es natürlich nicht kommen, nein! Eher schon würde ich aus Anstand und Verlegenheit geistesabwesend sämtliches Gebäck auffressen, atemlos, ein Stück nach dem andern, wie

man hungrige Automaten füttert, oral! (Wenn deine Mutter – mit Verlaub – bißchen viel redet: gleich wäre Alles viel einfacher!) Und sobald die Schale dann leer (Meißner Porzellan) – Ersatzhandlungen*, nachher könnte man wenigstens über... Porzellan reden, folgerichtig: das alte China etc. –, könntest du (ein ergiebiges Thema) nicht ums Verrecken sagen, was drauf war: zwo Kilo Teegebäck, ganzer Napfkuchen für sechsköpfigen Sonntagnachmittag oder – Aber nein! Selbstredend würde ich mühelos sehr manierlichen, sehr guten (einen) Eindruck machen – warum denn nicht? Eleganten dunklen Maßanzug, falls angebracht oder gar unerläßlich, ließe ich mir im allerletzten Moment in aller Eile (vergeßt bloß keine Ärmel und auch nicht die Knöpfe zum Pissen!) auf Rechnung meines seriösen Vaters von seinem erstklassigen kulanten Schneider anfertigen, auch Seidenhemd undsoweiter – er wird geistesabwesend bezahlen, Girokonto, Quartalsabrechnung, und es nichtmal merken. Außerdem hat er ja gar nichts dagegen. Könnten ihn auchmal besuchen, jetzt im Herbst, bald, du und ich, wollen wir? Bei ihm besauf ich mich immer gern, in aller Ruhe und Bequemlichkeit.
Schluckweise Tee und gutwillig-konventionelle Konversation – als ob Jeder seine Sätze von einem hektographierten Zettel abliest, umständlich, gutwillig und geduldig, während es draußen endlos dunkel wird: tintenblauer Nachmittag und die traurigen Novemberbäume, wie sie reglos dastanden in der Dämmerung, bevor deine liebe Mutter, nachdem sie mir nochmals freundlich zugelächelt hat, sich beiseitebeugt: die milde Stehlampe anknipst, für uns beide und (ohne zu seufzen) aufsteht, um an allen Fenstern ringsum die Vorhänge zu schließen – fünf Uhr: Alles gutgegangen! Gleich wirst du aus der Stadt heimkommen. Tee mit Milch, Zucker und Rum! Ich glaube, sie mag mich wirklich!
Und eine lange Winterreise mit dir und wie wir nachts heimkommen, spät, du und ich, und ein Feuer anzünden, weißt du noch? Im Dezember, es hat geschneit; Mitternacht längst vorbei. Ich ging wie ein Fremder ins Nebenzimmer, vergaß das Licht einzuschalten! Was jetzt? Was wollte ich denn? Da die Flasche – Cognac!

* Ersatzhandlungen: greifst in Gedanken noch paarmal hin und führst die leere Hand im Bogen geduldig zum Mund, bevor du es (mechanisch kauend) endlich kapierst: leer! Tölpel!

Ganz geistesabwesend, ich trank einen Schluck – er war eiskalt, übriggeblieben vom Nachmittag unsrer Abreise. Nimm sie mit! So wandere ich mit der Flasche, im Mantel noch, von Zimmer zu Zimmer und vor den Fenstern leuchtet der Schnee. Zurückgekehrt, lang fortgewesen, weit weg noch! Du hast ein Feuer angezündet im Ofen. Wir sind eben zurückgekommen, wollen noch baden. Späte Nacht. »Eine lange Reise!« Wie müde wir vorher waren, doch blieben dann – angekommen, in Gedanken noch unterwegs: unfähig abzuschalten – noch stundenlang wach, sitzen zu Füßen der Nacht am Feuer, reden mit *leisen* Stimmen.

17

Eines Morgens wachst du auf, erkennst dich selbst nicht wieder, hast eine Glatze und bist angeblich Elektriker, Elektromotorenschlosser oder was weiß ich – »Wer hätte das gedacht?« Kopfschüttelnd: erkennst dich selbst nicht wieder, ganz fahl, schlecht geschlafen: wer hätte sich das träumen lassen, nicht genug Licht (ein Anderer). Aber mußt fortan und in Ewigkeit (mit Radiowecker, elektrisch: fast verschlafen, schlecht geschlafen, schon wieder vielzuspät dran) um zehn vor sechs jeden Tag hoffnungslos aufstehn, damit du nicht zu spät kommst.

Eben aufgewacht. Kennst Keinen, aber Alle stehn als autorisierte Über-Ichs (echte Teufel wären mir lieber) mahnend um dein unbefestigtes Bett herum (Belagerungszustand), lauter ernsthafte Gespenster, die nicht zu leugnen sind, Obrigkeit, räuspern sich und sagen dir, noch bevor du zu dir kommst und auch nur einen klaren Gedanken –, wer du bist und was du zu tun hast. Aufblickend: was sind das für Leute, die so tun, als ob sie mich ewig schon kennen, wer? Und was haben sie – lauter Lügen, lauter jahrelange Bekannte und gute Freunde oder wie sie sich nennen, Hände weg, klopft mir nicht auf die Schulter (lieber ginge er freiwillig mit, obwohl es die falsche Tür) – in meinem Leben zu schaffen? (Der Traum im Traum: endlich aufwachen!)

Plötzlich bist du auf der Flucht und verfolgt und verloren und kannst nichts weiter tun, als immer nur weiter fliehn, egalwohin, auch wenn du nicht weißt warum, sowieso verloren! Idiotische Spielregeln, die dir Keiner erklärt, die du nicht kennst und nie akzeptiert hast.

Genau so muß sich der bestürzte Delinquent unterm Galgen fühlen, in aller Frühe, fröstelnd, aber sie lassen ihm keine Zeit zum Nachdenken, saukalt und feucht: Frühnebel, sowieso schon Verspätung und angesichts all der Richter und Zeugen, die wie Raben dahocken, läßt sich nicht leugnen, daß die Henkersmahlzeit gestern ordnungsgemäß verabfolgt wurde. Obwohl er sich an nichts erinnern kann, an gar nichts. Unterm Galgen: ICH habe nicht ja gesagt!

Schlagt mich tot: ich weiß nicht warum. Ich weiß nicht, wer ich bin und wie ich hierherkomme. Aber er hat seine faire Verhandlung gehabt, alle Zeugen können das bezeugen, gutbürgerliche Henkersmahlzeit desgleichen (Alle nickten gehässig – was will er denn noch?), und jetzt bleibt keine Zeit mehr für solche Späße. Hier bitte! Leiter schon angestellt. Schlinge im Genick. Hier dein Bündel (vertraute Last, ohne die du nicht atmen kannst). Ob du vorher nochmal die Morgennachrichten hören willst, WDR oder Hessischer Rundfunk? Elektrischer Perfektionsgalgen, Modell Gottvertrauen. Genau solche hat er in seinem (anderen) früheren Leben jahrelang eigenhändig gewartet und repariert, Werkskundendienst. Steig rauf! Und beeil dich! (»Mehr Licht!« Lauter letzte Worte.) Kopf schon in der Schlinge: sowieso Alles aus, aber wenn ich (Keiner hört hin), wenn ich nochmal anfangen könnte, das wäre das erste: Atmen lernen, richtig atmen!

Ein langer Herbst. Ort und Zeit, und wie ich beide nachher in meinem Gedächtnis wiederfände, für immer! Wie du meinen Namen sagst, im tauben Mittag. Vorhin die Kinder mit ihren Plänen, Schnüren, Schuhschachteln und tragbaren Geheimnissen. Als ich am Fenster stand, da die Straße, Vormittag, Regenhimmel, ich selbst, und mir nachsah – wo sie wohl hingingen? Leiseredend (heiser vor Erregung), die Straße entlang? Nebel, ein trüber Tag. Ihr heimlicher Kreuzzug, Legenden. Wurden nie mehr gesehn.

Zwei Höfe weiter ein ausdauernder Wahnsinniger im preiswerten roten Hemd und wie er stundenlang vielarmig und besessen sein neues gelbes, sein heiliges Auto putzt: »Götzendienst!« Ganzen Vormittag unter freiem Himmel! Er spinnt, vielleicht hat er heut seinen freien Tag!* Zu weit weg, doch ich könnte schwören, daß er autowaschend Choräle heult, wenigstens zeitweilig. Auch die Höfe, kam mir vor, *anders* heut, irgendwie umgruppiert und verändert: Vorsicht, laß dich auf nichts ein!

Ist nicht erst gestern von der Post eine rätselhafte, nichtsdestotrotz amtliche Vorladung angeschleppt worden, Stempel, Dienstsiegel, Empfangsbestätigung: hier unterschreiben! Seither muß ich alle Augenblicke gehn (wie mein Herz klopft), noch einen Schluck lau-

* Heinrich Hormler, Heizungsmonteur, er hat heut seinen freien Tag. Er ist der Vorgesetzte seines Autos (ein Trugschluß).

warmes Wasser trinken und mich verstört im Spiegel betrachten. Gib Obacht, sag ich mir, das ist erst der Anfang: das ist eine weltweite Verschwörung, klarer Fall. Der Zettel liegt da auf der biederen Küchenkredenz – wie eine kleine platte totgeschossene Papierente, weiß, schwarzgesprenkelt, schon blühen Fettflecken drauf, der kreisrunde Stempel blutrot (ein Volltreffer).
»Himmel wie aus Blei.« Sitzen und Warten, ein Werktag: »sieht nach nichts als Regen aus.« Wolken immer dichter dicker schwärzer, beulten sich, hingen immer tiefer durch. (Die Vorladung ist aber erst für den übernächsten Dienstag!) Tag *gafft*! Schon platzen die ersten Luftblasen. Leerer Vormittag, lauter perfekte Planquadrate, in die du später zwei, eine allgemeine (rot) und deine persönliche Fieberkurve (grün) andächtig einzeichnen kannst – eines Tages würde ich Alles aufschreiben.
Das Auto, während es geputzt und poliert und solchermaßen verherrlicht wurde, von anhimmelnden Pfützen umgeben, wie auf einem Sockel in seinem blinden Lügenhof, uringelb, kanariengelb, während es immer sauberer und wie neu (Gebrauchtwagen) und sozusagen deutlicher wurde (in seinem Lügenhof, unter trübem Himmel): Ausstellungsstück, aufgeblasen, als hätte es keinen Motor; wird gleich anfangen, sich zu drehn, Halleluja, langsam zu kreisen. Zuguterletzt, wer weiß, vielleicht wird es die Türen wie Flügel öffnend strahlend davonfliegen, gen Himmel (so ein naßkalter diesiger Tag). Und er, zurückbleibend, steht da und winkt, kleine hemdsärmelige Hinterhofgestalt, frierend vor Sehnsucht, bevor es zu regnen anfängt.
»Nur nicht verrückt werden!« Wie er sich eilig bedachte, sich heimlich umsah, abergläubisch die Nase rieb, ganz besessen sauberes Taschentuch vorzog, entfaltete, sparsam mit Wunderelixier beträufelte, kleines Fläschchen aus seiner linken Hosentasche, Schraubverschluß, Tropfenzähler, und steckte es (Seitenblicke) gleich wieder ein, entschieden nickend, sehr geheimnistuerisch, dann mit einer Ecke des präparierten Tuchs über spitzem Zeigefinger nochmal rundum das gewaschene polierte Auto nochmal zentimeterweise zusätzlich nachdrücklich blankrieb, blitzschnell, sehr sorgfältig, Salmiakgeist vielleicht. Oder es mit wendrischer Spucke und gesegneter Speckschwarte abergläubisch-unverdrossen überpoliert, er spinnt!

Das Auto ist gelb, steht da; irgendein ausdauernder Wahnsinniger in seinem rotkarierten Kaufhaushemd, unter trübem Himmel (steigert sich immer mehr hinein, vor meinen Augen, ich halt das nicht aus!) – wenn er fertig ist, wird er sich erschießen, tot umfallen, platzen oder (unerlöst) nochmal wieder von vorn wie zuvor... Ob er sich manchmal Gedanken macht über die Antipoden? Und daß Jedermann mindestens einen Doppelgänger hienieden? (Ewig Vorfrühling und kein Geld!)
Er wird unters Auto, nein von unten her wird er gierig keuchend hineinkriechen und (hat vielleicht gleichfalls eine Vorladung, wer weiß) nie mehr gesehn werden, Seelenwanderungen! Später langjährige Teilexistenz als zyklopenäugiges Batterie-Ladegerät oder eine schiefschultrige Tanksäule im Zementhof – wenn Schnee liegt, mit Mütze und Pelzkragen. »Und immer wenn ich dran vorbeigehe, seufzend, muß ich an unseren armen Heinrich denken!« Metamorphosen: vielleicht doch sei er jetzt ja glücklicher usw. Und ging und kehrt wieder und leuchtet mit einer Taschenlampe, mit einer Bergwerkslaterne. Mittagshöfe, Szene nachgerade beängstigend, wie die perfekten Malereien begabter Geisteskranker (Zeugnisse der ANGST).
Seine Bewegungen – gleich wird er sich vervielfachen – werden immer schneller und schneller, während er (wie in einem blöden alten Stummfilm) mit Lampe, Lappen und Eimer ums Auto eilt fuchtelt gaukelt hantiert! (Immer dieser Alphabetzwang! Vielleicht weil ich mal Personalchef war. Kanns nachträglich selbst kaum glauben!) Idiotisch, japst, keucht, leuchtet, manisch!
Wie vor einer Explosion: wie ein Schlagbohrer, der sich festfrißt. Alles rast stockt tobt, ballt sich düster zusammen. (Eine Ratte wohnt in der Kredenz.) Während alle Häuser ringsum sich verschreckt aneinanderdrängen, panisch, katastrophengewärtig, ganz verstört gaffend! Stille; Luftblasen, die ersten, platzen: plob! Das zugehörige verspätete Geräusch gehört deiner visionär-pedantischen Einbildung an.
Fragmichnicht, das war vormittags, heute, vielleicht auch woanders, eine andere Zeitrechnung und (Abend noch fern; die Vorladung ist jubelnd gen Himmel geflogen, wenigstens das) ich weiß nichtmal, ob (Straße jetzt naß, fleckig, trocknet schon wieder in großen Placken) es inzwischen geregnet hat oder nicht. Alles geht

ewig weiter, die Zeit ein Gewebe, ein Teppich und Keiner weiß, für wen er bestimmt ist. Nichts ist gut und richtig, aber Jeder webt ewig mit (Reden werden gehalten! Die Wirklichkeit erschafft sich unablässig ihr eigene »Realität«) und Jeder beruft sich bei jeder Gelegenheit darauf, daß es eben so ist-wie-es-ist (wahrhaftig!) – und deshalb macht er und Jeder die ganze Zeit mit und immer noch mit, obwohl Keiner will. Keine Wahl, und deshalb ist es so! In dem Maß, wie Jeder von uns bereit ist, sich auf Umstände einzulassen, die er nicht will (aus gleich welchen Gründen*), im gleichen Maß sind wir Alle für den Faschismus jeder Kategorie verantwortlich, es ist mir ganz ernst damit: für jeden Mord, jedes Unglück von Menschenhand und alle »Zustände« rund um die Erde – ich werde das anderswo noch erklären. »Scheiß auf den Papst, auf die UNO und alle Regierungen!«
Leben zählt nicht, Freude zählt nicht. Es gibt nur Käufer und Verkäufer, Ge- und Verkaufte, Kunden, Mieter, Arbeitnehmer, Patienten, Beamte, Verkehrsteilnehmer undsoweiter, aber KEINE MENSCHEN! Nur Kranke, und immer mehr Irrenhäuser und Gefängnisse! Advent; du kriegst schon jetzt keine Luft mehr, aber lieber lassen sie Alles kaputtgehn, lieber 1984, weltweite Gehirnamputationen, Segen der Wissenschaft, die staatliche Universaldroge im täglichen Trinkwasser oder die seligmachende Superbombe! (»Weihnachten steht vor der Tür!«) Ja, sieh dich um: ich weiß, was ich rede. Sogar noch mit Schaum vorm Maul hab ich recht. Wahrhaftig: eher sind sie bereit, einen dritten vierten fünften, jeden weiteren Weltkrieg hinzunehmen, Hosianna, vom Zaun zu brechen mit allen Konsequenzen, die Atomkatastrophe (Hauptsache, Alle sind polizeilich gemeldet), daß notfalls (unvermeidlich) der ganze Globus in die Luft fliegt, wozu sie ein perfektes Protokoll anrichten, das Count-Down, oder leer weiterkreist, das ist »realistisch«, doch denken nicht ein einziges Mal, Wissenschaftler, Politiker, Psychopathen, denken keine Minute lang ernsthaft daran, wie es wäre, das GELD ABZUSCHAFFEN, DU PHANTAST!
Am Abend gingen wir zusammen essen, du und ich. Hab vergessen wo; sitze ja in Wahrheit immer noch da am Tisch, Glas in der Hand

* Statt sich betroffen zu fühlen, fingen hier Alle an, umständlich rumzuhüsteln, der Herr Vorsitzende räuspert sich, wieviel Uhr? Und beginnt, seine Brille zu putzen, laßt mich ausreden!

– aufblickend: Licht, Stimmen, ewige Gegenwart, eine lange Reise. Hab vergessen wo und wer da noch bei uns war (Freunde; wer übrigbleibt), Ort, Zeit und Umstände – wie man das (»Wirklichkeit«) manchmal im Traum nicht weiß. (Ein fremdes Land Zeit. Die fremde Nachtstadt mit all ihren eisigen Lichtern ein verzweigter Dezemberhimmel.)
Gegenwart: Alles ist da und ist wirklich und Alles geht ewig weiter: Tage und Läden und Eckkneipen, die Zeit, welcher Tag heute? Arbeit, woran du gerade denkst, Atlantis, eine Reise, die Straße in der du wohnst, mittags halbzwei ist ein Zustand; Kinderstimmen! Dämmerung, der Nußbaum, der Laden in dem du dein Brot kaufst (und dein Herz bricht) oder die blecherne alte Bahnhofstraße, ganz rostig, wie von Aussatz befallen; der Zeitungsmann aus dem Jahr 1951, seine großen Schritte und wie er gelacht hat (mit Kapitänsmütze, Kunstleder, weiß, er war aus Berlin), deine Kindheit und Alles drum und dran. Vergangenheit. Zum letztenmal Weihnachtsferien, der alte Bahnhof mit Höhleneingang und riesigen blinden Kathedralenfenstern, es schneit, schwarze Nomadenzelte, Heimweh, Mongolen, Tibet und die Straße in der du als Kind –: jedes Haus hat ein Gesicht! (Hunger und Durst lebenslang ungestillt!)
Da ist die ganze Welt, elf Uhr vormittags, und sie ist da und betretbar und wirklich. Und Jeder will! Und Jeder will sie anders! Und: Tag-Nacht-Tag wandern ohne Unterlaß um die Erde. Und (Stimmen in einem leeren Haus): Alle machen irgendwie mit, wie bei der ersten Probe, und immer noch mit, damit sie so oder so ingang kommt, ingang bleibt, wenigstens das, oder gaben sich doch die allergrößte Mühe, husten, räuspern sich, verkünden Allerweltsweisheiten, sitzen da und sind weißgott nicht zu leugnen; Jeder hat seine eigenen handfesten (die er dir ganz genau erklären kann) Vorbehalte – Begründungen gibt es genug; hörst du sie reden? – Alle sind entschuldigt! Zug pfeift; schon die ersten Regentropfen am Fenster, hier hast du deine »Realität«.
Nachher, wie nach einem Absturz, noch ganz verstört, und obwohl ich dir immer glaube (denn anders kann man nicht leben): fast hätte ich mit vielen Worten spontan bestritten, dich eben angeschrien zu haben. Ein Anderer! Nichts als Scherben, verzeih mir! Es geleugnet, weil es gegen meinen Willen geschah, verstehst du, verzeih mir, dich hab ich nicht gemeint, ich verstehe es auch nicht,

verzeih mir! Betrübt mitten im Zimmer seh ich mich stehn mit leeren Händen, kopfschüttelnd, und höre (aus einiger Entfernung) wie ich Alles zwei-dreimal sage, gut und schön! Aber sag doch selbst: wie soll man das ohne Raserei aushalten! Kopfschmerzen. Eines Tages werde ich Alles wissen! »Der besudelte Tag.« Kaum, daß du dich selbst wiedererkennst. Vorladungen, amtliche, schikken sie dir ins Haus! Dabei hatte ich dir an diesem Tag lang und breit von den Bergen des Himmels reden wollen, auf denen wir Alle für immer sitzen und wissen das bloß nicht oder vergessen es immer wieder, obwohl wir es wußten und Andre es vor uns wußten, obwohl die Hethiter es vor ca. viertausend Jahren mühsam und geduldig aufgezeichnet haben einfürallemal, damit Keiner je wieder verloren sei und alle es fortan für immer wissen, Realität!

Herbst. Unsre (gestern und heute) angefangenen Nachmittage. Ich habe aber diesen ganzen leeren unvermessenen Morgen lang (mitten in der Wirklichkeit, gleichsam außerhalb der Zeit, ganz erfüllt) einsam dort am Tisch geschrieben, mit viel Kaffee und etwas Cognac, und mit dort diesen beiden (schweigenden) Fenstern vor Augen, dauernd geraucht, gut gearbeitet (schon bevor ich es nochmal durchlese: ein guter Tag!) – eben aufgehört. Abend noch fern. Das ist mein letzter Kaffee für heut! (Im Stehn: schon eiskalt, bitter.) Rauchend, noch ein Schluck Cognac dazu, wie mein Herz klopft! Und als ich eben zwei Takte vorher diese gute Musik da im Radio fand (ein geisterhaftes Schlagzeugsolo, Wind in den Bäumen, nachher Charlie Parker oder sein besessener Geist), da war es noch nichtmal halbzwei!

Arbeit für heute beendet (ein guter Tag), ich hatte grad aufgehört, als du reinkamst, in der steinernen Mittagsstille zu mir kamst. Und ich war (eben Schluß gemacht: ging im Zimmer herum, rauchend, trank im Stehn Reste aus, notiere die letzten Nachträge, für morgen, Chronist) noch bißchen durcheinander vom Schreiben, außer Atem, vertrautes Schwindelgefühl – Abgrund noch nah, für heute gerettet! (Mit leerem Blick: wenn du ernsthaft Schreiben willst, brauchst du unbedingt einen Spiegel!) Und so rückte ich (mit Blick aus dem Fenster: Herbst, traurige große Vögel! Weißt du, im Gefängnis immer denkt man an Vögel!), nachdem du mich geküßt hast, ganz still, rückte einstweilen meine Papiere zurecht auf dem

Tisch, konfus und geduldig, noch nicht ganz da und so froh, seit du kamst: eben fertiggeworden!
Mittag: Musik spielt! Du bist zu mir gekommen! Wir sind mitten in der Zeit – gleichsam außerhalb der Zeitrechnung, denn sobald man das Richtige tut, gleich schafft sich Alles seine eigene Ewigkeit: nichts war umsonst, Alles hat seinen Platz, wir sind längst angekommen und ewig unterwegs – Nein, nichts ist gut und richtig, aber Alles ist da, Niemand wäre für immer verloren, und es gibt keinen Grund, je für immer zu verzweifeln!

Und zum Schluß (die gleiche Treppe, auf der ich mich wiederfinde): daß mein Einzug nicht stattfand. Egal, wer der geizige alte Hausbesitzer. Und obwohl genaugenommen keinerlei Hinderungsgrund, solang ich auch drüber nachdenke – keiner da! Findet sich keiner. Es gab keinen. (»Das richtige Haus!« Wenn ich wenigstens zur rechten Zeit kein Geld gehabt hätte oder nicht genug: die übliche Ausrede, wenn wir unsre Träume verpassen, wenigstens das!)
Die leere Wohnung; früher hat ein alter Lehrer dringewohnt, Ruhestand, hagerer Witwer, ganz weißhaarig, trug das ganze Jahr Galoschen. Auf allen Wegen, auch in die Stadt, zum Einkaufen undsoweiter, hat er eine dunkelgrüne Botanisiertrommel mit – da stand sein voller Name drauf. Er ging, das gefällt mir, nur zweimal im Jahr zum Friseur, zur Sommersonnwende und in der Woche vor Weihnachten, dann aber gründlich. Immer er selbst!* Eigentlich hat er ja immer Botaniker werden wollen. Er las Storm und Mörike, hieß Theodor Raabe oder Wilhelm Fontane, ist aber nicht verstorben, sondern auf seine geräumigen alten Tage nach Tübingen gezogen, wo er studiert hat und die schönste Zeit seines verfehlten Botanikerlebens, jedenfalls nachträglich! Jetzt wohnt er in einem Turm. Man könnte die Zeit zurückdrehn und ihn auf eine erstmalige Expedition schicken, deren verbürgter Erfolg (längst in allen Annalen) nachträglich sein ganzes Leben rechtfertigt, ins rechte Licht rückt – »Im Dienste der Wissenschaft« –, jeden Happen Augenblick dick mit Sinn versieht-versüßt, nahrhaft: so werden Träume rückwirkend Wirklichkeit! »Lesebuchgeschichten.«

* Wie alle Lehrer mit gestohlener Selbstachtung hat auch er es mit den alten Germanen, Chatten, Cheruskern und gerät dann übergangslos ins Faseln: ja, deutsche Eichen! (Ha! Raucherhusten.)

Ein langer sonniger September, wenn du dich erinnerst: ich bin eben aus dem Süden zurückgekehrt. Der hohe gläserne Himmel wird jetzt von Tag zu Tag blasser, immer durchsichtiger. Die Aussicht: Haus und Vorgarten wurden bereits erwähnt, viel Himmel, solang du meinen Kopf in deinem Schoß bewahrst, Himmel genug, um darin zu ertrinken! »Schweig still, mein Herz, ganz still!« Die steinerne Vortreppe, auf deren sonnenwarmen neun Stufen wir die ganze Zeit wartend und nahezu wunschlos lagerten – der Schlüssel wird gleich gebracht werden, es eilt nicht, umso mehr Zärtlichkeit, umso besser werde ich diese Spanne Glück im Gedächtnis behalten. Mit sechzehn, eben zurückgekehrt (sowieso Alles unerschöpflich): weißt die Zeit für dich und bist Lebenskünstler.
Hausnummer 19: die Vortreppe, Stuckschnörkel, Nachmittagserker, schmiedeeiserne Balkongitter im ersten und zweiten Stock – in luftiger Höhe! Kopf in deinem Schoß, auf den warmen Steinstufen liegend, lang sah ich so am senkrechten Haus empor, lang, bis mir davon ganz schwindlig wurde, bis sie mir zuletzt die Augen zuhielt (so hast du mich gleich mühelos gerettet), worauf ich ganz sacht ihre Finger küßte, ganz zart und sie meinen Hals, Mund Stirn Lider küßte (ein Ritual: Auferstehung, Umarmungen), ich ihre glatten Beine streichelte, endlos unterm Kleid undsoweiter – ineinander versinkend. Gleich werden auch alle Nachbarn kommen. (Sie sind sowieso blind!) Benommen lächelnd zogst du dein hellblaues Kleid zurecht. Laß das doch, sagte ich. Hast dich aufgesetzt und schüttelst dein Haar und lächelst verheißungsvoll, ja, der Schlüssel wird gleich gebracht werden. Fast eben hätten wir auf offener Straße (? – ficken ist falsch, nicht weil obszön, sondern einseitig transitiv: eine Leistung, und gleich denkst du: wie oft? Und wieviel solls denn kosten? Geht das: liebevoll-zärtlich ficken? »Geschlechtsverkehr« ein Wort, das impotente Ärzte und Juristen zu ihrem eigenen perversen Mißvergnügen gezeugt, lieblose Bürokraten! Unzucht ein schweinischer Vers aus dem Stgb!) uns geliebt, miteinander geschlafen (bis wir ein besseres Wort dafür finden, bald. Dreh nochmal die Sanduhr um!) Dann jedesmal jäh ein Abgrund, vertrautes Schwindelgefühl, Erde bebt, wohin kopfüber? Sonntag: nur verliebt vermag ich ohne Entsetzen die Augen zu schließen, einzuschlafen, aufzuwachen, ohne daß mir davor graut.
Trixie, die den Schlüssel hat, ist baden, hat in den Sommerferien

stolzes Frei- und Fahrtenschwimmer(innen)-Abzeichen, die sie mir nachher stolz zeigte, vorwies: blauweiß auf ihrem nassen verknüllten wasserblau-sonnengelben Badeanzug in karierter Einkaufstasche, während du ihr das Haar trocknen halfst (was mich auch noch zusätzlich aufgeilte – ich bin der phantasievolle Zuschauer, trank einstweilen Kirschlikör aus einer Renommierflasche die unangebrochen im Wohnzimmer stand.) Du hättest versprochen, ihr Zöpfe zu flechten, aber ganz schön und gleichmäßig: zwei!
Zwischendurch stand die Zeit zeitweilig still und ich sagte mir mehrfach, daß ich gleich rauchen wollte, geriet alle Augenblicke sacht und unwiderstehlich ins Träumen, trieb die ganze Zeit selig in deinem Schoß dahin. Sechzehn: ich hatte erst neuerdings angefangen zu rauchen – nie mehr nachher schmecken die Zigaretten so gut, jede: jeder einzelne Zug. Frischverliebt im Himmel ertrinkend kannst du jederzeit furchtlos die Augen schließen und sagen: beschreib mir die Aussicht und wie der Tag weitergeht, Alles was du siehst, auch nachher, morgen und übermorgen, auch den Himmel!
Sonntag: seit einer Stunde (und inzwischen schien eine Ewigkeit vergangen – wir werden nie sterben) ist nur ein ganz kleiner blondgelockter Junge, höchstens vier, vielleicht hat er heute Geburtstag, auf seinem nagelneu funkelnden Dreirad ein einziges Mal vorbeigefahren, sah uns aber nur stumm an, unverwandt, und radelte, sitzend auf seinem Dreirad (sitzend mit seitwärts gewandtem Kopf) – als könne er gar nicht anhalten (wie die Zeit selbst, als sei sie es, die ihn mechanisch vorbeibewegt) – von links nach rechts gleichnishaft ernst und zielstrebig vorüber (und kam nicht zurück!) – wir winkten ihm noch. (Wo bist du? Wo mag er heute sein?)
Ja, es ist wieder einmal (noch einmal) Alles da, wir küssten uns, küssten uns – im Baum (den man sieht!) lärmten Vögel. Himmel wolkenlos. Rundfunk- oder Schallplattenmusik, in den Hintergrund Zeit eingewebt, gratis aus einem offenen Fenster der profanen Nachbarschaft (die Ewigkeit hat soeben begonnen: traumhaft verharrt der Nachmittag), und du lächelst, du lächelst für mich! Wir rauchten gemeinsam, ein endloser Sonntagnachmittag im September, bald nachdem wir uns fanden in der verlassenen Mittagsstadt – ich bin gerade erst von einer großen Reise zurückgekehrt und ging (noch das Meer im Gedächtnis) ein-zwei Wochen lang in

der wiedergefundenen Stadt umher, ziellos und geistesabwesend, in der (was suchte ich denn? Die Stadt glich einer leuchtenden Fata Morgana) alltäglichen milden Spätsommersonne, sechzehn noch immer – wie lang ist das her!
Vor der Reise: im Frühling, den ganzen lichten lebendigen April, Mai, Juni hindurch – jeder Tag unerschöpflich: Zeit verging wie im Flug – hatte ich in Wien und in Staufenberg leicht und froh ein Buch geschrieben, mit geliehener Schreibmaschine, in einem Atemzug. Schrieb und zählte jeden Tag beglückt, wieviel Seiten. Immer noch ein Tag. Und mittlerweile war es mir verlorengegangen, samt meiner einzigen Kopie – wo soll ich hingehn? Ende Juni (endlich) brach ich zu einer großen Reise auf, und bin nun zurückgekehrt. September. Farben will ich mir kaufen! (Kein Geld!) Ich hatte einen ganzen Stoß flüchtiger Sommerskizzen mitgebracht, Kohle, Kugelschreiber, Tusche und Aquarelle, beziehungsweise aquarellierte Tuschezeichnungen, mehr als dreihundert, wie sie sich so am Wegrand fanden, acht- oder zehntausend Kilometer. Und als Mischa und ich sie bald nach meiner Rückkehr einmal betrachteten, in der ausgebreiteten Zeit, in Mischas leerer Mittagskneipe, da kam – als hätte er zuvor (doch wohl das falsche Stück) in den engen Kulissen die ganze Zeit vergeblich auf das Stichwort für seinen Auftritt gewartet – ein kostspielig vergoldeter alternder Päderast aus dem Hintergrund heuchlerisch herzugehinkt, um uns dabei über die Schulter zu sehen. (Er kennt sich aus. Ich sah ihn zum erstenmal, oder wo sind wir uns erst kürzlich begegnet?) Gleich stellt sich raus, daß Mischa und er sich aus Beirut kennen. Er ist schwul, sagt Mischa in seiner Gegenwart ungerührt zu mir, aber interessiert sich wirklich für Bilder. Wir tranken die ganze Zeit Kaffee und Cognac, Mischa und ich, schon seit er um zehn Uhr morgens gähnend aufgemacht hat. Von den beiden Kellnerinnen ist die eine an diesem Tag gar nicht gekommen. Leider, sie säuft, sagt er düster (in der Morgensonne). Ihr Mann behandelt sie schlecht, aber sie liebt ihn. Was will man da machen? Und der andern, Dolores (sie heißt wirklich so; sie kam statt um neun erst um elf, Zirkuskind), ihr hat er vor drei Stunden zwei Stunden freigegeben, weil sie sich heute Freitag ganz unbedingt schnell ein Abendkleid kaufen muß. Händeringend, es ist sehr wichtig, ganz dringend und überhaupt unaufschiebbar! (Atemlos: Mischa, sei ein Engel!)

Den ganzen Vormittag schien die Sonne hell und warm durch die Glastüren herein und wir rauchten, redeten, saßen gähnend beim Eingang herum (warteten nebenbei dauernd darauf, daß die Kaffeemaschine endgültig in die Luft fliegen würde) und spielten stundenlang Jukebox-Platten, ohne Groschen, umsonst. Mischa – lang nicht gesehn: wo warst du? – hatte gleich eine volle Cognacflasche vom Wandbrett genommen, Napoleon, und machte uns alle Augenblicke mit der defekten Maschine tollkühn neuen Kaffee. Gäste, wenn es nicht gute Bekannte waren, die sich selbst bedienen konnten, schickte er in die Gaststätte Trinkhaus – hier die Straße entlang, keine zweihundert Meter. Dort werden Sie ganz sicher vorzüglich gespeist und getränkt werden, in gepflegter Atmosphäre! Und zeigte ihnen (weil sie bißchen fassungslos schienen) gleich noch gefällig die Richtung: da entlang. Und wir tranken, und der vornehme Päderast oder elegante alternde Schwule (woher er so plötzlich auftauchte – wie der Leibhaftige in alten Volksstücken, aber ohne Blitz und Donner – blieb mir einstweilen ein Rätsel), nachdem er beiläufig andeutete oder blumig umschrieb, daß er Musiker sei oder das jedenfalls in verklärter Vergangenheit mal war oder doch seinerzeit zu sein glaubte oder zu werden hoffte – der Kuß der Musen; die Launen des göttlichen Funkens oder dergleichen – wie altmodische Schwule eben eingangs so reden. »Auch Ich Lebte Einst In Arkadien.« Er hätte zweimal die ganze Welt gesehn oder wenigstens die wichtigeren vier Fünftel davon; einmal arm, einmal reich. »Wie das Leben so spielt.« Wir nickten. Der Glücklichste unter der Sonne sei er nicht, nie gewesen (sagte das wie zur Entschuldigung). Und verlebe jetzt seine, seiner irdischen Zeit und seines ehemaligen Reichtums traurige Reste in – ich hab vergessen wo; ich glaube, es war Bad Homburg oder sonst ein naheliegender Kurort; nicht Wiesbaden. Goldbrille, Goldzähne, goldenes Feuerzeug. Nein, in Feuerland leider sei er nie gewesen. Doch Afrika ganz, beide Amerika und den Orient kennt er ganz gut. Auch Japan, Bali und die Gewürzinseln. Er raucht dicke Zigarren. Drei dicke Ringe an jedem Finger, seit er nicht mehr Klavier spielt; goldene Uhr, goldene Worte, und mit seinen massiven Manschettenknöpfen (die dennoch geschmackvoll waren) hätte man mühelos modernste Juwelierschaufenster aus Panzerglas oder Jedermanns zeitgenössischen Schädel erfolgreich einschlagen können – solche unpersönliche, theoretisch gemeinte, sozusagen rein akademische Gedanken kommen einem durchs Zeitunglesen. Er schien diese Rede schon öfter gehalten zu haben. Er schenkte sich, ohne zu fragen, gleich ein großes Glas ein, Whisky oder was er gegen seine Herzverfettung trank, und besah sich nochmal ganz für sich und in aller Ruhe (Asthma hat er scheints auch; Minderheiten sind dafür ja prädestiniert) geduldig (leisekeuchend) alle meine Skizzen, den ganzen Stapel.

Mischa (dessen heimliche Zwischenzeichen soeben ich vorerst nicht zu deuten wußte oder vielleicht waren sie auch nicht für mich bestimmt oder gar nicht als solche gemeint) macht uns derweil fröhlich pfeifend neuen Kaffee. Wir tranken immer literweise Kaffee und zwischendurch ab und zu etwas Schnaps, während wir stundenlang redeten, er und ich, Kettenraucher. Halbzwei; die Kaffeemaschine zischt, läßt Dampf ab und fängt dann elektrisch zu singen an (sie war im Frühling schon einmal teilexplodiert und wir rechneten immer damit, daß sie zum zweitenmal und zwar endgültig in die Luft fliegen würde, sobald sie heiß wurde), singt einen einzigen hohen dünnen Ton, der alle Nerven, der die Gläser in den Regalen, die Glastüren und Spiegel panisch vibrieren läßt, zwei Minuten lang, Tag zittert, dann noch eine jähe gewaltige Dampfwolke, wie wichtigtuerische Lokomotiven zur Abfahrt – es war das Jahr 1959, die Ära der Dampfloks begann eben zuende zu gehn –, und der Spuk ist für diesmal vorbei. Halbzwei oder halbdrei, konnte das von meinem Platz aus nicht eindeutig erkennen – seitliche Cola-Wanduhr (und mochte auch nicht extra aufstehn, nicht jetzt); kann auch sein, sie geht falsch, sowieso egal – ein leerer sonniger Nachmittag, Freitag, kaum Gäste den ganzen Tag. Die wir nicht kannten, schickten wir gleich wieder weg, wenn sie nicht grad nach einer Geschichte aussahen oder uns sonstwie interessant und sympathisch vorkamen, und täuschten uns beinah nie.

Zeit blieb alle Augenblick stehn, dann nahm der leere sonnige Nachmittag vor der Glastür ganz von selbst den Anschein der Ewigkeit an. Der Prunkpäderast (ich weiß nicht, wie er heißt, Nebenrolle, er geht sowieso gleich) hat im Hintergrund großspurig ächzend Platz genommen, wie auf einer Bühne, und sitzt da und betrachtet der Reihe nach geduldig und aufmerksam alle meine Bilder. Er sieht wirklich den ganzen Stoß durch, gelassener Kunstfreund, und stellt mir nur ab und zu aus der Ferne eine diesbezügliche wohlüberlegte sorgfältig formulierte Kennerfrage, während Mischa und ich beim Eingang, in der Sonne, immer noch inspiriert von meiner Reise reden – noch keine zwei Wochen, seit ich zurückkam –, von Reisen und Hafenstädten.
Mischa ist aus Odessa; ein Räuber. Er ist überall schon gewesen. Damals war er zum Spaß Abrams Teilhaber und sie wechselten sich in der Kneipe monatlich ab, stets darauf bedacht, einander mit Umsatz, Abrechnung und Lagerbeständen geschickt übers Ohr zu haun; das gehört zum Geschäft. Jeden zweiten Monat, wenn Mischa die Kneipe hatte und ich grad nichts Bessres zu tun, ging ich hin, alle Tage (meistens bin ich dienstlich auf dem Weg zur Post. Ich hatte, seit ich nicht mehr zur Schule ging, eine Proforma-Lehrstelle in einem staubigen kleinen Papierkrämerstübchen, schäbig genug, und fand nie den Rückweg), und wenn es keine Feste zu feiern gab oder noch zu früh dafür war, redeten wir jedesmal stundenlang über Gogol und Jessenin, üder Odessa, New York, die klassischen Anarchisten und San Francisco – er hat überall gelebt. Sein Vater war Viehhändler und Talmudgelehrter. (»Im Haus meines Vaters sind viele Wohnungen!«) Selbst über Puschkin, Petschorin und Iwan den Schrecklichen konnte er so sprechen, als hätte er sie persönlich gekannt. Wanderungen; aus der Salzsteppe kamen wir nach Samarkand und von da, dreitausend Werst nach Norden, zu den Walfängern. Kropotkin verkleidet in China; zwischendurch kocht er Schaschlik, Mischa. Bakunin, wenn er in Zorn geriet, pflegte mit seiner Feder zu schreiben; wir haben Tür an Tür gewohnt. Immer die gleiche Geschichte: plötzlich bist du zwölftau-

send Jahre alt und bist mittendrin. Vor hundert Jahren, im alten Sankt Petersburg, hatten wir einen ganzen langen blauen Petersburger Winter lang nur einen Paß und ein Paar Stiebel, mußten daher (finstere Zeiten, geteiltes Leid: ohne Paß bist du gar nicht da, nicht vorhanden) immer abwechselnd ausgehn. Die Wölfe kamen bis auf die Dachböden (in seinen Geschichten ist die meiste Zeit Winter). Schneestürme, die sich in die langhingestreckten Vororte verirrten, dauerten oft wochenlang. Er ist der geborene Augenzeuge. Er hatte alle Russen, die ich seit meiner Kindheit kannte, im Original gelesen. Damals der Einzige unter allen meinen Bekannten, der überhaupt von ihnen wußte; eine düstere kleine Ganovenkneipe, mitten in der Stadt. Die Kneipe war ihm egal (es gibt viele Kneipen). Wovon er lebt, das ist eine ganze andere Sache – arbeiten? Ich war Hafenarbeiter in New York, sagt er, ein Ghetto, sogar wenn du Geld hast (ich hatte keins). Bei einem genehmigten Januarstreik hätten sie mich fast totgeschlagen, und sie fühlten sich völlig im Recht dabei: als ob ich eine Ratte wäre, verstehst du! Was für ein Narr ich doch war! Ich hab im Bergwerk gearbeitet und auf den Ölfeldern von Texas. In Venezuela im Knast wär ich fast an Skorbut krepiert, Einzelzelle: du verfaulst einfach! Und das geht schneller als du denkst. Damals hab ich mir ein ruhiges langes gutes Leben in Europa geschworen, wenn ich je wieder rauskäme, mit frischer Luft, Feinkost, Garten, Gesundheit, Bankkonto undsoweiter; Alles was dazu gehört! Die Bullen von der Staatspolizei, die Allmächtigen, hatten mich eingelocht, nachdem sie mir vorher mein eigenes ehrlich verdientes Geld geklaut hatten, Schweine! Sie hassen dich nicht einmal, sagt er, sie lassen dich einfach verfaulen. Er trinkt und gießt nach. Sooft er an seiner Zigarette zieht, werden seine Augen ganz schmal, als ob er einen fernen Traum zu erkennen versucht. Der Mann, der mich in Kairo fast um die Ecke brachte (tastet gleich abergläubisch nach seinem Herz, noch da und intakt, er lächelt), hat mir nachher das Leben gerettet und mir ein Schiff besorgt. Mich kannst du Alles fragen! Mit zwei Arabern und einem Portugiesen aus der Legion, das ist eine wahre Geschichte, hör zu: wir haben ein ganzes Jahr lang Fische von Tanger übers Meer nach Neapel und Syrakus geschmuggelt, sagt er, ein gutes Jahr; er nickt. Manchmal auch Zigaretten, und haben nicht schlecht bei verdient! Natürlich Waisenknaben gegen die (lachhaft) großen Gangster, die ihre eigenen Fabriken und Märkte haben, aber es war ein gutes Leben! Ein freies Leben, obwohl die Küstenwacht uns gejagt hat! Mußt dir nicht nur dein Geld, auch dein Leben mußt du dir jedesmal neu verdienen, auf jeder Fahrt! Fracht sicher im Hafen, Neapel mit frischem Geld in der Tasche (ganz weiche Schuhe aus schmiegsamstem Ziegenleder): wie schön waren dann die Morgen! Was heißt schon Verbrecher? Er putzt sich rhetorisch die Nase. Die wirklichen Verbrechen werden ja immer vom Staat begangen. Obrigkeit und Gewalt, das ist einunddasselbe Wort! (Das sei übertrieben? De Gaulle ließ in Algerien foltern, zur gleichen Zeit, Italien in Südtirol. Von Betrug wollen wir gar nicht reden: so viel, wie dir zusteht, kannst du gar nicht stehlen! Wenn du je was geklaut hast, hast du dir hungrig ein Stück Brot genommen, daß sie dir vorenthielten. Wenn du in Italien im Knast bist, da lernst du beten, mein Sohn!) Ich will dir was sagen: während wir mit unsren Fischen und Muscheln und ab und zu einem Todeskandidaten aus dem Legionsbagno, öfter noch ein verfolgter Algerier aus den Aufständen, bei uns hat er freie Fahrt, ehrlich übers Meer fuhren, umsichtig und kühn, wie zu Homers Zeiten, wurde auf der ganzen Welt ganzen Generationen das Leben versaut, von Amts wegen. Das Schaschlick sei jetzt gleich fertig. Er hebt die Hand: sag mir, womit kann sich heutzutage ein Mann noch ehrlich sein Geld verdienen, außer vielleicht beim Pferderennen. (Für Frauen, glaub ich, ist es noch schlimmer.) Komm, trink, sagt er zwischendurch und lacht wie ein kleiner Junge. Mich kann man nicht kaputtmachen, sagt er, und zeigt lachend seine schiefen Zähne, es ist nie aussichtslos. Und wenn du das weißt, aber du mußt es wirklich gelernt haben, dann kann dir gar nichts passieren. Die Welt ist groß (Handbewegung), das Leben eine lange Reise. Probiers doch, kannst hingehn, wohin du willst. Du mußt es nur wirklich wollen! Du mußt bloß die Augen aufhalten und darfst keine Angst haben. Dann kann dir gar nichts passieren, außer sie schlagen dich tot. Laß dir bloß keine Angst einjagen, sagt er, von Keinem! Er ist aus Odessa, er hat seeblaue Augen und schielt ein bißchen, das sieht gefährlich aus, blauschwarzes Haar und wie er den Kopf emporwirft, um es aus der Stirn zu schütteln. Er ist eher klein und zart, auf den ersten Blick (sogar kleiner als ich); sein Gang ist lautlosbehend, er hat überall schon gelebt und versteht es, sich auf der

ganzen Welt durchzuschlagen (ein Überlebender) und ist dabei trotzdem immer er selbst. Laß dir nie einreden, daß etwas zu gut für dich sei; sie lügen! Es ist deine Zeit, du hast Anspruch auf Alles was du willst, unter der Sonne, sagt er (die Sonne scheint, Mittag), aber sie werden dir weißgott nichts umsonst geben. Seine Stimme ist heiser, doch sanft, seine Hände eher schmal; er krempelt die Ärmel hoch, pfeifend. Wie er dasteht und Zwiebel und Paprika in den Schaschliksud schneidet, noch ein guter Schuß Rotwein dran, daß es nur so zischt (und jäh eine Rauchwolke aufsteigt, wie aus einem Vulkan): gleich ist das Essen fertig. Wenn er zu erzählen anfängt, werden seine seeblauen Piratenaugen gleich träumerisch leer und lebendig zugleich, Horizontspiegel, traumblau. Er und ich, wir haben uns gleich im ersten Moment erkannt, und nicht nur, weil ich grad von einem Schiff kam und er mal zur See fuhr – außerdem beides nicht sichtbar, nicht auf den ersten Blick. Das war im gleichen Jahr im April: Ich kam an, mit nichts als meiner weitgereisten Müdigkeit, mit meinem schäbigen großen Koffer, und wollte telefonieren, hatte kein Kleingeld, kein Geld, keinen Pfennig.
Mischa: bloß ein schielender kleiner griechisch-arabisch-deutsch-polnisch-türkisch-russischer Jude aus Odessa, mit einem bißchen Tatarenblut – genau wie Isaak Babel. »Jeder Jüngling in Odessa möchte – solang er noch unverheiratet ist – als Schiffsjunge die Meere befahren; das ist wahr! Die Schiffe die bei uns im Hafen anlegen, entzünden in unsren Odessaer Herzen die Sehnsucht nach wunderbaren und neuen Ländern (. . .) Man gebe ihnen einen Paß und drei englische Pfund – und schon gingen sie auf und davon in unerreichbare Länder, deren Namen melodisch und melancholisch klingen, wie die Sprache des Negers, der ein fremdes Ufer betritt!«
Damals kannte ich Ludmilla noch nicht. Wenn Einer wie er sich auf die Dauer mit einer Frau zusammentut, kannst du ihm nur gratulieren. Offensichtlich haben sie sich immer gekannt, er und sie, und sind zwischendurch jahrelang getrennt gewesen, soweit du das aus seinen zahlreichen wahren Geschichten mühsam rekonstruierst. Aber was hatte er als Ostjude, einziges Kind gläubiger Eltern, im katholischen Wallfahrtsort Czenstochau verloren, 1921, höchstens fünfjährig, mit seiner hundertzweijährigen frommen jüdi-

schen Großmutter, Maisbrot, getrocknete Pilze, Fladen, trockenes Meerrettichrindfleisch in Streifen und koschere Gewürzgurken als Wegzehrung für sechs Wochen sorgsam in ein einziges weißes Kopftuch gewickelt, Abende wie Kirchenfenster, Kreuzwege, graue Vorzeit – ist Ludmilla aus Czenstochau?
Zwischendurch erzählt er dir, wie er in Chicago vor Einsamkeit und Paranoia fast den Verstand verlor (»Ich will leben!«). In dieser Geschichte, die zweifellos wahr ist – du hörst sie zum erstenmal und sie wird dir sogleich zum persönlichen Albtraum, der fortan deiner eigenen unsagbaren Vergangenheit angehört (nachts, unzählige Male, die du aufwachst: Ort und Zeit abhanden, hast deinen Namen vergessen und mußt literweise staatliches Trinkwasser schlucken, atemlos, um nicht zu ersticken!) –, in dieser wahren Geschichte ist er allein, auf der Flucht und verloren, und da ist Keiner, es gibt keinen Menschen, der ihm je nahstand. Wann denn, fragst du arglos, wann das gewesen sei? 1951 erwidert er ungerührt und spuckt aus dem Fenster, Woche nach Weihnachten. Ich hatte keinen Paß und sie waren mir auf der Spur, oder jedenfalls bildete ich mir das ein; auf Schritt und Tritt Meuchelmörder. Wochenlang sprach ich mit keinem Menschen ein Wort. Ich saß in meinem Schrankzimmer ohne Fenster, hielt die Luft an, erschrak jedesmal wenn ich mich räusperte, und lebte wochenlang von Keksen und Erdnußbutter in Büchsen. Vorher hab ich acht Wochen in einer Brotfabrik gearbeitet, wie ein Narr, keinen Tag gefehlt. (Ich glaube, sie dachten, ich sei taubstumm!) Doch während er davon sprach (spätnachts, ganz woanders, in einer überheizten fremden Wohnung, Jahre später – sich wiederfinden. Wir sind seit zweiundsechzig Stunden zusammen, vorhin angekommen, zwei Nächte durchgefahren, wollten längst schlafengehn, todmüde. Und, rauchend, redend, unfähig Schluß zu machen, tranken immer noch ein Glas. In Gedanken noch unterwegs, Stationen, eine lange Reise): Ludmilla, die still hereinkam, sich wieder zu uns gesellte, nachdem sie gebadet hat. Kundig knipst sie das große Licht aus und ein kleines Wandlämpchen an. Schon drei Tage ohne Schlaf! Wir sind alle drei ganz überdreht vor Müdigkeit. Draußen wird es schon wieder hell, eine fremde Stadt, die eben wieder ingang kommt. (»Laß warten den Tag!«)
Mischa als Teilhaber; wie der absurde Vertrag zustandekam und

wieso, weiß ich nicht; vielleicht Steuergründe, oder daß irgendlangweilige krumme Geschichte dahintersteckt, und wie beim Würfeln sind sie immer abwechselnd an der Reihe, er und Abram. Verwechseln kannst du sie nicht. Abram, wenn es nicht sein Monat war, lebte mit Familie in Frankfurt, wo er noch paar Kneipen hatte, Geschäfte, Beteiligungen, ein Stück Bürgersteig auf der Moselstraße, wo die Nutten ganz wild drauf sind und weiß der Teufel was Alles, die Hälfte geheim. Auch zwei legale schöne Töchter, zart und dunkel, doch sie waren erst neun und elf! Auch eine warme gezierte Bürgerwohnung, gegenüber von einem Park, sechs Zimmer, mit Fernsehapparat, Luxusgeldschrank und maßgetüftelter Alarmanlage, Hausmeister inbegriffen; Teppich und Palmenkübel. Einmal haben wir ihn besucht, Mischa und ich, er schlurfte im seidenen Schlafrock herum, grunzend, und führte uns stolz Alles vor; ein Seßhafter. (Private Fernsehapparate waren damals noch der reine Luxus, fast ein Wunder mit Bedienungsanleitung.) Mischa, wenn er nicht an der Reihe, jedesmal wie vom Erdboden – Geschichten über sein geheimnisvolles Verschwinden: es hätte jedesmal für immer sein können, aber plötzlich ist wieder der Erste, ein neuer Monat, und er steht, wenn du morgens (ewig auf dem Weg zur Post) nichtsahnend reinkommst, auferstanden hinter der Theke: Zigarette im Mund, Rauchwolken, Schlitzaugen, Seemannspullover, grad dabei, sich ernst Einen einzuschenken, ganz allein, oder (noch früh: draußen Nebel, wie auf einem Schiff) macht sich eben Kaffee mit Rum. Er hat eine sichelförmige algerische Messerstichnarbe unterm rechten Auge und sieht wie ein Verschwörer aus. Noch früh: kleines Kofferradio neben ihm: steht da und spielt. Hej, grüßt er schwedisch, grad überleg ich, wer wohl als Erster kommen wird und ob ich heut lieber gar nicht aufmache; setz dich! Ists kalt draußen? Wo kommst du her? Die Begrüßung: er nimmt die Zigarette aus dem Mund, er hat Alles aus den Händen gelegt und kommt dir, krummbeinig wie ein Reiterkosak, um die Theke herum entgegen, langsam und feierlich, geradezu orientalisch, strahlt und lacht. (Ein andermal, barfuß auf dem Sofa, Flöte spielend für Lilos Sohn, der grad Zähne bekam, hier in diesem teuren Hurenquartier hinterm Bahndamm, glich er Pan. Ein stiller dunkler Dezembermorgen: draußen schneit und schneit es ohne Ende; wir trinken die ganze Zeit Krimsekt.) In seiner Umgebung, stets in Reichweite, immer ganze Stangen Schmuggelzigaretten, drei oder vier, alle offen, greif zu! Er raucht ununterbrochen und macht sich deshalb nicht mal die Mühe, die Schachteln einzeln rauszunehmen, tastet nur alle Augenblick zielsicher-blind in hastig aufgerissene Verpackungen: Zigaretten. Vorm Weggehn jedesmal stopft er sich eilig alle Taschen voll oder nimmt einfach eine ganze Stange unterm Arm – komm! In der übernächsten Quergasse hat er immer einen Opel Kapitän stehn, mit Spezialradio (Motor sprang gleich an – ist das ein Funkgerät? – Ach, ich hab gern Musik beim Fahren), gelb oder schwarz und sobald du drauf kommst, aufs Nummernschild mal zu achten, ist es jedesmal ein anderes Auto. Einmal im Oktober, spät am Nachmittag, als ich dachte, er will bloß zur Post, wär ich beinah mit ihm nach Marseille gefahren. Zehn Jahre später traf ich ihn dort, ganz zufällig, am Boulevard Garibaldi.

Für die Kneipe hatten sie einen richtigen offiziellen Vertrag damals, er und Abram, dessen Bestimmungen er buchstabengetreu und wider jegliche Vernunft auslegte und einzuhalten bestrebt war – als ob er Jurist sei oder geisteskrank: verwandte viel Phantasie und Mühe darauf – so pflegte er Abram bei jeder monatlichen Übergabe mit wohlpräparierten langen trockenen Reden und Geschäftsberichten und allerlei bizarren Neuerungen zu bestürzen, die er stolz aufzählte, vorwies, ernsthaft und abseitig begründete und überschwenglich zu preisen verstand – auf den Preis kommts nicht an! (Dabei imitiert er geschickt Abrams Pfandleihergesten.)

Desgleichen bemühte er sich, ihn z. B. mit neu etablierten Vorräten recht ausgefallener Getränke zu überraschen: sie würden ja neuerdings dauernd verlangt. Wirklich hatte ein erschöpfter Säufer vor zwei Tagen lauwarmen Pfefferminztee mit Klosterfrau-Melissengeist halb und halb zu trinken begehrt. Minz-Melisse-Flip, Klostergeistcocktail oder wie wir es auf der Karte nennen wollen, Glas einszwanzig. Ein Wunderelixier, trüb und lauwarm, Gesundheit mit Alkohol, je mehr desto besser! Du siehst auch reichlich angegriffen aus, sagt er besorgt zu Abram. Besagter Säufer saß nachher noch stundenlang exaltiert und zu Tode erschöpft am Rande des Abendtrubels in einer Ecke ganz für sich allein, schaudernd, als sehe er Gespenster – selbst ein Gespenst: durchsichtig, zusammengesunken und erledigt; er verschwand unbemerkt, als hätt ihn der

Teufel geholt. Hat er bezahlt oder nicht? Gott sei seiner Seele gnädig! Draußen war es schon dunkel. Hungriger Streifenwagen fuhr schon zum drittenmal langsam vorbei und die Glastüren dröhnten leise in ihren Rahmen; Nacht. Meingott, wohin gehen wir, was soll aus uns werden?
Außerdem habe er mehrere Kisten erstklassigen Ekuadorkakao geordert, günstiger Großeinkauf! Jetzt, da es wieder Herbst wird und alle möglichen Leute, sagte er, potentielle Kundschaft, auf allen Wegen traurig an ihre ferne Kindheit zurückdenken*, da werden viele Gäste sicherlich nur zu gern heiße süße Schokolade zu sich nehmen wollen. Ich dachte, wir verlangen so sechzig-siebzig Pfennig pro Tasse, was ungefähr dem hiesigen Preisniveau entspricht (und hüstelte ökonomisch), was meinst du? Woher die tägliche frische Sahne, das mußt du noch entscheiden. Oder kaufen wir eine Kuh? Ich hab das absichtlich noch zurückgestellt, weil du mehr gastronomische Erfahrung hast; damit du mir nicht wieder vorwirfst, daß ich eigenmächtige Entscheidungen treffe, denn das liegt mir ganz fern, wie du siehst. Aber Schokoladengeschirr, Porzellan und ein Reklameplakat hab ich schon bestellt; sowieso unerläßlich. Sollen wir vielleicht auch eine Farbfotografie von einer Kakaoplantage im Hochland hier aufhängen, oder nicht? Was meinst du denn dazu? Und – nach einer Pause für Abrams Stöhnen (Kakaobäume werden bis zu neun Meter hoch, das weiß auch nicht Jeder) – heuchlerisch vorwurfsvoll: Oft, wenn ich so wie jetzt wichtige geschäftliche Details mit dir bespreche, dann hab ich den Eindruck, du hättest gar kein oder (verzeih mir, vielleicht seh ich das falsch) nicht genug Geschäftsinteresse! (Hinter der Theke: er schenkt sich einen Wodka ein und – Abrams Monat hat schon begonnen – bezahlt ihn mit lauter Groschen.) Die Kisten würden also sämtliche in zwei bis drei Tagen per Eilfracht angeliefert, solang wird sich das Wetter (mit einer eilfertigen Grimasse) schon noch halten. (Abram, im Schweiße sei-

* Lauter neblige Morgen, alle Straßen führen nirgendwohin, aber das merkst du erst, wenn du sie bis ans Ende gingst. Welt kalt, fremd und unverständlich, ein ödes Exil! Jede Freude, alle wichtigen Angelegenheiten und jeder ernsthafte Vorsatz erweisen sich früher oder später als hämische Fiktion, beklemmend, traumloses Dösen, ein öder Wahn, aber erst, wenn du lang genug dran geglaubt und dich damit abgequält hast. Kindheit: die meisten entdecken erst nachträglich, daß sie wirklich eine gehabt haben, aber ganz sicher sind sie sich auch nicht. Heute wird wieder keine Sonne durchkommen.

nes Angesichts, brauchte noch eine Weile Besinnung, bevor er zu fragen wagte: wieviel? Wieviel Kisten?) Solang muß du die Gäste eben noch hinhalten, verstehst du, geschickt vertrösten.
Es war von je her eine reine Bier- und Schnapskneipe für Säufer und Arbeitsscheue gewesen, mitten in der Stadt. Am nächsten Tag, nachmittags, erschien ein ächzender kleiner alter Mann mit neuem prächtigem Schokoladeplakat, wie bestellt, hier ist die Rechnung! Das gelungene Plakat zeigte vor flammendem Hintergrund eine zierlich geschwungene Schokoladentasse, tailliert, tulpenblütenförmig, geradezu überirdisch, wie sie da schwebte, mit einem ätherischen Mont blanc aus schmelzender Schweizer Sahne gekrönt, gerade erst trocken geworden. Ein schäbiger kleiner Mann mit Mütze und Schal, er kam aus einem abgelegenen Hinterhof, voller Farbspritzer, ganz fleckig und verknittert, heiser auch. Am hellen Mittag kam er wie ein Bote aus dem Jenseits in die Kneipe; niemand hier hat ihn erwartet. Er schleppte das strahlende Riesenplakat wie ein unförmiges fremdes Schicksal, mit dem er dauernd stolpert. Ob ers gleich annageln soll und wo? Nachdem er sich zweimal umständlich umdrehte, ohne das Plakat abzulegen und eine halbe Ewigkeit brauchte, um mit dem Plakat auf dem Buckel und kaum einer Hand frei, die Tür zu schlie – na verdammt: klemmt wohl! Sie ging immer wieder auf. Jedesmal, wenn er sie mühsam zugemacht hat: so ein Mist! Mit dem Riesenplakat auf dem Buckel war er wie ein geduldiger großer unbeholfener Käfer.
Abram (das tausendjährige Reich hat er in Schweden überlebt, als der Sprache kaum kundiger Paketsortierer) raufte sich jeden Ersten die Haare, beidhändig, leierte nachträglich lange Litaneien, mit Grabesstimme, und behauptete, Mischa tue das Alles nur, um ihn zu ruinieren. Aber in Wahrheit wollte Mischa wohl nur seinen Spaß haben und nahm außerdem berechtigten Anstoß an der stumpfsinnigen Stadt und an Abrams blödsinnig-ernsthafter Geldgier – die Kneipe, mit lauter Säufern als Stammkunden, lief sowieso wie von selbst und brachte ein Vermögen ein. Abram sei ein Geizkragen! Hat er nicht auch genug erlebt? Er würde nichtmal seine eigene Mutter aus dem Pfandhaus auslösen, außer wenn er sich noch einen Gewinn davon verspricht. Wie ein verdammter Goj, Seßhaftenpack! Er müßte es besser wissen. Er hat keinen Humor und betrügt mich jeden zweiten Monat um zwei- bis dreitausend Mark – was

stimmen mochte. Das könnte ich ihm noch am ehesten verzeihen, das Geld. Außerdem tut ihm die Aufregung gut, sonst wüßte er nämlich gar nicht, daß er überhaupt ein Herz hat, undsoweiter. Nie sprach er anders als voller Verachtung von Abram, genau wie von jeglicher Obrigkeit. Beide lassen sich weder ignorieren noch aufkündigen, bloß bekämpfen, verachten, verändern vielleicht. Vorstehende Übergabeverhandlungen, wie alle Gespräche zwischen ihnen, sobald sie sich in die Länge zogen, einschließlich zugehöriger altmodischer Höflichkeitsfloskeln und Verwünschungen, wurden größtenteils russisch und jiddisch abgewickelt. Abrams Pfandleihergesten, die Mischa zu imitieren pflegte! Jeder Leser soll sich hier selbst, soweit seine Dilettantenphantasie eben reicht –. Wenn du das nächste Mal ahnungslos hinkamst, in aller Frühe, und es war über Nacht wieder Abrams Kneipe geworden, und er steht da wie ein feister kleiner Allerweltsgötze (den du staunend zum erstenmal siehst) und du weißt nichts von ihrer Abmachung und du fragst ihn nach Mischa – wo er sei? Wann er wiederkommt? –, so stöhnte er und verkündete mit seiner üblichen Faßstimme (die du noch nicht kennst, draußen Nebel): Er ist tot, tohoot, und rieb sich geschäftig die Hände.

Doch in diesem September war es eindeutig wieder Mischas Kneipe. Wir tranken, genau wie vorgestern, den ganzen hellen sonnigen Mittag Kaffee und Cognac (die Kaffeemaschine explodierte wieder nicht; Mischa hat einen Schlüssel für die Jukebox: man konnte immer gehn und sechs Platten auf einmal wählen; wenn es sein Monat ist, ist die Musik meistens gratis und ohne Ende), und inzwischen hat der Päderast im Hintergrund einen ganzen Stoß Skizzen aussortiert, mit denen er jetzt – in einer geeigneten Pause – zu uns nach vorn kommt und verlangt sie zu kaufen – was ich zuerst gar nicht kapierte! Ich hatte bis dahin, außer an Zeitungen (zusammen mit Geschichten von mir, da ging ich noch zur Schule), nur drei Bilder insgesamt verkauft, Ölbilder (bei denen der Aufwand an Material, so naiv war ich wirklich, einen bestimmten Preis als Selbstkostenvergütung – jedenfalls wenn du kein Geld hast und willst malen – rechtfertigt; dafür kaufst du dann noch am gleichen Tag gewissenhaft, dankbar und froh neue Farben und Leinwand, wo sie am billigsten sind), und zwar an kulturbeflissene wohlkonservierte Amerikanerinnen, alle auf einmal und so ziemlich ohne mein Zutun. Wir hatten die Bilder zum Spaß im Laden von Wolframs Großmutter ausgestellt, als sie krank war: sie wollten sie eben haben! Sie gehörten alle zur gleichen Reisegruppe, sie kamen drei- oder viermal, bevor sie mich endlich antrafen. (Sie hatten vor ihrer Abreise alle noch Irving Stones: Vincent gelesen oder jedenfalls davon gehört und es gekauft, weil es Book of the Month war!) Es kam mir nicht drauf an, bloß daß ich zuerst einigermaßen verblüfft bin und sie konnten viel besser englisch. Also gut, streiten wir nicht um den Preis! Wir nahmen sie aus dem Fenster und stellten dafür wieder die alten langweiligen Füllfederplakate rein. Aber bis sie sich endlich vorläufig geeinigt hatten, wer von ihnen welches Bild und wie sie den Rest der Reise beharrlich immer wieder wortreich darauf zurückkommen würden, um es erneut zu erörtern – Europa in fourty days – es war ihr zwölfter. Wir gaben uns viel Mühe mit dem Einpacken, sie zahlten in Dollars, beinah hätten wir das ausländische Geld für die Bilder nachher in die gierige großmütterliche Registrierkasse aus dem Jahr 1911 (mit allegorischen Adlern und Hirten) hineingefüttert. Solche Skizzen hingegen hatte ich bisher immer nur als Notizzettel angesehen. Er hat sich in aller Ruhe eine ganze Kollektion ausgesucht und seine Rede zweifellos vorher zurechtgelegt. Er hat inzwischen ächzend seine dicke Brieftasche hervorgeholt (die ich ihm auch unbesehen geglaubt hätte, Krokodilleder), pafft gewaltige Brasilwolken und fuchtelt eindrucksvoll dicht vor meinen Augen herum: frische Banknoten, gutes Geld (meinetwegen), und verlangt den Preis zu wissen, für alle. Er sei in Trieste Klavierspieler gewesen, 1928, als er zwanzig und arm war – die meisten Bilder, die er ausgesucht hatte, waren von Trieste. Er will sie wirklich kaufen! Mittag, Sonnenschein. Ich bin ein bißchen benebelt von all dem Cognac und durcheinander und inzwischen handelt Mischa für mich den Preis aus – ich hätte sie genausogut verschenkt, sagte das zwischendurch auch (während sie auf arabisch feilschten) – zum Schluß bekomme ich ein ganzes Bündel Banknoten, echtes Geld, und noch bevor ich das richtig kapiere, fragt er mich, welche Art geschmackvoller Rahmen ich mir denn vorstelle bzw. vorschlagen würde resp. für geeignet hielte und natürlich würde er sich freuen, wenn ich ihn demnächst liebenswürdigerweise zu beehren die Güte hätte, um sie dann an Ort und Stelle hinter Glas und Rahmen an seinen bescheidenen fünfmal vier Jung-

gesellenwänden oder dergleichen – Mischa wüßte seine Adresse. Doch das hätte nichts mit unsrem Geschäft zu tun, und natürlich möge ich nach wie vor beliebig darüber verfügen, falls ich sie noch für weitere Arbeiten, Studien, Ausstellungen benötige bzw. zu verwenden gedenke – schließlich sei er mit dem verstorbenen Richard Wagner per du und gottseidank weder Kretin noch Banause! Das war (sinngemäß) der einzige Satz, den ich in dem ganzen Wirbel wirklich deutlich hörte, erfaßte und im Gedächtnis behielt (und dort unberührt wiederfand, als ich später vergeblich versuchte, den ganzen Vorfall zu rekonstruieren – mühsam erwachend: hier ist das Geld, es ist echt), bevor er gleich darauf ging und die Skizzen gleich mitnahm; er vergaß zu hinken. Wir sahen ihm nach, sahen ihn mit dem Paket quer durch die Sonne langsam zum Taxistand gehn, der damals in der Plockstraße war. Vor mir liegt ein ganzer Stoß Papiergeld, mehr als ich seit Monaten, seit meinem Aufbruch im Juni oder vielleicht überhaupt je auf einmal in der Hand hatte. Trink aus, sagt Mischa und lächelt mir wie ein Verschwörer zu und stößt mit mir an. Eine Atempause, ein ganz klarer hellsichtiger Moment Leben, da ich Alles wußte und wiedererkannte, als hätte ich es von je her gewußt, auch wenn ich zehn Jahre später fast den Verstand darüber verliere. Suff und Straßen, daß du ankommst und abfährst und dann kommt dir unverhofft mittags, wie du grad in Ruhe irgendwo sitzt und beim besten Willen nicht weiterweißt, eine ganze Handvoll Geld auf einmal in die Hände und du weißt, daß es ein langer Herbst wieder werden wird, nachher ein langer Winter! Du kannst dich wieder einrichten in der Zeit, wie in einem endlich fahrenden Zug, ganzes Leben im Gepäck, Fensterplatz. Fern am Horizont wartet der Abend. Zeit genug; Mischa macht uns pfeifend noch mehr Kaffee, Sonnenschein, Alles wie immer – nur, daß ich auf einmal keine Sorgen mehr hatte: keine Bombe tickt in ihrem Versteck, die Maschine würde auch heute nicht explodieren!
Ich will nachher gleich gehn und mir Farbe und Leinwand kaufen – für den ganzen bevorstehenden Herbst. Vergiß nicht, geh auch essen, sagte ich mir, mehrfach. Du kannst gehn und dir eine Wohnung suchen; bald Winter. Oder soll ich vorerst – heute wird es ohnehin spät werden – eine Weile im Hotel wohnen? Ich weiß auch schon, welches. Ja, ich könnte schon morgen sogar wieder abreisen, mit dem ganzen Geld, heute noch! Doch am Sonntag will ich

dich treffen – wir haben uns gestern erst kennengelernt, hier in der Kneipe!
Inzwischen (gleich darauf) kommt die zweite Kellnerin mit vornehmer rosa Pappschachtel von erfolgreichem Abendkleidkauf endlich zurück. Beim Friseur ist sie auch gewesen, hat sich verspätet – in aller Eile, weil sie dachte, es ginge ganz schnell. Nicht böse sein, Mischa! –, stürzt ihm gleich von der Tür aus, rosa Engel, zielsicher-schuldbewußt um den Hals und er nimmt sie in seine Arme. Eine duftende rosa Wolke, auf der sie strahlend daherkam; Dolores. War viel Betrieb? (Kundschaft! Erst wußten wir gar nicht, wovon sie spricht!) Das Kleid sei ein Traum, stammelt sie, während er ihr liebevoll untern Rock greift, mit beiden Händen, sie an sich zieht: komm! Und sie wird es uns nachher gleich vorführen, atemlos, damit wir sehen, wie sie sich beeilt hat. Sie hatte grad keinen Mann. Ihr letzter war Filmvorführer im Lichtspielhaus, aber bloß für die Spätvorstellungen, dreimal in der Woche zweieinhalb Stunden. Ein verkrachter Physikstudent, den sie bis zum Wahnsinn liebte, er sie auch – wer wen verließ, wurde nie geklärt. Bald darauf ging sie als Nachtclubsängerin zur US Army or Air Force, Overseas Entertainment Service, Dolores Zirkuskind. Am ersten Sonntag im Oktober sang sie schon im Skyline Manhattan, Mannheim (Sonntag verregnet), ganzes Nachmittagsrepertoire und am Abend nochmal. (Wenigstens fror sie da nicht mehr: Ich habe aufgehört zu frieren!) Riesensaal: nur jeder sechste Tisch ist besetzt, lauter verkrachte wortlose Sonntagspaare und hier und da, in tadelloser Ausgehuniform, ein einsamer düsterer Abendsäufer mit stierem Blick. Dolores, neu hier, erster Tag: Mikrofon schleift, die geschniegelte Band geht nach (wie eine müde Uhr, die sich vorgenommen hat, dennoch ihre Pflicht zu tun) und schon nach den ersten zwei Stunden: als ob sie nie etwas anderes getan hätte, das bin ich! Draußen Regen. Sonntags ist Alles immer am schlimmsten. Eine Flasche Jim Beam in der Garderobe, die wie ein schlecht vernagelter Wandschrank: rein und raus, immerzu rein und raus, Zirkuskind. Vorhang, Scheinwerfer, Parfüm, Hamburger, Shrimps Cocktail und Turkey Sandwich jederzeit gratis, Gin auch (heute ihr erster Tag): acht Lieder pro Auftritt am Abend, drei Abendkleider ohne Unterwäsche, rosa, hellblau und lila. Alle Clubmanager mit ihren vielzuvielen Händen sind schwitzende kleine laute Teufel aus

Dallas oder Nashville. Fünf Abende in der Woche zu fünfundsechzig Dollar (damals viel Geld) und die Flasche zu anderthalb: trink sie aus! Horizonte *verschwimmen* im Abend. Immer mehr Regen und Erinnerungen und unzulängliche Elektroöfen hinter der Bühne und Europa in Seenot, versinkend, und Autofahrten und Eisenbahnzüge – Prost! Jetzt geh und such dir (zehn Jahre später) eine Bleibe für die Nacht!

Himmel, wolkenlos, eine neue Liebe, ein endloser Sonntagnachmittag im September: ihr Haar schimmerte hell in der Sonne, später blaßgolden im sonntäglichen Halbdunkel der fremden Wohnung ihrer Eltern. Zwielicht, Stille, alle Fenster verhängt. Ich bin zum erstenmal hier. Im *dämmrigen* Zwielicht: jeder Spiegel ein trüber Teich. Jeder Laut, gleichsam verzögert (wie tief unter Wasser), klanglos endlos fort. Ich behielt Nachmittag, Wohnung und Stille wie ein fotografisches Negativ im Gedächtnis.

Nachher wurdest du meine Winterliebe, zum erstenmal in meinem Leben fing ich zu trinken an – ich war sechzehn, kein Herbst hatte mich je so tief in Melancholie und Verzweiflung gestürzt, kein Winter war mir je so lang geworden. Trotzdem harrst du bei mir aus.

Im November verkaufte ich aus Spaß zwei Bilder an einen Bautischler oder Zimmermann (für sein eigenes Haus). Er kam an einem Samstagmorgen, als ich in Staufenberg malte, um bei uns zu frühstücken und ein Flurfenster für meine Mutter zu reparieren, geschenkt will er nichts. Er bestand darauf, sie zu bezahlen. Jede Arbeit sei ihr Geld wert – erwähne das nur als Beleg, falls es mir je einfiele, Aufnahme-Antrag für die Partei zu stellen, vielleicht als Arbeiter- und Bauernmaler auf Kuba: Meer, Tabak, Sonne und Rum gratis alle Tage, Venceremos! Farben will ich mir nach der Art alter Meister selbst reiben und anrühren, kann auch Leinwände spannen und grundieren, zweimal vorbestraft!

»Inselschicksal« Regelmäßige Rumrationen in handlichen kleinen Fäßchen: wie in den Seeräubergeschichten meiner glücklichen Kindheit. Könnte mich nebenher zusätzlich begeistert und gewissenhaft um Agitprop und Müllabfuhr kümmern, Botengänge, Haustüren anstreichen. Tagewerk: trägst, mit deinen eigenen (nicht genehmigungspflichtigen) Gedanken versehen, wichtige

amtliche Zettel aus, barfuß, jeden einzeln, frohe Kinder zum Geleit. Und jedesmal, wenn du einen abgeliefert hast an die rechte Adresse, streichst du – pfeifend oder nachdenklich und in aller Ruhe, mit Blick aufs Meer, Selbstgespräche, unterm Vordach, Sonne scheint, spielende Kinder – die Tür an, an der du zuvor geduldig geklingelt, an die du geklopft hast. Am Ende des Wegs: die richtige Tür! »VENCEREMOS!«
Ende Januar, vom einen zum andern Tag (mit geliehenem Geld) fuhr ich wieder nach Wien und nach meiner Rückkehr im März (Anfang März: Tage wie Nachträge) waren wir nur noch zweimal zusammen, traurig und stumm, hilflos (ich weiß auch keinen Grund! Gehts dir gut? Ja danke, ich hatte ein sehr gutes Wochenende), trafen uns dann noch paarmal in der Stadt, zufällig auf der Straße, wie Fremde.
»Unser erster Sonntag« Und einmal, paar Tage später, Ende September, abends, ein verlassener Kinderspielplatz – die Sonne stand hinterm Bahndamm: Mietshäuser, Festungen, numerierte Hochburgen des Abends – bereit *abzuschwimmen*. Da ging ich von dir zur Stadt zurück, kann sein, Samstagabend. Deine Eltern sind noch nicht zurück. Wir wollen uns nachher nochmal treffen. Ich hörte einen Zug fahren, nicht weit, ganz deutlich, diesen Moment – oder, geistesabwesend, völlig desorientiert: vielleicht doch bloß in meinem verstörten Gedächtnis. Abend leuchtet, Gegenwart: es hätte genausogut zehn Jahre später sein können und daß ich es zeitlebens nicht mehr vergessen werde und wie still es da plötzlich war! Beschreibungen, Stadtgeographie, was er denn eigentlich sagen wolle? Kurz und gut: daß er also eines schönen Abends mal in die Stadt ging, der Innenstadt zu, nach seinem Schäferstündchen oder wie wir es abgeschmackt nennen wollen, gut und schön, aber WAS WEITER? (ingottesnamen!) Lauter Fremde, Jemand fragte ihn gutwillig, ob er was trinken will und bitte was? Was darfs sein? Nur keine Aufregung und hier ist auch ein Stuhl, und goß ihm aus erstbester Flasche wahllos irgendein Wasserglas voll (Rum 80%), zum Wohle, auf daß er endlich zurande käme mit seiner Geschichte (die ihn zweifellos quält und quält, aber was sollen wir damit?). Beschreibungen: die alte Eisenbahnbrücke bei der Bahnhofsausfahrt, wie der Wind darin knarrt; Erde bebt. Alle lächelten aufmerksam, nickten ihm freundlich zu. Rauch, Ruß, rostige Sonnen-

untergänge. (Viele Vergangenheiten!) Rum, 80%, ein großes Glas! Trank ohne Verwunderung (zu bezeigen), auch ohne sich zu verschlucken, trank es geistesabwesend in einem Zug aus und nickte zu einem zweiten – hör zu, paar Häuser weiter, vor einem offenen Abendtor stand ein kleiner Bub, ganz allein, wie der letzte Überlebende in dieser zum Untergang verurteilten düster schweigenden unbegreiflichen Erwachsenenwelt, stand da und aß einen Apfel. Stand da und sah mich mit großen Augen an, wie ich im letzten Licht die lange leere Abendstraße der Apokalypse entlang daherkam, geblendet, wie blind im gleißenden Licht, Sonnenuntergang. Wie soll ich denn seinen Namen wissen? Und wo er heute ist? Ein fremder kleiner Bub vor seiner vertrauten väterlichen Haustür. Grüßte mich schließlich ernst und befangen (wie sie es ihn erst kürzlich fürs Leben gelehrt hatten), ungeschickt, als ich fast schon vorbei war – »Wer bin ich denn?« Gleich war mir, als hätte ich Alles schonmal erlebt, Rollen vertauscht, manische Selbstgespräche den Rest des Wegs. (Vielleicht, daß ich damals der kleine Junge mit dem Apfel war und sah die anderen Leute müde vom Abendzug heimkommen, bergauf, in diesem geläuterten Licht, 1948). Weit und breit keine Eckkneipe, wohin? Obwohl ich den Weg ganz genau kannte: hätte mich fast für immer verirrt. Abend: wir wollen uns nachher treffen, du und ich. Wie still es mit einmal war! Kreideschrift. Ein verlassener Kinderspielplatz, nichtmal eine verlaufene Katze (genauso wachst du eines Tages auf und bist tot), und in allen Fenstern ringsum blindgleißend der weite leere Abendhimmel –

Hör zu: ». . . der Schatten war wie tiefer Himmel, jeder Baum deutlich, das Gesträuch lichtumflossen. Lesbos: der Mond glich jetzt einem goldenen Spiegel, darin sich Chloes Widerschein mit einem Sternenhalsband abhob. Mytilene türmte sich im Fernen auf, eine Perlmutterstadt. Die weißen Wegsteine lagen auf den Wiesen verstreut; gestürzte Marmorstandbilder tranken Tau: ihr gelocktes gefärbtes Haar sah man im Gras funkeln. Die Luft flimmerte in einem schwankenden Licht. Ach, rief Chloe, wohin ist der Tag entschwunden? Welchen Weg nehmen wir, o Daphnis? Ich weiß nicht mehr die Richtung!«
September: leerer Sonntag, letztes Laub an numerierten Bäumen.

Noch einmal: alle Sonntage meines Lebens haben sich schweigend eingefunden, wie Spiegelbilder. Offenes Fenster, unbewegter Vorhang – nicht ein Hauch. (Und die Bombe tickt!) Wohin gehen? Jenseits der Hinterhöfe (sie heißen Juli, August, September undsoweiter, sie gleichen einander, obwohl jeder doch immer ein bißchen anders ist als alle vorhergehenden, immer *blasser*) spielte ein unsichtbares Gespenst Stunde um Stunde ewig die gleiche Schallplatte, bis zum Abend. Zigaretten, Unmengen kalten Kaffee. Ungnädig: wo sein Schnaps, seine Weiber blieben? Ich hatte über Mittag geschlafen und nachher, in allen Spiegeln (ganz fremd noch und wie betäubt) glich ich Akbar dem Großen (bloß nicht so aufgeblasen) – Jeder kann selbst im Lexikon nachsehn!
Stunde des Abends und im Hof spielen Kinder: da stehen zwischen zweimaligem Lachen die Fenster manchmal wie erstarrt. Der schwarze Häuserwall gegenüber, ein Sommerabend, Alles wie immer: Stille und Schatten wuchsen, breiten sich aus, stiegen wie Wasser, füllen das ganze Zimmer – das Ende des Sonntags: Sommer auch vorbei! Spät in der Nacht, wie vorbestimmt, wie für alle Ewigkeit und ganz deutlich in der Stille, fing es nachdrücklich an zu regnen.

19

»Ihre Sonntage! Ihre landesüblichen Thermostatgefühle und abgemessenen (ausgeloteten) Ewigkeiten, die du auf nicht mehr als zwei Seiten und in deutlich lesbarer Schrift umfassend und verständlich beschreiben und interpretieren solltest.« Nochmal im Garten draußen, bevor der Sommer für diesmal für immer vorbei: 64 Quadratmeter, viel frische Luft, dilettantischer Sonntagsgärtner, nichtmal einen Strohhut, schäbige alte Vogelscheuche, die nachher, du faßt es kaum, sich regte und an den Zaun kam ohne zu stolpern, ganz natürlich zu reden anfing: irgendein Blech, Geschwätz, augenzwinkernd, mit menschlicher Stimme. Spärliches Erdbeer-Möhren-Kartoffel-Salat-Blumenbeet, vier Jahreszeiten, kleiner gepflegter Hobbymisthaufen in der Ecke, sehr gepflegt, geruchlos, tiptop, ordentlich eingefaßt, Deckel drauf, ganz genau quadratisch und unerläßlicher nationaler Lattenzaun. Grüßgott! Allseitiger Sonntagshimmel heut frischlackiert.
Nie hätte ich das gedacht, daß sie ihre Pedanterie hierzulande indertat so weit treiben, daß der Erfinder der Dr. Schrebergärten wirklich Herr Dr. Schreber hieß! Hingegen kannte ich als Kind einen anderen nützlichen Geisteskranken, der seinen gesamten Nutz- und Ziergarten, Quadratmeter für Quadratmeter, ererbt und dazugekauft, dauerhaft betonierte, weil er (Gartenfreund) die Jahreszeiten, Unkraut und Wühlmäuse einfürallemal satt hatte, Schluß damit! Planwirtschaft, er sah selbst wie ein fleißiger alter Obermaulwurf aus, ehemaliger Magistratsbeamter, Christ und Demokrat, Alles zu seiner Zeit, schrieb sich Alles immer ganz genau auf, Terminkalender, Schweinsleder, Urkundentinte: Schlafen! Aufwachen: 07 Uhr 15! Frühstück, Stuhlgang, Nachdenken usw., damit Alles seine Ordnung und Richtigkeit. Beton bewährte sich auch bei Regen, später ließ er sich noch Wege hineinpflastern und mit Richtungspfeilen versehen, lauter Umwege, um sich nicht zu verlaufen: ein übersichtliches kleines Privatlabyrinth – Ordnung muß sein!
Wie gehts? Wie war die Ernte? Ach, halts Maul; ja, danke der Nachfrage! Gottseidank wirklich prächtig! So übern Zaun: wie warn die letzten zehn Jahre? Ehrlich gesagt (händereibend): ich

dachte (ich hätte geschworen), Sie sind längst tot! Na egal, macht ja nix, was machen die vitaminreichen schwarzen und roten Johannisbeeren? (Alle Sträucher schon vor zehn Jahren erbost und verbittert auf den Mist! Oder – Keiner siehts (Luft so lind) – schnell da übern Zaun rüber, Nachbarschaft, scheiß drauf! Danke gleichfalls! Und wie gehts der werten Frau Gemahlin, falls selbige noch am Leben – ach: Sie ham se nich mehr? Abgeschafft? Weggeschmissen? Hätten die Sträucher halt öfter düngen sollen, auch mal sachkundig draufpissen nach Gärtnerart, auch mal zurechtstutzen liebevoll unerbittlich, oder – der Weisheit letzter Schluß – mehr Sonne! Wem sagen Sie das! Na egal! Na, nichts für ungut jedenfalls! Richten Sie ihr trotzdem paar beste Grüße aus, aber ja: meine allerbesten Empfehlungen – man sieht sich hier draußen ja vielzuselten, aber das macht nichts!
Nochmal im Garten oder (kaum daß du dich selbst wiedererkennst) bei den lieben bescheidenen Schwiegerelterchen, solang sie – zahnlose Mumien, wie gehts Euch denn? Saßen wie Stoffpuppen auf dem Sofa beziehungsweise in ihrer Vitrine – solang sie noch nicht ganz gestorben, solang sie sozusagen noch bißchen am Leben, wie sich das für Kleinstrentner und staatliche Fürsorgeempfänger gehört – in einem wohlgeordneten Staatswesen hat eben Jeder sein Bündel Pflichten und Rechte und Pflichten usw. Doch fangen jetzt auch schon an, langsam doch sichtbar und von Tag zu Tag mehr (wie du sie im Gedächtnis behalten wirst und dort wiederfinden – nach Jahren), ihren Bildern zu gleichen: traurige Familienfotos von Geburt Heirat Tod. Und: das Häuschen im Grünen, Mein Kühles Grab, immer im besten Anzug und immer die gleichen künstlichen Blumen, immer das gleiche wächserne Sonntagslächeln zur Erinnerung für die zukünftigen Hinterbliebenen – »in tiefer Trauer« – viel gabs nicht zu erben!
Leichenschmaus fand in aller Stille statt, 48 Mitesser, keine Besoffenen! Onkel Ede haben wir wohlweislich erst hinterher benachrichtigt. War das Beste für Alle, er hätte sowieso nicht das Geld für einen Kranz und auch keinen anständigen schwarzen Anzug. (Säuft, aber wird todsicher uralt werden, schwarzes Schaf.)
Unser lieber mißratener Sohn, treusorgender Vater, Großvater, Onkel, Nichte, Tante (dann noch jahrelang als engstirniges Familiengespenst, immer stumpfsinniger), langjähriger Bruder und

Schwester, unser verehrter Kollege stellvertretender Hausmeister usw. »Zeitgenosse« Schmeiß ihm trübselig hinterdrein paar schmutzige Klumpen Erde in sein naßkaltes schwarzes Loch! (Und in Wahlhalla einging, spar dir die kläglichen Einzelheiten!)
Wieviel Trinkgeld gibt man dem Pfarrer? Ich zum Beispiel, ich konnte trotz jahrelanger glücklicher Ehe nie verstehn, wie es kam – warum meine liebe Frau sich bei allen nahestehenden Todesfällen mitten aus dem Leben heraus immer gleich so gut auskannte! Und empfand, ja mußte in meiner Ratlosigkeit ihr diesbezügliches geschicktes Verhalten (wie sie jedesmal gleich in die richtige Rolle zu schlüpfen weiß, prompt) beinah als eine Art Verrat – woher hat sie das? (Genauso wird sie als meine Witwe brillieren!)
»Lauter letzte Worte!« Nachher – tagelang, ohne zu ermüden – kramte er mißtrauisch in der Erbmasse rum und maulte: so wenig Familienschmuck! So wenig Silberbesteck! Und wo ist das Klavier? Kaut seine Unterlippe, schmeißt kreuz und quer Röntgenblicke, in Gießen/Lahn, Liebigstraße, Herbst oder Vorfrühling. Nachmittag, ging auf vier. Stundenlang: ich könnte schwören (mit Fäusten fuchtelnd), daß sie mindestens ein Klavier gehabt haben; Eigentum! All die Jahre, da im Sonntagswohnzimmer drin: echten Bechsteinbeckflügel oder wie, das Beste vom Besten, stand da, wo (Handbewegung) jetzt der deutliche leere Fleck an der Wand. Selbstredend zuletzt nicht mehr ganz bei Trost gewesen, na macht ja nix, und pflegebedürftig aber wo kann das (und fand kein Ende: kramte sachkundig mißtrauisch zwanghaft in allen Vergangenheiten, Nischen, Schränken und Schubladen) kostbare Klavier hingekommen sein? Unbezahlbares Andenken: mindestens seine zwo- oder zwölftausend Mark wert! Konsultierte mehrfach befreundeten Gerichtsdiener, feierahmds, in der Stammkneipe: ob man nicht die verdächtige Zugehfrau, flüsternd, du hast doch da Beziehungen beim Gericht, ob man die nicht vielleicht in Beugehaft, wenigstens vorübergehend und unterderhand, Gottesurteil und Daumenschrauben, bis daß sie zerknirscht gesteht. Je länger er es nicht fand, umso größer der Verlust. Inzwischen längst unersetzlich. Dabei hat er den tonlosen alten Kasten doch seinerzeit selbst fluchend auf den städtischen Sperrmüll, doch wird bald nur noch von klangreiner Harmonie, unbezahlbar, von Epochen und Gold und Elfenbein faseln, seine fixe Idee. Wir werden Alle sterben!

Der Hausrat ist ja größtenteils Schund; je wichtiger und vertrauter ein Gegenstand für seinen Besitzer, je mehr er dran hing: umso wertloser ist das Zeug nachher für Hinterbliebene und Nachwelt, zum Beispiel Kleidung, Gedanken, Weltbild und Alles was du jeden Tag in die Hand nimmst, unzählige Male, bis es fast ein Teil von dir selbst – das braucht Keiner, das stirbt mit dir. Daran siehst du, wie falsch Alles ist hienieden. Aus dem Jenseits: für fast Alle die mich »kannten«, hätte ich zeitlebens das genaue Gegenteil gewesen sein können und sie würden das kaum oder gar nicht bemerkt haben, Innenleben. Zum Andenken: Listen, was Einer zeitlebens getan hat und wie oft. Eine Schande, sagte er eifrig, wie schamlos diese christlichen Altersheime (Was riecht denn hier so muffig? Alle sahen sich schuldbewußt-mißtrauisch um) jeden letzten Pfennig Vermögen auffressen, sich an Sterbenden mästen – aber wo ist (seine fixe Idee) das wertvolle Familienklavier geblieben?
Fazit: Familiensinn ja in Ehren, Trauer gut und schön, aber man traut sich ja kaum noch an den Stammtisch, weil der Hinterbliebene Heinrich seither von nichts andrem mehr spricht und bei jedem neuen Bier Wutanfälle mit Schaum vorm Maul (Edelpils): Werd hier jetz Schkat gekloppt owa nett? Immer noch eine Runde, egal Pils oder Export, wo man sich drauf konzentrieren muß. Wieviel Augen soll Unsereiner denn da noch zudrücken? Das war ihr gewohnter Abendstammtisch in Alt-Sachsenhausen. Die atmende Nacht vor der Tür, der Mainkai, die Baustellen, die Lagerfeuer der Bären. Ging auf Mitternacht, Wind kam auf, Läden klappern. Hier sitzen wir: werden nicht wiederkehren!
Er ist Bahnbeamter: seine niedliche kleine Frau liebt ihn, weil er immer so männlich, sachlich und auf seinen (naheliegenden) Vorteil bedacht – Ihn kann man nicht übers Ohr haun! Wenns drauf ankommt, kann er eiskalt sein, wie Jerry Cotton, mit stahlblauen Repetieraugen, hartgesotten. Brisk in die Haare, wie das duftet und klebt, Markenfabrikat, aus der Riesentube, war damals 58 absolut Spitze! Das nervige Kinn, immer gutrasiert, kraftvoll hinangereckt und der männlich-herbschöne Mund wie ein Bleistiftstrich 7H, Faber. Am Biertisch ein Held, ansonsten immer im Dienst: kleidsame Uniform. Jetzt mal aus seiner Sicht: wer vermöchte das, ihn nicht zu bewundern? Er hatte sich, beglaubigter Schwiegersohn,

extra vier Tage Jahresurlaub genehmigen lassen, um höchstpersönlich die vorhandene Erbschaft in aller Ruhe, doch hätte dennoch fast draufgezahlt, aber ich will – das schwor er am Stammtisch, bei seinem verjährten Diensteid – ich will verrecken, wenn ich nicht wenigstens jeden Sargnagel, jeden einzelnen, doppelt und dreifach von der Steuer absetze. Nachher, ziemlich blau: suchst dir murmelnd deinen gewohnten nächtlichen Heimweg, da übern nachtleer gleißenden Schweizer Platz, so stand Pompeji an seinem letzten Abend; bald wieder Vollmond (der stand ganz woanders!), und dann im Halbschlaf trunken-selbstvergessen, ein langsamer Taumel, da den Nachthimmel lang, wunderblau! Doppelgänger und Trugschlüsse, wo der Haustürschlüssel? Na, morgen wieder! Nacht jetzt, überall *schläft* ein Vesuv!
Mittagshitze, Durst! Er war durstig, er hatte ein bißchen verschüttet beim Trinken und als er das Glas zurückstellte, *zitterte* seine Hand! Zuerst wischte er sich den Mund ab, sorgfältig, mit dem Handrücken, immer noch schluckend mit seiner dürren faltigen Vogelkehle, für die der steife Sonntagskragen (ca. zwei Fäuste breit abstehend) viel zu groß war, verzog dann geläufig die Falten seines Rentnergesichts, um (lederhäutig) so senkrecht wie möglich an sich herabzusehn, nach unten und schlug mit steifen gespreizten Fingern, Gichtfinger, geschickt paar einzelne Tropfen, wasserklar – weg damit! –, von seinem Revers ab (und die ganze gesammelte Welt seiner abgelaufenen Zeit war in dieser Geste: von Bismarck bis heute) und saß dann – ein alter Mann, Durst gestillt – nur so da, fahl, lederhäutig, geduldig er selbst, reglos eine kleine Weile, ohne Worte, weil ihm einstweilen bloß abgenagte Knochen und blinde beinerne Dominosteine einfielen (gleich ganze Serien, umsonst gelebt, jetzt bin ich alt), ohne weitere Ansprüche, Durst gestillt (jetzt bin ich wieder alt).
Ja, sagte er sinnlos und nickte (wie zu genehmigten Erinnerungen), und saß da, dösig, Mund offen, Sonntag, ein leuchtender Speichelfaden zwischen seinen sparsamen Lippen: zitternd im Licht, ganz deutlich. Ich hörte die Uhr ticken, sah ihn atmen (im Takt) und fragte mich, wie ER wohl (seinerseits) sterben würde? Und wann? (Er hat nie gelebt!) Als ob du gutwillig-hilflos (im Sitzen) über subjektive Vergangenheiten nachgrübelst, Handarbeit, du sammelst und dividierst ihre Summe blitzschnell durch die Anzahl aller

Beteiligten: müßte unverzüglich eine allgemeingültige Wahrheit ergeben, die einzige, objektiv, fehlerlos, zum sie getrost nach Hause tragen: so eine, die du den Rest deines fortan erfüllten Lebens wie einen zuverlässigen Talisman überallhin mitnehmen, wie Reiseschecks getrost mit dir rumtragen kannst, und daß diese Rechnung wieder nicht aufgeht, merkst du spätestens dann, wenn du selbst keinen Weg mehr weißt, nichtmal die Richtung!
Wie einstudiert, hier im Licht: Sonntage, gestern! Sein fahles spärliches Haar und wie oft er es schon gekämmt hat! Seit seiner kläglichen Lehrzeit Neunzehnhunderteins bis nulldrei hat er immer einen Taschenkamm einstecken, neunundfünfzig Jahre jetzt! Beim Iwan in der Gefangenschaft der einzige Kriegsgefangene ohne Läuse, da kann Einer gut und gern stolz drauf sein! (Sein künstliches Prachtgebiß! Er spuckt ein bißchen beim Sprechen!) Das hier ist mein elfter Taschenkamm seit der Jahrhundertwende, letzte Woche bei Horten für DM 0,75; der was am längsten gehalten hat, hat von Neunzehnhundertneun bis Neunzehnhundertdreiundzwanzig gehalten, vierzehn Jahre, einschließlich Weltkrieg eins. (Gefasel, Geschwätz über Inflationszeiten und -preise. Längst sind es nur noch seine Erinnerungen an modifizierte Erinnerungen an die er sich zu erinnern glaubt – oder glaubt vielleicht selbst nicht mehr dran, insgeheim!) Wie er dasitzt und schweigt. Sonntagnachmittag, Rückgratverkrümmung. Instandsetzung lohnt sich nicht mehr. Sitzt bloß so da und läßt seine abgezehrten Schultern schwer hängen. Seine mageren Greisenhände, schon lang schlecht durchblutet, Leberflecken so groß wie Fliegen; Handrücken dünnbehaart. Sooft du ihn wiedersiehst: jedesmal wieder stehst du da und erschrickst, wenn er dir umständlich die Hand gibt, wie gehts? Gutwillig; das Gerippe mit Hängebauch, das Gerippe das freundlich grinst, gutwillig, knarrend, wankend!

Vor Gericht: als es (angeblich) deutlich drei schlug, wie spät war es da Ihrer unmaßgeblichen Meinung nach, Angeklagter? Wie erklären Sie sich, daß das weiße Hemd des Toten trotz größter Sorgfalt keinerlei wissenschaftlich erfaßbare Blutspuren aufwies? Was wissen Sie darüber, wie die Luftfeuchtigkeit an diesem besonderen Tag, der ein Sonntag war –? Daß Sie noch immer behaupten, er hätte Ihnen an diesem bewußten Sonntag vor oder gegen halbzwei oder halbdrei auf Ihr übliches Klingeln (und irgendwas müssen Sie doch von ihm gewollt haben) wie gewohnt seine Tür geöffnet und Sie hereingebeten, obwohl er nach dem gerichtsmedizinischen Sachverständigenbefund (wissen Sie überhaupt, was so ein Befund kostet?) zu diesem Zeitpunkt bereits seit mehreren Stunden, Tagen, Wochen, Monaten oder gar Jahren tot war, und Sie, mit erhobener Stimme: Sie wollen uns hier, mehrfach vorbestraft wie Sie sind, wollen uns hier also allen Ernstes weismachen, daß Sie sein Ableben nicht bemerkt und dann noch lang und breit werweißwas mit ihm geredet hätten, dies und jenes, und er sei, der Verstorbene, ganz normal gewesen und wie immer! Was heißt das? Dabei haben Sie bei früheren Vernehmungen (Schweißperlen auf der Stirn, leugnen Sie nicht, wo bleibt Ihr endliches Geständnis?) mehrfach zu Protokoll gegeben, daß Sie ihn nur sehr oberflächlich kannten und im Grunde kaum etwas von ihm wußten. Folglich skrupellos sein Vertrauen – widersprechen Sie nicht! Ihre selbstverschuldeten finanziellen Verhältnisse sind dem Gericht aktenkundig! Daß Sie nachher in seinem Wohnzimmer auf Sonntagnachmittagweise ausgiebig Tee mit ihm getrunken hätten, Kaffee, Schnaps oder Selterswasser – nicht einmal das wissen Sie definitiv zu sagen! Bei ihm zu Hause, stundenlang, vielleicht sogar mehrere aufeinanderfolgende Sonntage, ohne zu merken, daß er längst tot war? Womöglich bereits im Zustand vorgeschrittener Verwesung! (Blicke durchbohren dich.) Und Ihnen soll das gar nicht aufgefallen sein? Sie wollen nichts davon bemerkt haben? Obwohl Sie sich laut vorliegendem Aktenvermerk fast zwei Semester Humanmedizinstudium plus Bafög an einer namhaften Technischen Hochschule (Industriestiftung: Präzisionsersatzteile Pilgrim AG) tückisch erschlichen hatten, bevor Ihr angebliches Abitur, genau wie jetzt all die aufeinanderfolgenden Alibiserien, als dreiste Lüge entlarvt wurde – Gerichtssaal trocken und überheizt, alle Zeugen maskiert, Staatsanwalt, Richter und Beisitzer funktionieren wie frischgeölt, verfielen gleich routiniert in ihr übliches Rollenverhalten, hocken wie überlebensgroße Krähen vielköpfig hinterm feierlichen Pult – kann man denn hier nicht mal ein Fenster aufmachen?

Vor Gericht: ob heute der Jüngste Tag sei? Autor findet sich plötzlich in die hoffnungslose Lage versetzt, vor allwissendem und völlig verständnislosem Auditorium jedwedes Wort, jede Geste, Hand-

lung, Alles was du ich er oder irgendein Mensch je gedacht oder getan hat, jeden Atemzug nachträglich erklären erläutern begründen zu müssen, Alles gleichzeitig. Hol tief Luft, ja von Anbeginn – Gibst dir Mühe, versuchst es zuerst noch im Guten, so gut es geht, lang und breit, kläglich, ungefähr so: Es tut mir in der Seele leid, Sie Herr Oberrichter undsoweiter – halt so ein Albtraum! Aber wenn Ihr mir nur Zeit laßt, dann werde ich Alles erklären, was irgendein Mensch je gedacht und getan und gefühlt hat!
Angst, Schrecken, Hoffnung, gutwillige Erklärungsversuche, bis du dir (eine Erleuchtung) plötzlich sagst: wieso ich? Was geht mich das an? Sie kapieren gar nichts! Sie wollen nicht! Feinde, aber sie existieren ja nur, solang ich sie akzeptiere! Mein Gewissen! Harpyien, Seßhaftenpack! Ich will mich nicht länger quälen! Jedes Tier hat das Recht usw. Mit Euch hab ich nichts zu schaffen! Und während sie (besiegt, Geistergelichter) immer blasser und *durchsichtiger* wurden, sagte ich mir (hellsichtig): Geh einen Schnaps trinken, jetzt gleich, eh die Nacht (mit trauriger Genugtuung), bevor es zu regnen anfängt!
Die lieben Schwiegerelterchen: erst seit sie endgültig tot sind und mir nicht mehr fortwährend den Blick verstellen, ist jegliche Entfremdung zwischen uns (beinah rückwirkend) aufgehoben; alle leidigen Mißverständnisse für immer getilgt und beseitigt und wir verstehn uns jetzt (nachträglich) besser denn je! »Ein Leben der Pflichterfüllung« Und das soll Alles gewesen sein? Dank ihres unwiderruflichen Todes erst vermag ich sie nicht nur voll und ganz zu begreifen, sondern sogar vorbehaltlos zu lieben, jetzt erst sehe ich sie, jetzt auch kann ich mich erstmalig mit ihnen identifizieren! (Wo gehts hier lang? »Wir werden Alle sterben!«) Ja ich merke, wie ich endlich anfange, mehr und mehr nach ihrem Bild zu geraten. Ein Jammer, daß ihnen das zu erleben nicht mehr vergönnt gewesen ist!
Sonntagsmahlzeiten, Fernsehn, Sonntag, Suff – oder sind vielleicht (wie gesagt und beschrieben) in wohlgeordneter sonntäglicher Schreberlandschaft hoffnungsvoll-sinnlos herumspaziert, mit schwerem Kopf, Schritt für Schritt (leichtverdrossen zum Schluß) und ohne etwas zu finden. (Sag doch: was suchten sie denn?) Sind baden gewesen – und natürlich fand ein Gewitter statt. Sahen fern, glotzten stur und betäubt in die Röhre, stundenlang; Henninger Bier.

Haben sich in Ruhe rasiert, den ganzen Nachmittag lang; der verging wie im Traum, wie im Spiegel. Oder Wahlsonntag, Familienfeier, Blinddarmoperation (wie vergnügungssüchtig der Pöbel), demokratischer Wahlsonntag mit wetterbedingt-reger Beteiligung (87% und was sagen die Herren Meteorologen dazu?). Oder trotteten durch die erschlagene Großstadt ins geweihte Stadion, herdenweise, begaben sich mit allen möglichen Verkehrsmitteln hin (eine Angelegenheit für Statistiker) und belegten als numerierte Zuschauer erwartungsvoll ihre bezahlten Plätze rund um die Arena herum, waren spazieren, mit staubigen Sonntagsschuhen auf abgelatschten Sonntagswegen, oder – selbst bloß flüchtige Bekannte – bei austauschbaren Bekannten, beim Camping, am Familiengrab. Vergnügen Besinnung Ruhe Seelenheil Amüsement Zeitvergeudung oder von jedem et-wasweißich, bin nicht zuständig. Meinetwegen Schaufensterbummel. Meinetwegen Türkisches Dampfbad. Sonntagnachmittag: Transzendentale Masturbation, Sonntagsfriedhof, Götzendienst, Gartenfest oder mehrfach vollzogener ges. gesch. Geschlechtsverkehr, der sich den ganzen Nachmittag hinzog, während die Stille wuchs, Licht und Schatten am verhängten Fenster vorbei endlos um den leeren Hinterhof wandern. Nachher: sie ist scheints im Bad eingeschlafen, mein müder Engel! Und er – eine stille Stunde zwischen zwei arbeitsreichen Normalwochen – sitzt ganz zerknittert am Küchentisch, barfuß, Hose offen, schon wieder zugenommen, in Schlappen und Unterhemd (daß er angestrengt in der Nase bohrt, tut hier nichts zur Sache), unter der Lampe, er schwitzt, Fenster offen, und – heut keine Zeitung – liest im gemeinsamen Sparbuch, wie weit sie es schon gebracht haben.
Oder (nächstens selbst stolze Automobilbesitzer: mein Wagen steht vor der Tür!) nach dem Sonntagsessen zukunftsbewußt preiswerte gepflegte Gebrauchtwagen besichtigt, staubige Schuhe, Kopf so schwer, lauter einmalige Gelegenheiten! Fälliger Familienkrach fand ausnahmsweise erst abends statt. Meinetwegen ganzen Sonntag verschlafen, verpennt, Skat gespielt, Patiencen gelegt, verhexten Boiler im Bad repariert, alle Hände voll: ihre praktischen praktikablen landesüblichen Thermostatgefühle, Fernsehn, Suff oder unverbindlichen Informationsbesuch bei den geduldigen Mormonen. (Die haben lauter bequeme Schaumgummisessel, importiert, und nicken adrett mit ihren modischen Button-down-Köpfen; bei

ihnen ist das Alte Testament frisch desinfiziert, eine sehr hygienische Religion, frischfromme Salzkerle, Übersee!)
Später, gegen Abend, schleichen sie durch die Stille nochmal in die Eckkneipe rüber. Alle kamen, stellten sich vollzählig ein, innerhalb einer Karenzzeit von so anderthalb Stunden.
Sonntagabend und morgen ist Montag, Großergott! Keller voll leidigem Vergangenheitsgerümpel, die bürgerlichen Ehrenrechte, Thermostatboiler im Bad schon zehnmal mühsam umsonst repariert – nützt nichts: ist und bleibt verhext. Eigentlich der Hauswirt für zuständig, aber der wohnt woanders, steckt nur jeden Ersten das Geld ein – so sind sie Alle! Kein Trost. Mach die Läden zu, laß die Rolläden runter, draußen wirds Nacht!
Oder schickten eins von den Kindern mit großer Einkaufstasche und ausreichend leeren Flaschen drin (Pfandflaschen, sacht klirrend bei jedem Schritt, in der großen karierten Familieneinkaufstasche mit defektem Reißverschluß und glänzendem Plastikbesatz). Stolper nicht! Fall nicht hin! Ich bin Old Shatterhand, Winnetou und Siegfried von Burgund. In der Straße wird es schon dunkel – beeil dich! Sechs Flaschen Bier holen! Zwomal Overstolz! Eine Literflasche Korn oder Doppelkorn oder Kümmel Bitter – Anschreiben lassen! Sag, die Mutter geht jetzt wieder putzen! (Die dreckige alte Schlampe – der Rest war ein Hustenanfall! Er liegt schon wieder den vierten Tag im Bett und säuft!) Und kriegt nächsten Freitag ihr nächstes Geld! Sag, der Papi kommt (Montag Ruhetag!) morgen selber! Und daß du nicht rumtrödelst, wehe! (Sinngemäß: er sei allwissend und allgegenwärtig!) Und komm gleich zurück!
Der seßhafte Wirt hat die vollen Flaschen bedächtig schweigend in (zähl sie nach: zähl sie doppelt!) geräumiger Einkaufstasche verstaut und die volle Tasche über die hohe Theke weg dem (wär ich doch Kalif Storch!) stumm wartenden Kind zurückgereicht: Du bist wohl der Älteste, wie? Sag deinem Papi, diesmal wars das letzte Mal, hörst du: von jetzt an ist Sense! Sag ihm das! Und nickt nachdrücklich und im Recht und gehässig, ein großer böser Vogel hinter seiner großspurig häßlichen neudeutschen Prunktheke. Kupferfarben das Licht. Auf der Scharlachberg-Uhr war es fünf vor neun! Das Kind hat vier Minuten lang panisch die Luft angehalten, nimmt schnell die Tasche, nickt ernst, holt Luft, nickt

stumm, wie blasse Großstadtkinder so nicken zu den berechtigten Redensarten autorisierter Erwachsener –
Nachdem das Kind wortlos gegangen ist (Mein Vater ist ein arbeitsscheuer Suffkopp, das weiß sowieso Jeder, aber du darfst das nicht denken, sonst begehst du eine Todsünde), da sagt der Wirt, nach einer Pause, in der er so tat als besinne er sich, nachdrücklich zu seiner süßen kleinen geschäftigen Frau (die sich, wenn der Umsatz entsprechend, nachher verdoppeln wird), zu den Gästen, die alle wie ausgestopfte Sagenvögel dahocken, mit Knopfaugen (und draußen ist es längst dunkel), sagen die Gäste untereinander und zum Wirt, der das längst, sagen: Der! Wenn der aweite wollt, könnt er aweite, klar! Heutzetach-gottseidank gibts bei uns ja fier Jeden Aweit, sogar die immens viele Kimmeltürke und Itacker! Unn braucht sich Koiner net dodschaffe bei! (Alle wissen ganz genau Bescheid; Jeder hat seinen Stammplatz.) Mier misse auch aweite, alle Taach! Was die Alt geht putze: sinn koi sex Woche in Jaah! Wie die Zigeuna! Schad um die Kinnä! Oder: die sinn ja auch schon: genauso sinn die! Sehns ja net anners! (Unn des steckt auch drin, des steckt tief drin, angeborn, kann Einer saache was er will – ereifern sich, schäumen – steckt scho so drin! Reminiszenzen: »Die Große Zeit!« Eins muß mer dem Adolf ja lasse, beim Adolf da hätts sowas nich – die Große Zeit, der Autobahnbau, noch ein Bier! (Alle nickten!)
Das Ende des Sonntags (Sommer auch vorbei): ganz fern, am äußersten Rand des Tages steht immer noch Hein der Bootsknecht; seine Herde, vollzählig angekettet, schläft jetzt schon, die Sonne ist untergegangen; See und Ufer, *zerfließend* wie eine japanische Tuschezeichnung, hüllen sich immer tiefer in Schatten und Schweigen! Er hat aufgehört zu winken und steht – Arme halberhoben, wie gestutzte unzureichende Flügel, Hände vor der Hemdbrust gefaltet – ganz allein steht er da und bewegt sich inbrünstig hin und her, wie in einem uralten Kulttanz (den du nicht kapierst) und ist damit beschäftigt, den vergangenen Tag mit all seinen unvergeßlichen Einzelheiten in einem faustgroßen blinkenden Manschettenknopf einzufangen – wie in einem Spiegel. Wenn es ihm jetzt nicht gleich gelingt, wird das Licht nicht mehr ausreichen und der versinkende Tag ist dann für immer verloren. Hein Faltengesicht. Er arbeitet ernst und konzentriert, schweigend – ein einzelner Licht-

strahl fällt in den Knopf und wird sofort reflektiert –; Hein sucht den einzig richtigen Standpunkt, bevor es zu spät ist, den Aufnahmewinkel. Gleich ists geschafft! »It Shall Be Done!« Er ist POW bei den Amis gewesen! Der zweite Knopf liegt nahebei blinkend im Abendgras. Hein hat die magischen Knöpfe vor langer Zeit selbst aus Indien mal mitgebracht oder nahm sie gestern Abend auf seinem Landgang in einer verzauberten alten Winkelkneipe in Alt-Sachsenhausen (die du nachher nie mehr wiederfinden wirst, viele Abende lang vergeblich suchst) in Zahlung von einem unbekannten Gast, der von der Straße hereinkam ins gläserne Licht, drei Schnulzen spielte im Musikautomat, sich stehend blitzschnell betrank und dann laut redend (herumfuchtelnd) allein in die leere blaue Nacht hinausging, zur Musik, Samstagnacht, fünf Minuten vor zwölf.

20

Dolores Zirkuskind, nie kein gefeierter junger Star! Zeit vergeht. In der trostlosen öden Adventszeit 1963 (66?) bei irgend-dilettantischem Bankraub hochgegangen, Verhaftung fünf Tage später, seither verschüttet – Dortmund, Köln oder Kaiserslautern – immer die gleichen richtigen falschen Männer, er hieß Alexander Zabrowsky (Ex-Legionär, dreitausend Jahre alt, mehrfach vorbestraft), und sie liebt ihn: wie zärtlich er war! Nie war sie ihm böse, wenn er sie schlug, aber nein! Sie umarmt ihn: du quälst dich ja selbst am meisten. Vor dir möchte ich dich beschützen! Nichtmal zum Schein: nie war sie ihm böse, wenn er sie schlug!
Das verzauberte Jahr. Lauter zarte sommerhimmelblaue Seidenhöschen die sie zu der Zeit hatte, zieh dich aus! Vorher (zuletzt) Bardame in einer üblen GI-Kneipe in Bad Kreuznach oder Baumholder, ihre Chefin ein fettes geiles geldgieriges altes Weibsungeheuer, die schwitzte für drei, soff Whiskey in Strömen, und hatte was übrig für altmodisch elegante Klavierspieler, solche mit Smoking und Pomadegeschwätz. Die Liebe, egalwelche Version, sie sah gern dabei zu, Hände im Schoß (kassiert hat sie vorher schon), die alte Sau, keuchend, obszön und sagte immer Kindchen zu ihr, ach Kindchen! Dolores: sie hat uns immer die Kleider ausgesucht, die wir anziehn mußten. Außer mir hatte sie noch zwei Pferdchen für sich laufen, sie hätte gern eine Mulattin oder Chinesin gehabt; beim Bedienen hat sie uns immer getätschelt, damit Schwung in den Laden reinkommt, ihr Umsatz!
Besonders am Anfang des Abends: wann wir tanzen durften und mit wem und wann wir es mußten – keine Widerrede! Mit ihrem Blick führt sie uns wie an einer Leine. Sie nickt, sie schnalzt mit der Zunge; jede Samstagnacht eine Orgie. Hehlerin war sie auch. Wenn wir frech werden oder mal was falsch machen (alles muß gehn wie am Schnürchen), dann sagt sie gleich lächelnd, komm mal mit nach hinten, Handbewegung, mit ihrem fetten Kinn versucht sie die Richtung zu zeigen, du kommst jetzt mal mit, Kindchen! Sie klatscht in die Hände. Wir mußten natürlich Sie zu ihr sagen, Frau Chefin. Sie hat Riesenhände, sie atmet keuchend durch den Mund.

(Früher sei sie Köchin in Kantinen und Kinderheimen gewesen.) In ihrem Büro hängt eine hellbraune Reitpeitsche an der Wand, Alle wußten Bescheid. Und ich hab mich vor ihr geekelt, obwohl ich blieb, das mußt du mir glauben, doch habs beinah nie fertiggebracht, ihr nicht aufs Wort zu parieren. Sie war wie eine böse geile Stiefmutter in Kinderangstträumen, und ich war doch schon neunundzwanzig!

Dann bist du gekommen und hast dich hingesetzt und deinen Schnaps gekriegt und mit den Zähnen geknirscht (ja, das hast du getan) und deine Schultern als ob du frierst: ganz verkrampft, und du hast dauernd geraucht und für nichts einen Blick gehabt und nur nachgedacht über dich und die Welt, in diesem Hurenladen, und jeden Schnaps, den du bestellt hast, hast du einzeln bezahlt, es war schon nach zwölf. Das Geld, kleine Scheine und Münzen, lauter zusammengeknüllte Fünf- und Zehnmarkscheine, hattest du haufenweise in deiner rechten Hosentasche. (Mitternacht, draußen Regen, Wind lärmt ums Haus, dann legt wieder die Jukebox los: Ella Fitzgerald.) Glas um Glas hast du dort die Nepp-Preise gezahlt ohne mich anzusehn und dich um nichts gekümmert: du hast dagesessen wie meilenweit weg und du warst selbst dein ärgster Feind! Ja, das hab ich gleich gesehn! Ich hab dich gleich erkannt, aber erst am zweiten Abend, an deinem zweiten Abend dort (schlechtes Wetter und nix los: erst Dienstag!) hab ich so getan, als ob du mich einlädst (weil sie uns immer beobachtet hat, dauernd, mich und Karin und Inge, die war ihre Nichte, ein Mädchen vom Dorf, aus dem Hunsrück) und hab mich mit meinem Lügenglas zu dir gesetzt. Wie ich wegen ihr, die hinter der Theke gelauert hat, bösartig lächelnd, wie ich da gelächelt hab: das hat mir weh getan, weil es doch zugleich auch für dich sein sollte, mein Lächeln, und das war als ob mein Mund offen blutet dabei, und so, sagt sie, weißt du noch, so hat es angefangen mit uns, dann bin ich mitgegangen mit dir, das war im April.

Nirgends ein Platz für uns, wir sind jetzt immer zusammen. Zwei ramponierte Koffer und eine neue Tasche, ein treuer alter Opel Rekord, der auch schon bessere Tage, gelb, weißes Dach, Weißwandreifen, Baujahr 58. (Hab keine Angst: uns kann gar nichts passieren!) Vor dem Überfall – abwechselnd auf der Flucht und (Mundraub) im Paradies – hatten sie wochenlang gratis (unberechtigt) in fremden Gartenhäuschen campiert, im Auto und im Septemberwald, wies grad kam, Seligkeit – laß dich treiben, Zeit vergeht, immer noch ein Tag, den ganzen langen Sommer, Spätsommer, Herbst, im November der erste Schnee (so hat es ja kommen müssen; sie standen vor dem Häuschen, daß er am Nachmittag mühelos aufgebrochen hatte, und sahen den Schneeflocken zu), ein Samstagabend: es schneit, meilenweit Stille. Ihre Aussagen deckten sich: daß sie nicht weiterwußten, sich liebten, Geld brauchten, Niemandem etwas tun wollten etc.

Sie hatten, wie sich später ergab, die letzten paar Tage vor dem Überfall (Belagerungszustand, Wasser schon bis zum Hals) ratlos in einem düsteren alten Kleinstadtbahnhofshotel, dreistöckig, auf Kredit gewohnt. Dezember, kein Geld, wie soll es weitergehn? Alexander verkauft (frühmorgens: es wird immer kälter) seinen einzigen Ledermantel für hundertzehn Mark; Zigaretten, Essen, Benzingeld (frier doch nicht!) – für die drohende Hotelrechnung blieb (trotz größter Sparsamkeit) gleich von vornherein nichts mehr übrig; Alles wird immer schlimmer. Wirt und Frau, ohnehin mürrisch und gehässig, haben zweifellos schon Verdacht geschöpft. Alle drei Tage eine neue Hotelrechnung – wie soll man da Ruhe finden? Und tagsüber (ja, wir sind auf der Durchreise) wußten sie nicht wohin, immer nur sinnlos rumfahrn, Kneipen Benzingeld und kein Ausweg.

Der Überfall: wir haben wirklich bis zum allerletzten Moment gewartet. Hatten angeblich bereits in der ewigen zeitlosen Vorwoche schonmal, schon zweimal mit dem gleichen Vorsatz eine (die ihnen besonders harmlos vorkam und bescheiden und somit ihren Ansprüchen und ihrer Hilflosigkeit sozusagen angemessen – im übrigen die erstbeste, vielleicht fiktive) Bank oder Sparkasse in Bonn oder Koblenz erdacht, betreten, angegafft, in Erwägung gezogen – Vorortfiliale, Fassade wie blind – und brachten es nicht zustande, es schien ihnen auch gleich für alle Zukunft unmöglich und völlig ausgeschlossen, undenkbar und undurchführbar (bloß ein Spiel). Sie behielten diese Szene (wenn wir doch eine Wohnung wenigstens hätten, eine Atempause, und wüßten wohin – so ist Alles gleich fünfmal so teuer!) samt Zubehör und möglichen Wiederholungen ganz verwischt in ihrem Fundus Traumrepertoire Gedächtnis, völlig unwirklich, und zogen unverrichteterdinge (und als ob sie es im voraus gewußt hätten wissen müssen) beschämt wieder ab – »als ob wir unsichtbar wären!« (Wieviel Uhr ist es denn?) Als ob du hoch oben auf dem Sprungturm, am äußersten Rand (im Schwimmbad: Alle gafften, stehst da und ziehst dein Haupt ein – was heißt denn Angst? Eiskalt der Schweiß trocknet auf meiner Stirn, in der Sonne: mich friert) zweimal pedantisch hustest, unhörbar, und dich dann umdrehst und anschickst, Stufe für Stufe vorsichtig ungeschickt wieder hinunterzusteigen – wie in Zeitlupe, vor Aller Augen, ganz blind und (wie das Eisengeländer schwitzt) ankommen wirst du nie! (Wieviel Uhr?) Scheißzigaretten! Alexander hat einen gewaltigen Hustenanfall, an dem er fast erstickt. Und sie stahlen sich, grau in der Dämmerung (bevor sie ihm die nächste Zigarette anzündet – wie ferngesteuert: fahren), stumm und beschämt davon. Und Tag, Vorort, Ausfallstraße – erneut ins Fließen geraten: im falschen Gang – zogen stumm vorbei, ungerührt: nichts ist wirklich! Gleich der übliche Feierabendverkehr mit Kreuzungen, Ampeln und vielen Lichtern. Gleich die Scheibe *beschlägt*, weil die Heizung nicht richtig geht; wir fahren, und alle Lichter, lautlos dahergleitend, zerfließen naß ineinander; fing zum Glück schon wieder an dunkelzuwerden, wenigstens das: aller Tage Abend, Nebel, es friert. Wir sind sowieso verloren. Auch ein zufälliges Dorfpostamt, das sie vergeblich ins Auge faßten und erkundeten in der Kälte, im unbeleuchteten Auto. Seit Schnee liegt, springt es schlecht an. Unser einziger Freund, vielfache Rettung, Exil, fahrbare Winterinsel mit Lichtern. Sie waren nicht sicher, ob Alexander nicht schon die ganze Zeit im Fahndungsbuch stand und so wagte er nirgends seine Papiere vorzulegen, diese drei abgegriffenen Amtlichen Zettel, die ich am liebsten verbrennen würde: Identität! Sie erschraken sogar vor Briefträgern und der Gedanke an eine Verkehrskontrolle wurde ihnen zum ständigen Albtraum. Die Heizung geht auch nicht richtig. Sie starrten unentwegt stumm zu den Lichtern hin, frierend, ausgesperrt, unsichtbar am Rande der Nacht. Ist dir kalt? Bloß die Füße! Das Postamt ein Eckhaus; sie kamen eine ganze Woche lang hin. Abend für Abend, sahen (kein Ausweg!) zu, wie »der Postbeamte und die Frau die dazugehört« (als ob wir sie kennen würden! Beide wissen von nichts), Punkt sechs jedesmal umständlich zumachen. Bestimmt heißt sie Lisa, hat er mal zu ihr gesagt, magst du sie? Aber wir haben sie ja immer nur aus der Ferne gesehn, im Dunkeln, im Lampenschein: immer geht sie schnell heim, da die leere Straße hinab hastig auf und davon. Sie ist in der Nähe von Dresden geboren, sagt er und nickt, ihr Vater war Maurer. 52 ist sie rübergekommen, da war sie siebenundzwanzig: jetzt ist sie bald vierzig, sie glaubt an die Tagesschau (sie hätte gern Kinder). Und was ihr Mann ist, der Erwin Leipold, ist ein erstklassiger Feinmechaniker und geht auf Schicht in einer Armaturenfabrik. Er glaubt auch an die Tagesschau. Kann sein, sie haben zwei Kinder! Oft sagt er solche Sachen, Alexander, ganz nebenher, mit tonloser Stimme, als ob er das jederzeit ganz genau wüßte und wir haben deswegen sogar schon Krach gehabt, ach schon oft, weil ich ihm dann gesagt hab: wie kannst du das denn sagen, wenn du es gar nicht wirklich weißt? Das ist wie gelogen! Das ist so angeberisch und das ärgert mich! Halt den Mund, sagt er, mach mich jetzt nicht nervös! Oder willst du gleich nachher gern ein paar Ohrfeigen? Und da hätte ich, denkt sie später (hatte die schwarze Pelzjacke an, die schöne, die mir gehört, gebraucht gekauft, mit dem Riesenkragen hoch bis über die Ohren, sich jäh auf die Lippen beißend, blaß: ich bin blaß! Es ist Winter!), hätte beinah genickt.

Mottenkugeln, verwelktes Parfüm, immer riecht sie nach Winter, die Jacke, gebraucht gekauft, aber trotzdem hab ich sie gern. Meine schöne Jacke, ganz warm und bequem, der Kragen, zwei große Seitentaschen. Sie ist fest, sie ist sicher. Ganz wund meine Lippen brennen! Mal eincremen, sorgfältig, bevor wir dann nachher todmüde und verzagt und verloren ins Bett gehn: das ist noch weit! (Die Nacht ist aus Glas.) Dolores: Demütigungen, die Peitsche! Wie die Alte uns immer beim Kämmen zusah! Das war der Anfang des Abends, alle Tage, sooft wir uns einfinden am Fuß der Treppe: mußten uns jedesmal ausgiebig parfümieren, überall, nackt, heut ziehst du das an, vor ihren geilen wachsamen Hamsteraugen, so fing jeder Abend an. Die arme Inge, die war erst achtzehn, Karin grad zwoundzwanzig und schon geschieden, armes Ding, und ich? Mir hat das nichts ausgemacht, denkt sie beschwörend, du Hure! Sich Ausziehn, parieren und die Peitsche für jede Kleinigkeit, nicht selten vor fremden Leuten, das sind ihre Vorzugsgäste! Die Peitsche, sooft es ihr einfiel, jeder Anlaß ein Vorwand und wir mußten ihn selbst erfinden, ein Spiel. Gut, daß ich da nicht mehr so jung war, so hat mir das kaum was ausgemacht, denkt sie*, ich trinke zuviel. Trinken macht mich nervös und krank. Damals hab ich alle Tage zuviel getrunken, doch das war noch das Beste, was ich hab tun können. Aber ich hätte weggehen können, aber ich bin nicht weggegangen, erst als er kam, Alexander. Wie arm wir sind: mitten im Winter! Sie lassen uns nicht in Frieden, du hast keinen warmen Mantel mehr. Du brauchst so nötig Schuhe. Nacht und Kälte und Schneematsch auf Schritt und Tritt.

Punkt sechs jedesmal machen sie umständlich zu, schließen zuverlässig und gewissenhaft erst von innen ab: Geschlossen! Eingang jetzt finster. Inzwischen rechnen sie ab, lauter bares Geld und kleine klebrige Belegzettel, legen ihre Rollen für heute nieder bzw. wechseln selbige (er erklärt ihr das jeden Abend, immer wie zum erstenmal): Feierabend. Keine großen Umstände heut, war ein ruhiger Tag heut – Alles wie immer! Hier das morgige Wechselgeld, lang und breit vor- und nachgezählt. Und räumen bedächtig Gedanken und Kleinkram zusammen, gähnend – Alles hat seinen Platz, seine Ordnung und Richtigkeit und morgen ist auch noch ein Tag.

Zwischen fünf und halb sechs jedesmal kommt gelb das letzte Postauto aus der Stadt. Ist dir kalt? Die Nacht wartet; Alles wird jetzt immer schlimmer. Im Grunde hatten sie keinen Plan, wußten nichtmal, was sie zu finden hofften. Und dieses besondere (zu wie jedes andere bessere Dorfpostamt oder irgendsonstiger Vorwand in der ganzen BRD. (Wie Alexander jetzt immer zehnmal jede Nacht hustend aus seinen Albträumen hochschreckt: Zigaretten WO? In der Finsternis Panik, Erstickungsanfälle, schweißüberströmt, zitternd, Herz rast! Wassertrinken: »Schweig still, mein armes Tier Seele!«) Jeder Plan nur ein Vorwand, ein Strohhalm: sie wußten ja nicht mal wo die nächste Polizeidienststelle, Waisenkinder, sie hatten es ganz zufällig entdeckt, eines Abends, im Vorbeifahren, gleichsam unverhofft wiedergefunden, als ob sie es von je her gekannt hätten. Alexander ist sicher krank und ich kann kaum schlucken vor Halsweh. Dabei hab ich die Mandeln doch schon

* Sonst hätte ich ihm das ja nie im Leben Alles erzählen können, denkt sie. Mit ihm hab ich das gekonnt: weggehn! Ja, ich bin wirklich weggegangen, statt mich zu verlieren: lieber Alexander, jetzt weiß er Alles von mir!

zwölf Jahre raus. Nur nicht krankwerden jetzt: in keiner Kasse und auch die erbärmlichste Arbeit werden wir nie mehr finden, was bleibt uns denn noch? Wir waren im Paradies, wir wußten nicht, ob das erlaubt sei und dann wurde es spät und die Kälte hat uns vertrieben.
Was sie zu finden hofften? »Wir haben, jetzt hören Sie doch mal zu: weder Bargeld noch Scheckheft, aber ein ganzes Vermögen in gültigen Briefmarken mit, teils zwar noch aufgeklebt, doch selbstredend alle noch ungestempelt! Stempel auch! Und jede Menge amtlicher Kassenbelege!« (Die sind staatlich: die sind billig abzugeben!)
Kurz vor sechs immer nochmal eine ganze Schar Leute, meistenteils männlich, sie kommen vom Bus oder Zug, Einwohner, Berufstätige, müde, mit Riesenschritten, Pendler, alle mit Aktentaschen – wo habt Ihr Eure Stimmen gelassen? –, gruppenweise eilig auf dem Heimweg; egal ein Dorf in Rheinland Pfalz oder Nordrhein Westfalen, Dezember, himmelhoch Finsternis, die Straße führt sanft bergauf.
Bald danach, obwohl sie es im voraus wissen und die ganze Zeit nur drauf gewartet haben, ist es (die Vertreibung aus dem Paradies) jedesmal wieder dieser Moment, der sie ganz unvorbereitet trifft, wie ein Kurzschluß im Kino: restliches Licht aus, Schluß, Finsternis! Licht schien Sekundenbruchteile noch nachzuzittern vor ihren müden Augen – so lang hatten sie unverwandt hingestarrt. Während sein Herz sich schmerzlich zusammenzieht und verkrampft, vielleicht nur, weil es heute so kalt ist – plötzlich war ihm, er, sie, wir Alle werden zeitlebens nicht genug Wärme finden, nie mehr, nicht eine Minute lange! (Laß den Motor an!) Wie sie jedesmal gleich darauf beide, redend manchmal (Tag vorbei: Schlußbemerkungen) hintenrum rauskommen, sich beiläufig verabschieden und auf den Heimweg begeben. (Beide, ohne daß sie es wissen, fast schon Bekannte.) Er steigt in seinen gebrauchten VW Standard, der erst beim zweitenmal anspringt (dann aber zuverlässig und ganz bestimmt); sie geht zu Fuß, ohne sich umzudrehen, rasch allein die leere dunkle Straße hinab – gleich daheim.
Alles woran du jetzt noch zu denken vermagst, ist dir gleich so vertraut, als ob dus von je her gekannt hättest. Nacht; Wind sprang auf, tobt, lärmt, jagte lärmend die Straße entlang und löscht Alles aus! Alles wie nie gewesen! Stimmen die du im Halbschlaf zu hören

glaubtest, ganz deutlich, sehr fern – Wind verging, Finsternis, Stille, wo bin ich? Nachts ist mein Gefängnis der Fiebertraum eines Verrückten – warum quält ihr mich so? Nacht, von einem zum andern Ende ein leeres finsteres Weltall, wie eine Höhle, ein Loch: leer, kalt und tot.
Einmal, sie wußten nicht, was er vergessen hatte, er kehrte murmelnd um und mußte – lauter Amtshandlungen – umständlich Alles nochmal aufschließen, Licht an! Und fand, was er suchte oder ein Stecker der – den man über Nacht rausziehn muß, unbedingt. Oder daß der behördliche Dienstschwamm zum Anfeuchten amtlicher Marken (du kannst mich am Arsch lecken) nicht auf seinem Platz und wenn er woanders liegt, kann er ich der Schwamm, kann die Welt nicht schlafen. Rolläden, Licht wieder aus, Nacht, Finsternis, Alles nochmal – und kehrt wieder, kam zum zweitenmal raus, nochmal wieder abschließen usw. Wie sehr er sich jedesmal gleicht, geduldig, bei Allem was er tut, weil all seine Handlungen längst und für immer festgelegt – wie wenn in einem blöden alten Film ein alter Bahnvorsteher auftritt, murmelnd und gestikulierend dahergeschlurft kommt, und du erkennst ihn: Hans Moser!
Sie hatten so teilnahmsvoll interessiert zugesehn, daß ihnen erst nachträglich aufging, welche womögliche einmalige Gelegenheit: zu spät! (Sie da soeben verpaßt hatten!) Brotlose blöde Gewohnheit: so dasitzen (sogar in der Kälte) und sich – wie gütige Richter tun sollten; wo sind wir denn hier? – ganz versunken an Jemandes Stelle versetzen, als ob man dumeinegüte längst Millionär oder staatlicher Fürsorgeempfänger (in einem warmen dunkelgrauen Sozialhilfemantel der dir bis zu den Füßen reicht). Übrigens ist er noch gar nicht so alt und sein Buckel bloß eine liebe Gewohnheit. Er wohnt zwei Dörfer weiter und fährt die ganze Strecke immer im zwoten Gang; jedes Dorf ein verlorener Sternenhaufen in der riesigen leeren Nacht. Hans Moser oder Gerd Fröbe oder wem er sonst ähnlich sieht, ganz egal; sein armer Vater war Willem zwo und sein Großvater Bismarck wie aus dem Gesicht geschnitten, Tradition; seiner lieben kleinen Frau ist er ein guter Vater, seinen beiden Kindern möchte er gern der beste Freund sein.
Was hofften sie denn zu finden? Ein *fiktiver* Samstagmorgen im Maklerbüro: ja, wir möchten gern eine Wohnung mieten, auf Le-

benszeit! Guten Tag! Eine Wohnung zum Mitnehmen, richtig! Es eilt, es ist dringend! Sie soll warm sein, auch während längerer Belagerungen, gut zu verteidigen und ruhig und gemütlich! Eine fürs Leben und Kinderkriegen, eine zum darin altwerden, zum reinwachsen und mitnehmen eine Wohnung, für überallhin! Nein, wir sind gar nicht nervös! (Wie kommen Sie darauf?) Kein bißchen! Nein, leider: wir haben momentan weder Geld noch Geduld noch Referenzen, aber – ein Glücksfall – einen ganzen (geliehenen) Möbelwagen voll druckfrischer Briefmarken: der steht wirklich unten vorm Haus, direkt unterm Fenster. Klar, Vertrauen gegen Vertrauen, Sie können gern nachsehn usw. So wird jede Realität oder Vorstellung (da greift er auch schon zum Alarmknopf) mir früher oder später zum vollautomatischen Albtraum.

Nachher der wirkliche, ihr richtiger Überfall, ziemlich stümperhaft – wie Alles, was du gegen deinen Willen tust, ohne Freude, ohne Begeisterung, geistesabwesend und verstört, mit dem Mut der Verzweiflung (den es wirklich gibt). Eine Bank, die sie zum erstenmal betraten. Draußen ein leerer städtischer Winternachmittag, blaugrau verdämmernd; Parkbäume alle untröstlich. Er kam – wie eine Lawine oder sonstige anschauliche Katastrophe, die sich gut zu herkömmlichem Vergleich eignet, im rechten Moment fast ohne ihr Zutun, sobald erst ingang: nicht mehr aufzuhalten, wird sie unverzüglich zu höherer Gewalt und gehorcht eignem Gesetz – hauptsächlich deshalb zustande, weil sie ohnmächtig und erbittert einsehen mußten, daß sies ja doch nie fertigbrächten, nie im Leben – gleichsam gegen sich selbst, mit geschlossenen Augen, wie blind, stolpernd, wie in einem Schacht. Laßt mich raus! Wo ist hier der Notausgang? Oder als hätten sie ungewollt eine hastige Rolltreppe betreten, Nachmittag, fortan Fremde in ihrem eigenen Leben, schemenhaft, noch bevor sie sich recht drüber klarwurden – ich war wie taub! »Nichts ist wirklich!« Und wenn auch nur Einer aus dem Publikum laut gelacht hätte, hahaha, wäre gleich Alles aus gewesen, aber da war es schon zu spät. Publikum (aus dem Stegreif) vorbildlich: wie erstarrt. Gruppenbild, 15 Uhr 37, Momentaufnahme.

Obwohl ziemlich stümperhaft ausgeführt – dies ist ein Überfall! – schien zuerst Alles zu klappen (fehlbelichtet: ein Negativ), sie wußten kaum wie (ganzaußeratem): schon ist Alles gelaufen! Kamen

gut weg, unverfolgt*. Szene gestorben, Bild im Kasten! Nachträglich, ganz verstört (jedes Wunder zur rechten Zeit) suchst du vergeblich nach Einzelheiten und dem vertrauten Vorgang glücklichen Wiedererkennens, der Alles gutheißen würde. Beute knapp 32000,–. Sie hatte mehr erhofft und mit weniger gerechnet – wir leben noch! »Zweimal zähl ich es nicht!« (Das war Samstagmorgen im neuen Hotel.) Am nächsten Dienstag wurden sie im Taunus, Harz, Schwarzwald, im Siebengebirge, in ihrem eigenen zeitfernen Ural Pamir Kaukasus, im Sauerland oder wo es war (nach fünf Tagen – keine hundert Kilometer vom Tatort) verhaftet. Plötzlich zwei fremde Männer in eckigen Mänteln, die ungelenk wie Schaufensterpuppen dastehn, gekommen sind, sich nachdrücklich räuspern und soeben nach unsren Ausweisen gefragt haben, Kriminalpolizei! Ich hatte das Auto geparkt, kam, ging eben den Schlüssel holen oder abgeben, letztesmal, Alles wie immer, du hast bei der Tür auf mich gewartet. Wohin gehen wir? Nachher: ich wußte mich nicht zu erinnern, auf welcher Seite der Tür, welche Tageszeit, welche Tür – ob wir kamen oder gingen? Wie Einer, der vergaß, was er sagen wollte: fragst dich vergeblich, woran du gedacht hast, eben noch. Sie sind von der Kripo, die Herren, und haben eben nach unsren Ausweisen gefragt. Ich seh mich dastehn und nicken: unsre Ausweise, ja natürlich. Ein Traum (gleich werde ich mich in einen landfremden Wolf verwandeln! Märchen, Fabeln, Legenden von Werwölfen): du greifst nach meinem Arm, Tür fällt zu, ein Bild, Alles starr – Ton weg! Plötzlich war ich taub! Gleich wird es zu schneien anfangen! Dann war gleich Alles aus, Tür fiel zu und (ganz unwirklich schon: Bild trübt sich) schon nach einer Stunde sind wir für immer getrennt.
Ihre Verhaftung die, wenn du so willst, viel besser klappte als vorher der Überfall. Als ob wir sie vorher die ganze Zeit heimlich geprobt hätten und nur darauf gewartet. Dringender Tatverdacht, vorläufig festgenommen, stand nachher in allen Zeitungen; bei der Verhaftung DM 30400,– sichergestellt, veruntreuter Rest kann belegt werden. Sie wußten gleich, daß es aus war und konnten sich nur noch ansehn – nicht mal dazu blieb ihnen Zeit. Eine Glasscheibe zwischen uns, die beschlägt. Trüber Tag, Lampenlicht, nachher Eisblumen.

* Ach, wir schaffen es schon doch noch!

Verhaftung: nachher hast du keinen Willen mehr und Alles klappt wie am Schnürchen! Für erfahrene Knastologen, grüßgott, sind das die schönsten Stunden: sowieso Alles aus, endlich ruhig atmen! Keine Angst mehr! Darfst sooft deinen Namen sagen, daß dir ganz warm wird ums Herz und wie Alles gewesen ist. Ja, quatsch dich nur aus! Sie nicken, sitz bequem! Sie helfen dir gern reinen Tisch machen! Dein ganzes Leben! Gut und schön! Plötzlich bist du unsagbar müde, aller Tage Abend, sie nicken so gut sie können, sie geben dir sogar Zigaretten und ihren eigenen Kriminaler-Nescafe, soviel du nur willst, Jeder holt dir bereitwillig noch ein großes Glas Wasser; große geduldige weiße Affen: sie kapieren gar nichts und sind drauf dressiert, daß sie so tun, als ob sie Alles verstehn.
Nachher Erkennungsdienst, Formalitäten, Abend, Knast, erste Nacht, Einzelzelle – wo bist du? Aufwachen: ich *ersticke*! Wasser trinken. Kein Schlaf. Rad dreht sich – fremde Zeit! »Vor mir breitet sich unabsehbarer Winter.« Dein Bild schon ganz blaß und durchsichtig. Nachher (ganz verstört noch) höre ich sie aus weiter Ferne den Gang entlangklappern mit ihren fahrbaren Essenskarren, Schöpflöffeln und blechernen Frühstimmen, ihr Kalfaktoren, Stoßtrupp des Morgens, zuverlässige Halluzination und wie sie (unsichtbar hinter der Wand, noch früh) eine Ewigkeit lang immer näher kommen, viele letzte Türen, bevor sie an meiner Tür sind: endlich! Ich stand schon bereit, das ist Vorschrift, und dann ging es ganz schnell: Tür auf! Napf her, hier haste! Tür zu! Dann allein: wie meine Hände zittern, wie mein Herz klopft! 06 Uhr 30. (Dunkle Zeit: über Nacht ist ein neuer Tag geworden. Lampe brennt; draußen ist es noch dunkel.) Ich wußte gleich (oder hätte doch wissen müssen), daß wir uns bis zur Verhandlung nicht mehr sehn würden, monatelang, und dann darf man nicht miteinander sprechen. Gedankenfreiheit. Blicke sind auch verboten. Bloß der Rest deines Lebens, um den es hier geht.
Die Verhandlung wird vormittags sein und öffentlich, in einem Saal in dem alle Fenster geschlossen sind. Als Angeklagter – was heißt denn hier Wahrheitsfindung? – bist du dir, man ist sich selbst so fremd, als ob es wer anders wäre, der für einen dasitzt und (kann nicht schlucken) seinerseits weder reden noch denken kann; nicht genug Luft! Ein Anderer, um dessen Zeit, Leben, Vergangenheit und Zukunft sie hier zu verhandeln vorgeben, ernsthaft und gut-

willig. Was Kreislauf und Blutdruck, meine Zunge ist ganz staubig, wie altes Löschpapier: lauter trockene Krümel! Meine Lunge ist ganz verklebt und verknittert und ich hab schon seit Tagen keinen Tropfen Speichel im Mund mehr, seit gestern fünf Uhr früh! Was für ein Tag? Welche Jahreszeit? Hast wochen- und wochen-, schließlich monatelang begraben darauf gewartet, ohnmächtig, scheintot, was denn noch sagen? Das weißt du jetzt nicht! Und hinterher, tief in deiner Höhle drin, kannst du jahrelang drüber nachdenken. Renn dir da an der Wand deinen armen Schädel ein!

Nach der Verhandlung vielleicht, aber wie fern wir uns dann schon sein werden wir uns dann schon sein? (Schrieb er in einem Satz, sowieso keine Punkte.) Und wer kann so viel fremde Zeit ohne Leben ertragen? Dann vielleicht würden wir uns wieder schreiben dürfen! Setz dich! Da steht dein amtliches Frühstück! Tür schon wieder zu (schluckst betroffen) – noch früh! Und hörst sie klappernd davonziehn. *Blau* der Tag wie aus Glas. Irgendeine Art gesetzlicher Morgenkaffee-Suppe-Grütze (Sauf-schlabber-friß: schleimig und warm) oder Haferbrei, warm, dampfend, zweifellos ausreichend, nahrhaft und bekömmlich, was willst du mehr? Später, sobald erst im Arbeitsprozeß, darfst du dir alle zwei Wochen ein Glas Nescafe kaufen, auch Büchsenmilch, bißchen teurer nur als in jedem Supermarkt, für dein saures Geld, nach vielen Jahren guter Führung und christlicher Gesinnung sogar Nescafe Gold oder Coffeinfrei!

In der Zelle: den ganzen Tag dumpftrüb brennt eine Tobsuchtlampe. Vorm Fenster, gevierteilt-geachtelt, der (geschändete) Himmel, manchmal Tauben. (Die haben Flügel! Die haben Hunger!) Wassertrinken! Wenn du eingesperrt bist, begraben, verschüttet, hast du immer Durst, und natürlich nicht genug Luft zum Atmen. Wenn ich wenigstens schlafen könnte!

21

Nach geglücktem Überfall, hellwach, wie betäubt, fuhren sie auf Umwegen – wohin? Fünf Uhr und schon dunkel – sobald sie sich wiederfanden zurück in das zufällige öde Provinzhotel, in dem sie seit Sonntagabend ratlos gewohnt haben, auf Widerruf, auf Kredit, wie im Exil, ohne Hoffnung. Sie verlangten die Rechnung. Das Geld: unterwegs zu zählen versucht – sie waren eigens von ohnehin leerer Nebenstraße (weit und breit kein Licht) abgebogen und abgebogen und (zweimal im rechten Winkel, wie wenn du gemächlich Haken schlägst, ein verträumter Hase; fünf Uhr und schon Nacht) ein Stück einen Waldweg entlanggefahren, ächzend, schaukelnd, ganz langsam im zwoten Gang, auf dem Grund der Nacht, zwischen seltsam geformten Wurzeln die bis hoch an den nächtlichertrunkenen Himmel reichen, bevor sie zu diesem Zweck anhielten in der Stille, ganz zittrig und konfus, seit die Nacht seufzend zum Stehn kam – kleines Lämpchen im Auto, drück auf den Knopf: im Wald ein Licht in der Nacht. Mußten eine ganze Weile lang jeden Handgriff mehrfach und gemeinsam tun (zwanghaft, wie Leute auf Holz klopfen), küßten sich zwischendurch, atemlos: es ist wirklich geschehen! Kamen, während die Zeit sich erneut verwickelt-verheddert-verknotet und dann mühsam wieder ingang kommt, beim erstenmal zählen – kaum die Hälfte – bis ungefähr achtzehntausend, lauter Papiergeld, flüsternde Scheine; der Nachtwald steht reglos. Viel zu nervös! Er erschrak, es war aber bloß seine eigene Zigarette, deren Spiegelbild in allen Scheiben gleichzeitig aufglühte, als er dran zog, Elmsfeuer. Es ist vielleicht doppelt soviel! Und gaben es dann einstweilen auf. Die Aktentasche. Alexander stammelt Alles was wir längst wissen doppelt und dreifach: daherdahin. Später packt er das Geld in seinen schäbigen alten Pappmachékoffer, fassungslos: der ist groß genug! Dann noch zweimal um (Beschwörungen). Dezember, eine riesige leere Winternacht. Was hier so wankt und knarrt, ist (im Finstern) die alte Erde, doch auch unsre Stoßdämpfer sind selbstredend nicht mehr die besten. Am nächsten Morgen oder Nachmittag kaufen sie in einer anderen Stadt in einem gemütvollen Vorweihnachtskaufhaus (mit ewigem

Licht, mit Röntgenaugen, unsichtbar, Zeitlupenrolltreppe die surrend schräg aufwärts ins Leere, korrekt gekleidete Puppen in Lebensgröße, die reglos stehn, die uns unbewegt überwachen aus blinden Porzellanpupillen, Schnee aus Watte hängt unbeweglich, künstliche Luft ganz trocken, ganz starr, nur weg hier! Codeworteziffern-durchsagen aus der überirdischen Zentrale – wen meinen sie? Was soll das bedeuten? Jubelnde Registrierkassen auf Schritt und Tritt und deutsche Weihnachtslieder am laufenden Band – überall Hinterhalte! Die Fahndung hat längst begonnen!) nervös zwei billige neue Koffer: wichtig ist, daß die Griffe was taugen! »Zweimal zähl ich es nicht!« (Aber richtig zuende gezählt haben sie es dann doch erst Samstagnacht im neuen Hotel, bei Wandlämpchen, Vorsorgeschnaps und geheimer Flüsterstille, fast eine Dreiviertelstunde lang. Ist die Tür wirklich zu? Da war der ganze Teppichboden voll Geld!)
Die Rechnung. Wirt und Frau (schon im voraus so rechtschaffen mißtrauisch unwirsch, als ob sie mit Widerspruch-Weigerung-Zechprellerei rechnen) fingen gleich drohend zu rechnen an, er mit Bleistift und tonlos flüsternd wie nur irgendein Dummkopf, sie aufrecht, aufsichtsführend, mit ihrem fetten Weihnachtshals, blöde Festtagsgans –: wie sie sich gleichen (bald Silberhochzeit)! Das ist die Strafe, die ausgleichende Ungerechtigkeit, sie werden einander immer ähnlicher, mit der Zeit, mit jedem Atemzug; schließlich kann er nicht sie nicht ihn, Jeder muß sich im sichtbaren Andern selbst hassen so gut er kann, ohnmächtig und erbittert. Gelächelt haben sie nur am ersten Tag. Sie werden uns jeden Atemzug, jede knarrende Diele, jeden einzelnen Tropfen Zeit zehnmal einzeln berechnen! Insgeheim, sich vorgeblich dreinfindend, schimpft sie ihn gutmütig, dabei ist er einer von jenen Schwachköpfen die großspurig und abstoßend überall ihren Mann zu stehn wissen und wo was zu holen ist. Wenigstens mit ihnen, aber sie sind ja jederzeit austauschbar und insofern siegreich unsterblich und allgegenwärtig wie der Igel dem Hasen im Märchen, wenigstens mit ihnen werden wir noch heute einfürallemal fertig sein; komm, beeil dich! (Holten inzwischen zwei Treppen hoch unser bißchen Gepäck; es wird immer schäbiger. Zogen uns im Stehn blitzschnell um – fertig? Nichts vergessen? Zimmer bereits ganz fremd, der leere Spiegel, Licht aus, komm! Letztesmal zusammen die steile Treppe hinab, zum

erstenmal ohne Angst. Noch so ein Ort, den ich nie mehr sehn möchte. Wie soll das Alles noch – Nacht wartet: Zeit zu fahren – wie enden? Wieder unten, wo beide (Familienbetrieb) immer noch tückisch und geduldig an der Rechnung basteln – ungefähr hundertfünfzig, vielmehr können sie kaum verlangen und wenn du ihnen jetzt sagen würdest, sie können gehörig aufrunden, wir haben es eilig, es kommt nicht drauf an, wir sind reich, dann würden sie vermutlich rechtschaffen mißtrauisch die wohlfeile Polizei rufen oder stundenlang eintönig (zweistimmig) ihre unbezweifelte – auf die es nicht ankommt – Pharisäer-Ehrlichkeit beteuern, öder Klagegesang, weil sie nicht wagen, was sie gern tun würden: den glatten Betrug, das dreifache mindestens. Holsiederteufel! Seit wir hier sind, seit Sonntagabend, als wir weißtdunoch nicht mehr weiter wußten, seither hat uns bis in den Schlaf hinein und in unser Zusammensein der Gedanke an diese Rechnung gequält, fast erstickt. Und jetzt war es bloß noch eine lästige Formalität die sich hinzog, Scheißgeld. Nur weg hier!
Fertig? (Na endlich!) Beim Rechnen ist sein Gesicht immer länger geworden, synchron zu den Zahlenreihen; sie nickt: genehmigt! Und geht unheilverkündend ab; Seitentür (Gummischlappen). Er rechnet zu seinem eigenen Wohlgefallen gleich nochmal umständlich nach, wahrhaftig: stimmt! Sobald sie weg ist, scheint er jedesmal ein klein bißchen aufzuleben – oder bildest dir das bloß ein, weil du ihn, der Vorgang an sich ist bekannt, auf einmal für sich siehst, einzeln, als Unikat. Bevor sie eben hinausging, hat sie nicht so getan, als ob sie drohend, ganz deutlich, unheilverkündend auf die Uhr schaut – was soll das bedeuten? Wieviel? DM 143,60, einschließlich Heizungszuschlag und Sonstigem; sie zahlten (gutbürgerliches Ehepaar auf vorweihnachtlicher Durchreise, zwo Kinder, ich bin Ingenieur grad., in gesicherten Verhältnissen, die Kinder sind bei den lieben Schwiegereltern in Quarantäne, respektive Vorbeugehaft und mein großer Bruder hat eine selbstständige Schraubenfabrik: Industrieaufträge) ohne Widerspruch mit zwei Hundert-, nein: einem Hundert- und zwei, nein einem Fünfzigmarkschein, bitte sehr! Was gafft er so blöd? Als wenn das Geld nicht echt oder alle Scheine nur auf einer Seite bedruckt: glattes glänzendes Kunstdruckpapier. Er hatte vorher im Wald auf dem Grund der Nacht extra paarhundert Mark blitzschnell abgezählt:

genau wie ichs mir immer gewünscht hab, das handliche Banknotenbündel für die Nebenausgaben der nächsten paar Tage, und eingesteckt. Sobald sie sich wiederfanden: aus dem Scheißhotel endlich ausziehn, sofort, war das erste, was ihnen nach dem Überfall als guter Gedanke einfiel, na endlich! Wirt strich geübt das Geld ein, murmelnd (wenn nun die Scheine wirklich nicht echt, nur auf einer Seite bedruckt wären, rückseitig Zigarettenreklamen, Heiratsanzeigen, die Heilsarmee, nahrhafte Kochrezepte oder bekömmliche fromme Sprüche, überkonfessionell, mit dem Mund gemalt oder (lauter Unikate) Stanniol, spiegelblank), gab Wechselgeld raus, so gekonnt und gekränkt, als hätten wir versucht, ihn böswillig übers Ohr zu haun oder (noch schlimmer) IHN lauthals des versuchten Betrugs bezichtigt – halbe Ewigkeit lang: sechs Mark vierzig zurück. Er verzählt sich so lang bis es stimmt und dann zählt ers noch zweimal umständlich nach – würde sich am liebsten noch nachträglich den Trauschein von uns zeigen lassen, mißtrauisch wie er ist, alter Heuchler. Unter der Lampe: lauter gleiche glänzende kleine Schweißperlen auf seiner platten Kleinbürgerstirn. Man müßte ihm blitzschnell noch eine unwiderlegbare Mäuse- oder Rattengeschichte einflüstern, Kakerlaken, Skorpione, unser Zimmer hieß achtzehn, zwoter Stock, und abgesehn von den täglichen Albträumen, Fledermäusen, Vampiren, Giftschlangen, Taranteln, Elektroschocks, Menschenfallen und der verborgenen Leiche im Schrank waren wir im großen und ganzen ganz zufrieden damit, ja danke – Was hast du denn gegen ihn? Ach nichts, bloß daß er und seinesgleichen eifrig das ganze Leben versauen!
Alexander beim Geldeinstecken (das ist gar nicht so einfach; »Nur nicht nervös werden!«) so drauf bedacht, Alles richtig zu machen, daß er sich, was jeweils als nächstes zu tun war, immer in deutlichen Leuchtbuchstaben dachte – was jetzt? Manchmal Schaltfehler in der Zentrale, Schichtwechsel, Schlamperei, Sabotage, dann blinken sie wie blöd den erstbesten Unsinn: »WIR KOMMEN!« oder als ob Einer wahllos Auszüge aus dem Großen Brockhaus, in dem er wie rasend blättert, hastig dahertelegrafiert, aber nie mehr als zehn zusammengehörige Wörter, dann kommt – Satzende oder nicht – wie ein Steinschlag das nächste abstruse Stichwort an die Reihe. Zwischendurch Redensarten, die Feste, wie sie fallen und Büchmann-Zitate mit Seitenzahl, viele Hunde sind des Hasen Tod.

Wie du hustest, dicht neben mir! Ganz deutlich ihre Anwesenheit, ihre Nähe und sogar ihre Nervosität, die er in seinen Adern spürt – Leben, Wärme, eine plötzliche Zärtlichkeit die jäh in ihm aufstieg, an die er sich später immer wortlos und froh erinnern würde, wie an ein Haus, eine Ankunft, ein Licht in der Nacht, wie an den (der ewig bevorstand, nie stattfand) gemeinsamen vorweihnachtlichen Wochenendbesuch bei seinem womöglich imaginären Bruder, der sie vielleicht hätte retten können, egal ob das bloß eine Einbildung, ja oder nein, und dennoch *wirklicher* als jegliche Gegenwart, die er nachträglich endlos träumt, wie etwas worauf er noch Anspruch, immer wieder von vorn, bis ein ganzer Winter draus wird, ein Versprechen, Verheißung auf Leben und Zukunft – was jetzt, was weiter? Achja, das Gepäck. Beide zusammen gingen und luden das Gepäck ein, in der Abendkälte, erinnerst du dich? Sie sprachen dabei nicht mit-, sondern immer nur zueinander, als ob sie beobachtet würden, mit erhobenen Stimmen, ganz fremd, wie man als Ehepaar vor Fremden (Bekannten) befangen bitte und danke sagt, und: hast-du-schon? Neinja, wie geschiedene Leute. Nimm doch den großen Koffer zuerst! Willst du deine liebe schwarze Jacke, sagt er zu ihr oder dachte es nur, vorerst anbehalten oder – und sprach-dachte weiter wie Einer der weiß: sowieso Keiner hört ihn – nachher auf den Rücksitz? Kann ich zumachen, fragt er dampfenden Atems und nickt fragend, fertig? Kann ich zumachen? Und vergißt sich zu antworten (wie Leute die sich beobachtet wissen, das aber ja nicht zugeben, keinesfalls zeigen dürfen – ein Film). Nachthof, hohe Mauer, elektrischer Wind – »Nichts ist wirklich!« Die Zeit längst abgelaufen, dahin und gleich wird Alles vorbei sein. Alle Tage im Hotel unser Zimmerfenster, die Aussicht: der Hof, eine weiße Mauer, ein Kohlenhaufen, ein Haufen schmutziger Schnee, sämtliche Nachkriegswinter auf einen trostlosen Haufen geschippt; Rauch, Ruß, Bahnhofshimmel, die Ausfahrt, ein leerer Tag, ein trauriger schwarzer Hinterhofkirschbaum der nie mehr blühn wird. Wie tot steht er da, ein verkrüppeltes Bettlergespenst, und läßt schwer seine leeren Äste hängen. Unser Leben hier, Leben? Nachts heisere Züge, Fieber, das ramponierte Hotelbett, der Blick aus dem Fenster, eine fremde Stadt, Wirklichkeit (nicht genug Luft), und Tag für Tag, Tageszeiten, ach Deutschland! Vermagst nicht zu sagen, nie wußte ich, was es ist, was da deutlich

fehlt, amputiert ist – bevor die Scheibe hastig beschlägt, während Glocken den Abend einläuten, es ist kalt, ein arktisches Licht am Himmel, bevor die Luft wieder panisch zu *flimmern* beginnt und dein Atem löscht Alles aus, Tag vorbei und wie nie gewesen.
Sie berührten einander ganz unvermittelt, als sie zum zweitenmal in entgegengesetzten Bogen ganz sinnlos ums Auto kreisten, umarmten sich flüchtig, in offenen Winterjacken, im Schnee, Arme vorgestreckt, einander die Ellbogen haltend und drängten sich jäh aneinander: Du! Lippen zum Kuß, ganz atemlos, plötzlich, in Nacht-Kälte-Schneeluft und – werden gleich abfahren, wußten noch nicht wohin und was weiter – Nacht wartet: komm! Nur weg hier! Eine Sonderkommission im Präsidium, lauter kluge Köpfe und natürlich wissen sie längst Bescheid. Alexander, nachdem er (ein Anderer, in Gedanken woanders) die leidige Rechnung wie einen Papiervogel, weiße Taube, vergeblich zu falten versuchte, in Seenot, lieber ein Schiffchen draus machen, einen Hut für zwei, der uns behütet auf Schritt und Tritt; ach, uns zu verbergen ein wandernder weißer Berg der uns aller Welt unkenntlich macht und (im letzten Moment, bevor er für immer verzweifelt – Spione zum Beispiel pflegen im Ernstfall ihre hochwichtig-hinderlichen Dokumente – zu verspeisen? Na, sie fressen sie eben pflichtbewußt auf!) schließlich doch noch irgendwie einzustecken vermochte – wie eine mißglückte (zum Glück hats scheints Keiner mitbekommen) Umkehrung jenes klassischen Kunststücks, bei dem der mächtige böse Zauberer Zarathustra Zündel Zabrowsky, er ist weltberühmt, gewaltig niest, gelassen in seine seidengefütterte Westentasche greift und – Alle halten den Atem an – zieht und zieht und zieht bis der ganze Saal voll Zuschauer, sie haben Alle bezahlt, in Zahnpasta, Holzwolle Klopapier Seifenschaum (oder was es sonst ist, was da unerschöpflich aus seiner Tasche kriecht quillt sich ergießt, Betriebsgeheimnis), in zäher Mayonnaise erstickt ist, ertrunken – er stand auf erhöhter Bühne, sehr elegant und einsam im wohlberechneten Scheinwerferlicht, einziger Überlebender, Erfolgsgefühle, eine gelungene Katastrophe, und als er, schon reicht der Brei bis ans Podium, erneut in die, diesmal eine andere Tasche griff, geschah es um – Taschenuhr, Silber, 1880; ein Blick auf die Uhr – Ende der Vorstellung, achselzuckend, Schluß für heut. Bevor er ging, warf er behend seinen überquellenden Frack ab, die Zauber-

weste – nachher sehen wir ihn in maßgeschneiderten Hemdsärmeln, seinen eleganten Berufszylinder hat er einem verspäteten blinden Bettler barmherzig und zielsicher in den gleichfalls verlorenen rührend-schäbigen Hut geschmissen; sehen ihn eine leere Nachtstraße entlangspazieren, ohne Eile, auf dem Weg zum Bahnhof. Hinter ihm her die Flut wälzt sich, gierig wie eine Feuersbrunst, zwei Straßen Abstand, alles auf die Minute, schon ist die halbe Nachtstadt in fetter schmatzender Holzwolle ertrunken-erstickt, im Schlaf. Er bleibt stehn, tiefatmend, einsam wandelnde Nachtgestalt, und zündet sich (wie in einem Werbefilm – weit und breit kein Mensch) mit eleganten Bewegungen eine ägyptische Dimitrino-Zigarette an, ein exklusiver Genuß für bewußte Genießer in kultivierter Umgebung. Übermorgen Abend mein Auftritt in Kopenhagen: da gnade Gott! Die Katastrophe nimmt planmäßig ihren Verlauf; er als Einziger wird, da die schlafende Stadt ertrinkt, pünktlich den letzten Nachtexpreß mit Speisewagen erreichen.
Und hat sich dann, Alexander Zabrowsky (bevor er es merkt) fahrig eine neue, noch eine, seit ich heute Morgen hoffnungslos aufgewacht bin (der Tag schlief da noch), seine für heute achtundfünfzigste Zigarette angezündet, Abend. Er bestellt einen Cognac, wußte selbst nicht warum, statt zu gehn: als gälte es, zwecks gutem Abgang erst noch irgend (Stichwort verpaßt) stichhaltigen Beweis zu erbringen – wofür? Woher nehmen? Er hat sich (alle Beweise, die du je zu erbringen vermagst, gelten immer nur für dich selbst! Tag wie nie gewesen; Winter: tote Wespen auf der Fensterbank. Den möcht ich sehn, der sich im Zweifelsfall selbst überzeugt) verirrt ganz verwirrt – geh doch endlich! Hat sein Stichwort verpaßt und jetzt, gleich halbsieben, fehlt ihm der Anlaß für seinen endlichen Abgang. Die Zeit, Winter: unzählige Zigaretten, nachts Hustenanfälle, kaum noch Schlaf. Pünktlich jede Stunde wacht er naßgeschwitzt auf, um zu rauchen, zu husten, zu rauchen, zitternd, panisch, Wasser trinken! Schüttelfrost-Angstschweiß-Entsetzen, ausweglos: Lichtgitterspreu rinnt an der Wand; ich bin kein Neger, aber auch als Neger will ich nicht gelyncht werden! Erzählt mir nicht, das sei üblich und ihr die weiße Gerechtigkeit! Nacht für Nacht, dafür nun (wo mein Traum? Die ganze Nacht auf der Flucht) häßliche teure Hotelzimmer, die du nicht bezahlen kannst noch bewohnen – ist das schon die heutige Tagesschau? Das aktuelle

Erdbeben war diesmal ein bewaffneter Banküberfall mit vielzuwenig Einzelheiten, dann die allseits beliebte Fünf-Minuten-Haß-Sendung aus Bonn, Bundeshauptstadt, und da kommt ja auch schon dahergetorkelt das liebste der Mainzelmännchen. Einen Cognac? Asbach, Scharlachberg? Wirt nickt und schenkt ein. »Ich bin hier der Wirt!« Kopfschmerzen, Magenschmerzen, Kreislauf usw. – erklären? Kann er es auch nicht. Daß er das Leben kennt und allerlei diesbezügliches Geschwätz, je später der Abend: als Wirt ist er ewig müde. Nächstens soll er in der nahen Uni-Klinik operiert werden, Magengeschwüre, ganz harmlos, sie wollen ja nichts als sein Bestes, vorsorglich: besser ist besser. Und seit September findet-erfindet er jeden Tag tausendmal tausend Gründe, warum es im Januar Februar März April noch nicht geht, nicht diesen, nicht nächsten, noch ein Frühling, Renovierungsträume, der Umsatz, Geschäft sei Geschäft (Alle nickten). Ich weiß, es ist dringend. Ich will noch nicht sterben! Nachts wacht er auf, todmüde und denkt über seine (die den alten Ägyptern heilig war) einzige Leber nach, spürt sie wachsen im Dunkeln: »Der Tod in mir wächst!« So oder irgendwie fängts ja immer an, aber soll das denn wirklich schon Alles gewesen sein? Sobald ich erst tot bin und weg vom Fenster, vorher nicht, freiwillig nicht! Wasserköpfe! Dann meintswejen mögt ihr mich in Ruhe zerstückeln. Wenn du seine alltägliche Geldgier und immerwährende Gehässigkeit abziehst, großzügig, als persönliche Eigenheiten und weil das so üblich und er es nicht besser weiß – hat heut seinen schlechten Tag, gestern auch, morgen wieder –, dann bleibt auch nur, daß er unglücklich ist, ob ers weiß oder nicht, lauter Lügen, kennt sich selbst kaum wieder: da steht er, vermutlich in gesicherten Verhältnissen (seine Verzweiflung ist wie ein schmutziges Taschentuch und der Schnupfen hört gar nicht mehr auf). Kann sein, daß er säuft (denn was besseres fällt ihm als Wirt natürlich nicht ein), Kleinstadthotelier, Magenleiden, Gewissensbisse, Geschwüre, sein Tod der längst feststeht, sein Tod-im-Leben, Bierhahn tropft, die Wanduhr geht nach, da wartet der heutige Abwasch.
Wir wollen gleich fahren! Dolores, eben kam sie wieder herein, fertig? Gehn wir? Nur weg hier, nickten uns zu und ich hätte beinah noch einen (noch einen) Cognac verlangt, immer noch ein Glas, schon der letzte war mir zuviel! Endlich weg hier, Alleinsein, fahren. Er bückt sich nach dem Koffer, nimmt ihren Arm, Zeit zu

fahren; ringsum das Geplätscher verstummte und dann: als ob er mit Steinen schmeißt, gehässig klagend brüllte der Wirt hinter ihm her nach seinem Geld für den zwoten Cognac, macht nochmal einszwanzich! Als hätte er trotz widerspruchslos bezahlter Rechnung mit seiner gastronomischen Menschenkenntnis plus jahrzehntelanger Läbenserfahrung dennoch die ganze Zeit gewußt, daß wir ihn zum Schluß, zuguterletzt, doch noch übers Ohr haun, Zechprellerei, versuchter Betrug. Als sei einzig dies der Sinn unsres Lebens, achja; Alle hoben die Köpfe, Alle wissen Bescheid, mach nur schnell, ich zahlte mit einem Zweimarkstück von dem Wechselgeld von vorhin und mußte dann nochmal nervös und geduldig zusehn, wie er es kundig einstreicht, nach Groschen kramt, sie mir vorzählt, acht ehrliche Groschen. Sie nehmen, einsammeln, einstecken (sie waren ganz feucht und warm – nachher schmeiß ich sie heimlich weg), mit nur zehn Fingern an nicht mehr als zwei Händen, sehr kompliziert, eine fast unlösbare Aufgabe unter der Büffetlampe – statt sie ihm da ins gierige grobe Maul zu stecken, du Arschloch, du Automat, drück rasselnd ein Auge zu: Reval Filter! Bevor ich jetzt endlich gehn kann, komm gehn wir! Du hast bei der Tür auf mich gewartet, komm!
Und sind dann, vielzumüde zum Schlafen, die halbe Nacht auf leeren Landstraßen rumgefahren. Zwischendurch hat er mehrfach das Geld umgepackt, atemlos, mach dir keine Sorgen! Wenigstens brauchen wir jetzt nicht mehr dauernd Benzin sparen. Hörten Radio, versuchten (den er, solang es zum Spaß war, immer auf Anhieb fand) stundenlang vergeblich, den Polizeifunk zu kriegen, verpaßten immer wieder die Nachrichten und als sie sie, wie aus Versehen, endlich erwischten, nachts um elf, da war es am Ende der neutrale Norddeutsche Rundfunk, keine Rede von irgend-dilettantischem Bankraub heute Nachmittag in der trostlos verdämmernden Innenstadt – wie hieß doch das Nest? Die Täter, ein häßlicher Unhold der stottert, folgt die gemeine Personenbeschreibung (am besten, er bringt sich um) und eine bildhübsche weibliche Nutte für die bereits Amnestie und Filmrollen vorliegen, konnten einstweilen unerkannt entkommen. Der Mann ist bewaffnet und daher unverzüglich sachkundig zu erschießen, von hinten (auf der Flucht), stattdessen die Stille, die Zeitansage und ein Wetterbericht der sich gewaschen hat, Mondfinsternis, Schnee, Eis, Nacht-

frost, Nebel und Tauwetter das gefriert, dann Musik zum Tanzen und Träumen.

Beim Tanken: Super, ja voll! Wenigstens will er jetzt immer drauf achten, daß der Tank voll ist und nickt, immer hat ihn die blöde Benzinuhr drohend angestarrt. Auch ein neues Thermostatventil, morgens, damit wir endlich aufhören können zu frieren. Die Heizung geht nicht oder selten. Und nachdem sie sooft in den letzten Wochen sich endlose Festmahlzeiten gewünscht haben, ausgemalt, Licht und Wärme, einen angenehmen ruhigen Ort Gegenwart, wo wir stundenlang bequem sitzen und zusammensein (»Ich habe aufgehört zu frieren!«), da sein, anwesend, mitten in der Zeit, atmen, ohne Angst, sich aufwärmen, reden und schweigen können, brachten sie es nun mit all dem fremden Geld (und es wird immer später) nichtmal fertig, Essen zu gehn in der erstbesten Biedermannskneipe, wieviel Uhr? Stundenlang Nachtstraßen, dann – wo sind wir denn hier? Anderswo eine fremde Stadt, wir sind eben hier am Bahnhofskiosk gelandet, am späten Büffet: Zigarren, Zigaretten, Büchsenbier, synthetische Fruchtsäfte, Seifencognac und die staubigen Attrappen belegter Brötchen im Glasschrein, grellbeleuchtet, jedes einzelne sorgsam aufgebahrt auf einer halben Papierserviette, der weiße Schnee habe wie ein schütteres Leichentuch, hieß es einst in einer rührseligen christlichen Lesebuchgeschichte, ganz vergilbt, die alte Erde bedeckt. Und wir sollten sie nacherzählen an einem kalten finsteren Januarmorgen gleich nach den Weihnachtsferien 1951, ihr habt zwei Stunden Zeit. Eben hat der wunderliche alte Schuldiener (seine Frau hat mir vor vielen Jahren einmal ein lebendiges kleines Häschen geschenkt, samtschwarz, es roch nach Zimt) umständlich zornige Kohlen ins müde Feuer geschüttet (er heißt Josef, er ist aus Siebenbürgen, er sieht wie ein vornehmer alter mexikanischer Teufel aus) und der Herr Lehrer macht sichs bequem hinterm Pult, schlug bäurisch geziert die Beine übereinander, Vorkriegsknickerbocker, Pfeffer und Salz, und wird jetzt gleich mit seiner wöchentlichen Maniküre beginnen. Ofen summt, so dumpf ist die Luft; trübe Lampen, heller wirds heute nicht und mein Herz ist so schwer. Die ganze Nacht hat ein Käuzchen gerufen aus Simons verfallener Scheune; der Dreikönigstag ist hierzulande kein Fest. Der alte Simon ist tot. Nacherzählen mit eigenen Worten. Nein danke, auch weder Hühnerbrühe-Extrakt-Surrogat, lauwarm, triefäugig, aus verbeulten Pappbechern, noch verstorbene heiße Würstchen mit Großhandelssenf und Plastikbesatz und Ihren garantierten Magenbitter sollten Sie auch lieber selbst kippen. Je hundert Gramm Markenschokolade, deine mit ganzen Haselnüssen, und zusammen drei eiskalte Adventsapfelsinen war das Einzige, was sie vierhändig zu essen vermochten, hastig zu sich nahmen im Stehn. Mitternacht vor der Tür oder eben vorbei, wohin jetzt? Die morgigen Zeitungen sind noch nicht da, hier der geschniegelte alte Gauner von Prachtbüffetier (Pachtvertrag) mit waschechtem Dralonschlips, Treviraweste und Nylonhemd. Für diese prächtigen indischen Manschettenknöpfe, faustgroß und wie angegossen, hat er erst letzte Nacht einem besoffenen Gemeinen der US Army drei Büchsen Büchsenbier dreingegeben, ein guter Tausch, ich kann zaubern. Sieht er nicht wie ein erfolgreicher gelbsüchtiger Gambler aus? Kassiert ungerührt den dreifachen Preis, das ist erlaubt (es war dreiundzwanzig Uhr fünfundfünfzig), und gab ihnen versuchsweise DM Zwanzig zuwenig zurück, ein Versehen, sobald sie es merkten und reklamierten – kann ja mal vorkommen, und daß er zeitlebens und steht jede Nacht hier bis um elf-zwölf-eins, Nacht für Nacht. So spiele (in immer baufälligeren Konstruktionen) das Leben ihm mit. Wortreiche Wechselgeldgeschichten, dann eine Flasche scharfen billigen Wohlstandsweinbrand zum Mitnehmen, die ich für DM 24,– bei ihm erstehe, umständlich genug, die er eingekauft hat im Großhandel für vier Mark achtzig, lieber zwei, doch bloß eine, und morgen will ich mir fürs erste zwölf Flaschen Remy Martin kaufen, doch wohin jetzt? Da fängt er schon an, müde abzuräumen, kennt sich aus, wird gleich zumachen, siehst du, der betrogene alte Fuchs. Muß dann noch stundenlang andächtig Kleingeld zählen und den Umsatz ausrechnen, tief in der Nacht, sonst ist der Tag nicht gewesen. Nachtgewölbe; da der Bahnpolizist vom Dienst, wie er leuchtet, ein Stern erster Ordnung; bereit, Jeden abzuknallen der unbefugt mehr als einskommaacht Promille, ohne festen Wohnsitz und keinen gültigen Fahrausweis vorzuweisen hat – streng doch gerecht läßt er die kaltblütigen Leichen der Nacht (in der Reihenfolge ihres Anfallens, so lautet die diesbezügliche Dienstvorschrift) in das ihm unterstellte unterirdische Männerpissoir schaffen, eine stinkende feuchte Rauschmuschel, tief in der Erde, gekachelt, bis die feldgraue Müllabfuhr morgen früh mit Asbesthandschuhen und rauhen Vortagesstimmen – das ist noch weit – komm, wir gehn guten Muts! Da hat uns der alte Schurke die Flasche, siehst du, umsichtig in eine unverfängliche hellbraune Knistertüte gesteckt, die ich achtsam dahertrage: jetzt bloß kein Hustenanfall! Bloß nicht jetzt kotzen müssen! Und der Bahnpolizist, wenn du stolperst, würde unverzüglich scharf auf dich schießen, gezielt, ohne Anruf und Warnung (die Zeugen sucht er sich später), direkt in dein hilfloses müdes Herz. Nur weg hier, komm! Motor sprang wider Erwarten gleich an, es ist kalt, du neben mir, sie hat gleich neue Zigaretten angezündet für beide, macht dann die Flasche auf, reicht sie ihm nach dem ersten Schluck, da fuhren wir längst, ziellos, wie ferngesteuert, finstere leere Nachtstraßen, erneut ins Fließen geraten – wohin? In brennenden kleinen Schlucken trank er zur Fahrt und sie (hat blitzschnell Musik gefunden, ein guter Griff, Satchmo der alte Louis Armstrong, mitten in der Nacht, golden sein Horn) achtet kundig darauf, ihm die Flasche immer im rechten Moment aus der Hand und (ganz sanft) auch vom Mund zu pflücken, sooft die Situation es erfordert, weil er die zweite Hand die meiste Zeit für seine immerwährende Zigarette braucht, leere Kreuzungen, Wegweiser, Ampeln, Dezember, himmelhoch Finsternis und daß wir (Stadt wie ausgestorben, nur das automatische E-Werk wird noch zehn oder hundert Jahre die Leere regeln-speisen-beleuchten und die mondgleichen Riesenuhren ingang halten, mitteleuropäische Zeit – noch ein Schluck: es ist kalt!) nicht weiterwußten, nicht wußten wohin. Nimm die Karte aus dem Handschuhfach und sieh nach, wie die nächste Autobahnauffahrt heißt, wo sie ist und wie weit und in welche Richtung die nächste Raststätte mit Übernachtungsmöglichkeit, das ist auf der Karte, so sagt die Legende, ein kleines weißes Bett in einem blauen Kreis, sagt er zu ihr, und beschwörend: Niemand verfolgt uns, ich hab die ganze Zeit drauf geachtet! Beschleunigt und schaltet gekonnt in den dritten, like that lucky old sun give me nothing to do, muß dann aber doch gleich nochmal halten, weil sie (nicht schimpfen!) Landkarten nicht bergab, bloß bergauf d. h. in nördlicher Richtung lesen kann, beim Fahren ist es noch schlimmer, mir wird ganz schwindlig dabei, das weißt du doch, wenn ich nicht sehe, wohin – Horizonte abhandengekommen; eine finstere Tankstelle, geschlossen, auf deren ausgemessenem Vorplatz sie hielten, gottweißwo am gottverlassenen Stadtrand, weit und breit kein Mensch, weit und breit kein Stern. (Gott aber ist *undurchschaubar*!) Nothing to do, but roll around heaven all day! (Damals lebte er noch.) Nach Norden, fünf Kilometer, dann noch elf auf der Autobahn und wir sind da, in Autobahnkneipen kriegst du immer ein Zimmer, das reimt sich! Sie küßten sich, sie haben das milde kleine Lämpchen angeknipst – was für ein prächtiges doppeltes Schußwaffenziel wir hier abgeben mit unsren zwei Scherenschnittköpfen nebeneinander – Licht aus, weiterfahren! Wir machen uns nicht verdächtig, heut nicht mehr! Sie fuhren, sie gab ihm wieder zu trinken. »Jetzt bald schlafen!« Wie sie kundig immer ruhiger jetzt, wie die leere Straße mit ihren grellweißen Lampen hier in weitem Bogen wie ein ruhiger breiter Fluß dem Himmel entgegen, die Nacht ist ins Fließen geraten und alle Flüsse sind eingeschlafen – bei den Hindus (die haben das von den Bramahnen) kehren sie um, kehren wieder, sind heilig und fließen alle Nächte die hohen Himmel hinab, jeder zu seiner, alle zur sagenhaften Urquelle zurück, die Ströme des Himmels, dort regnet es nicht so oft – unsere Müdigkeit die ist jahrealt, eine Art Trance, die sich jetzt (Nächte ohne Schlaf, zahllos: immer noch ein Tag den es zu durchqueren gilt auf gedachten Linien, die die jeweils kürzeste Entfernung zwischen zwei fiktiven Punkten usw.) durch den vertrauten Vorgang nächtlichen Fahrens wieder einstellte, sie kennen sich aus damit, sich verlieren und wiederfinden, zeitweilig Ruhe finden, die Nacht dauert an – dann: da biegt er ein in die sanft ansteigende große Nachtschleife, die Auffahrt Nord. Sobald er, die Geschwindigkeit steigernd, auf die leere Autobahn einbiegt wie schon tausendmal vorher, wird ihm endlich klar, daß er die ganze Zeit eine Polizeikontrolle mit Straßensperre und Allem drum und dran auf der Auffahrt befürchtet hat – die gottlob nicht da ist, die gut hätte sein können, die er sogar nachträglich noch ganz deutlich vor sich sah, mit allen zugehörigen Lichtern, Schrecken und Einzelheiten – und bremst dann unwillkürlich auf leerer Winterfahrbahn: so heftig, daß sie fast ins Schleudern geraten, erschrick nicht! Wir sind gleich da. Er leiert die Scheibe runter, Nachtwind eiskalt! Er schaltet, er blendet auf – das Gefühl abzustürzen – uns kann gar nichts passieren, er trinkt wieder. Dann die Schilder, die Kurve, die Lichter, wie sie ihm umsichtig parken hilft und die leise Berüh-

rung, mit der sie ihn aus Starrheit und Nichtsein erlöst, wir sind da! Ich bin müde! Erstmal reingehn und fragen? Wie sie dann beim Fenster sitzen, in der vorgeschrittenen Stille, und Kaffee trinken, zwei Kännchen, angesichts der riesigen leeren Nacht hinter Glas; Lastzüge donnern vorbei wie verspätete Albträume, vom Wind begleitet, die Schrecken des Kinderschlafs, Fernfahrer auch biste mal gewesen, armer Alexander, er mußte die ganze Zeit hilflos und müde der *blindgleißenden* Samstagabende seiner verlorenen Kindheit gedenken, eine anheimelnd trostlose Reihenhausstraße zu Füßen des Hohen Ruhrgebiets, gottgefällige Arbeitersiedlung, erbaut 1904, die Häuser sehn alle gleich aus, wie blind, doch vor jedem Haus stand ein Fliederbusch, nirgends gab es so viele Kinder wie dort, und hinter der rußigen Zeile: Jeder hat seinen eigenen verschrobenen Geheimnisschuppen aus Teerbrettern, Wellblech und bei der Arbeit geklautem Kupferdraht, der ihm ähnlich sieht, Feierabend, die Küchengärtchen und Wäschestangen, eine Böschung und da fließt der ewige Fluß vorbei, in dem die Säure, das Gift, der ganze schillernde Dreck und alle Tränen zum Meer, Sonnenuntergänge, kann auch sein, es war bloß ein Kanal.
Zimmer genug, sie füllt den amtlichen Zettel gewissenhaft als ehrbare Ehefrau aus, die jeden Behördendreck artig todernst nimmt, während er als ihr galanter kräftiger Gatte großspurig schweigend die Koffer hereinschleppt (nicht ein einziger Schuß fiel auf dem nächtlichen Parkplatz), auch den mit dem Geld. Ja, wir sind, wie sie ja auf den ersten Blick sehn, gutbürgerlich auf der Durchreise; unsre gemütliche Eigentumswohnung haben wir wie das so geht natürlich zu Hause gelassen, zwoter Stock, Zugehfrau, Kinder keine. Alles hat seine Richtigkeit, wir kommen aus Innsbruck und Brüssel, ganz wie Sie wollen, sind auf der Heimfahrt und bei diesem landesüblichen Sauwetter, früher Finsternis, Nachtfrost und Glatteis im Allgäu, im Harz und in der Schnee-Eifel, wo in der trüben Dämmerung die Zeit ins Schleudern geriet und der Schnee fing zu treiben an, das Getriebe fror ein, als ein Reifen riß oder Keilriemen platzte (doch wollen uns nicht verplaudern, wollen uns jetzt nicht aufhalten mitten in der Nacht mit technischen Details, dazu ist uns Ihre Zeit viel zu kostbar, was soll denn das Zimmer kosten? Egal, was es kostet), sind wir – sonst sehr solide und die geborenen Frühaufsteher, wie alle besseren Deutschen – heut ein

bißchen zu spät dran, dann noch prompt die zugehörigen Gesten und schon ist Alles klar: »Gleich raufgehn und schlafen!« Doch haben eben geistesabwesend nochmal neuen Kaffee bestellt – hier steht das Gepäck, Tag vorbei, die Nacht hält den Atem an (den Schlüssel haben wir schon, Nr. 21), jetzt ist Alles gelaufen! Nochmal pissen; allein mit deinem winterbleichen Spiegelbild: irgendwo hier in der Nähe nicht weit soll heute Nachmittag ja ein dilettantischer Banküberfall, aber das interessiert uns nicht, ist womöglich auch schon ein paar Jahre her und von den Tätern fehlt, wie es heißt, seither jede Spur. Da waschen wir uns die Hände mit Seife. Mitternacht längst vorbei. Einundzwanzig ist keine schlechte Nummer. Wenn wir wollen, können wir morgen den ganzen entlegenen hiesigen Tag getrost verschlafen.
Standen auf kurz vor elf, Frühstück oder nicht, komm laß uns hier abhaun baldmöglichst! Vor dem Fenster, nach hinten raus, Schneefelder, kahle Bäume; es hätte genausogut Rußland sein können und das achtzehnte oder neunzehnte Jahrhundert, die gleiche verstörte Stille, der gleiche leere traurige Heimwehhimmel, die Nacht erwartend; Krähen, lautlosen Flügelschlags; bißchen Wald am Horizont. Konfuse Pläne, während er in allen Gepäcksstücken aufwendig nach dem saubersten schmutzigen Hemd fahndet: nachher einkaufen und eine schnelle Wäscherei ohne Vorurteile finden. Oder lieber gleich ins Ausland? Aber wohin? Aber wenn ich längst im Fahndungsbuch stehe? Seinen einzigen Paß, vielleicht war der schon nicht echt, hat er abergläubisch verloren oder geschickt weggeschmissen, schon im Mai, und merkte bestürzt, wie er jetzt anfing zu schwitzen, nicht genug Luft, ein Hustenanfall, das Fenster natürlich klemmt, dann atemlos: aber ich weiß, wo ich schnell einen guten herkriegen kann, nicht zu teuer! Redend ging er im vorwurfsvoll schweigenden fremden Zimmer herum, barfuß, eine bittere Morgenzigarette nach der andern, auf nüchternen Magen. Stell dir vor, wie machen fürs erste so weiter, bleiben auf der Autobahn, übernachten in Raststätten, sieh dich um: es ist immer das gleiche überheizte blicklose Doppelzimmer mit Normbett-tisch-lampe, Schreibtisch und Teppichboden, die Aussicht, der ungerührte Spiegel auf dem noch das rhombische Herstelleretikett aus Stanniolpapier, Komfort, Attrappen, das wirkliche Leben, ein ungeöffneter Schrank in den du nichts – nein, Keiner wird je da was reinräumen,

das stumme Telefon, die nämlichen selbstlosen Handtücher, eingetragen, zwei pro Kopf, die gleichen unzulänglichen Leselämpchen (wie für Analphabeten), die gleichen leeren verklemmten Schubladen in der gesamten wohnlichen BRD. (Höchstens daß dich aus jeder ca. hundertsten immer mal wieder ein vergessenes Gebiß angrinst, how are you, dann machst du sie eben gleich wieder zu, sowieso nur zu Gast hier wie überall: »Warum nicht ein bißchen schaudern?«) Oder besser noch, wenigstens jetzt im Winter – und warum soll er nicht jahrelang dauern? –, wir fahren nachts, suchen uns ein Zimmer bevor es hell wird und wachen erst wieder auf, wenns schon dunkel: Zeitzufahren! Könnten auf diese Art Jahre und Jahre zubringen, ohne Sonne, ohne die Autobahn je zu verlassen, genauso fremd und absurd wie sonst ein »Beruf«. Lassen uns für jeden Dreck Quittungen geben und heben sie pedantisch in Schuhkartons auf, Vergangenheit, für jedes Jahr einen – wenn das Jahr rum ist, wird er dick mit Tesafilm versiegelt, noch die Jahreszahl drauf und wir begraben ihn im fahrbaren Kofferraum zwischen alten Schuhen, Wagenheber und Öllappen, wieder ein Jahr. Den Rest unsres Lebens oder solang der Koffer mit dem Geld eben reicht, auch eine Wirklichkeit, wie lang wird er reichen, was meinst du? Eine Winterreise, ein Märchen, ach Deutschland! Wenn es tausend Tage ungefähr sind –

Dann sind sie zum erstenmal in die andere Stadt gefahren. Einkaufen, Essen, als sie hinkamen, war schon Mittag: die erste komplette Mahlzeit seit – sie rechnen gemeinsam vergeblich herum, ein Festmahl. Sie saßen in bequemen Honoratiorensesseln (als ob wir Jemand ganz anders – hier kennt uns Keiner), tranken in unzähligen kleinen Schlückchen teuren Adventsportwein aus kleinen geschliffenen Gläsern, nachher praktische schöne Kristallkaraffen, die das Licht einfingen, und natürlich geriet er ins Schwätzen, das macht nichts. Sie küßten sich, das war im Herrenhaus-Bürgerbräu-Ratskeller Badischer Hof (»Wir sind die Erben!«). Bestickte Altardecken, Rubinreflexe, eine Kerze auf jedem Tisch, bunte Glasfenster und ein offener Kamin, ein lebendiges Feuer; draußen Winter, Einöden, laß warten die Zeit, das ist unser Hochzeitsessen! (Sind wir hier in Westfalen?) Das war Stunden bevor sie sich mit immer noch zwei Abschiedsgläsern immer wieder zum Gehen anschickten – die Gespenster räusperten sich, der Tag ist längst abgeräumt

worden, die Stadt spinnt sich ein in Nebel und Dämmerung – und bei der Vorstellung, diesen unwiderruflichen Augenblick Zeit, dieses warme erleuchtete Jahrhundertgemach mitten im unabsehbaren kalten Winter jetzt gleich für immer verlassen zu müssen, gar noch »freiwillig«, bricht dir fast das Herz. Ihr Aufbruch – wohin jetzt? – hat Stunden gedauert; schon ist der Tag vorbei. Jetzt noch auf die Post, anonym ins dichte Gedränge? Auch ganz vergessen, in eine Werkstatt zu fahren, wo suchen? Alle Hände voll Tüten und guter Vorsätze – kauf dir das Abendblatt! Es ist kalt, Alle sind auf dem Heimweg – Jeder hats eilig (bald Weihnachten), wo steht denn das Auto? Doch fanden es mühelos gleich und was jetzt? (Mit dem Schlüssel hantieren!) Wieder auf die Autobahn, wie für immer? Seit gestern Nachmittag – mit dem Wort Überfall haben wir nichts zu tun, lesen nie Zeitung, gehn selten ins Kino – seit wir auf der Bank waren, merkst du das, springt es viel besser an. Fuhren ab, als es anfing, dunkelzuwerden, morgen noch einen Koffer kaufen, morgen ist Samstag. Da der (heutige) Abend, die Lichter, Haufen Volks, da rollten sie (und Dämmerung, eine große Stille zog jetzt befangen die Straßen entlang) mit durchgetretener Kupplung schon wieder auf die nächste rote Ampel zu, mitten im Abendgetümmel, eben hast du mir geduldig eine neue Zigarette angezündet. Gleich am Stadtrand, verdämmernd: rauchende Schutthalden, Schneefelder, kahle Bäume; da die Krähen von heute Morgen, Bettlerschar, und wie sie, wie verbrannte Papierfetzen, krächzend über verlassenen Feuerstellen kreisten – die Riesen zogen davon. Heimat keine. Da der Tag *flieht* gebückt und wir fahren.
Eine kleine leere Straße mit vielen Kurven, es ging bergauf, es war schon dunkel, himmelhoch Nacht und wir fuhren gerade durch einen dichten finsteren Tannenwald, da war außer uns weit und breit kein Auto, kein Licht, kein sichtbares Lebewesen, als es endlich wieder zu schneien anfing, lautlos, sacht und gleichmäßig, im Scheinwerferlicht vor der Windschutzscheibe die beschlägt, weil die Heizung nicht geht und wir fuhren unablässig langsam in dieses unablässige langsame, dieses lautlose stete dichte Gestöber vor unsren Augen, während wir vorgebeugt, Seite an Seite, angestrengt dem Verlauf der Straße zu folgen versuchten, wie blind – als mühten wir uns, Ausgesetzte, Hänsel und Gretel, uralte vedische Schriftgelehrte aus dem Jenseits, in dieser lebendigen weißen Ein-

samkeit, Schnee, Muster, Bewegung, sanften Fall ernsthaft und konzentriert zu entziffern, zu deuten, zu lesen, zwischen vielen Spuren und Irrtümern Vorhandensein und Verlauf einer einzigen Fährte, einen Weg zu finden. Flüsternd: hörst du die Stille? Ich hatte bis auf weiteres jegliches Zeitgefühl verloren, übergangslos: »Es ist ewig die gleiche Nacht und ankommen wirst du nie!« Ich hatte, gleich als es anfing, sacht zurückgeschaltet und wir fuhren (und sprachen dabei zueinander, achtsam, mit leisen Stimmen) ganz langsam im zwoten Gang – und plötzlich (sozusagen rückwirkend, denn sobald du drauf kommst, bist du schon mittendrin): Hypnose, eine Art Trance, Betäubung, ein Tanz, ein *langsamer* Taumel der uns umfängt, nicht Anfang noch Ende, Schnee treibtsteigt-fällt: im Lampenlicht schienen die Flocken unentwegt nach oben zu tanzen, zu schweben – als seien es immer die gleichen – nach allen Seiten zugleich und wir treiben in der Mitte der Wolke, die unentwegt langsam um uns kreist und mit uns dahinzieht, in die leere weiße Stille Lautlosigkeit, immer tiefer in die Nacht hinein – eine halbe Stunde oder wie lang sie so fuhren, angespanntmüde, fast im Schrittempo, viele Kurven, es ging die ganze Zeit bergauf und dann findet er einen Platz am Straßenrand und kann grad noch rechtzeitig halten, Augen voll Schlaf, steigt aus, um sich frischen Schnee ins Gesicht zu reiben, lang, immer wieder, das ist wie Erwachen (als Kind, mit drei oder so, hab ich immer auf der Fensterbank sitzend meine heiße süße Morgenmilch getrunken) – dann, Arm in Arm, tiefatmend die reine Luft, stapfen beide ein Stück durch Schneefall und Nacht bergauf und zurück – die Tannen (Fichten?) schon dick mit Neuschnee bedeckt, standen wie auf gelungenen Weihnachtspostkarten: Ein Glückliches Neues Jahr! Noch ein Schluck! Inzwischen kam ein einzelnes Auto aus entgegengesetzter Richtung langsam bergab, fuhr vorbei – ja richtig: bald jetzt ein Zimmer suchen! Morgen ist Samstag, ist auch noch ein Tag, er nickt, so zuversichtlich er kann – fällt der Schnee nicht schon weniger d i c h t? Sind das nicht schon Sterne da oben? Sie hat ihm eben erzählt, wie sie einmal als Kind mit ihrem Vater, da war ich vier oder fünf, ich weiß nicht, woher wir kamen, ganz atemlos und mit dünner Stimme, wie sie mit ihm vom Bahnhof nachts heimging durch leere Straßen im Winter: ich war so müde, er mußte mich tragen. Wie sie einschlief auf seinem Arm, mit all den

ungewohnten Lichtern und Sternen vor Augen. Der Schnee leuchtet und wir wandern im Halbschlaf den leeren Himmel entlang, er macht Riesenschritte. Im Auto, sobald sie wieder eingestiegen sind, da war es erst kurz vor neun. Weiter die Nacht und die Straße und bald darauf seitliche Lichter, sehr fern, ein entlegenes Dorf; sie waren eben an der Abzweigung vorbei und (es hat aufgehört zu schneien) wollten schon umkehren, da sahen sie es, da stand es am Ende des Wegs, am Wald, die Straße führt sanft bergauf, ein großes Haus und – als ob wir erwartet werden – grüßte mit all seinen vielen Lichtern, Türmchen und Erkern: »Waldhotel Eckermann«; vor gut achtzig Jahren erbaut für die Ewigkeit und unsre letzten vier Tage, fünf Stockwerke hoch, verglaste Veranden und ein vielgiebliges behäbiges Winterdach, warum hier nicht? Komm, laß uns fragen!
Von dort aus sind sie jeden Tag noch einmal in die kleine Stadt gefahren, Wallfahrten. Mit dem Auto, achtzehn Kilometer vom Hotel bis zu unserem täglichen Hinterhofparkplatz (Parkverbot) beim schäbigen Bahnhofskino, Backsteinmauer, zwei zerfledderte Pappeln, Wind schweigt. »Wie glücklich wir waren!« Manchmal nachts, wie in einer anderen Zeitrechnung: gelungene Fluchtversuche, die er dem verlorenen Tag, der rasch floh, zähneknirschend hinterdrein träumt, in seiner Einzelzelle. Kein Hofgang die erste Zeit. Nach der Verhaftung, vom ersten Moment an: daß ich es wußte? Ich hätte es wissen müssen! Wie konnte ich denn auch nur eine Minute lang glauben, es könnte gutgehn? (Du hast das nicht eine Minute lang geglaubt, sagt er sich.) Gut und schön, wenn ich doch wenigstens an diesem Tag nochmal mit dir hätte sprechen können, dich sehn. Statt hier unterirdisch auf Entzug gesetzt: ein amtliches Phantom, umgeben von Gespenstern. Man kann doch auch wider besseres Wissen, hör zu (mit dem vollen Becher in der Hand geht er, mit sich allein, in der ausgemessenen Zelle auf und ab, so guts geht, verschüttet das ganze Wasser und merkts kaum, hör zu): wenn wir das überflüssige Geld versteckt hätten, weg damit, rechtzeitig, ich weiß sogar wo! Um es – Handbewegung; und renn dir da nicht den Schädel ein, die Wände sind hier so dicht, rücken drohend immer enger zusammen, meine Welt ist so klein geworden – um es zurückzukriegen, die Versicherungsgesellschaften sind ja allmächtig in diesem Land (eindringlich, vor dem Spiegel, ein Magier sich selbst), dann hätten sie uns erlaubt, daß wir uns noch einmal

wenigstens sehn. Ach, der Tropfen Zeit auf dem heißen Stein! Vier Stunden mindestens hätte ich gefordert. Es gab ja gar nichts zu verdunkeln. Im Dezember verhaftet: fortan jahrelang Winter. Sie mauern mich ein, ich ersticke! Scheißgeld, hätten wirs doch beizeiten beiseitegeschafft, verbrannt, vergraben, gefressen, so hätte ich sie zwingen können. Nachmittag, Abend in meiner Zelle; da die immerwährende Lampe brennt und (die Gespenster räuspern sich) draußen wirds Nacht. Zieh dir die Schuhe aus, den einen, den zweiten, müde Justizverwaltungsschlappen. Kein Himmel; so *fern* bin ich mir. Schau dir den Tisch, das Handtuch, die stinkende Seife an, lauter Sachen die wirklich, die da sind, über die du verfügen kannst im Rahmen der Anstaltsordnung. Das magische Loch in der Tür heißt Spion, mach probeweise die Augen zu, vergiß nicht zu atmen! Trink vorsorglich noch ein Gratisglas Wasser, der Blechnapf, Tag vorbei, meine Augen brennen. Wie mein Herz klopft; draußen Nacht-Himmel-Millionenstadt belauern einander, das sind bloß die Nerven. Die ersten paar Tage sind immer am schlimmsten.
Überleben. Nichtmal ein Fenster zuerst. An der Wand, ganz schief, ein überkommener selbstgemachter Kalender, Fleißarbeit. Quer drüber die Inschrift: »Der Kalender ist falsch!« Fieber, vier Stunden wirrer Halbschlaf gen Morgen, dann kamen sie und holten ihn – Exlegionär, ein gefährlicher Gewaltverbrecher – zur Blutuntersuchung, zu zweit, gelassene Schergen: komm, mach dir hier nich ins Hemd, bist ja nich zum erstenmal drin! Dementsprechend ihr Polizeigriff. Schmale klirrende Eisenstege und -stufen steil hinab, wie auf einem Schiff. Fünf Etagen ohne Zwischendecks, unter jedem Steg ein regloses großes Netz, weil Selbstmord verboten ist hier; geh weiter! Sie drängten ihn vorwärts und fast wäre er kopfüber abgestürzt: hier entlang. Noch früh; auf jedem Treppenabsatz ein hellerleuchteter Glaskasten in dem ein Uniformierter sitzt und umständlich den Stationsschichtbericht ausfüllt, mechanisch kauend sich drein versenkt: seit zwanzig Jahren der gleiche vorgedruckte Zettel, mitgebrachtes Schmalzbrot und frischer Kantinenkaffee, dampfend in braunen Plastiktassen, so groß wie ein Suppentopf. »Was wollt ihr mir antun?« Der Arzt erwies sich als Ärztin, die Ärztin war eine Frau, auch wenn man das erst auf den zweiten Blick sah, eigentlich erst, sobald er sagte, betroffen, wie zu sich selbst: mir ist ja ganz schlecht! Und wäre gleich fast in Ohnmacht gefallen. Ein schmales

langes Zimmer, ganz weiß, mit Neonlicht und großen vergitterten Milchglasfenstern, er windet sich auf der Bahre. Das war gestern früh, als ich im Ärztezimmer im Sterben lag, während Hannibal mit seinen staunenden Elefanten immer noch im ersten blinden Novemberschnee, wie in Zeitlupe, mühselig die nie gesehenen Alpen überquert (die da drohend immer dichter zusammenrücken, immer schroffer und finsterer steil emporwachsen vor seinen Augen) und Marco Polo im Hochland von Kaschmir (statt umsichtig-rührig geschmeidige Speichelleckerbriefe an den Dogen und Großmogul zu diktieren, bilateral, Band und Siegel) seine letzten Zettel besessen mit venezianischen Schiffsentwürfen bekritzelt, im Fieber, die Fortsetzung eines uralten Kindheitstraums, an eine steingesichtige Felswand aus dem Mesozoikum gelehnt, bevor er sie, einen nach dem andern, davonflattern ließ, letzte Zettel, über die blinden Abgründe, weiße Vögel der Verheißung. Noch zweitausend Jahre. Nachher eiskalt der Todesschweiß trocknet auf seiner Stirn. Sie gab ihm Wasser, Betäubung, freundlichen Zuspruch, Linderung, eine Wolke die niedersinkt und löscht Alles aus. Nachher noch stundenlang war ihm, er schwebe in Watte, auf Wasser – kaum, daß du dich wiedererkennst. Früher ist ihm bei solchen Anlässen nie schlecht geworden.
Strafmildernd ihre sichtbare Reue, wie verstört sie waren und (ad acta) wie wenig gerissen und, nicht zuletzt, daß der größte Teil des geraubten Geldes bei ihrer Verhaftung noch vorhanden, nicht verschleppt, noch verpraßt, noch vergraben (draußen lag hoher Schnee) – keine faulen Tricks: hier habt ihr den Zaster. Und daß der Revolver, obzwar echt und illegal, nicht geladen war, daß er gar keine Munition hatte – sie mußten das nachprüfen und vermochten ihm dann (gehässig) kein Gegenteil zu beweisen. Trotzdem hats ihm nachher Keiner geglaubt oder er hätte die echte eben wegschmeißen, besser vergraben, nein demontieren und eine Spielzeugpistole nehmen sollen, die werden ja auch immer echter, deshalb acht Jahre. Strafverschärfend ihre Vorstrafen, persönliches Unglück und daß sie trotz ehrgeiziger Erpressungsversuche der wohlmeinenden Kripo nicht gegeneinander aussagen wollten, beide, obendrein arbeitsscheu, weil weder Grundbesitz noch Vermögen, noch regelmäßiges Einkommen, kein fester Wohnsitz, Schußwaffe, Vorsatz, Vergangenheit, dreister Raub, vorsätzlich

asoziale Haltung, gemeinsamer Plan, den die Experten ihnen nachträglich ausarbeiten und unterstellen, Reue nur bedingt. Dezember, eine frühe Kälteperiode, Schnee, Eis, Nachtfröste – nachher fing es wieder zu tauen an, in der Woche vor Weihnachten. Die fehlenden ca. eintausendsechshundert Mark in fünf Tagen hatten weihnachtliche Geschäftsleute kassiert, Essen, Autoreparatur aus dem Vormonat, ein Mantel, Gepäck, Hotelrechnung, fünf Tage Leben in Glück und Angst, Zigaretten, wir konnten nicht schlafen, Atemnot, nicht genug Luft, haben dauernd geraucht, nachmittags, nachts, lauschten (heimlich, Jeder für sich und gemeinsam) auf jedes Geräusch: hörst du den Wind? Nachts unsre Stimmen, Schneelicht; unser Zimmer eine Höhle tief in der Zeit; lange Winternacht. Dolores, Liebste, wie du lächelst und dein Mund zu zittern beginnt, dann küsse ich dich, beschwörend: sie werden nicht kommen, heute nicht! Abend, Nacht in deinen Augen. Wir halten uns in den Armen. Umarmungen: Zeit rast-stockt, Müdigkeit, meine Augen brennen. Dein Gesicht so nah, daß Alles übrige ausgelöscht; Versinken. Plötzlich hellwach, nochmal von vorn, ein Film: rasend-grell-überdeutlich, dann reglos, zitternd, erstarrt – ein Film, bevor er reißt, rückwärts rast, bevor Alles panisch zu *flimmern* beginnt. Wenn er sie schlug, weinte sie. Das endet dann damit, daß sie miteinander schlafen, fast immer, sogar die Angst, die Erwartung, fast Alles endet damit und fängt dann wieder von vorn an, wie gehabt. Unsre Stimmen in meinem Gedächtnis und die Zeit ZEIT steht still, verflimmert, bis wir am Abend zwischen scharlachroten Wänden und Stille wieder die teppichbelegte Hoteltreppe hinab, leiseredend, Stufen. Das war Samstagabend und es hatte wieder geschneit. Nachträglich: noch drei Tage. Dort gab es einen Weg, hinterm Haus, ganz verweht, hoher Schnee. Oft sahen wir ihm vom Fenster aus nach: durch die verschneiten Hügel, die weiße Stille, *lief* er dem fernen Wald zu; Fußspuren keine. Warum sind wir denn nie diesen Weg gegangen?
Verhandlung im nächsten September. Formsache: sowieso Beweise genug, aber falls sie gegen ihn aussagen würde, wir wollen zwar nicht zuviel versprechen, doch vielleicht könnte sie für diesmal nochmal Bewährung kriegen oder daß sie jedenfalls an geeigneter Stelle nachhaltig ein gutes Wort für sie einlegen würden, versprachen sie ihr. Der sitzt erstmal. Der hat Sie doch reingerissen. Bis

der wieder rauskommt, der Überfall ist ja nicht das Einzige, wer weiß, ob der überhaupt nochmal rauskommt – und wenn, dann in zehn fünfzehn Jahren. Dann ist es mit seiner Liebe doch sowieso aus. Ist ja nicht das erste Mal. Den kennen wir, der denkt nur an sich, ein eiskalter Gewohnheitsverbrecher. Der hat dich doch jetzt schon vergessen, mein Kind. Da fing sie zu weinen an, wollte es nicht. Kannst du denn nicht Sie zu ihr sagen, sagte der eine Kripobeamte zum andern (und nahm seine Brille ab, vorwurfsvoll) und dann wurde sie weggeführt, ab in die Zelle. Später, als es schon dunkel war oder mitten in der Nacht, kam der eine von ihnen mit einer vierschrötigen ekligen Froschfrau wieder, die sagte: ich heiß Frau Helena Nietschke, mein Kind. Und Dolores stand da, aus der Nacht ins Licht, Vorführung heißt das, durch grellbeleuchtete kalte Steintunnel, und rieb sich verwundert die Augen – wo bin ich denn hier? Hab ich denn vorher geschlafen? Und zupfte vergeblich an ihrem knappen blauen Röckchen und wußte: egal was sie mit mir machen, ich sag nichts. U-Haft, zehn Monate bis zur Verhandlung und dann haben sie ihm acht Jahre aufgebrummt, ihr zwei oder zweieinhalb, doch vielleicht war es so am besten, denn wie hätten wir mit der Angst weiterleben können? Immerhin hab ich die letzten paar Tage draußen mit dir ein ganzes Leben erlebt, du doch auch. Du doch auch? Ja und wenn erst Alles vorbei ist, nur noch einmal zusammensein, wir. Morgens, einen Tag, einen Abend, immer. Ich will die ganze Zeit an dich denken und Alles andere macht uns gar nichts aus. Lauter fremde Menschen, manche sind gut, und wenn Alles vorbei ist, wieviel wir uns dann zu sagen haben: wieviel Zeit wir dann haben werden und werden wieder zusammensein, Liebling. Vorher nicht, nach der Verhandlung durften sie sich von Knast zu Knast zwei Briefe jeden Monat schreiben. Die wurden doppelt kontrolliert: einmal als ausgehende und einmal als eingehende Gefangenenpost. Meistens bist du bei mir. Manchmal kann ich mir gar nicht denken, daß wir uns noch einmal sehn, aber dann wird Alles ganz anders sein und wir brauchen keine Angst mehr haben. Wieviel Zeit wir dann haben werden! Ich arbeitete Pralinenschachteln falten. Wir sitzen, vielleicht vierzig Frauen, alle an langen Tischen in einem großen hellen Saal mit richtigen Fenstern. Das ist eine leichte Arbeit mit einem Falzbein aus Horn. Manche singen sogar bei der Arbeit und ich denk

dabei dauernd an dich. Was machst du? Bist du auch nicht zu nervös? Mein Liebster, quäl dich nicht so! Später wollen wir immer zusammensein, für immer und dann brauchst du dir gar keine Sorgen mehr machen. Du sollst wieder ganz froh werden und gesund. Ich denke immer an dich und wie es sein wird. Wie wir Sonntagmorgen ganz früh den Weg runter durch das Gebüsch zum Auto zurückrannten, es ging so steil bergab. Schnee am Rand. Wie wir vorher oben auf dem Berg standen und da war der Wind so stark, daß wir kaum unsre Stimmen noch hören konnten. Er riß uns die Worte nur so weg. Wie froh wir da waren, ganz atemlos, weißt du noch? Schnee am Rand und da stand ein Strauch mit vertrockneten roten Beeren. Du, sei nicht traurig. Wir wollen noch viel Zeit miteinander haben, wenn erst Alles vorbei ist. Dann fängt doch Alles erst an. Das war nicht ein Brief, sondern wir fassen zusammen; zehn Monate haben sie auf den ersten Brief warten müssen.
Nach der Verhandlung bald mein Transport; dann noch zweieinhalb Monate und die Welt geht in einen kalten Winter. Zwei Tage vor dem ersten Jahrestag ihrer Verhaftung sein mißglückter Selbstmord im nächsten Dezember. Spiegelscherben, Pulsadern, zwei Wochen Knastlazarett; sie erfuhr nichts davon. Dann gaben sie ihm eine andere Arbeit, Zuweisung, Beruhigungspillen, hellblau (je zwei nach dem Abendfraß) und er wurde sogar in eine bessere Zelle verlegt. Da sagt ihm der Blockbulle gleich: Bei mir kannsts dir gutgehn lassen, wenn du dich an die Ordnung hältst. Das verlang ich von Jedem auf meiner Station. Aber wenn du hier bei mir nochmal solche Mätzchen probierst – wieviel Jahre hast-n noch abzureißen – dann sollste mal sehn. Dann komm ich und schlag dir höchstpersönlich die Schnauze ein, hier mit dem Schlüsselbund. Kannst mir glauben. Klirrt und nickt; ein großer fetter Kerl, ganz prall sitzt seine Uniform, früher hat er bei der Reichsluftwaffe als Stabsfeldwebel eine Flak unter sich gehabt. Wegen dem mach dir bloß keine Sorgen, sagten seine neuen Zellengenossen gleich (es war der erste Abend und insofern ein Vertrauensbeweis), der reißt bloß so sein Maul auf, weil seine Alte daheim ihn schon ewiglang hängenläßt. Sie hat zwo Friseurslehrlinge, die es ihr abwechselnd gründlich besorgen. Weiß hier im Bau ja längst Jeder.
Und daß ich immer an dich denken werde, weißt du das? Sonntagmorgen, der Schnee, der Wind überm Weg und Alles wovon wir

gesprochen haben. Und alles was wir versäumt haben. Jeder Brief dauert normal neunzehn Tage, selten Verzögerungen. Meistens kommen sie donnerstags. Zwei genehmigte DIN A 5 Blätter, liniert, mit überflüssigem Anschriftfeld, wo man ungewollt größer schreibt. Doppelte Zensurzeichen blaßblau am oberen Rand. Manchmal auch mit rotem Kopierstift. Postempfang nachmittags. Wir werden den Gang entlang aufgestellt, alphabetisch, und draußen wirds dunkel. Ich habe einen Antrag auf Kopfhörer gestellt. Tintenblaue Nachmittage; meine Antwort ist immer schon fertig, Liebling, bevor ich deinen Brief bekomme. Aber dann schreib ich sie immer noch paarmal um, viel zu hastig – Freitagmorgen ist der letzte Termin für die Post nach draußen. Ich schreibe auf meinem Bett. Wir sind zu dritt in der Zelle, gute Kameraden. Ich liege oben. Er hat sich Kerzen besorgt, das darf er nicht schreiben. Die Wände sind früher hellgrün gewesen. Vorher war ich allein. Hast du eine Freundin? Du darfst es dir auch nicht so schwer machen. Man muß Geduld haben lernen. Vorher hab ich oft nicht genug Geduld gehabt. Ich wiege z. Zt. nur noch vierundfünfzig Kilo, fühle mich aber ganz gesund. Ich arbeite jetzt in der Buchbinderei. Die Arbeit ist leicht und sauber. Wir hören jeden Tag Radio dabei. Wir hören jeden Tag um halbsechs auf; Abendessen um sieben. Seit der Verhandlung kann ich im Gemeinschaftsraum essen. Jeden Abend, bis wieder dein nächster Brief kommt, schreib ich immer an dich. Sylvester hab ich all unsre Lieder aus dem letzten Jahr nochmal im Gemeinschaftsraum gehört. Undsoweiter, zwei Briefe im Monat, daß die Kopfhörer zweiunddreißig Mark kosten, Genehmigung schon beantragt. Ich will die Gelegenheit nutzen, mich hier weiterzubilden. (Das schreibt Jeder raus, sogar wenn er es ernst meint.) Ich denke hier immer an dich. Das war im zweiten Winter, zwei Briefe pro Monat, jeder Brief dauert neunzehn Tage und wenn um zwanzig Uhr dreißig (im Winter) zentral das Licht ausgeschaltet wurde, war es draußen schon stundenlang Nacht.

Obwohl da schon fast ein Jahr rum war, sind es in seiner Vorstellung immer noch volle acht Jahre und Tag, Zeit, Mauern, Gebirge, statt daß er sie, Erdarbeiten, geduldig abträgt – stürzen jäh auf ihn ein und schlagen die Hoffnung tot. Selbstgespräche, allabendlich ein Netz von Stimmen, in dem er sich immer tiefer verstrickt, während ringsum die Welt, die sie ihm vorenthalten, unmerklich versinkt.

Das sind bloß die Nerven, sauf gleich noch einen Liter Wasser zur Beruhigung hinterdrein. Friß die heutigen Geröllhalden auf! (Sogar das Wasser ist hier wie tot.) Vorher hatten sie, unsichtbar hinter der Wand, defekte blecherne Echos die trostlosen Gänge entlanggeschleift, endlos – in deiner Zelle, allein, bist du allen Einbildungen und Geräuschen ausgeliefert wie ein Blinder am Marterpfahl. Hilf mir doch! Worte die ich mir ausdachte und sitze hilflos auf meinem erschlagenen Knastbett, ein Mensch, Justizvollzugsanstalt, halbes Leben schon rum, Winter, und betrachte meine blutende linke Hand wie ein unbegreifliches (amtlich verordnetes) Schicksal.
Acht Jahre und dann wird er rauskommen und sie nie mehr finden. Voller Angst, soviel Zeit ist vergangen, wo suchen? Wo bin ich? Es ist immer der gleiche erste Tag und sein Herz klopft so heftig, daß er keinen Zug abwarten kann. Schon ist der Abend da, ein fremder Riesenbahnhof, Alle sind auf dem Heimweg, Jeder sieht ihm an, wo er herkommt und er als Einziger weiß nicht wohin. Mich friert, welche Fahrkarte soll er kaufen? Geld ist knapp (bescheißen tun sie dich immer, die gerissenen kleinen Teufel); Nacht, Winter, wo bist du jetzt? Sie ist fünf Jahre eher rausgekommen, hat einen Gastwirt, einen Postbeamten, einen Tankstellenpächter geheiratet (die kaufen ihr Pelzmäntel) und er wird sie nie mehr finden. Todmüd geht er pissen und zählt zum zwölftenmal verstohlen sein Entlassungsgeld: es wird immer weniger. Es ist der Lohn aus acht Jahren und jetzt, in weniger als acht Stunden schmilzt es wie gestriger Schnee dahin. Keine Zeitung. So herumzuschlendern, das ist er nicht mehr gewöhnt. Nur nicht in Panik geraten! Er kauft sich eine kleine Flasche Wacholderschnaps die gerade noch Platz hat in seiner fadenscheinigen Manteltasche. Er horcht auf die Lautsprecherstimmen, als könnte es sein, daß sie eine Botschaft hätten, eigens für ihn – Herr Alexander Zabrowsky, wir wiederholen – mitten im dichten Gedränge, und dann sieht er sich mit seinem mit Stricken umwickelten Pappkarton rausgehn durch den Haupteingang. Längst Nacht. Wie die Lichter funkeln und blitzen. Wie die Straßenbahnen hellerleuchtet dahinschweben in der samtblauen Nacht, vollbesetzt, große fahrbare Aquarien. Wie die Autos im Bogen vorbeiflitzen mit ihren Lichtern, beinah wie Sternschnuppen. Laß dich nicht überfahren; sieh zu, daß du Land gewinnst. Es ist kalt. Er senkt den Kopf und geht schneller. Endlich Seitenstraßen, aber

immer noch vielzuhell. Viele Kneipen. Eine halbnackte Nutte kommt über den Gehsteig auf ihn zu, quatscht ihn an und er antwortet automatisch: Ich hab kein Geld. Siehst du denn nicht, daß ich grad aus dem Knast komm? Wenn das stimmt, sagt sie lächelnd im grünrosa Neonlicht vor der Glastür zur Kneipe, dann mach ich dirs umsonst. Oder meinetwegen zum halben Preis, sagt sie, wenn dir das lieber ist. Mußt mir nur den Entlassungsschein zeigen. Kannst dann auch bei mir pennen bis morgen Mittag um zwölf, wenn du willst. Und zerrt ihre Strümpfe zurecht. Sie hat keinen Rock an, bloß einen langen offenen Ledermantel. Ihr Haar ist platinblond gefärbt. Er schüttelt im Gehen den Kopf: sei nicht bös, ich muß weiter. Schon vorbei, sich schnell umsehn: nein, das war sie bestimmt nicht. Herzklopfen. Mit seinem Pappkarton an dem Strick verfällt er in einen ungewohnten Dauerlaufschritt, läuft, läuft, wie weit jetzt wieder die Welt, hechelnd stößt er die eisige Luft aus, ganz ungewohnt, acht Jahre sind lang. Er biegt an jeder Ecke ab und gerät in immer dunklere Seitenstraßen – wie spät es wohl sein mag? Ein Traum, es schneit wieder. Überall in den Straßen brennen kleine Lagerfeuer und zahllose Gestalten hocken drumrum. Die Schneeflocken taumeln an den Lampen vorbei, Sternbilder wandern gemächlich den Himmel hinab und er schleppt sich mit seinem Pappkarton Habe müde dahin. Immer tiefer in die Nacht hinein. Weit entfernt, weiß nicht wo ich bin. Jetzt sind es leichte Pferdeschlitten mit Silberglöckchen die schnell vorbeifliegen, klingelnd, immer wieder einer, Schnee stiebt empor und er biegt um die nächste Ecke. Die Straße führt sanft bergauf. Acht Grad minus, wohin gehe ich denn? Er bleibt stehn um zu pissen; Bauzäune, Ziersträucher, weit und breit kein Mensch. Da hab ich ja noch diese kleine Flasche Wacholderschnaps, noch ganz voll. Er betrachtet sie, nickt: da wollen wir doch mal sehn. Hier liegt der Schnee schon viel höher. Dann weiter den Berg hinauf mit meinem Pappkarton. Ab und zu Stehnbleiben und immer noch ein Schluck aus der Flasche. Die Luft ist so klar, er wird ganz besoffen davon. Bin ich nicht schonmal hiergewesen? Vergangenheiten. Er steigt immer höher den Berg hinan, schon bleiben die letzten paar Häuser zurück, schon versinkt auch der Himmel mit all seinen Sternbildern, dreht sich lautlos vorbei. Ich will mir einen Platz suchen da oben am Waldrand, eine Spaziergängerbank, windge-

schützt, leg dich nieder, oder tief drin eine Kuhle, rund, weich und warm, nur für diese eine Nacht. Morgen steh ich wieder am Bahnhof. Morgen weiß ich den Weg – jetzt erstmal schlafen. Er sieht sich am nächsten Tag bei ihr, angekommen. Er sieht sich in ihrer Wohnung hin- und hergehn, redend, da wartet das frischbezogene Bett und sie hat schon die Decke zurückgeschlagen, aber er braucht noch volle zwei Stunden, nur um den ersten Socken auszuziehn, sitzt da in Hemdsärmeln, müde, ein beständiger Traum: so lang sind wir getrennt gewesen. Ein einziges Mal Alles sagen.
Am nächsten Tag wieder der Knast, noch acht Jahre und Alles übrige haste bloß geträumt. Dienstag: mittags erfrorene Bratkartoffeln mit ranzigem Speck, von den zugehörigen Erbsen keine Spur; abends wässrige Kohlsuppe, versalzen und Kamillentee ohne Zucker (im amtlichen Speiseplan heißt es immer Tee, Tee, gar nicht schlecht, denkst du, liest getrost weiter, und sonntags: Tee, süß). Gleich dein Rundgang im Hof, mach dich fertig. Halbes Leben vorbei sowieso und kein Ausweg. »Wo bist du?« Alle Züge längst abgefahren, Himmel bedeckt (wie für immer) und er stolpert so rum im Kreis und wird sich jetzt gleich schlafen legen, so krank, so müde, im nächstbesten Hauseingang, ich bin müde. Nachher war das auch bloß wieder ein Traum – er sitzt auf der Pritsche und kennt sich selbst kaum wieder. Begraben, tief in der Erde ein Stein, bald schlafen jetzt, komm! Komm, laß uns pennen am Bahnhof! Weg zurück, der Karton wird mit jedem Schritt schwerer, immer die gleiche Nacht; zum Glück gings bergab. Jedenfalls nochmal dorthin und ich fahr mit dem nächsten Zug, zählt sein Geld, kauft eine Fahrkarte, weiß nicht weiter und ankommen wirst du nie. Der letzte Zug fährt nach Basel, fuhr um dreiundzwanzig Uhr achtunddreißig. Der fährt überallhin. Steig doch ein, wir kommen nie an. Ach, jedes Loch ist mir recht, wenn du da bist. Zug pfeift; die nächste Station ist die letzte. Leben, träumt er, woanders sein, träumt er, nur weg hier, auf und davon. Hier nicht: sterben, wenn es sein muß, will er woanders. Todmüde erwachen – wo bin ich? –, dann noch drei Stunden wirrer Halbschlaf gen Morgen, ich treibe. Wasser trinken! Immer noch ganz benommen. Später der Tag sah mich an wie ein buckliger *blinder* Idiot. Noch acht Jahre.

Der 1991 mit dem Alfred-Döblin-Preis ausgezeichnete Peter Kurzeck gilt als Repräsentant einer neuen, schokkierend unidyllischen Heimatdichtung. *Die Zeit* nannte ›Keiner stirbt‹ eine Art hessischen ›Ulysses‹.

Peter Kurzeck
Keiner stirbt

Roman. Band 11084

Eine der großen Entdeckungen des Buchherbstes 1990 war Peter Kurzeck mit seinem Roman ›Keiner stirbt‹. Fulminante Besprechungen attestierten dem Autor »eine neue spannende Sicht« auf die späten 50er Jahre, die zugleich die frühen Jahre des Autors waren. Sein erklärter Plan, »sein Zeitalter aufzuschreiben«, um sich der Geschichte, auch der eigenen, zu vergewissern, hat etwas Monumentales und rückt seine Bücher, mittlerweile fünf, in einen engeren Zusammenhang. An einem ereignisarmen, eher verpfuschten Wochenende von fünf Männern, vier jüngeren und einem älteren, schildert Kurzeck eine »naßkalte, lausige Gegenwart« Ende der 50er Jahre. Weil Kurzeck so insistierend genau die schäbige Wirklichkeit an den Straßen zwischen Gießen und Frankfurt darstellt, hat man hier auch von einer neuartigen Heimatdichtung gesprochen; sie wäre gekennzeichnet durch die totale Abwesenheit jeglicher Idyllik. In schier endloser Reihenfolge erzeugen schroff vergrößerte Momentaufnahmen der immer gleichen öden Szenerie (Männer in Autos, in Fernfahrerkneipen, an Tankstellen – saufend, immer rauchend, Geld beschaffend) einen Strom von Vergeblichkeit und verkümmertem Leben, der den Leser wie in einem Sog mitzieht.

»Verstörende Momentaufnahmen aus einer erstarrten, nebelhaft bedrohlichen Welt.«
Der Spiegel

Irina Liebmann
Mitten im Krieg
Kurzprosa. Band 10704

Die Entstehungsgeschichte dieser Geschichten reicht noch tief in die Vor-Wende-Zeit zurück, in eine Zeit, während der in der damaligen DDR zwar kein Krieg, aber kriegsähnliche Zustände herrschten – die Grenzen gegen Westen waren verriegelt, die Bewegungsfreiheit im eigenen Lande beschränkt, es herrschte Mangel an innerem Frieden und an Wahrheit. Die Kurzprosastücke in diesem Band werden von einem Thema zusammengehalten: die mangelnde Bereitschaft vieler DDR-Bewohner, sich den herrschenden Verhältnissen anzupassen, sich ihnen auszuliefern. Sie richteten sich, wie es damals hieß, in Nischen ein; nahmen Verordnungen einfach nicht zur Kenntnis oder lebten kleine Privilegien ungeniert aus. Keine der neun in diesem Band versammelten Geschichten zeichnet sich durch eine unerhörte Begebenheit aus – es sind verhaltene Zustandsbeschreibungen des Privaten, des Unsensationellen, Innenansichten einer gegängelten Gesellschaft. Bewohner des westlichen Deutschlands vermögen kaum nachzuempfinden, was es für einen Ostdeutschen bedeutet haben mag, erstmals in seinem Leben etwa nach Italien oder Portugal zu reisen. Die literarischen Szenen aus dem DDR-Alltag bestechen vor allem durch ihre höchst artistisch geführte Sprache. Die Autorin wurde dafür mit einem Stipendium des Ingeborg-Bachmann-Wettbewerbs und mit dem ›Aspekte‹-Literaturpreis des ZDF ausgezeichnet.

Fischer Taschenbuch Verlag

fi 1510 / 1

».... Die Geschichte des letzten Schriftstellers ähnelt einem halsbrecherischen Thriller. So geht es zu, wenn das schlaueste Verbrechen, Sabotage, verübt wird.«
Sybille Cramer in *DIE ZEIT*

Martin Grzimek
Die Beschattung

Roman. Band 10986

Die Beschattung spielt in der Zukunft des Medienzeitalters, in einem perfekten Überwachungsstaat, der totale Fürsorge und totale Kontrolle miteinander verbindet. Alle sind unter den wachsamen Augen des Staates geborgen, und alle sind satt. Doch je eintöniger und ereignisloser das Leben verläuft, desto süchtiger werden die Menschen nach Büchern, in denen »authentisch« von ganz individuellen Erlebnissen und Abenteuern erzählt wird. Um diese Bedürfnisse zu befriedigen, hat ein Konzern das Monopol auf eine Buchproduktion mit »Authentizitätsgarantie« erworben. Die Stoffe kommen aus dem »Centralinstitut für Biographik« (CIB). Felix Seyner ist Interviewer beim CIB. Er führt Gespräche mit älteren Menschen, befragt sie nach ihrem Leben, nach einer Zeit, in der das Unvorhersehbare noch möglich gewesen ist. Martin Grzimeks Roman beginnt – aberwitzig im Zeitalter totaler Telekommunikation – mit einem handgeschriebenen Brief, in dem Felix Seyner sich an seine ehemalige Geliebte Felicitas wendet. Er hat sich – gewollt oder ungewollt? – durch eine Unachtsamkeit verdächtig gemacht und ist in die Fahndungsmaschinerie geraten; er versucht Felicitas mit hineinzuziehen.

Collection S. Fischer

Lothar Baier
Jahresfrist
Erzählung
Band 2346

Herbert Brödl
Silvana
Erzählungen
Band 2312

Hermann Burger
Die allmähliche Verfertigung der Idee beim Schreiben
Frankfurter Poetik-Vorlesung. Band 2348

Clemens Eich
Aufstehn und gehn
Gedichte. Band 2316
Zwanzig nach drei
Erzählungen. Band 2356

Dieter Forte
Jean Henry Dunant oder Die Einführung der Zivilisation
Ein Schauspiel
Band 2301

Marianne Gruber
Der Tod des Regenpfeifers
Zwei Erzählungen
Band 2368

Wolfgang Hegewald
Das Gegenteil der Fotografie
Fragmente einer empfindsamen Reise
Band 2338
Hoffmann, Ich und Teile der näheren Umgebung
Band 2344
Jakob Oberlin oder die Kunst der Heimat
Roman. Band 2354
Verabredung in Rom
Erzählung. Band 2361

Egmont Hesse (Hg.)
Sprache & Antwort
Stimmen und Texte einer anderen Literatur aus der DDR
Band 2358

Wolfgang Hilbig
abwesenheit
gedichte. Band 2308
Der Brief
Drei Erzählungen
Band 2342
die versprengung
gedichte. Band 2350
Die Weiber
Band 2355

Ulrich Horstmann
Schwedentrunk
Gedichte. Band 2362

Bernd Igel
Das Geschlecht der Häuser gebar mir fremde Orte
Gedichte. Band 2363

Walter Jens (Hg.)
Schreibschule
Neue deutsche Prosa. Band 2367

Jordan/Marquardt/Woesler
Lyrik – Erlebnis und Kritik
Band 2359

Fischer Taschenbuch Verlag

fi 176/17 a

Collection S. Fischer

Peter Stephan Jungk
Rundgang
Roman. Band 2323
Stechpalmenwald
Band 2303

Christoph Keller
Wie ist das Wetter in Boulder?
Eine amerikanische Erzählung. Band 2369

Judith Kuckart/
Jörg Aufenanger
Eine Tanzwut
Das TanzTheater Skoronel. Band 2364

Dieter Kühn
Der wilde Gesang der Kaiserin Elisabeth. *Band 2325*

Ulrike Längle
Am Marterpfahl der Irokesen
Liebesgeschichten Band 2374

Katja Lange-Müller
Wehleid – wie im Leben
Erzählungen. Band 2347

Dagmar Leupold
Edmond: Geschichte einer Sehnsucht
Roman. Band 2373

Monika Maron
Flugasche
Roman. Band 2317

Johann Peter
Landsonntag, englisch
Geschichten. Band 2365

Dirk von Petersdorff
Wie es weitergeht
Gedichte. Band 2371

Elisabeth Reichart
Komm über den See
Erzählungen. Band 2357

Gerhard Roth
Circus Saluti
Band 2321
Dorfchronik zum 'Landläufigen Tod'
Band 2340

Evelyn Schlag
Beim Hüter des Schattens
Erzählungen. Band 2335

Brandstetters Reise
Erzählungen. Band 2345
Die Kränkung
Erzählung. Band 2352

Klaus Schlesinger
Matulla und Busch
Band 2337

Natascha Selinger
Schaukel. Ach Sommer
Erzählung. Band 2360

Johanna Walser
Die Unterwerfung
Erzählung. Band 2349
Vor dem Leben stehend. *Band 2326*
Wetterleuchten
Erzählungen. Band 2370

Ulrich Woelk
Freigang
Roman. Band 2366
Tod Liebe Verklärung
Stück. Band 2372

Fischer Taschenbuch Verlag

fi 176/18b

Fischer Cinema

Eine Auswahl

Christoph Klimke
Kraft der Vergangenheit
Zu Motiven der Filme von Pier Paolo Pasolini
Band 4473

Peter W. Jansen/ Wolfram Schütte (Hg.)
Rainer Werner Fassbinder
Band 11318

Garson Kanin
Spencer Tracy und Katharine Hepburn
Band 4481

Groucho Marx
Schule des Lächelns
Band 3667

Die Groucho-Letters
Briefe von und an Groucho Marx
Band 3693

Charles Chaplin
Die Geschichte meines Lebens
Band 4460

Lotte H. Eisner
Die dämonische Leinwand
Band 3660

Paul Werner
Film noir
Band 4452

Die Skandalchronik des deutschen Films
Band 1: Von 1900 bis 1945. *Band 4471*

Hans-Jürgen Kubiak
Die Oscar-Filme
Band 4451

Manfred Schneider
Die Kinder des Olymp
Band 4461

Günter Engelhard, Horst Schäfer, Walter Schobert (Hg.)
111 Meisterwerke des Films
Das Video-Privat-Museum
Band 4497

Eric Rohmer
Meine Nacht bei Maud
Band 4466

Horst Schäfer / Wolfgang Schwarzer
Von »Che« bis »Z«
Polit-Thriller im Kino
Band 4469

Hans Stempel / Martin Ripkens (Hg.)
Das Kino im Kopf
Eine Anthologie
Band 4488

Michael Verhoeven / Mario Krebs
Die Weiße Rose
Band 3678

Fischer Taschenbuch Verlag

fi 269/15